Jess Kidd

HEILIGE UND ANDERE TOTE

Jess Kidd

HEILIGE UND ANDERE TOTE

Roman

Aus dem Englischen
von Ulrike Wasel und
Klaus Timmermann

DUMONT

Die englische Originalausgabe erschien 2018
unter dem Titel ›The Hoarder‹ bei Canongate, Edinburgh.

Erste Auflage 2018

Übersetzung: Ulrike Wasel, Klaus Timmermann
Umschlaggestaltung: Lübbeke Naumann Thoben, Köln
Umschlagillustration: © gisela goppel c/o 2 agenten.com
Satz: Fagott, Ffm
Gesetzt aus der Caslon und der Neutra
Druck und Verarbeitung: CPI books GmbH, Leck
Gedruckt auf säurefreiem und chlorfrei gebleichtem Papier
Printed in Germany
ISBN 978-3-8321-9890-9

www.dumont-buchverlag.de

Für Eva

Kapitel 1

Es ist faszinierend, wie er sich durch sein Gerümpel bewegt. Er lehnt sich richtig hinein, schlingert die Korridore entlang wie ein furchtloser Radfahrer in einer Haarnadelkurve. Er hoppelt und springt über die Täler und Hügel, trabt und hüpft zwischen den Ausläufern und Schluchten seiner unglaublichen Ansammlungen hindurch. Dann und wann stoppt er, um über ein Hindernis zu klettern, und klappt dabei seine langen Beine wie Picknickstühle zusammen. Und die ganze Zeit ragt sein Kinn hoch und nach vorne, und sein Körper hängt darunter, als wäre seine grau gestoppelte Kinnlade über Fäden mit einem unsichtbaren Puppenspieler verbunden. Gleichzeitig streift er mit der Rückseite seiner breiten knorrigen Hände über die unterschiedlichen Oberflächen. Für einen großen Mann und für einen alten Mann ist er recht wendig, wenn er will.

Ich bewege mich ganz anders. Ich stakse, stolpere über Kisten und Berge von angeschimmelten Vorhängen, verheddere mich in Kabeln, bleibe an Hutständern hängen und werde von brünstigen Bügelbrettern attackiert. Ich strauchele über Schallplatten, Bücher, fleckige Decken, speckige Sammlungen von Plastiktüten, Mistgabeln, museumsreife Wäschemangeln, einen Damenlackschuh und einen noch unausgepackten Küchenmixer, der auch raspeln und schälen kann. Und Katzen, Katzen, Katzen.

Alle möglichen Katzen: rotbraun, schwarz, getigert und gescheckt. Katzen, die schlafen, wachen, sich kratzen und sich auf geschundenen Kissen den Hintern lecken, unter umgedrehten Kisten rammeln und auf große Zeitungshaufen kacken.

Ich versuche, nicht allzu genau hinzusehen, aber dauernd springen mir irgendwelche Kleinigkeiten ins Auge. Die zusammengerollte tote Maus in einer Teetasse, das kopflose Zugpferd aus Keramik, das abgetrennte rosa Bein einer Schaufensterpuppe, so was eben. Ich habe nun mal einen Hang zum Morbiden.

Heute Morgen beschäftige ich mich mit Ausgrabungen in der Nordwestecke der Küche. Nach dem Entfernen des neuzeitlichen Oberbodens, bestehend aus einem Stapel Lokalzeitungen von September 2015, trage ich eine historische Schicht nach der anderen ab. Als ich auf ein paar Wettscheine (März 1990) stoße, die am Linoleum pappen, kann ich abschätzen, dass dieses Drecksloch seit mindestens fünfundzwanzig Jahren nicht ausgemistet worden ist. Nach dem Anlegen etlicher Suchgräben habe ich einen Herd ausfindig gemacht und putze jetzt unverzagt dessen Kochfeld.

Ich zähle (bitte mitsingen):
Sieben verdorrte Asseln
Sechs verschrumpelte Spinnen
Fünf Müllsäcke
Vier Rollen Küchenpapier
Drei Spüllappen
Zwei Topfkratzer
Und hochkonzentrierten Haushaltsreiniger.

Ich trage eine Wegwerfschürze, extra feste Gummihandschuhe und eine Gesichtsmaske gegen den Geruch und gegen die Sporen.

Er starrt mich von der Küchentür aus an, Mr Cathal Flood, einen halben Meter größer als sonst, weil er auf einem Berg ausrangierter Teppichfliesen steht. Das macht ihn zum Riesen, denn er weist ohnehin schon eine stattliche Körpergröße auf: zu einem langen, dünnen, knochigen, schadstoffverseuchten Riesen. Das Augenpaar, das er unverwandt auf mich gerichtet hat, liegt tief in den Höhlen und ist beunruhigend hell: das sehr, sehr helle arktische Blau eines Polarwolfes.

»Sie hatten kein Recht, die Kartons und so weiter wegzuwerfen.« Er spricht langsam und übertrieben laut, als würde er seine Stimme testen. »Meine ganzen Sachen sind weg, und ich hätte sie noch gebraucht.«

Ich drehe mich zu ihm um, atme durch meine Maske wie Darth Vader und zucke mit den Achseln. Ich hoffe, mein Achselzucken vermittelt einen tiefen Respekt vor seinen entsorgten Besitztümern (zwanzig Müllsäcke mit leeren Sardinenbüchsen) sowie das bedauerliche Bedürfnis nach einem praktikablen Leben.

Er kneift seine durchdringenden Augen zusammen. »Sie sind ein kleines Arschloch, was?«

Ich ziehe meine Maske vom Gesicht. »Ich habe Ihren Herd gesucht, Mr Flood. Ich dachte, wir könnten mal was Neues ausprobieren, der Mikrowelle eine Pause gönnen.«

Er mustert mich, den Mund vor Boshaftigkeit zusammengepresst. »Ich könnte Sie verfluchen«, sagt er mit einem leicht weinerlichen Unterton in seinem schnodderigen irischen Akzent. »Ich könnte Sie zur Hölle wünschen.«

Tu dir bloß keinen Zwang an, sage ich zu meinem Topfkratzer.

Ich male mit Haushaltsreiniger Herzchen auf die verdreckte Herdplatte und fange wieder an zu schrubben. Mr Flood brabbelt auf der anderen Seite der Küche in gebrochenem Irisch vor sich hin.

»Wie nett«, murmele ich. »Sie haben die Stimme eines Dichters, Mr Flood. Voll düsterer Vorahnungen und Unheil.«

Ich stoße den Spüllappen unbekümmert in die Ecken des Grills, während Mr Flood wieder ins Englische wechselt. Er wünscht mir einen unfruchtbaren Schoß (also in der Hinsicht nichts Neues), dass ich esse, ohne je kacken zu können, Sodomie durch sämtliche Dämonen der Hölle (gleichzeitig und nacheinander), extreme Verengung der Kehle, immerwährende Furunkel in der Leistengegend und eine Ewigkeit in der Hölle mit brennenden Augen.

Dann verstummt er, und ich blicke auf. Er schiebt eine Hand durch die gesponnene Seide seines Haars (weißer Lichtkranz, Magnet für Spinnweben, statisch aufgeladen), klopft es glatt, als wollte er sich präsentabel machen. Dann zieht er seine noch immer dunklen Raupen von Augenbrauen minimal hoch und neigt den Kopf zur Seite. Der Anblick wirkt seltsam charmant; er hat etwas von einem steinalten misanthropischen Eichhörnchen. Sein Mund beginnt zu mahlen, verzieht sich in verkniffenen Verrenkungen, wie ein Bauchredner mit Schluckauf.

»Alles in Ordnung, Mr Flood?«

Er holt tief Luft und bleckt seine gelbliche Zahnprothese. Ich begreife, dass er lächelt.

Ich riskiere ebenfalls ein zaghaftes Lächeln.

»Verlieren Sie eigentlich nie die Beherrschung?«, fragt er.

Ich suche in seinem Gesicht nach Anzeichen für einen drohenden Angriff. »Nein, Mr Flood, ich hab ein sonniges Gemüt.«

»Ist das nicht großartig für uns beide, Drennan?«, sagt er, steigt mit einem kurzen Klaps gegen die Wand von den Teppichfliesen und schwimmt zurück durch die Diele.

Ich starre auf den feuchten Fleck an seinem Hosenboden.

Ich arbeite seit etwas über einer Woche in Mr Floods Haus, und er hat endlich meinen Namen gesagt.

Ich halte das für einen beachtlichen Erfolg.

Sam Hebden, ein Altenflüsterer, der unter großen Kosten von einer besseren Agentur als der unseren hinzugezogen worden war, hat gerade mal drei Tage durchgehalten, ehe Mr Flood ihn mit einem Hurling-Schläger vom Grundstück jagte. Ich hatte nicht das Vergnügen, aber soviel ich weiß, war Sam danach ein nervliches Wrack.

Vielleicht hat Biba Morel, die Agenturleiterin, ja doch gut daran getan, uns beide zusammenzubringen: Cathal Flood und Maud Drennan. Bibas kuchensatte Stimme triefte vor Schadenfreude, als sie mich an dem Tag anrief. Ich konnte sie mir lebhaft vorstellen, eingezwängt hinter ihrem Schreibtisch, an einem Eclair nuckelnd. Die Hängebacken wabbelten vermutlich vor Entzücken, während sie ihre Akten durchblätterte und den alchemistischen Zauber wirkte, für den sie bekannt war: geriatrische Nervensägen mit Personal auf Mindestlohn zu paaren. Biba, der Sozialdienst-Amor, in einem Hosenanzug mit Stretchbund und geblümtem Halstuch. Ihre Stimme klang honigsüß vor Freude darüber, wieder einmal eine fabelhafte Beziehung zwischen Klient und Sozialbetreuerin zu vermitteln.

Ich hörte kaum zu, doch hätte ich richtig aufgepasst, hätte ich folgende Worte mitbekommen: *wird besser bezahlt, anspruchsvoll, übergriffig, Messie* und *Gemeinsamkeiten*. Ich hätte durchaus eingeräumt, dass Mr Flood und ich, beide aus Irland, nicht nur die Liebe zu Fiddle-Musik und gemütlichen Abenden am Kamin teilen, sondern auch den unerschütterlichen Glauben an die Böswilligkeit von Feen. Ganz zu schweigen von der angeborenen nationalen Fähigkeit, jeden unter den Tisch zu trinken, während wir in sanfter Melancholie von der verlorenen wilden Schönheit unserer Heimat träumen.

Jetzt jedoch, beim Anblick der Szene vor mir, gerät mein Optimismus ins Wanken.

Sogar die Toilette in Mr Floods imposanter, bröckelnder, schauriger Müllhalde ist bombastisch. Halb Ballsaal, halb Höhle, mit einer prächtigen Pferdetränke von Waschbecken aus schwarzem Marmor und gut einen Meter hohen Wandleuchtern mit flackernden Flammen aus Glas. Ein altertümlicher Blechspülkasten hängt hoch über einem monumentalen Klosett – ein Meisterwerk aus geriffelter Keramik. Die Farbpalette dieses Raums ist gnadenlos unverträglich: Die Wände sind in einem grässlichen Torfton gestrichen, und die Fliesen sind blau-schwarz-grün geädert wie ein überreifer Schimmelkäse.

Dort, wo ich den Boden gefegt habe, ist das Linoleum mit braunen Rauten gemustert, die an uralte akkurate Blutflecken erinnern.

In einer Ecke treibt eine arm- und beinlose Barbiepuppe auf einem Ozean aus Imbisspackungen. Ihr Lächeln ist ein Bild heiterer Standhaftigkeit. Ich frage mich, ob sie zu einer Art Kunstinstallation gehört, wie die abstrakte expressionistische Scheiße, mit der die Wand ebenso bespritzt ist wie der Tassenständer, der in der Kloschüssel steckt.

Vielleicht sollte ich diese Arbeit auf einen anderen Tag verschieben. Vielleicht auf niemals.

Ein leises Grummeln verrät mir, dass Mr Flood draußen auf dem Flur herumgeistert. Er beobachtet mich schon den ganzen Nachmittag, versteckt hinter gestapelten Kisten und ausgeweideten Kleiderschränken, während ich in meiner Plastikwegwerfschürze durchs Haus knistere.

Ich bin sicher, er heckt irgendwas aus.

Aus dem Augenwinkel sehe ich, wie er einen Aktenschrank vor die offene Tür zieht. Er macht es sich darauf bequem, bringt dabei seine aus zahlreichen Schichten bestehende Kleidung durcheinander und klappt die langen Gliedmaßen zusammen wie ein alter verächtlicher Kranich.

Dann: »Ich habe nachgedacht, Drennan.«

»Wie schön für Sie, Mr Flood.«

Dann: nichts.

Ich werfe einen Blick in seine Richtung und warte. Er starrt nach unten auf seine Hände, die auf den Knien liegen, also betrachte auch ich sie. Handteller so groß, dass sie eine Melone umfassen können, Finger, die schlank und geschickt aussehen: die Finger eines Pianisten oder Chirurgen. Verschmierte Farbe am Knöchel eines Handgelenks und lange, gebogene Nägel, dick wie Horn. Er trägt etliche karierte Hemden übereinander, jedes mit vollgestopften, aufgesetzten Taschen, sodass es aussieht, als hätte er gleich mehrere schiefe Brüste. Ein Wollschal ist nachlässig um seinen Kopf gewickelt. An den Füßen trägt er ein Paar spitze Schuhe mit Kordel als Schnürsenkel. Allein die Schuhspitzen sind einen Meter lang. Sie biegen sich vorne hoch, mit all der angespannten Bedrohlichkeit eines Skorpionschwanzes.

Ich setze meine Schutzbrille auf und wende mich wieder der Toilette zu, ziehe hastig den Tassenständer aus der Schüssel. Ich halte die Luft an, während ich ihn in drei Müllbeutel packe, verknote dann die Tragegriffe miteinander und mache mich bereit für die Reinigungsoffensive.

»Maud Drennan.« Er sagt meinen Namen langsam, als würde er ihn kosten, auf der Zunge zergehen lassen. »Da stecken Sie also mit dem Kopf im Klo. Würden Sie wohl da rauskommen, damit ich mit Ihnen reden kann?«

Das ist doch mal ein Anfang: Er will reden.

Ich ziehe an der Kette des altmodischen Spülkastens. Rostfarbenes Wasser kommt herausgerauscht.

»Worüber möchten Sie denn reden, Mr Flood?«

»Das Haus: Wie finden Sie es?«

Ich schiele zu ihm hoch. Er hat einen pervers verspielten Ausdruck im Gesicht, als hätte er einer Spinne die Beine auf einer Seite rausgerupft und würde jetzt zusehen, wie sie im Kreis krabbelt.

»Das Haus ist prächtig.«

Er kneift die Augen zusammen. »Es verunsichert Sie, genau wie ich Sie verunsichere. Das merke ich Ihrem verkniffenen kleinen Gesicht an.«

»Mein Gesicht ist weder verunsichert noch verkniffen, Mr Flood.«

»Ich mache Sie nervös.« Seine Stimme wird sanft. »Lügen Sie mich nicht an, Drennan. Ich kann es in Ihren Augen sehen.«

»Bilden Sie sich bloß nichts ein«, knurre ich in die Kloschüssel.

Er sitzt eine Weile schweigend da, dann, noch sanfter: »Sie haben schöne Augen. So braun wie eine frisch aufgeplatzte Kastanie.«

Ich spritze WC-Reiniger unter den Rand.

»Oder ein polierter Walnussholztisch.«

Ich schrubbe los.

»Im Licht haben sie einen bernsteinfarbenen Schimmer, wie edler Cognac.«

Ich schrubbe fester.

»Ich hatte eine jüngere Schwester mit Augen genau wie Ihre«, sagt er. »Auf zehn Schritt Entfernung ließen sie das Herz eines Burschen schneller schlagen, und auf fünf hatten sie es erobert. Augen, in denen ein Mann ertrinken konnte. Wie warmer Sirup.«

Ich richte mich auf und werfe ihm einen vernichtenden Blick zu. Er schaut mich bloß ernst an und lutscht andächtig an seiner Prothese, ohne den geringsten Anflug eines Grinsens.

»Natürlich war es ein Wunder, dass sie überhaupt Augen hatte«, sagt er. »Wenn man bedenkt –«

»Wenn man was bedenkt?«

Er holt Zigarettenpapier und einen Beutel Tabak aus einer der Brusttaschen und legt sich beides auf die Knie. Er mustert mich durchtrieben. »Wollen Sie wissen, was die Augen meiner Schwester mit einem Wunder zu tun haben?«

Ich zucke halbherzig mit den Achseln, was *nicht unbedingt* bedeutet, wende mich wieder dem Spülkasten zu und ziehe an der Kette, um irgendwas zu tun. Aber es ist zu früh: Der Mechanismus scheppert, und nichts passiert. Ich muss noch warten.

Auch Mr Flood wartet. Mit ruhigen geübten Bewegungen fängt er an, sich auf seinem langen Oberschenkel eine Zigarette zu drehen. Seine großen Hände sind behutsam, geschickt. Ich versuche, nicht hinzuschauen. Er leckt flink den gummierten Streifen am Blättchen an, kneift den überschüssigen Tabak von der Spitze ab und klemmt sich die Zigarette zwischen die Lippen.

»Mit den Wespen hat alles angefangen.« Er zündet die Zigarette an und nimmt einen Zug.

»Wespen?«

Er pustet den Rauch aus. »Es ist eine tolle Geschichte. Wollen Sie sie hören?«

»Ist es eine lange Geschichte?«

»Überhaupt nicht.« Er lächelt mich listig an, seine blauen Augen leuchten. »Als kleiner Junge war ich für jede Mutprobe zu haben.«

»Was Sie nicht sagen.«

»Ich habe alles gemacht, wenn einer gewettet hat, dass ich mich nicht trauen würde. Ich habe einem toten Frosch in den Bauch gebissen, dem Priester vor die Haustür gekackt und eine Nacht auf dem Grab der unheimlichen Mrs Gillespie geschlafen.«

»Das haben Sie alles gemacht?« Ich überlasse den Spülkasten sich selbst, klappe den Klodeckel herunter und setze mich drauf.

»Oh ja. Ich war ein Satansbraten.«

Ich muss unwillkürlich lachen.

Auch er lacht entzückt. »Also, eines Tages haben die Kinder in der Nachbarschaft gewettet, dass ich es nicht wagen würde, auf den Baum in Mrs Clancys Garten zu klettern und auf das Wespennest einzudreschen, das da hing. Es war das größte Nest, das je einer gesehen hatte. Jahrelang war es ungestört immer größer geworden, eine dicke gewundene Beule.«

Mr Flood macht eine Kunstpause und zieht wieder an seiner Zigarette. »Mr Clancy hatte Mrs Clancy schon ewig versprochen, sich um das Nest zu kümmern. Aber jeder wusste, dass er panische Angst vor Wespen hatte, weil er einmal beim Pinkeln an einer Hecke vorn in seinen Dödel gestochen worden war.« Mr Flood spreizt die Beine und zeigt nachdrücklich auf den schlaffen Schritt seiner Hose.

»Ich weiß, was ein Dödel ist, Mr Flood.«

Der Spülkasten gibt ein scheußliches Glucksen von sich, als würde er lachen.

Mr Flood grinst. »Dann ist ja gut. Eines Tages sprach sich herum, dass Cathal Flood es mit den Wespen der Clancys aufnehmen würde.

Und so blieb mir nichts anderes übrig, als mit einem Strick und einem kräftigen Stock bewaffnet rüber zu den Clancys zu gehen.«

Einen langen Augenblick sitzt er da und lächelt seine Knie an. »Jedes Kind in der Nachbarschaft kam angelaufen, um zuzusehen, wie ich auf den Baum kletterte. Schwups war ich oben und konnte mir das Nest aus der Nähe anschauen.« Er runzelt die Stirn. »Da waren sie, diese fetten, langen Biester. Flogen rein und raus, krabbelten übereinander, die Ärsche prall vor Gift.«

Über mir läuft ein nervöses Rinnsal Wasser durch das Rohr nach unten.

»Aber ich blieb standhaft und stupste das Nest mit meinem Stock an. Die Kinder unten grölten und hüpften vor Aufregung, als die Wespen aufwachten und anfingen, aus dem Nest zu schwirren.«

Er beäugt mich angriffslustig. »Was ich dann tat, war todesmutig. Ich stellte mich aufrecht auf meinem Ast hin und verpasste dem Nest einen kräftigen Schlag. Es löste sich vom Stamm wie eine faulige Blase, fiel runter und landete auf der Erde mitten zwischen den Kindern, die in alle vier Ecken des Gartens flüchteten. Alle starrten wir verblüfft das Nest an.« Mr Flood zögert, blickt mich erwartungsvoll an, wartet auf die Frage.

»Warum? Was war denn da?«, frage ich.

Mr Flood beugt sich vor, die Augen weit aufgerissen. *»Nichts.«*

»Nichts?«

»Ganz genau«, sagt er. »Es passierte nichts. Das Nest lag einfach da. Eingedellt, aber intakt. Und still. Es gab keinen Pieps von sich. Also gingen die Kinder näher ran. Und nichts passierte. Also gingen sie noch näher ran. Und noch immer passierte nichts.«

»Waren die Wespen tot?«

Ein Lächeln umspielt seine Lippen. »Ich sprang aus dem Baum, und alle scharten sich um mich, und wir debattierten, ob ich auf das Nest treten oder es anzünden sollte. Und da hörte Ruth es.«

»Hörte was?«

Er sieht aus, als würde er es genießen. Er hat die Stimme dafür: klangvoll. »Während wir noch debattierten, war meine kleine Schwester zu dem Nest getapst und hatte sich auf die Erde gehockt. Sie hielt den Kopf ans Nest und lauschte. Wissen Sie, was sie gehört hat?«

Ich nicke langsam.

»Ein tiefes, wütendes Surren. Das Geräusch von unzähligen empörten Wespen«, sagt er. »Arglos, wie sie war, hob Ruth das Nest auf. Sie wiegte es in den Armen und fing an, ihm ein Schlaflied vorzusingen.«

Er zündet seine Selbstgedrehte wieder an, schnippt die Asche in eine kaputte Suppenschüssel. »Ich hatte natürlich nichts davon mitbekommen, denn inzwischen war ein Streit ausgebrochen. Ich war nicht bereit, mich noch weiter mit dem Nest zu befassen, aber die Kinder waren gekommen, um ein waghalsiges Spektakel zu sehen. Ich wollte mich gerade darauf einlassen, eine Wespe zu essen, ohne den Stachel natürlich, ich war ja schließlich kein Vollidiot, als eines der Kinder mich am Ärmel zupfte und entsetzt auf etwas im Garten zeigte.«

Ich hocke jetzt auf der Kante des Klodeckels. Auch der Spülkasten ist gebannt; er hält das Tröpfeln ein. »Worauf denn?«

Mr Flood zieht die Stirn kraus. »Auf Ruth. Sie saß auf der Erde, nicht größer als ein Milcheimer. Ihr Gesicht eine einzige Maske aus wütenden Insekten.«

Ich schüttele den Kopf.

Er beugt sich vor, die Stimme gepresst vor Abscheu. »Sie schwärmten um sie herum. Kein Laut kam aus Ruths Mund, der wie im Schrei geöffnet war, nur Wespen krabbelten rein und raus.«

»Ach, du Scheiße«, flüstere ich.

»Die Wespen fingen an, sich auszubreiten, bedeckten sie hundertfach, wuselten, wimmelten über ihren Körper. Im Nu war von ihr nur noch ein kleiner ausgestreckter Finger zu sehen.« Er ahmt Ruths Pose mit einem alten Hornnagel-Finger nach.

Und da fällt mir auf, wie unglaublich überzeugend er ist, die hellen Augen voller Gefühl und einen bekümmerten Ausdruck um die Hängebacken.

»Dann, Gott steh mir bei, habe ich gehandelt, Drennan. Ich nahm meinen Stock und schlug die Viecher von ihr weg. Die anderen schauten entsetzt zu, waren hinter Mauern und Bäumen in Deckung gegangen. Aber ich wich nicht von der Stelle und drosch, einen Arm vor dem Gesicht, auf die Wespen ein, bis Ruth zur Seite kippte und die Clancys schreiend in den Garten gerannt kamen.«

Er streicht sich mit einer Hand über die tief gerunzelte Stirn. »Mr Clancy versuchte, mich wegzuziehen, und Mrs Clancy versuchte, eine Decke über Ruth zu werfen, aber ich schlug wieder und wieder mit meinem Stock zu.«

Ich merke, dass ich die Klobürste umklammere. Ich lege sie hin.

Er betrachtet mich mit ernster Miene. »Und dann, und das schwöre ich bei Gott, flogen die Biester auf einmal in einer großen wütenden Wolke auf und schwirrten davon, hinaus aufs Feld. Ich ließ den Stock fallen, warf mir Ruth über die Schulter und trug sie, ohne nachzudenken, zur heiligen Quelle.«

»Heilige Quelle?«

»Eine Pferdetränke an der Straße, die aus dem Ort führte, aber ihr wurde nachgesagt, besondere Kräfte zu haben.« Er sieht mich an. »Gott segne Irland, wie es früher war. Wenn sich Wasser in einer Teetasse sammelte, hieß es, es habe Heilkräfte. Unsere Quelle war bestens geeignet, Skrofulose zu heilen.«

»Skrofulose?«

»Fünf Meilen die Küste runter war ein Teich, der bei Rachenkatarrh Linderung verschaffte. Ich lief die Straße hoch, warf meine Schwester in die Tränke und drückte sie unter Wasser.« Er runzelt die Stirn. »Falls sie überhaupt noch Augen im Kopf hatte, so konnte ich sie nicht sehen. Ihr Gesicht war eine einzige aufgequollene Masse, vollgepumpt mit Gift. Ihr kleiner Arm trieb nach oben und aus dem Wasser, als würde sie mir zuwinken, obwohl ich sicher war, dass sie tot war.«

Er blickt auf den Zigarettenstummel, der vergessen zwischen seinen Fingern klemmt. Er holt sein Feuerzeug heraus. »Aber die Heiligen haben an dem Tag zugeschaut, und das Wasser in der Tränke war wahrhaft heilig. Als ich Ruth nämlich aus dem Wasser hob, holte sie tief Luft und brüllte los. Und ich sah, dass das Kind keinen Kratzer hatte. Keinen Stich. Keine Schwellung. Ich zog ihr die Kleidung aus und drehte sie im Kreis. Und bei Gott, sie drehte sich zitternd vor meinen Augen und war ein vollkommen unversehrtes kleines Mädchen.«

»St. Gobnait«, murmele ich.

St. Gobnait mit dem hellen Haar und dem gelassenen Gesicht, wunderschön in ihrem goldenen Gewand mit Diadem. Sie lächelt auf die freundliche Biene hinab, die auf ihrem Finger gelandet ist. Ich schaue mich um, erwarte fast, sie am Waschbecken lehnen zu sehen, aber sie ist natürlich nicht da. Kein vernünftiger Heiliger würde in dieses Haus kommen.

Mr Flood runzelt die Stirn. »Was?«

»Eine von den Heiligen, die zugeschaut haben, dürfte St. Gobnait gewesen sein. Eigentlich ist sie die Schutzpatronin der Bienen, aber sie war bestimmt auch bei Wespenstichen eine große Hilfe.«

Er sieht verdutzt aus. Ich hab einen Stein in seine Geschichte geworfen, der Wellen geschlagen und das Bild getrübt hat.

»Ruth hat also überlebt?«, frage ich.

Er nickt. »Aber sie war nie wieder dieselbe. Sie hatte sich verändert. Sie fing an, mit sich selbst zu reden.« Er blickt mich mit einem schwachen, schiefen Lächeln an. »Sie sagte, sie würde mit den Toten sprechen.«

»Den Toten?«

Der Spülkasten gibt ein hohles Gluckern von sich.

Mr Flood blickt zerstreut zu ihm hoch. »Mammy ging mit ihr zum Priester, und Daddy sagte, er würde ihr die Flausen schon austreiben, aber Ruth plapperte weiter vor sich hin. Bis ich ein ernstes

Wort mit ihr sprach und ihr sagte, wenn sie ihre Kindheit überleben wollte, müsste sie ihre Fähigkeiten für sich behalten.«

»Und hat sie das?«

»Ja. Von da an ist Ruth jedes Mal, wenn der Drang sie überkam, nach draußen geschlichen und hat im Flüsterton mit dem Zaunpfahl gesprochen. In gewisser Weise ist also alles gut ausgegangen.«

»In gewisser Weise«, sage ich ausdruckslos.

»Aber die größte Veränderung lag in ihren Augen, und das konnte Ruth nicht verbergen.« Er lächelt mich an. »Die schimmerten irgendwie schwermütig, hatten eine Art tragischen Glanz, wie *Perlen*, verstehen Sie?«

Irgendetwas regt sich tief in meinem Herzen, so geschmeidig und unheilvoll wie eine alte Schlange, die sich im Sand windet. Mir stockt der Atem, meine Nerven spannen sich an.

Ich schlage einen bewusst heiteren Ton an. »Nicht wie Kastanien?«

Ein versonnener Ausdruck legt sich auf Mr Floods Gesicht. »Wissen Sie, wie Perlen entstehen? Ein winziges Sandkorn dringt in die Muschel, nistet sich an der weichsten Stelle ein.« Er drückt die Fingerspitzen in die hohle Hand. »Die Auster umschließt den Störenfried, um ihn zu glätten, erträglich zu machen.«

Ich kann nichts sagen.

»Eine Perle ist eine ewige Träne«, flüstert er vor sich hin. »Ein umhüllter Schmerz.«

Ich starre ihn an.

»Desgleichen finden sich die hübschesten Augen in den Köpfen von Frauen, die gelitten haben.« Er lächelt. »In ihrem strahlenden Kern liegt eine Verletzung. Wie gesagt, Drennan, Sie haben schöne Augen.«

Der Spülkasten gurgelt nervös, und ich rufe mir in Erinnerung, dass dieser alte Mann keine Ahnung hat, welche Verletzung in meinem strahlenden Kern liegt. Schluss mit seinen Erinnerungen, den Fingerspitzen, die sich in die Handfläche bohren, dem gemurmelten Unsinn. Er hat keinen Schimmer, was er da sagt.

»Bleiben Sie bei der Geschichte, Mr Flood«, sage ich.

Er kneift die Augen zusammen. »Aber Sie haben vielleicht eine bessere …?«

»Wenn ja, würde ich sie Ihnen nicht erzählen.«

»Gut gekontert.« Er lächelt. »Ich war also der Grund dafür, dass Ruth dem Tode nahekam, gerettet wurde, lernte, ihre Verrücktheiten für sich zu behalten, und schöner wurde.«

»Und Sie waren der Grund dafür, dass das Nest überhaupt aus dem Baum gefallen ist und die Wespen sie fast getötet haben.«

»Kann passieren. Übrigens, Ruth hat vorhergesagt, dass ich Mary heiraten würde.«

Der Spülkasten meldet sich mit einem fröhlichen Wasserschwappen. Ich schiele zu ihm hoch.

»Ihre Frau?«

Er nickt. »Obwohl meine Schwester kein Zweites Gesicht gebraucht hätte, um darauf zu kommen.«

»Wieso nicht?«

Mr Flood zögert. »Mary hatte feuerrotes Haar, wie die Sonne, wenn sie im Herbst untergeht. Tochter eines Farmers, aber wie geschaffen für den Salon. Man wäre nie auf die Idee gekommen, dass sie nicht schon immer eine Lady war, eine Königin, eine schöne Helena.«

»Sie müssen sie sehr geliebt haben.«

Sein Körper erstarrt. »Muss ich das?«

»Sie müssen sie vermissen.«

Brauen senken sich über funkelnden blauen Augen. »Muss ich das?«

»Sie sind jetzt schon länger allein, nicht wahr?«

»Haben Sie meinen Scheißbetreuungsplan überhaupt gelesen?« Er verfällt in einen wütenden Singsang. »Mr Cathal Flood, Künstler im Ruhestand, Maschinenbauingenieur und Kuriositätenhändler, lebt *allein* in seiner herrschaftlichen, denkmalgeschützten viktorianischen Villa.«

»Aber Sie haben einen Sohn. Der ist doch sicher ein Trost für Sie, oder?«

»Was wissen Sie über meinen Sohn?«

»Das, was ich im Betreuungsplan gelesen habe.«

Er stockt, das Gesicht ein Bild der Entrüstung. »Spucken Sie es aus.«

»Dr. Gabriel Flood, Dozent für Theaterwissenschaften und aktives Mitglied der West Ealing Choral Society.«

»Dr. Gabriel Flood ist ein Klugscheißer.«

Ich runzele die Stirn. »Der bis zu Mr Floods Unterbringung in einem geeigneten Seniorenheim großen Wert darauf legt, dass sein Vater mit der bestmöglichen Betreuung in Bridlemere wohnen bleibt.«

Mr Flood lächelt säuerlich. »Eine Unterbringung, die sich als schwierig erweisen wird, weil der alte Saubär mit Ärger *biblischen* Ausmaßes gedroht hat – Verschmieren von Exkrementen, Brandstiftung und Zerstörung –, falls er in ein Seniorenheim gesteckt wird.«

»Davon steht nichts in Ihrem Betreuungsplan. Dann haben Sie also nicht vor, in ein Seniorenheim zu ziehen, Mr Flood?«

»Nicht, solange ich noch ein Loch im Arsch habe«, sagt er.

Er wirft mir einen angewiderten Blick zu, während er seine Gliedmaßen in einer Reihe von Zuckungen auseinanderfaltet. Er hievt sich auf die Beine, sortiert Knochen und Gelenke. Setzt seinen großen wackelnden Kopf obendrauf, Kinnlade vorgeschoben, die Brauen finster gesenkt.

Er ist schon halb den Korridor hinunter, als ich es ausspreche.

»Ich bin sicher, Ihr Sohn will nur das Beste für Sie, Mr Flood.«

Mit bemerkenswerter Geschwindigkeit, in einem einzigen wimpernschlagschnellen Satz, kommt er zurück durch die Tür und steht vor mir.

Voll aufgerichtet ist seine Größe beängstigend.

Er ist der Langbogen eines Riesen: Körper gestrafft, jede Sehne zittert vor Anspannung. Er zeigt zu mir runter, zielt mit dem Pfeil seines Zeigefingers zwischen meine Augen.

»*Arschloch*«, zischt er.

Er geht rückwärts aus dem Raum, den Finger noch immer auf mich gerichtet, senkt den Arm und verschwindet den Flur hinunter. Hinter ihm sacken Haufen von Gerümpel in sich zusammen und kippen um.

Ich überlege, ob ich mich aus dem Staub machen soll. Ich setze mich auf den Klodeckel, während ich darüber nachdenke, traue meinen Beinen noch nicht so ganz wieder. Über mir rauscht Wasser durch die Rohre, eine jähe Flut ergießt sich in den Spülkasten, als hätte sie mit angehaltenem Atem gewartet.

Dann passiert nacheinander Folgendes: Die Toilettentür knallt zu, ein leises Ächzen ertönt tief im Spülkasten, Klopapier entrollt sich selbst auf dem Boden.

Ich schaue zu der arm- und beinlosen Barbie hinüber. Sie blickt alarmiert, trotz des einnehmenden Lächelns.

Ich durchquere den Raum fast im Laufschritt, drücke die Klinke hinunter und stelle fest, dass die Tür abgeschlossen ist.

Die Wandlampen lassen plötzlich ihre Wolframfäden aufleuchten. Sie brennen hell, dimmen dann herunter.

Ich warte, halte noch immer mit flatterndem Herzen die Klinke umfasst, zähle rückwärts und dann in kleinen panischen Zahlenskalen wieder aufwärts.

Oben an der Wand beginnt die Abdeckung des alten Spülkastens zu hüpfen wie ein Deckel auf einem brodelnden Topf, und Wasser sprudelt über. Es folgt ein heftiges Zischen wie der Pfiff aus dem Druckkessel einer Dampflok. Wasserstrahlen spritzen schwallartig aus den Verbindungsstellen der Rohrleitungen. Ich presse mich gegen die Tür. Im hohen Bogen peitschen Wasserfontänen aus dem Spülkasten. Sie schleudern hoch und sacken zusammen, drehen sich und fallen herab wie losgelassene Springseile.

Das Wasser in der Kloschüssel fängt an, hin und her zu schwappen.

Die Hähne am Waschbecken machen mit, öffnen sich mit einem metallischen Knirschen, speien Wasser. Im Nu ist das Becken voll, läuft über und ergießt seinen Inhalt auf den Boden.

Ich schaue zu, wie eine Milchflasche (jawohl, eine Milchflasche) aus der Tiefe des Waschbeckens auftaucht. Sie kreiselt träge auf der Stelle, als wollte sie, im vollen Bewusstsein ihres unerklärlichen Erscheinens auf der Bühne, dem Publikum Zeit lassen, sich an sie zu gewöhnen. Dann stürzt sie sich entschlossen in einer Wasserkaskade über den Beckenrand, schlittert über das nasse Linoleum und stupst sachte seitlich gegen meinen Sportschuh.

Die Sturzbäche kommen so plötzlich zum Stillstand, wie sie begonnen haben. Der letzte Wasserstrahl aus dem Spülkasten, der mitten in der Luft verharrt hat, fällt herab, besprenkelt das Linoleum mit kleinen Tropfen. Das Waschbecken läuft leer.

Der Raum ist still bis auf gelegentliches verschämtes Tröpfeln und zerknirschtes Glucksen und verlegenes Plätschern. Als wäre den Rohrleitungen ihr Ausbruch peinlich.

Hinter mir öffnet sich die Tür der Toilette.

Die Milchflasche ist altmodisch, oben behelfsmäßig mit Alufolie zugeklebt. Darin ist nur ein Foto. Ich trockne meine Hände und die Flasche und nestele das Foto heraus.

Zwei Kinder stehen Hand in Hand neben einem kunstvollen Springbrunnen. Die Steinnymphe in der Mitte des Brunnens beobachtet sie mit träger Neugier, während sie so tut, als würde sie der Muschel lauschen, die sie sich ans Ohr hält. Das Wasser im Becken sieht fest aus, dunkel. Eiszapfen hängen an der abgestuften Umrandung. Die kahlen Zweige der Büsche im Hintergrund sind mit Frost überzogen.

Der Junge starrt mürrisch in die Kamera. Höchstens vier, das Gesicht durchscheinend blass und die Haare leuchtend rotbraun.

Das Mädchen ist größer, etwa sieben, und hat kein Gesicht. An der Stelle ist ein Loch durch das Foto gebrannt worden. Die Ränder geschmolzen, wulstig, wie von einer Zigarette.

Eine Armee von Spinnen marschiert über meine Kopfhaut. Ich fühle mich verflucht, nur weil ich das Foto in der Hand halte. Tu's weg, sage ich mir.

Aber das mache ich nicht. Ich betrachte das krause Haar, das die Stelle umgibt, wo ihr Gesicht sein müsste: gelbbraunes Haar, unnatürlich hell im Gegenlicht der untergehenden Wintersonne. Ich betrachte die Lackschuhe der Kleinen und ihre Beine in einer roten gemusterten Strumpfhose und ihren dunkelblauen Mantel. Ihre Fußspitzen sind nach innen gedreht, berühren einander.

Ich drehe das Foto um. Auf der Rückseite steht etwas. Das erste Wort ist durchgestrichen, eine Reihe von tief eingedrückten Kreuzen. Lesbar ist:

Xxxxxxxxxx und Gabriel, Bridlemere, 1977.

Ein Artefakt wurde an mein Ufer gespült, hat sich bemerkbar gemacht.

Wieso mein Ufer?

Mein Ufer ist ein fremdes, unwirtliches Terrain. Es ist von Felsen umzingelt und abweisend und beherrscht von sonderbaren, unergründlichen Gezeiten.

Ein anderer Mensch, in einer anderen Zeit, hat sein Vertrauen in das Unbekannte gesetzt – in mein unsichtbares Ich. Er hat seine Nachricht aufgerollt und in eine Flasche gesteckt und gehofft, dass sie ankommt. Jemand hat gesendet: Ich habe empfangen.

Wäre es respektlos, sie wieder zum Strandgut zurückzuwerfen und von jemand anderem finden zu lassen?

Würde ich das wagen? Bei all der irrwitzigen Masse an Schrott hat das Haus mir ausgerechnet das hier zukommen lassen.

Das Foto liegt auf meiner flachen Hand, biegt sich an den Seiten hoch wie ein Wahrsagefisch. Es sagt mir etwas Schlimmes voraus, da bin ich mir sicher.

Ich blicke mich um. Schaue auf den durchnässten Müll, die klatschnassen Wände. Eine arm- und beinlose Barbie beobachtet mich aus der Ecke, eine Augenbraue hochgezogen. Ihre puderrosa Lippen formen lautlos zwei Worte. *Hau ab.*

Kapitel 2

Ich haue nicht ab, ganz im Gegenteil. Ich gehe in die Küche, schließe die Tür, klemme einen Stuhl unter die Klinke und suche mir eine schwere Eisenpfanne aus. Ich teste ihr Gewicht in der Hand und stelle sie griffbereit auf den Resopaltisch.

Ich bin von Berufswegen verpflichtet, Mr Flood ein nahrhaftes Abendessen zuzubereiten. Dann kann ich abhauen.

Heute mache ich ihm eine Pastete aus Rindfleisch, Nieren und Kartoffeln. Zum Nachtisch gibt es Götterspeise mit Mandarinen. Meine Vermieterin Renata Sparks meint, ich sollte Mr Floods Geld einstecken und ihm Hundefutter und Cracker servieren. Ich erkläre ihr, dass ich einen gewissen beruflichen Stolz daraus beziehe, jeden Morgen einen leer gegessenen Teller vorzufinden. Außerdem sieht der alte Mann schon deutlich weniger kränklich aus, zwar immer noch ausgemergelt, aber um die Augenhöhlen herum schon ein bisschen voller. Renata lacht schnaubend über mich.

Überdies muss ich sein Katzenrudel füttern, bevor ich verschwinde.

Ich habe sie alle nach großen Schriftstellern benannt. Hemingway hat ein halbes Ohr und miaut aufreizend, Dame Cartland ist eine umgängliche Perserkatze mit verfilztem Hinterteil, und Burroughs, mürrisch und hinterhältig, faucht argwöhnisch in den Ecken. So allmählich kommen sie, wenn ich sie rufe. Sie streichen mir um die Beine und verpassen mir beulige Sternbilder aus Flohbissen.

Das eine oder andere Mal verharre ich, weil ich etwas an der Tür höre: ein schwaches Rufen, ein Kratzen, vielleicht nicht von den Katzen. Das eine oder andere Mal greift meine Hand nach der Pfanne. Doch letztlich ist es falscher Alarm. Jetzt, wo ich der Toilette unten entflohen bin, rufe ich mir Folgendes in Erinnerung:

1. Bekanntlich gibt es mehr Dinge zwischen Himmel und Erde usw. usw., aber selten sind ihre Methoden so unmittelbar oder verständlich.
2. Ich habe Biba Morels Haftungsklausel nur überflogen, aber wenn ich sie genauer studiert hätte, wären mir die Formulierungen *amtliche Durchsuchung*, *Sprengfallen*, *raffinierte Mechanismen*, *polizeiliche Warnung* aufgefallen.
3. Schnelle Reflexe und schweres Kochgeschirr können das Blatt in nahezu allen verzweifelten Situationen wenden.

Ich erledige den Abwasch in einem ruhigen, gleichmäßigen Tempo, ziehe meine Jacke an und schließe den hinteren Eingang hinter mir ab. Ich unterdrücke das Verlangen loszurennen und schreite bedächtig den Gartenweg hinunter. Ich beglückwünsche mich selbst, als ich das Tor in einer gelassenen und beherrschten Gangart erreiche, und trete hinaus auf die Straße.

Und hole tief Luft.

Hier fühlt sich der Bürgersteig unter meinen Füßen sicher an, nichts schwankt oder rutscht weg. Hier sind die Gerüche einfach, unkompliziert: Busabgase, der schwindende Hauch einer Zigarette. Nicht der starke, strenge, überwältigende, ekelerregende Gestank von jahrzehntelang gehortetem Abfall, einem ungewaschenen alten Mann, einhundert Katzen, der Scheiße von einhundert Katzen und den gedeihlichen Überresten eines verrotteten Gartens.

Es ist komisch, wie Menschen und Sozialbetreuer sich anpassen. An meinem ersten Tag dachte ich, der Mief in Mr Floods Haus würde mir den Rest geben. Am Ende meiner Schicht konnte ich ein Feigenröllchen essen, solange ich durch den Mund atmete.

Aber ich habe mich nicht an die Beklommenheit gewöhnt, die mich befällt, wenn ich in den Bus zur Arbeit steige, oder an die Bangigkeit, die mit jedem Schritt auf dem Weg von der Haltestelle zu Mr Flood wächst, oder an das Grauen, das mich erfasst, wenn ich über die Schwelle seines Hauses trete.

Ich blicke durchs Tor zurück auf Bridlemere. Von der Straße aus ist es eine dunkelgrüne Wand, ein Wald aus Leyland-Zypressen, die um Dornröschens Schloss herum in die Höhe ragen.

Der einzige Weg hinein führt jetzt durch das hintere Tor, vorbei an Schuppen und anderen halb verfallenen Nebengebäuden. Einen Pfad entlang, der gesäumt wird von Fahrradwracks, zerfetzten Matratzen und ausgebauten Autobatterien. Verlässt du den Pfad, kommst du angeblich in einen ummauerten Garten mit einem Eishaus, einem alten Ziehbrunnen und einem Torhaus mit Bogenfenstern. Bleibst du auf dem Pfad, gelangst du zur Rückseite des Hauses mit dem Wintergarten rechter Hand. Eine Miniatur-Glaskathedrale voller Spitztürme und Bogen, die Scheiben weiß von Tünche-Wirbeln und grün bemoost. Die unteren Fenster des Hauses sind blickdicht gemacht worden: mannshoch mit Zeitungen zugeklebt oder die Klappläden geschlossen. Eine Eisentreppe führt zur hinteren Tür, zur Küche, zum Wirtschaftsraum und zur Vorratskammer.

Das Haus hat vier Stockwerke, und das oberste ist ein Belvedere, eine lange verglaste Galerie, die mir, sollte ich sie je betreten, Aussicht auf ganz London bieten würde. Von da oben würde ich die Tragflächenspitzen der Flugzeuge sehen, die in Heathrow landen, oder die Masten der Schiffe in Greenwich. Von da oben würde ich den Wachwechsel vor dem Buckingham Palace sehen können oder wie eine Taube auf die Nelsonsäule kackt.

Linker Hand führt ein schmaler Pfad weiter zur Vorderseite des Hauses, wo sich zwischen wild wucherndem Gestrüpp und gärenden

Müllsäcken noch immer eine Einfahrt erahnen lässt. Sie umschließt ein Wasserbecken mit einem Springbrunnen, wo eine Nymphe mit Moos in den Ritzen und Spalten verwittert.

Die Stelle, wo 1977 zwei Kinder standen, eines mit Gesicht und eines ohne. (Ich schaue in meiner Handtasche nach. Das Foto ist da, steckt fürs Erste wieder aufgerollt in der Flasche.)

Die Nymphe hält sich noch immer eine Muschel ans Ohr, tut so, als würde sie lauschen. Zu ihren Füßen tummeln sich Steinfische mit Glupschaugen, und unsägliche Teichgeschöpfe dümpeln im Wasser voller Algen, einer schlammigen Suppe. Sie blickt gelangweilt zur Veranda hinüber, als warte sie darauf, dass die Bewohner des Hauses herauskommen, was sie nicht tun, da die Tür mit Lackfarbe zugeklebt ist. Geh die breite, flache Treppe hinauf und späh durch den Briefschlitz – geht nicht: Er ist zugenagelt.

In Bridlemere hat das Licht einen Unterwassereffekt, einen grünlichen Schimmer von den hohen Bäumen rings um das Haus. Auch der Klang ist anders, Geräusche werden leiser, sodass der Verkehr draußen kaum zu hören ist. In Bridlemere gibt es nur den Müll, der langsam in sich zusammensinkt, das Schleichen von Katzen und, wenn er nicht aus vollem Halse brüllt, die leisen Bewegungen von Mr Flood oder die Stille seiner Reglosigkeit. Manchmal auch eine Art gedämpftes Rascheln, eine Art Flüstern. Als würde ein Häufchen Blätter aufgeweht oder ein Gebet geraunt, hastig und verzweifelt, knapp außer Hörweite.

In Bridlemere zaudert die Zeit und weicht zurück, hustend und schlurfend. Hier verwest Geschichte lautlos, und Eleganz welkt höflich vor sich hin.

Trotz alledem wirkt das stille Haus nicht friedlich, denn immer ist da das ominöse Gefühl, beobachtet zu werden, ein unstetes zielloses Gefühl. Als würden nicht nur Katzen deine Bewegungen verfolgen, als würden namenlose Augen dir bei allem, was du tust, auf die Finger schauen.

In Bridlemere verschwinden Gegenstände und tauchen irgendwo anders wahllos wieder auf. Legst du deine Armbanduhr auf die Fensterbank, findest du sie an einem Haken der Anrichte wieder. Schau kurz weg, und die Teekanne, die du auf den Tisch gestellt hast, steht nun auf einem Regal in der Vorratskammer.

In Bridlemere erschrecken Katzen vor nichts und flüchten fauchend mit gesträubten Nackenhaaren und angelegten Ohren durch den Flur. Oder aber sie reiben sich schnurrend an leerer Luft.

In Bridlemere bauen Spinnen Netze wie barocke Kunstwerke. Sie hängen überall im Haus wie verschlüsselte Warnungen.

Doch es ist nicht ratsam, zu viel darüber nachzudenken.

Sam Hebden hat zweifellos zu viel darüber nachgedacht, und deshalb hat Bridlemere ihn nervlich zerrüttet. Mr Floods versuchte Körperverletzung mit dem Hurling-Schläger hat ihm den Rest gegeben; das Haus wird Sam vorher schon fertiggemacht haben.

Sam Hebden war ein hochqualifizierter Sozialbetreuer mit Zusatzdiplom im Bereich »Konfliktbewältigung in der Altenpflege«. Er musste nicht eingearbeitet werden, warf lediglich einen Blick auf die Risikoanalyse. Er arbeitete allein. Manche sagten, Sam war ein großer Mann mit einem Haarknoten auf dem Kopf wie ein Samurai. Manche sagten, er fuhr eine Ducati und hatte eine Kobra auf den Hals tätowiert. In Wahrheit hatte nur Biba ihn je gesehen, und sie sprach seinen Namen leise und mit mühsam beherrschter Begeisterung aus. Sam war die menschliche Verkörperung eines erfolgreich umgesetzten Betreuungsplans. Er war unangreifbar.

Dann kam er nach Bridlemere.

Dann war er weg.

Vielleicht ist er auf sein Motorrad gestiegen und nach Hause gefahren. Vielleicht ist er mit Schaum vor dem Mund und von empfindungsfähigem Müll faselnd in eine psychiatrische Einrichtung eingeliefert worden.

Wer weiß?

Es ist nicht ratsam, Sam Hebdens Schicksal auf die leichte Schulter zu nehmen. Arbeitsbedingungen wie hier hat es zuletzt vor 150 Jahren gegeben. Ganze Tage gefangen in einem Labyrinth aus Gerümpel, dazu ein gestörter alter Knacker, der jeden Augenblick einen Tobsuchtsanfall kriegen kann, mit klapperndem Gebiss und Speichel sprühenden Hängelippen und allem, was dazugehört. Dem heutigen Tag nach zu urteilen ist er mit seinen langen Beinen trotz seines Alters dermaßen flott unterwegs, dass ich ihm nicht entwischen könnte. Mein einziger Schutz sind ständige Wachsamkeit und die Bereitschaft, einem Achtzigjährigen kräftig in den Hintern zu treten.

Als ich das Tor schließe, nehme ich eine jähe Bewegung im Garten wahr. Mr Flood taucht mit dem Kinn voran zwischen den Büschen auf. Er wirft einen lauernden Blick zur hinteren Tür und humpelt quer über den Pfad, in den Händen einen Strick und eine Saugglocke. Ich danke den Heiligen im Himmel, dass ich lebend da rausgekommen bin.

Ich danke nicht speziell St. Dymphna (Harmonie in der Familie, Wahnsinn und Ausreißer), obwohl sie matt schimmernd draußen vor dem Tor auf mich wartet wie an den meisten Tagen. Sie kaut auf dem Zopf herum, der unter ihrem Gesichtsschleier hängt. Das macht sie immer, wenn ihr langweilig ist. Es verleiht ihr einen nachdenklichen Ausdruck, und die Spitzen ihrer unsichtbaren Haare werden davon ganz borstig. Als St. Dymphna mich sieht, reißt sie in gespielter Überraschung die Augen auf und bekreuzigt sich leicht spöttisch. Vor dem grünen Hintergrund der Hecke von Bridlemere leuchtet sie und ist wunderschön. Sie wird immer mit blondem Haar gemalt, dabei ist sie dunkel. Sie hat Ähnlichkeit mit einer sehr jungen Kate O'Mara, bloß dass sie durchsichtig ist und lebensüberdrüssig wirkt (was sehr verwunderlich ist, wenn man bedenkt, dass Dymphna sich mit vierzehn Christus weihte und mit fünfzehn starb).

Ich ignoriere sie in der Hoffnung, dass sie sich einfach auflöst, aber sie lüftet ihr Gewand ein wenig und folgt mir. Ich höre das leise Klatschen und Trotten ihrer Sandalen. Sie ist mal wieder in ihre lustlose Gangart verfallen, das erkenne ich am Geräusch.

St. Dymphna setzt keinen Fuß nach Bridlemere. Sie weigert sich, weiter als bis zum Tor zu kommen. Das einzige andere Mal, dass sie sich so vehement gegen etwas gesperrt hat, war auf einem Ausflug zum Wachsmuseum in Dublin. Sie meinte, das Museum wäre zu verdammt heidnisch für ihren Geschmack. Sie würde es auf keinen Fall betreten, obwohl sie furchtbar gern die Wachsfiguren von Wolfe Tone und de Valera gesehen hätte. Sie flog aufs Museumsdach und wartete da oben bei den Tauben, ließ zwischendurch unsichtbare Spucke auf die Köpfe von Besuchern fallen. Beim Anblick von Bridlemere kneift St. Dymphna die Augen zusammen und saugt zischend Luft durch die Zähne ein, wie ein Klempner, der einem erklärt, dass der Durchlauferhitzer nicht mehr zu retten ist.

Auf dem Weg zur Bushaltestelle schaue ich über die Schulter zu ihr nach hinten. Sie schlendert durch Kinderwagen und Abfalleimer hindurch. Sie geht schnurgerade auf jeden Fußgänger zu und durch ihn hindurch. Ich sehe, wie die Leute frösteln und sich umschauen, als wäre ihnen ein Schauer über den Rücken gelaufen. Es ist kein angenehmes Gefühl. Ich habe es selbst erlebt.

An der Haltestelle holt St. Dymphna mich ein und schnippt ihren Schleier hoch. »Was hast du da?« Sie zeigt auf meine Handtasche. »Da drin?«

»Eine Flaschenpost, die in der Toilette im Erdgeschoss angespült worden ist. Unter seltsamen Umständen.«

St. Dymphna setzt eine finstere Miene auf. »Hör auf.«

»Fast wie ein Spuk.«

»Hör. Auf. Verdammt noch mal.«

St. Dymphna spuckt gern große Töne: dunkel blitzende Augen und strafende Sprüche, schmollend und aufbrausend und herausfordernd. Aber eigentlich hat sie panische Angst vor allem, was ungewöhnlich ist oder übermäßig profan oder anrührend oder unangenehm. Der Tod macht ihr Angst, ebenso Leute, die todkrank oder deprimiert sind oder laut weinen. Sie fürchtet sich vor der Dunkelheit und vor geschlossenen Räumen und traut sich höchstens mal in eine Nische. Außer Dudelsackmusik, Geschichten über sie selbst und unanständigen Limericks gibt es nur sehr wenig, was St. Dymphna mag.

»Ich hab das Gefühl, dieser Job bringt mich um«, sage ich mehr zu mir selbst als zu ihr.

»Jobs sind sehr gefährlich.« Sie schließt die Augen. »Enttäuschung, Lungenkrankheiten, Langeweile, Stress, Sinnlosigkeit, Selbstmord, Herzinsuffizienz, Desillusionierung, Diabetes, Schlaganfälle.«

»Und woher willst du das wissen?«

Sie zuckt mit den Schultern, hält die Augen geschlossen.

»Dann bin ich in Bridlemere also in Gefahr?«

Sie öffnet die Augen. »Wie zum Teufel soll ich das wissen?«

Wir warten schweigend auf den Bus.

Als sie weiterspricht, ist ihre Stimme müde. »Beruflich oder spirituell?«

»Beides. Eins von beidem.«

»In dem Haus?« St. Dymphna spitzt die Lippen. »Was glaubst du denn wohl?«

»Dann sollte ich den Job besser schmeißen?«

»Tu, was du willst. Ich würde jedenfalls machen, dass ich wegkomme.«

»Wieso?«

Sie zögert.

»Was ist in dem Haus? Geister? Dämonen?«

Sie verdreht die Augen. »So was gibt's nicht.«

»Bloß der verknöcherte alte Mr Flood und seine Katzen?«

Sie sagt nichts.

»Na los, gib mir einen Tipp«, sage ich. Ich klopfe auf meine Handtasche. »Dieses Foto –«

»Frag bloß nicht.«

Wir stehen eine Weile schweigend da.

»Die zwei sehen aus wie Geschwister.« Sie deutet mit einem flattrigen Arm auf meine Handtasche.

»Und woher willst du das wissen? Eines hat gar kein Gesicht.«

St. Dymphna stellt sich einem Mann in den Weg, der einen billigen Anzug trägt und eine Einkaufstüte in der Hand hält. Er strauchelt leicht, als er durch sie hindurchgeht, als wäre er über ein Loch im Bürgersteig gestolpert. Er schaut sich um, sieht mich kurz mit gehetztem Blick an. Dann marschiert er weiter die Straße hinunter und hält seine Tüte ein bisschen fester umklammert.

St. Dymphna hat eine erfreute Miene aufgesetzt. »Es ist die Art, wie sie dastehen, meine ich, für das Foto posieren.«

»Wie stehen Geschwister denn?«

»Ach, keinen Schimmer.« Sie inspiziert die Spitze ihres zerkauten Zopfs. »Als wären sie Teile derselben Möbelgarnitur. Ohne sich irgendwie wahrzunehmen, wie ein Tisch und eine Lampe.«

»Im Betreuungsplan steht nur ein Kind, der Junge, Gabriel. Die Floods hatten nur den einen Sohn.«

»Und in dem Betreuungsplan steht jede verdammte Kleinigkeit? Was ist denn mit dem ganzen Mist, den eine Familie lieber weglässt?«

Autos fahren vorbei, aber es kommt kein Bus.

»Die vielen Leichen im Keller meinst du?«

»Ich hab dich gewarnt.« Sie rückt gereizt ihre Krone zurecht. Die sprüht Funken und leuchtet ein wenig heller an den Stellen, wo die Fingerspitzen sie berühren. St. Dymphna hat keinen sichtbaren Heiligenschein, aber bei Dämmerlicht sieht man manchmal, wenn ihr Schleier nach hinten rutscht, ein sanftes Leuchten, das von ihrem Mittelscheitel aus strahlt.

»Dann sollte ich also nicht wieder hingehen?«

St. Dymphna verdreht die Augen. »Herrje, ich hab doch gesagt: Tu, was du willst.«

Ich klopfe auf die Flasche in meiner Handtasche. »Was, wenn das hier ein Hilferuf ist?«

»Na wenn schon«, murmelt sie.

»Es ist schon seltsam, ein kleines Mädchen, dessen Gesicht aus einem Foto *rausgebrannt* wurde.«

Sie zieht sich ihren Schleier um die Ohren. »Ich will das nicht *hören*, klar?«

»Was, wenn es einen Grund dafür gibt, dass ich das Foto gefunden habe?«

»Was denn für einen Grund? Hör auf damit«, sagt sie. »Vergiss es.«

»Aber vielleicht braucht jemand meine Hilfe.«

»Du wirst bloß einen Haufen Ärger machen. Wie schon einmal.«

Ich starre sie an.

Mit einem unwirschen Blick über die Schulter tritt St. Dymphna von der Haltestelle auf die Straße, genau vor den nahenden Bus.

Kapitel 3

Es gibt ein Foto, das ganz vorne in einem Buch liegt, unter alten Mänteln und Schulzeugnissen, auf dem Boden des Koffers oben auf meinem Kleiderschrank. Zwei Mädchen in Sommerkleidern am Strand. Beide haben Gesichter und Namen. Dreh das Foto um, und es steht nichts auf der Rückseite, aber folgende Fakten sind mir bekannt:

Namen (von links nach rechts): Deirdre Drennan, Maud Drennan
Ort: Pearl Beach, County Donegal
Datum: Juli oder August 1989

Dieses Foto wurde nicht aufgerollt in einer Milchflasche in einem Waschbecken in der düsteren Höhle eines alten Messies in West London gefunden. Seine Auffindung war weit weniger ungewöhnlich, aber ebenso unerklärlich. Die Polizei entdeckte das Foto auf der Straße nach Ballyshannon in Jimmy O'Donnells Auto, unter dem Beifahrersitz.

Es ist so normal und kompliziert wie jeder Familienschnappschuss.

Ein junges Mädchen, gerade mal fünfzehn, steht auf einer von Sanddünen gesäumten Uferpromenade. Sie lehnt sich gegen das Geländer, die Hüfte vorgestreckt, ohne ein Lächeln auf den Lippen. Neben ihr steht ein kleineres Mädchen von mindestens sieben Jahren. Sie hat sich die Haare hinter die Ohren gestrichen, und sie lächelt unsicher. Beide haben braunes Haar, und sie tragen die gleichen weißen Sandalen. Ansonsten deutet vom Aussehen her kaum etwas auf ihre Verwandtschaft hin. Es ist ein warmer und windstiller Tag. Ich erkenne das daran, dass das Gras auf den Dünen um sie herum aufrecht steht, und sie haben nicht den spröden Gesichtsausdruck von Menschen, die bis auf die Knochen durchgefroren sind.

Ich habe keine Erinnerung daran, dass das Foto gemacht worden ist. Eigentlich könnte es gar nicht gemacht worden sein, weil wir an dem Strand den ganzen Sommer über sonst keine Menschenseele gesehen haben.

Er war ein wilder, leerer Ort, dieser Strand. Ein Ort, wo der Ozean den Himmel berührte und die Seevögel schrien und im unendlich weiten Blau ihre Kreise zogen. Die Dünen waren drei Stockwerke hoch oder nicht größer als ein Maulwurfshügel, gewaltige alte Wellenbrecher oder neue kleine Buckel. Es war ein Ort mit treibendem Sand, singendem Sand, sinkendem Sand, festgedrücktem Sand, wie geschaffen, um darauf zu rennen. Sand, der einen Glanz hatte, ein gewisses Schimmern im richtigen Licht (Mondlicht, Sternenlicht, Morgenlicht). Ein langer, halbmondförmiger, hinreißender Strand, sogar sein Name war magisch: Pearl Beach.

Meine Schwester sagte, bei Ebbe könnte man bis nach Amerika zu Fuß gehen, so weit zogen die Wellen sich zurück. So weit, dass die Seesterne vergaßen, dass es je einen Ozean gegeben hatte, und vor Schreck erstarrten. So weit, dass die Meeresalgen sich auf den Felsen vor Sehnsucht trocken weinten.

Pearl Beach war ein Ort großer Schönheit und großer Heimtücke.

Du musstest wissen, wo du hintratest, in welche Richtung es nach Hause ging und wo du Schutz suchen konntest, wenn der Wind peitschte. Die Gezeiten waren unbeständig, und das Wetter konnte urplötzlich umschlagen. Manchmal ließ der Wind nach und versteckte sich hinter den Dünen, manchmal trieb er den Sand verspielt in hüpfenden Wölkchen vor sich her. Manchmal entfachte er mächtige Stürme, die dir den ganzen Strand entlang den Hintern scheuerten. Wirbelnde helle Nadeln kratzten dir über Wangen und Arme und Beine. Verschlossen dir Augen und Ohren und Mund, stöpselten sie zu.

Du konntest dich in die Höhlen flüchten. Es waren keine freundlichen, einladenden Höhlen. Es waren schmallippige, finstere Spalten. Du musstest dich hineinzwängen und geduckt durch eiskalte Felstümpel platschen, über einen Boden, der gefährlich rutschig war oder so scharfkantig, dass du dir die Füße dran aufschneiden konntest. Du konntest Gängen mit wellenkammartigem Sand zu feuchten, geheimen Orten mit strengen, salzigen Gerüchen folgen – den Achselhöhlen des Meeres!

Manchmal fandest du den leeren Thronsaal einer Meerjungfrau mit Felsen, in denen der Fischschwanzhintern Mulden hinterlassen hatte, und einer Decke, die mit Napfschnecken wie mit Sternen besprenkelt war. Manchmal fandest du die salzige Speisekammer der Meerjungfrau, übersät mit zerstückelten Krebsen und ausgefransten Seilen und einmal einem gestrandeten Fisch ohne Augen.

Zehn Schritte weiter konnte sich die Höhle zur Größe einer Kathedrale weiten. Ein hallendes Meisterwerk, entstanden durch die wilde Liebe des Meeres, mit Felsvorsprüngen und Rillen und einem ganzjährigen mineralischen Winter.

Bloß, in dem Sommer war der Zutritt zu den Höhlen verboten, sagte Deirdre.

Kapitel 4

Ich schaffe es selten die Treppe rauf in meine zweckmäßige Wohnung in der falschen Gegend von Whitton, ohne dass meine Vermieterin wie ein New-Age-Schmetterling aus ihrem Kokon im Erdgeschoss auftaucht. Wobei, sie taucht eigentlich nicht richtig auf, sie saugt vielmehr mit ihrer dick gepuderten Rüsselnase durch einen Türspalt witternd die Luft ein.

Ich habe den Versuch, mich an ihr vorbeizuschleichen, längst aufgegeben. Das absichtlich rostig belassene Gartentor kündigt meine Rückkehr mit durchdringendem Lärm an. Was dann folgt, ist ein gut einstudierter Tanz. Ich gehe den Weg entlang. Sie klopft mit einem Finger voller Ringe ans Küchenfenster. Ich nicke höflich, aber gedankenverloren, oder ich senke den Kopf und haste weiter. Das Ergebnis ist immer gleich: Das Küchenfenster wird aufgerissen, und Renatas Stimme ertönt mit samtener Autorität.

»Maud, Darling, komm doch rein.«

Jedes einzelne Wort gleitet in Plüsch gehüllt über ihre Lippen. Ausgesprochen in dem präzise modulierten, perfekt intonierten Akzent, der normalerweise nur noch in den Archiven der BBC zu finden ist. Die Sprache, mit der »Rule, Britannia« bei der *Last Night of the Proms* angestimmt wird: eine geschliffene, kanonendonnernde, die Wellen beherrschende, sonore Nachdrücklichkeit. Eine Nachdrücklichkeit, die Renata bei Streitigkeiten mit dem Stromableser einsetzt.

Ich habe schon gesehen, wie er zurückwich, das Gesicht verzog und sich mit instinktiver Standesunterwürfigkeit verbeugte.

Man sollte es nicht für möglich halten, dass sie aus Rotherhithe stammt.

Während ich um das Haus herumgehe, sehe ich Renata hinter der Milchglasscheibe des Badezimmerfensters auf und ab hüpfen. Wenn ich die Haustür erreiche, steht sie schon da, mit betrübter Miene und in einen Kaftan gehüllt.

»Maud, Darling, komm doch rein.«

Ich habe nichts dagegen. Renatas Heim liefert das Gegenmittel zu Mr Floods apokalyptischer Verwahrlosung, das meine eigene Wohnung nicht bietet. Bei Renata ist das Geschirrtuch gebügelt und der Teppich in geraden Linien geharkt. Renata hat mir einmal erzählt, dass ihre Schwester Lillian nur durch Hausarbeit ihre Liebe zum Ausdruck bringen kann. Lillian kommt zweimal die Woche, um ihre Zuneigung zu demonstrieren, und dann streiten sie sich so lange, bis Lillian angewidert die Tür hinter sich zuknallt und die Wäsche mitnimmt.

Ich folge Renata in die Diele. Die Straßenschuhe, die sie nie wieder tragen wird, stehen aufgereiht auf einem Regal. Die zwei Kultfiguren ihres Lebens, Jesus Christus und Johnny Cash, schauen von der Wand herab und spenden ihren zweifelhaften Segen.

Jesus Christus offenbart sein heiliges Herz: eine klar gespülte Kugel aus sakralem Licht. Seine Augen sind gnädig und sanft, und seine hellen Locken fallen weich auf die gewandeten Schultern.

Johnny Cash offenbart nichts: Sein Gesicht ist übellaunig. Er spitzt die Lippen gegen die Achterbahnfahrt des Lebens mit ihrer moralischen Unbeständigkeit, Verdammnis und der schwindenden Hoffnung auf Erlösung.

Wir glauben an Cash.

»Ich habe Teewasser aufgesetzt. Kommst du auf eine Tasse herein?« Renata macht ihre Augen, die ohnehin schon theatralisch groß sind, mit einem katzenhaften Strich Eyeliner entlang der oberen Wimpern noch größer.

Renata bevorzugt die »Mehr ist mehr«-Haltung, wenn es um Make-up geht, das aber kunstvoll aufgelegt ist. Es ist das Make-up, das sie während ihres gesamten Arbeitslebens trug, lediglich abgewandelt, um eine Art Freizeit-Filmdiva-Look zu erzeugen. Es ist nicht natürlich, aber es steigt eine Haltestelle vor der Endstation Dragqueen aus, wie sie sich ausdrückt. Renatas größte Angst unter all ihren anderen großen Ängsten ist, ohne Make-up im Gesicht zu sterben. Sollte sie je einen Unfall haben oder einen Herzinfarkt erleiden, soll ich sie schminken, noch bevor ich den Krankenwagen rufe, obwohl Renata fürchtet, dass das Endprodukt eher an Pablo Picasso denn an Vivien Leigh erinnern wird.

Sie zieht einen Ärmel hoch und zeigt auf die Stelle, wo ihre Armbanduhr wäre, wenn sie eine praktische Existenz führen würde, die von etwas anderem als vom Mond und von ihren Launen beherrscht wird. »Hast du ein bisschen Zeit?«

Ich habe immer Zeit. »Setz dich schon mal. Ich gieß den Tee auf.« Ich streife meine Sportschuhe ab und nicke Johnny Cash respektvoll zu.

Sie runzelt die Stirn. »Was ist mit den fuchsroten Zwillingen? Ich meine, wenn du den Tee aufgießt, den jemand anders vorbereitet hat? Das Risiko, rothaarige Babys zu bekommen?«

Ich habe ihr jeden Aberglauben der Iren beigebracht, den ich kenne. Sie liebt jeden einzelnen, hat ihn ihrer eigenen Sammlung an skurrilen Überzeugungen hinzugefügt, und jetzt ist das Universum noch launischer und absurder geworden.

Ich nicke weise. »Ein Risiko besteht immer. Hast du die Teeblätter schon in die Kanne getan?«

Sie schüttelt den Kopf.

»Dann dürfte nichts passieren. Außerdem hab ich schon seit Jahren keinen Mann mehr im Bett gehabt.«

»Und ich hatte noch nie einen Uterus«, sagt sie mit einem übertriebenen Zwinkern und lässt einen Frangipaniduft zurück, als sie durch die Diele davontänzelt.

»Schön für dich.«

Renata hat das Tablett in der Küche vorbereitet. Mir gefällt, dass sie dabei an alles denkt, an das Milchkännchen und die Zuckerzange, obwohl wir beide keinen Zucker nehmen. Als ich mit dem Tablett ins Wohnzimmer komme, lächelt sie mich vom Sofa aus an.

Selbst wenn sie lächelt, strahlt Renata etwas Respekteinflößendes aus, trotz ihrer Wassermann-Seele. Ihre Wagenknochen sind kantig, und ihre dunklen Augen, ein unerwartetes Geschenk von einem portugiesischen Seemann an ihre Mutter, haben eine schwelende teerige Tiefe. In Renatas Augen liegen das Knarren und Schwanken von tausend Schiffen und der Mond auf dem Wasser und das Lied eines traurigen betrunkenen Matrosen.

Unter Freunden zeigt Renata üblicherweise ein schwaches ironisches Lächeln und nicht selten ein freimütiges Grinsen. Bei Fremden erinnert Renatas Miene eher an die eines Henkers oder Vertretungsarztes: wissend, mürrisch und irgendwie verbittert. Ich habe schon so manches zaghafte Lächeln gesehen, das an ihrem düsteren Gesichtsausdruck zerschellte und unterging, denn Renata lächelt nur, wenn sie will, und niemals, um jemanden für sich einzunehmen.

Renata malt ihre Augenbrauen auf, verleiht ihnen den hinreißenden Schwung einer überzeugten Femme fatale. Sie trägt ein Kopftuch straff um die Stirn, die Zipfel am Hinterkopf so verschlungen, dass sie wie der Dutt einer Tänzerin aussehen. Manchmal tauscht sie das Kopftuch gegen einen Filzturban. Gelegentlich setzt sie auch eine Baskenmütze oder einen Fedora auf. Im Gästezimmer hocken drei Perücken auf körperlosen Styroporköpfen. Sie heißen Liza, Rita und Lauren und sind schwarz, rot und blond. Sie werden selten getragen und nur dann, wenn Renata Gäste hat. Ihre Alltagskleidung besteht aus Kaftanen oder Kimonos, weil sie deren legeren Bohemien-Glamour mag. Sie tendiert zu fantastischen Mustern und auffälligen Farben.

Obwohl sie laut Reisepass sechzig ist, gibt Renata höchstens ein Alter von fünfundvierzig zu. Als Lemuel Sewell geboren, arbeitete sie auf dem Bau und trug in ihrer Freizeit Kleider, bis sie 1972 Bernie Sparks in einem Pub in Catford kennenlernte. Sie verbrachte die letzten Jahre von Bernies Leben als dessen Frau, Gespielin und Magier-Assistentin, je nachdem, was gerade verlangt wurde. Für Bernie rasierte sie sich dreimal täglich und gab Freunde, Familie und ihren Namen auf. Bernies Zaubershow garantierte eine lukrative Sommersaison in Ferienlagern und Seebädern. Im Winter hatte Bernie eine Schwäche für Wettbüros. Er soff ganzjährig.

Für einen feingliedrigen Jungen aus Rotherhithe boten Straußenfedern und goldene Stöckelschuhe und zweimal am Abend zersägt werden einen reizvollen Ausgleich. Aber Renata hatte sich ein anderes Leben gewünscht, als Geologin oder holistische Privatdetektivin. Oder gar ein Leben, das beides miteinander verband, in dem sie Vergehen, die mit Edelsteinen zu tun hatten, ganzheitlich lösen durfte.

Renata sagt, dass sie diesen Berufsweg heute einschlagen würde, wenn sie nach draußen gehen könnte. Für einen Freigeist ist Renata arg ans Haus gefesselt.

Ihre Ängste sind in aufsteigender Reihenfolge:

Das Schamhaar von Fremden
Brücken
Tuberkulose an Türklinken
Tollwütige Hunde
Heliumballons

Aufgrund der extrem hohen Wahrscheinlichkeit, mit einem oder allen diesen Faktoren vor ihrer Haustür konfrontiert zu werden, ist es unratsam, nach draußen zu gehen. Denn Renatas Universum beruht wie das Universum der meisten Menschen auf dem Prinzip, dass alles, was schiefgehen kann, auch schiefgehen wird.

Ich stelle das Tablett auf den kleinen Tisch neben ihr und setze mich auf die Plastikfolie, die sie für Besucher auf dem Sofa ausbreitet.

Renata hebt den Deckel von der Teekanne und stupst die Teeblätter argwöhnisch an. »Na? Wie war Flood heute?«

»Er hat meinen Namen gesagt.«

»Tschüssikowski?«

»Nein«, sage ich. »Er hat meinen richtigen Namen ausgesprochen, und dann hat er mich mehr oder weniger angelächelt. Ich war gerade dabei, Katzenscheiße von seinem Herd zu kratzen.«

»Du hast so viele Päckchen zu tragen.«

»Nicht so viele wie du, mit deinen quälenden Hühneraugen.«

»Ich bin eine Märtyrerin des modischen Schuhwerks.« Sie wippt mit einer federnbesetzten Sandalette.

»Wir werden einfach nicht klug. Wie war dein Tag?«

Renata schließt die Augen und neigt den Kopf zum Licht. Ihre Lider haben einen kräftigen Blauton. »Lidschatten-Blending.«

»Faszinierend. Dann hattest du ja einen ausgefüllten und produktiven Nachmittag, oder?«

»Ich könnte dir den Haaransatz färben und die Augenbrauen stylen, dich ein bisschen aufpeppen. Gib dich ganz in meine Hände.«

»Wenn ich verrückt wäre, würde ich das tun.«

Sie seufzt und schüttelt den Kopf. »Du könntest so viel aus dir machen. Du bist eigentlich gar nicht so unattraktiv, wie du aussiehst.«

Das stimmt. Ich bin klein, mein Busen ist nicht der Rede wert und mein Hintern unspektakulär, aber ich bin ein guter Fang für Männer, die auf Beine stehen, denn die sind bei mir nicht von schlechten Eltern. Mein Gesicht ist blass mit einer übermäßig starken Kinnpartie und einem ständig verwirrten Ausdruck. Durchschnittsaugen, die ich oft zusammenkneife. Mein Haar ist lang, dicht und schwer zu bändigen. In einem Liebesroman würde es wohl als das Schönste an mir bezeichnet. Manchmal flechte ich mir Zöpfe wie Mona Darkfeather. Und meine Ohren sind klein, ausnehmend süß und liegen brav am Kopf an. Mit Schulung und Einsatz hätte ich das Zeug zu einer Sirene.

»Würde es dich denn umbringen, ein wenig Lippenstift aufzutragen, Darling?«

»Kein Make-up. Sonst laufe ich Gefahr, meine Klienten heißzumachen.«

Renata rümpft die Nase. »Blödsinn.«

»Hast du den Schlaganfall vom alten Mr Polya vergessen? Das war an dem Tag, als ich mit einem Push-up-BH zur Arbeit gegangen bin.«

»Perversling.«

»Ohne Frage.«

»Fummelt er an sich rum?«

»Gewohnheitsmäßig.«

Renata schüttelt den Kopf. »Und er weigert sich nach wie vor, einen Schlafanzug anzuziehen?«

»Immer. Obwohl das hauptsächlich mit seinem Schwitz-Ekzem zu tun hat. Seine Tochter weigert sich, ihm Baumwollpyjamas zu kaufen.«

Renata blickt nachdenklich. »Er ist reif zum Abschuss. Wieso sollte seine Tochter ihr Erbe für neue Pyjamas verschwenden?«

»Es wäre wirklich Verschwendung, denn lange macht er es nicht mehr.«

»Siehst du, darum ist es besser, keine Kinder zu haben«, sagt sie. »Eines Tages bist du für die nämlich tot mehr wert als lebendig.«

»Wahrscheinlich.«

»Unvermeidlich. Tu so, als würdest du tot im Sessel sitzen, und sie sind froh. Tu so, als würdest du aufwachen: Enttäuschung.« Renata zieht ein enttäuschtes Gesicht.

»Sie sind entzückt, wenn du auf einem losen Treppenläufer stolperst.«

»Beschwingt, wenn du auf gebohnertem Linoleum ausrutschst und dir die Hüfte brichst«, fügt Renata hinzu.

»Noch ehe bei dir die Leichenstarre einsetzt, streiten sie sich schon über deine Aktien.«

Renata sieht selbstzufrieden aus. »Ich bin froh, dass ich keine Aasgeier habe, die darauf warten, mich auszunehmen.«

»Was ist mit Lillian? Die wird sich hier alles unter den Nagel reißen.«

»Noch ehe man mir das Totenhemd angezogen hat. Schau nur, was ich alles habe.«

Ich sehe mich im Raum um. Es gibt einen Flachbildfernseher, ein Sideboard mit einer eingebauten Hausbar, die mindestens sechs halb leere Flaschen Eierlikör enthält. Es gibt ein Bücherregal voll mit Kriminalromanen und einen marokkanischen Lederhocker. Über dem Kamin hängt ein hässliches Bild von zwei kämpfenden Hähnen, die aus Fäden gemacht sind. An der Wand gegenüber ist ein Spiegel mit Goldrahmen, und daneben steht eine Vitrine voll mit Steinproben.

»Schon allein dein Mondstein ist ein Vermögen wert«, sage ich.

»Meine Steine gehören dir. Alle.« Sie wackelt mit den Fingern, und ihre falschen Diamanten blitzen im Licht.

»Danke. Dann ändere bitte dein Testament. Ich will nicht, dass deine Schwester mich umlegt.«

Sie lächelt. »Mr Flood bringt dich vorher schon zur Strecke.«

»So was sagt man nicht mal im Scherz.«

Sie sieht mich mit einem mitleidigen Blick an. »Ich weiß wirklich nicht, warum du das machst, Maud. Du bist doch so ein kluges Mädchen.«

»Von wegen Mädchen. Ich geh stramm auf die vierzig zu.«

»Unfug. Du hast gerade erst die dreißig geknackt. Außerdem siehst du noch sehr jung aus.«

»Danke, dito.«

Renatas Lächeln ist generös. Entweder kommt jetzt ein noch größeres Kompliment oder ein glänzender Goldbarren an Weisheit. »Du kümmerst dich um all diese Leute, weil du denkst, du wärst ein schlechter Mensch.«

Bei den Worten »schlechter Mensch« taucht St. Dymphna aus dem Kaminsims auf. Sie geht langsam, vorsichtig über den Teppich, als würde sie jeden Schritt mit ihren sehr, sehr bleichen nackten Füßen testen. Sie hat ihre Märtyrermiene aufgesetzt: gespitzter Mund und schwere Lider.

»Dein Job ist eine Art Buße«, sagt Renata unbekümmert, nicht ahnend, dass gerade eine Heilige durch ihren Couchtisch läuft.

Bei dem Wort »Buße« sieht St. Dymphna vielsagend zu mir herüber.

Ich runzele die Stirn. »Lass uns das Thema wechseln.«

»Aber ich habe recht, oder?« Renata schaut mich fragend an. »Du sagst immer, du bist ein schlechter Mensch. Du, schlecht, im Ernst?«

St. Dymphna schwebt in eine Ecke hinüber, wo sie stehen bleibt, die Hände in die dunklen Ärmel ihres Gewandes schiebt und fromm den Kopf senkt.

»Ich kann mir nicht vorstellen, dass du irgendwas zu büßen hast, Maud.«

St. Dymphna wirft mir durch ihren Schleier einen vernichtenden Blick zu.

Ich wähle meine Worte mit Bedacht. »Es gibt immer irgendwas zu büßen.«

Renata beugt sich vor und tätschelt mir den Arm. »Gib dir bei dem Alten nicht so viel Mühe. Du kannst sie nicht alle retten. Dabei gehst du vor die Hunde.«

»Du verstehst das falsch. Mir geht's nicht darum, irgendwem zu helfen. Mir geht's ums Geld.«

»Das ist nicht wahr. Ich seh doch, wie nett du immer zu allen bist, sogar zu Spinnen«, sagt sie mit sanfter Stimme. »Du hast mir in meinem Leben schon so viel geholfen.«

Ich höre da einen Unterton, wie man ihn aus emotionalen Geständnissen im Nachmittagsfernsehen kennt, also greife ich rasch nach der Fernbedienung, um uns mit *Inspektor Morse* heilsame Ablenkung zu verschaffen.

Mitten in der *Inspektor-Morse*-Folge, als ich schon sicher bin, dass sie schläft, meldet Renata sich wieder zu Wort.

»Heute ist noch etwas anderes passiert, Maud. Irgendwas, das du mir nicht erzählt hast.«

»Wie kommst du denn darauf?«

»Du verhältst dich verdächtig, Darling.«

»Tu ich nicht.«

»Doch. Du kaust an den Nägeln. Und wenn du nicht an den Nägeln kaust, schaust du in deine Handtasche.« Renata sieht mich forschend an. Sie hat sogar ihre Gleitsichtbrille aufgesetzt. »Also?«

Ich blicke zur Stehlampe hinüber. St. Dymphna hat sich offenbar in die Wand aufgelöst.

»Raus mit der Sprache«, sagt Renata.

Warum eigentlich nicht?

»Das ist so vorsätzlich, so böswillig.« Renata blickt von dem Foto auf. »Und du hast das ganz zufällig gefunden, in der Toilette im Erdgeschoss?«

Ich halte sorgfältig Augenkontakt. »Beim Putzen.«

Renata glaubt mir offenbar. »Und die Frau von dem alten Knaben hat das Zeitliche gesegnet?«

»Sie ist gestorben, ja.«

»Er war aufgebracht, als du ihn auf sie angesprochen hast?«

»Ja.«

Renata beißt sich auf die Lippe. »Und dann ist er gehüpft und hat mit dem Finger auf dich gezeigt? Als du von seinem Sohn angefangen hast?«

»Er hüpft ziemlich oft.«

»Aber zeigt er auch mit dem Finger auf dich, Maud?«

»Normalerweise nicht so vehement.«

»Wie ist seine Frau gestorben?«

Ich zögere. »Spielt das eine Rolle?«

»Natürlich spielt das eine Rolle.«

Für einen Moment wünsche ich mir einen schlichten Herzinfarkt herbei, eine harmlose Lungenentzündung, einen netten, anständigen Schlaganfall.

»Sie ist im Haus gestürzt«, sage ich.

Renata wirft mir einen Blick zu. »Und dieser Sturz war tödlich, ja?«

»So steht's im Betreuungsplan. Mr Flood litt nach Mrs Floods tragischem und viel zu frühem Tod an einer Depression, die vermutlich darauf zurückzuführen war.«

Renata hört gebannt zu. »Wann ist das passiert?«

»Vor gut zwanzig Jahren.«

»Und ich nehme an, Mrs Floods Unfalltod ist ordnungsgemäß untersucht worden?« Mir fällt auf, dass Renata ihren Verhörton angeschlagen hat, halb einschüchternd, halb provozierend.

»Bitte, Renata.«

Sie greift nach einer Flasche hinter dem Fußhocker.

Ich stöhne, aber ich weiß, Widerstand ist zwecklos, also stehe ich auf und gehe zum Sideboard, um die kleinsten Gläser zu holen, die ich finden kann.

Ich hatte gehofft, dem Krupnik heute Abend entgehen zu können. Vor allem diesem Krupnik, der in Ölfässern im Schuppen des Malers und Dekorateurs namens Ceslaus aus Haus Nummer sieben gereift ist. Das entstandene Gebräu wird durch die Kniestrümpfe von Ceslaus' Frau gegossen, um den Rost herauszufiltern, und das Endprodukt dann in Plastiksaftflaschen dekantiert. Das Ergebnis ist in Renatas Augen ein kräftigendes Elixier, das Gesundheit und Vitalität fördert. Fest steht, dass Ceslaus damit auch seine Pinsel reinigt.

Ich gieße uns beiden ein.

Renata winkt mir, neben ihr auf dem Sofa Platz zu nehmen, und als ich sitze, mit des Teufels eigenem Cocktail in der Hand, legt sie los.

»Und wissen wir, wer das mysteriöse Mädchen auf dem Foto ist?«

»Nein.«

»Aber wir kennen die Identität des kleinen Jungen?«

»Mr Floods Sohn Gabriel. Er wird im Betreuungsplan erwähnt.«

»Der Sohn, von dem der alte Mann nicht wollte, dass du ihn zur Sprache bringst?«

»Genau der.«

»Da ist was faul, Maud, das rieche ich.«

»Ich rieche überhaupt nichts.«

»Du hast auch keinen Riecher für Verbrechen«, murmelt sie. »Ein verhasster Sohn, ein Foto, aus dem ein Gesicht herausgebrannt wurde, und die Tragödie von Mrs Floods tödlichem Sturz.«

Ich sehe sie an, und sie erwidert meinen Blick mit einem Ausdruck listiger Verspieltheit. Ich fühle mich plötzlich erschöpft. »Ich weiß, was du denkst.«

Sie lächelt.

Ich studiere das Glas Krupnik in meiner Hand: Das Gelb sieht ungesund aus, wie etwas, das auf einer Nephrologie-Station destilliert wurde. Ich frage mich, wie ich vorgehen soll.

»Was denke ich denn?« Ihr Lächeln wird breiter.

»Es war ein Unfall, Renata. Das steht im Betreuungsplan.«

»Und Gott bewahre, dass irgendwas Unrichtiges im Betreuungsplan steht. Ich würde der Sache nachgehen, wenn ich du wäre.«

»Kommt nicht infrage.«

Sie sieht mich an und hebt die Augenbrauen.

Ich hebe meine ebenfalls, herablassend.

Ich deute mit dem Kinn Richtung Bücherregal, wo bekannte Kriminalromane mit abgegriffenen Seiten und rissigen Rücken schlaff in eselsohrigen Reihen stehen.

»Findest du nicht, dass du zu viele Kriminalgeschichten liest?«, sage ich. »Das wirkliche Leben ist nicht so. Glaubst du ernsthaft, die Menschen da draußen bringen sich gegenseitig um, was das Zeug hält, wie die Figuren in deinen Romanen?«

»Sei nicht schnippisch. Trink den Krupnik.«

Ich beäuge das Glas vor mir. »Der wird mich umbringen.«

Renata zeigt darauf. »Er ist gut für den Verstand. Brennt das Fett aus dem Gehirn. Detektive haben nämlich einen schlanken, fein geschliffenen Geist.« Zur Verdeutlichung zieht sie die Wangen ein. »Weil sie den ganzen Tag Spuren verfolgen.«

St. Dymphna lacht irgendwo knapp über dem Kamin. Es ist kein nettes Lachen. Aus mir unbekannten Gründen hat St. Dymphna nicht viel für Renata übrig.

Wenn ich mein Glas austrinke, kann ich gehen. Falls meine Beine nicht mehr funktionieren, kann ich die Ellbogen benutzen. Ich kann Stufe für Stufe die Treppe rauf in meine Wohnung robben. Dort werde ich Frieden finden und Ruhe vor dem Wahnsinn hier. Ich wappne mich innerlich und schaffe die Hälfte des Glases ohne größeren Schaden, abgesehen von einer verätzten Speiseröhre.

Renata schlürft eine Weile genüsslich ihren Krupnik, dann sieht sie mich mit leuchtenden Augen an. »Da tut sich ein Fall auf, das spüre ich.«

Meine Lippen, Mund, Zähne, Zunge: alles betäubt. Ich bringe ein Stöhnen zustande.

»Lass mich träumen«, sagt sie mit einem koketten Blick durch dunkle Wimpern. »Ein Haus, ein Labyrinth aus Abfall, ein verrückter alter Mann und eine Flaschenpost: alles Zutaten einer verschlungenen Kriminalgeschichte.«

»In Zukunft erzähle ich dir nichts mehr von meinem Tag.«

»Das ist gemein. Du bist doch meine Augen und meine Ohren, Maud, mein Fenster zur Welt. Du erzählst mir alles, hast du schon immer getan.«

Habe ich nie getan.

In ihrer Stimme schwingt Wehmut. Vielleicht ist ihr klar, dass ich einiges verschweige, nicht alles von meinem Arbeitstag berichte. Ich studiere ihr Gesicht. Sie hat eine wissende Miene aufgesetzt, aber das ist bei ihr normal.

Ich kippe den Rest des Krupniks in mich hinein, warte, bis ich wieder sprechen kann, und sage dann: »Halt dich raus, Renata. Ich mache da nur meine Arbeit.«

Renata schenkt uns beiden nach und prostet mir fröhlich zu. »Darauf, dass du nur deine Arbeit machst, da oben in Blaubarts Schloss.«

Meine Gedanken wandern umher, während der Fernseher mit leise gestelltem Ton vor sich hin flackert und murmelt und Renata in ihrem Ohrensessel döst, eine schlummernde Leinwand-Sirene. Ihr schönes Gesicht wird von dem Gaskamin mit Glühende-Kohlen-Effekt erhellt. Eine Milchflasche mit ihrem aufgerollten Dschinn darin steht reglos auf dem Couchtisch. Und eine längst verstorbene Heilige sitzt im Schneidersitz auf dem Kaminvorleger und zupft an den Sohlen ihrer Sandalen.

In Gedanken wandere ich nach Bridlemere.

Nicht zu den bekannten Räumen: der Küche, der Diele und der Toilette im Erdgeschoss.

Heute Abend gehe ich durch das Bridlemere meiner Fantasie.

Ich halte eine Öllampe, die keineswegs praktisch ist (jähe Luftzüge, unruhiges Licht, qualmende Dochte). Ich bin barfuß und trage noch dazu ein wallendes weißes viktorianisches Nachthemd, das Ärger geradezu herausfordert.

Ich fange unten im Haus an, im Untergeschoss, denn da sind für gewöhnlich Geheimnisse versteckt, steige eine überwucherte Treppe hinunter zur Kellertür. Das Efeu löst sich erwartungsvoll vom Rahmen, Saugnapf für Saugnapf. Das Vorhängeschloss springt auf, die Kette fällt klirrend herab. Sogar die Klinke bewegt sich fast von selbst.

Ein kleiner Schritt über die Schwelle genügt (ich spüre die Spinnweben über Gesicht und Arme streichen), und ich bin drin, tappe durch unterirdische Gänge. Die Lampe in meiner Hand flammt auf und brennt heller, wirft tanzende Schatten in dunkle Ecken. Über mir hängen die verstaubten Spiralfedern von Bedienstetenglocken, die schon lange nicht mehr geläutet wurden.

Ich sehe mich im Keller um, wo untrinkbare Weine in Katakomben begraben liegen. Vergessene Flaschen, in Staub gehüllt, mit abgelagertem Bodensatz und fauligen Korken. Ich sehe die Marmorregale in der Vorratskammer, auf denen die Mäuse entlangschlittern können, und ein Keramikspülbecken im Wirtschaftsraum, das riesige pudrige Motten aufsuchen, um zu sterben.

Ich erkunde versteckte Treppen und Korridore, trete durch Geheimtüren (mit Tapisserie und Tapeten verkleidet – die Umrisse sind kaum zu sehen!). Dieser Kulissentrick ist die Erklärung, wenn Dienstmädchen spurlos verschwinden und Butler wie aus dem Nichts auftauchen.

Zum Glück ist jede Tür, auf die ich treffe, unverschlossen, denn ich habe keinen Schlüssel. Natürlich habe ich die Taschen meines imaginären Nachtgewandes abgeklopft, und sie sind leer.

Es gibt eine Bibliothek mit zahllosen in Schwarz gebundenen esoterischen Büchern, mit einem Polstersessel am Kamin und einem Totenschädel auf dem Kaminsims. Es gibt ein Speisezimmer mit gedecktem Tisch, wo die einzigen Gäste die Ratten sind, die an den Serviettenringen nagen, und die Spinnen, die sich vom Kerzenleuchter abseilen.

Die Treppe, die sich durchs Haus nach oben windet, ist aus dunklem Holz, und die Tapete, die auf dem oberen Flur von den Wänden hängt, ist aus purpurrotem Velours, eine leuchtende Blutwoge über der schwarz lackierten Täfelung. Es gibt auch Porträts: von Ladys in Seidenkleidern, von Kindern mit großen Köpfen und Männern in Strumpfhosen mit kecken Handbewegungen. Ich hebe meine Lampe, um sie mir anzusehen. Sie tun so, als würden sie still stehen, aber ihre Augen folgen mir. Es gibt endlose Schlafzimmer, wo Himmelbetten durchhängen und Nachttöpfe hocken und Fenster mit schimmelndem Samt verhängt sind. Es gibt ein Kinderzimmer mit Porzellanpuppen und einer quietschenden Wiege. Ich schaue mit heiterem Interesse zu, wie sie schaukelt.

Ich gehe auf Zehenspitzen zum Fenstersitz und drücke das Gesicht an das Schutzgitter. Ich sehe den Springbrunnen unten im mondbeschienenen Garten. Die Nymphe hält sich die Muschel ans Ohr und zieht gegen die Nacht die Schultern hoch. In dem Becken zu ihren Füßen dreht sich irgendetwas im Wasser.

Ich steige die letzte Treppe hinauf.

Ganz oben im Haus ist ein Speicher, wo Koffer voller Kleider mit Biesen, Pelzstolen mit Glasaugen und vergilbter Hochzeitskleider längst vergessener Bräute stehen. Wo Fledermäuse zwischen Dachbalken dösen, eingehüllt in den Geruch von staubigem Voile und den ewigen Weihrauchduft von Mottenkugeln.

Ganz hinten im Raum ist die allerletzte Tür. Aber sie ist verschlossen.

Ein plötzliches Gewicht in meiner Tasche: Was mag das sein? Ich schaue nach unten und sehe einen Schlüssel in meiner Hand – einen Märchenschlüssel!

Ein Schlüssel aus glänzend schwarzem Eisen, schwer und lang. Der Kopf ist mit einem Emblem verziert: eine Blume vielleicht oder ein Mund oder eine Muschel. Der Schlüssel flammt plötzlich rot auf und flüstert mir in der heißen zischenden Sprache der Schmiede zu:

Diese Tür dürfen wir nicht öffnen.

Der Schlüssel glüht. Brennender Schmerz. Ich lasse ihn fallen.

Meine Handfläche ist gebrandmarkt. Ein Muster – keine Blume, kein Mund und keine Muschel, sondern ineinander verschlungene Lettern: ein Monogramm.

M F

Kapitel 5

Ich habe Mr Floods Toilette im Erdgeschoss meinem Gebiet einverleibt, dem gefährdeten Reich, das ich mittels der zivilisatorischen Wirkung von Reinigungsmittel und Abfalltüten der Wildnis abgerungen habe. Mein Gebiet umfasst ungefähr ein Sechstel des Erdgeschosses von Bridlemere, ein Areal, das sich von Küche, Vorratskammer und Wirtschaftsraum den Korridor hinunter erstreckt. Bis zu, aber nicht einschließlich, der Großen Mauer aus *National Geographics*.

Die Große Mauer aus *National Geographics* ist das Tor zum Rest des Erdgeschosses, der Treppe und allen anderen Teilen des Hauses. Dieses beachtliche Bauwerk ist nicht nur eine Barriere für meine weitere Arbeit, sondern auch ein angemessenes Monument zwanghaften Sammelwahns. Sie ist mindestens zweieinhalb Meter hoch und besteht aus dicht gepackten Schichten (gelbe Magazinrücken bündig nach außen) der überaus informativen Zeitschrift. Jedes Heft ist sorgfältig platziert worden, mit Geschick und Instinkt, sodass das Ganze die unerklärliche Stabilität einer Trockenmauer hat.

Genau in der Mitte ist eine ausgebesserte Bresche, eine mit VHS-Kassetten aufgefüllte Lücke im Schutzwall.

Über dieser Reparaturstelle klebt ein Blatt mit der Aufschrift:

Auf Anordnung von Cathal T. Flood
PRIVAT
ZUTRITT STRENGSTENS VERBOTEN

Die Mauer wird bewacht. Streich mit den Fingern darüber, tippe die Magazine leicht an, und du siehst, was ich meine. Die Tür von Mr Floods Werkstatt, die gegenüberliegt, wird aufgerissen. Und er taucht mit der sagenhaften Geschwindigkeit einer Falltürspinne auf.

Bei der amtlichen Durchsuchung von Mr Floods Messie-Haushalt sollen städtische Mitarbeiter diese Mauer angeblich durchbrochen haben. Bestimmt mit der gleichen Beklommenheit, mit der Howard Carter und Lord Carnarvon an Tutanchamuns Grab klopften. Eine Gruppe von wackeren Freiwilligen lockte Mr Flood mit Malz-Whiskey aus seiner Höhle und lenkte ihn möglichst lange ab. Die andere Gruppe machte sich mit Brechstangen an Mr Floods Schutzwall zu schaffen. Schließlich gab die Mauer nach, und sie drangen mit einem Schwall muffiger Luft hindurch, und als der Staub sich gelegt hatte, konnte ein nervöser Trupp von Männern in Warnwesten einen kurzen Blick auf die Wunder werfen, die sich dahinter auftaten.

Bevor Mr Floods Zorn über sie hereinbrach.

In den Tagen danach meldeten sich viele der Männer krank, einige reichten ihre Kündigung ein, alle rauchten mit zittrigen Händen Kette und starrten ins Leere. Die Mauer wurde hastig wieder geschlossen, und der Rest des Hauses blieb unerforscht.

Ich stehe im Korridor und schaue an der Großen Mauer aus *National Geographics* hoch, als würde David, bewaffnet mit Gummihandschuhen und einer Risikoanalyse, bei Goliath auftauchen und überlegen, auf welche Stelle er zielen soll.

An meinem allerersten Tag in Bridlemere schwor ich mir, die Mauer wieder zu öffnen, hindurchzugehen und ein Badezimmer zu suchen. Und wenn ich eins gefunden hätte, würde ich den dreckigen alten Mistkerl zwingen, ein Bad zu nehmen.

Probeweise fahre ich mit den Händen an der Barrikade entlang. Ich schaue zur Werkstatttür und mache mich darauf gefasst, dass Mr Flood herausgesprungen kommt, mit knirschender Zahnprothese und augenrollend, wie ein ergrauter Springteufel.

Kein Pieps.

Ich drücke versuchsweise gegen die massiven Stapel und zerknittere das Blatt über der Mauer ein bisschen, dann marschiere ich mit lauten Schritten und hustend auf und ab.

Noch immer nichts. Die Werkstatttür bleibt fest geschlossen.

Dann sehe ich ihn, und zwar nur deshalb, weil er die Augen bewegt.

Er steht hinter einem Stapel Packkisten. Getarnt als Kleiderbündel und Hutständer. Mir bleibt fast das Herz stehen, und ich unterdrücke mit Mühe einen Aufschrei.

Es ist schwer zu sagen, aber ich halte es für möglich, dass er lächelt. Zumindest sind seine Lippen nach hinten gezogen und die Zahnprothese gebleckt. Vielleicht hat er unseren Streit von gestern vergessen. Oder vielleicht ist er drauf und dran, einen neuen vom Zaun zu brechen.

Vielleicht wird er wieder hüpfen und auf mich zeigen.

»Kann ich Ihnen helfen, Drennan?«

Ich zeige auf die Mauer. »Geht's dadurch nach oben zum Bad?«

Er beugt sich ganz leicht vor ins Licht, sodass die Schals, die er um den Kopf gewickelt hat, ein wenig verrutschen. »Es gibt kein Bad.«

»Kein Bad, im ganzen Haus nicht?«

Er fixiert mich mit einem strengen blauen Auge, aber seine Mundwinkel verraten Belustigung. »Es gibt kein Bad.«

Ich glaube ihm kein Wort. »Was ist denn dahinter?«

Mr Flood runzelt leicht die Stirn, als hätte ich ihm eine komplizierte Frage gestellt. Er überlegt eine Weile. »Die Vergangenheit, Maud, und da gehen wir nicht hin.«

»Nicht mal, um uns zu waschen?«, frage ich, doch er ist schon wieder im Dunkeln verschwunden.

Mr Flood ist nicht in der Küche. Ich habe in der Vorratskammer und unterm Tisch nachgesehen, obwohl ein großer alter Kerl sich ganz schön klein machen müsste, um darunterzupassen. Trotzdem habe ich das starke Gefühl, beobachtet zu werden, als ich anfange, sein Abendessen herzurichten: Würstchen und Kartoffelpüree mit Zwiebelsoße. Aber vielleicht sind es ja nur die Katzen, die mir zuschauen. Sie liegen ausgestreckt auf der Fußmatte oder sitzen auf Stühlen um den Küchentisch, als warteten sie darauf, bedient zu werden. Wir haben eine Abmachung getroffen: Der Herd und die Arbeitsflächen sind tabu, aber ansonsten dürfen sie überallhin.

Ich stehe an der Spüle am Fenster und schäle Kartoffeln, als ich draußen einen Farbfleck bemerke. Auf dem Gartenweg steht ein Fuchs, sein Fell glänzt kupferrot in der Nachmittagssonne. Er hat spitze Ohren und eine spitze Schnauze und starrt mich unverwandt an.

Ich gehe zur Tür. Er blickt in die Sträucher, dann wieder mich an, *vielsagend.*

Ich bin halb die Treppe hinunter, mit einer Kartoffel in der Hand, bevor der Fuchs sich von der Stelle bewegt. Und selbst dann schleicht er bloß, schlängelt sich mit leuchtender Flanke durch ein ausrangiertes Bettgestell und wirft einen Blick über die Schulter, wie ein Hund, als wollte er mich auffordern, ihm zu folgen. Wie Lassie, aber listiger und mit weniger Gebell.

Ich gehe ihm nach, vorbei an rostigen Fahrrädern und baufälligen Schuppen, durch Büsche und Wäldchen mit jungen Bäumen auf eine kleine Lichtung. Auf der Lichtung steht ein Wohnwagen. Der Fuchs springt hoch aufs Dach und verschwindet.

Der Wohnwagen ist alt, etwa aus den 1950er-Jahren, die untere Hälfte babyblau und die obere Hälfte schmutzig beige, mit einem dünnen Chromstreifen in der Mitte. Er war einmal von zweckmäßiger Schönheit, ist jetzt aber mit Schimmel und Moos überzogen. An der Seite hat er ein ovales Fenster und an der Stirnseite ein rechteckiges. Beide sind von innen mit Brettern vernagelt worden, die Scheiben sind allerdings noch intakt. An der Tür sind zwei neue Vorhängeschlösser.

Ich höre ein kratzendes Geräusch und lausche. Von innen ist ein Scharren zu hören. Vielleicht ist der Fuchs irgendwie in den Wohnwagen gekommen und hat sich dort eingenistet. Ich blicke auf die halb geschälte Kartoffel in meiner Hand und werfe sie ins Unkraut unter dem Wohnwagen. Das Geräusch hört auf, doch es kommt kein Fuchs heraus.

Als ich zurück zum Haus gehe, sehe ich es auf Anhieb am Küchenfenster kleben. Ich gehe rein, durchquere den Raum und steige auf einen Stuhl, stelle einen Fuß auf die Kante der Spüle und greife danach. Es löst sich und flattert herunter. Ich schnappe es, ehe es zwischen dem Geschirr landet.

Ein Foto: eine Wiese im Sonnenlicht, eine Frau mit einem kleinen Jungen an der Hand.

Das Gesicht der Frau ist verschwunden. Ein Brandloch, umringt von einem wulstigen Rand.

Ansonsten ist sie unversehrt, von den weißen Lackschuhen und den langen blassen Beinen bis zu dem gelben Kleid. Der rote Haarkranz um das Loch herum, wo ihr Gesicht sein müsste, ist unnatürlich hell, von hinten beleuchtet.

Der Junge neben ihr blickt auch hier wieder mürrisch in die Kamera.

Gabriel ist jetzt etwas älter. Sein Gesicht und die Knie unter den Shorts sind durchscheinend bleich. Sein Haar hat das gleiche auffällige Rot wie das der Frau. Hinter ihnen steht der Wohnwagen. Dieselben Fenster, dieselbe Form, dieselben Farben, aber mit dem warmen Schimmer eines längst vergessenen Hochglanzsommers. Die Sonne knallt auf Wiese und Bäume, auf das Dach des Wohnwagens und die helle Ellipse aus Wasser in einem Planschbecken. Ich drehe das Foto um. Es ist kein Klebeband oder Klebstoff dran. Ich blicke hoch zum Küchenfenster.

Statische Haftung. Magie.

Auf der Rückseite stehen in kleinen, akkuraten Buchstaben die Worte:

Mary und Gabriel, Langton Cheney, 1980.

Am Ende des Gartenwegs, nah am Gartentor, qualmen die Leyland-Zypressen.

Das ist nicht das Werk eines Heiligen. Kein Heiliger betritt das Grundstück von Bridlemere, wenn Dymphna irgendein Maßstab ist. Außerdem rauchen Heilige meines Wissens nicht (obwohl Padre Pio eine Schwäche für Schnupftabak hatte und dem Laster wahrscheinlich noch im Jenseits frönt, seine Soutane mit unsichtbaren Bröseln bekrümelt).

Dann bemerke ich Stiefel, keine Sandalen. Das bestätigt meine früheren Beobachtungen: Ich habe noch nie Heilige mit geschlossenem Schuhwerk gesehen.

Die Stiefel bewegen sich, und Rauch steigt in die Luft.

»He, Sie da«, sage ich. »Ich kann Sie sehen.«

Die Bäume wackeln, und ein Fremder tritt auf den Weg.

Ich gehe im Kopf rasch mein persönliches Waffenarsenal durch: ein gefährlich spitzer Bleistift für Kreuzworträtsel, ein reaktionsschnelles rechtes Knie und das bisschen Wing Tsun, das ich in einer Schnuppertrainingsstunde gelernt habe.

Der Fremde hebt die Hände in einer flehenden und möglicherweise beschwichtigenden Geste.

»Maud, sind Sie Maud?«, fragt er.

Ich nicke.

Er lächelt mich an.

Ich studiere das Lächeln dieses Wildfremden: Im Epizentrum sehe ich einen Eckzahn, einen einzelnen schiefen Zahn in einer ansonsten ebenmäßigen weißen Zahnreihe.

Dieser eine rebellische, aus der Reihe tanzende Zahn vermittelt in Kombination mit einer kecken Narbe über der rechten Braue eine wirkungsvolle Art von schelmischem Charme. Ich lächele zurück, spontan und vorbehaltlos.

Dann frage ich mich, woher der Einbrecher meinen Namen kennt und ob er mich überfallen wird, obwohl er ihn kennt, und ob ich das zulassen werde. Ich überlege, ihn zu fragen, während ich in die strahlende Tiefe seiner grauen Augen blicke.

Oder sollte ich ihn etwa kennen?

Dann fällt der Groschen. Ich weiß genau, wer er ist.

»Sie sind Sam Hebden«, sage ich.

Sein Lächeln wird breiter.

Meine Knie werden weich.

Er überlässt mir das Reden auf dem ganzen Weg zur Bushaltestelle. Er gibt nicht zu, schon mal einen Haarknoten auf dem Kopf zu tragen, obwohl sein dunkelblondes Haar bis unter die Ohren reicht; sein Tattoo zeigt keine Kobra (und ist auch nicht am Hals), und er fährt nicht Motorrad. Ansonsten stimmt alles, gibt er zu.

Das Ganze mit einem schiefen Lächeln und einem Lachen in den Blicken.

Sam Hebden ist Anfang vierzig und, das muss man ihm lassen, sein Hemd sitzt eng genug, um die kräftigen breiten Schultern darunter zur Geltung zu bringen. In jeder Bewegung seines Körpers liegt die animalische Flinkheit, die von schnellem Laufen und dem Heben schwerer Sachen kündet. Von der Zeit, die er in Schweiß gebadet und nackt bis zur Taille in dreckigen Kellern auf Sandsäcke eingedroschen und Kleinwagen gestemmt hat.

Oder Rugby gespielt. Sehr wahrscheinlich hat er Rugby gespielt.

Ist in engen Shorts übers Spielfeld gerannt, die straffen Beinmuskeln glänzten, den Ball fest in der Beuge seines Eisenbizeps, die Augen eisig funkelnd, wenn er sein Team in Führung brachte.

Er ist fast dreißig Zentimeter größer als ich. Wenn wir jetzt eng miteinander tanzen würden, könnte er sein Kinn bequem auf meinen Kopf abstützen. Er würde sich etwas bücken müssen, um seine Hände auf meinen Hintern zu legen, falls ihm danach wäre. Ich würde bei diesem Mann hohe Absätze tragen müssen, nicht die gebrauchten, ausgelatschten Sportschuhe einer agoraphobischen Transvestitin.

»Tut mir leid, wenn ich Sie erschreckt habe, als ich mich vorhin in der Hecke versteckt habe.« Er wirft mir einen verschmitzten Blick zu, die Mundwinkel hochgezogen.

»Haben Sie auf mich gewartet, oder haben Sie das Haus ausbaldowert?«, frage ich.

»Beides.« Er lacht.

»Sie sind von Mr Flood abgezogen worden, nicht?« Ich senke die Stimme. »Wegen der Sache mit dem Hurley-Schläger und so weiter.«

»Richtig und so weiter.«

»Was führt Sie dann wieder hierher?«

Sam zuckt mit den Achseln und blickt weg. Ich kann mir die Antwort denken.

Er ist zurückgekommen, um sich an dem alten Mann zu rächen, weil der ihm die makellose Arbeitsbilanz versaut und ihn in den Wahnsinn getrieben hat.

Obwohl Sam Hebden nicht wahnsinnig wirkt. Andererseits, wenn er aus einem Irrenhaus ausgebrochen ist, dürfte er sich seine Verrücktheit natürlich nicht anmerken lassen. Ich beäuge ihn vorsichtig, gründlich. Immerhin trägt er noch Schuhe und eine Hose mit Gürtel, was meiner Erfahrung nach ein gutes Zeichen ist.

Er zeigt die Straße hinunter. »Ist das Ihr Bus?«

»Ich kann auch den nächsten nehmen.«

»Ich muss noch wohin«, sagt er freundlich, entschuldigend.

»Natürlich, kein Problem.« Ich nicke.

Sam blickt mich an. »Hören Sie, können wir uns noch mal treffen? Nicht hier, irgendwo, wo wir uns unterhalten können?«

Wo sich mit ihm treffen? In einem Café? Einem Pub? Als Sozialbetreuer wird Sam Hebden keine Vorstrafen haben. Er wird Referenzen und eine lückenlose Vergangenheit haben. Er wird mehrfache Überprüfungen und Bewertungen bestanden haben. Er wird als bedenkenlos für die Arbeit mit Wehrlosen und Bedürftigen eingestuft worden sein, unbeaufsichtigt und in deren eigenen vier Wänden. Ich bin weder wehrlos noch bedürftig.

Ich schreibe meine Adresse mit meinem tödlichen Kreuzworträtselbleistift auf seine Zigarettenschachtel.

Als der Bus abfährt, sehe ich, wie Sam Hebden sich umdreht und mit dem lässigen Gang eines ehrlichen Cowboys die Straße hinuntergeht. Er könnte auf einem Rodeo sein, die Sonne heiß auf seinen Lederchaps, das Hemd am Hals offen, sein Haar golden im Spätnachmittagslicht.

Er leckt sich die Lippen, kneift die Augen zusammen und steigt mit lockerem mühelosem Schwung auf sein Pferd. Er wendet sein Pferd meisterhaft, aber entspannt, die Zügel fest in den Händen, und sucht mit seinen grauen Augen den Horizont ab –

»Nimm dich in Acht«, sagt Renata. Sie sitzt in einem Kimono an ihrem Küchentisch und überwacht das Auspacken der Pommes. »Er hat dich durchschaut. Er weiß, dass du ihn verdächtigst, seine Frau umgebracht zu haben, und dass du nach Beweisen suchst.«

St. Rita von Cascia (Ehestreit, häusliche Gewalt, aussichtslose Anliegen) steht in der Ecke neben dem Kühlschrank Wache. Sie ist eine düstere Erscheinung: in ein monochromes Gewand gekleidet. Weit undeutlicher als St. Dymphna, weniger ausgestaltet, mit der glitschigen Transparenz von Zwiebelhaut. St. Rita spricht nie, strahlt aber häufig Mitgefühl aus.

»Ich verdächtige Mr Flood wegen gar nichts in der Art«, sage ich. »Und ich suche in dem Haus auch nach nichts.«

St. Rita tritt sachte von einem Bein aufs andere. Ihr Gesicht unter dem Schleier wirkt ein bisschen gequält. Sie hat eine mittelalterliche Ausstrahlung: schwere Lider und kaum vorhandene Brauen. Ihr Stigma, eine schwärende Dornenwunde an der Stirn von der Größe einer Zwei-Pence-Münze, verfärbt sich von Dunkelviolett in Blutrot. Sie blickt sich um und zieht ihren Umhang fester um die Schultern.

Wir essen abends meist in der Küche. Deren auffälligstes Merkmal ist die großzügige Verwendung von Holzverkleidung. Alles ohne Holzverkleidung ist mit Fliesen bedeckt, die eine viktorianische Straßenszene darstellen. Wie Renatas gesamte Wohnung ist auch die Küche übertrieben sauber. Renata hält nichts von arbeitssparenden Geräten, weil sie niemals kocht, abgesehen von dem Fondue, das sie zu den monatlichen Treffen mit ihren Transgender-Freunden serviert. Ansonsten ernährt sie sich von diversen Take-aways und dem, was Lillian ihr in Folie eingewickelt in den Kühlschrank packt.

»Streit es nicht ab, Maud.« Renata akzeptiert eine Jumbo-Zervelatwurst und die Hälfte der Pommes, die sie auf ihre leicht phobische Art genau inspiziert. »Ich sage dir noch einmal, in Bridlemere tut sich ein Fall auf.«

Auf dem Küchentisch liegen die zwei Fotos und die Milchflasche in Plastikgefrierbeuteln, die mit dem Datum ihrer Entdeckung beschriftet sind, wie polizeiliche Beweismittel.

»Mrs Flood wurde nicht ermordet, Renata. Sie ist die Treppe runtergefallen.«

»Das sagst du. Aber was ist damit?« Renata zeigt auf die Gefrierbeutel. »Übel, oder?«

Ich sehe nach unten, betrachte Mary Flood: ihr gelbes Kleid, die blassen Beine, den fuchsroten Haarkranz und das weggebrannte Gesicht. Dann schaue ich das kleine Mädchen an: seinen dunkelblauen Mantel, die rot gemusterte Strumpfhose, den fuchsroten Haarkranz und das weggebrannte Gesicht.

»Aber der Junge hat keinen Kratzer«, murmelt Renata.

Ich sehe Gabriel an, der auf beiden Fotos mürrisch in die Kamera schaut.

Wir sitzen eine Weile schweigend da. St. Rita ist reglos bis auf die Lippen, die ein stummes Gebet verraten. Dann und wann schimmert ihr Heiligenschein, ein dezenter Strahlenkranz, in einem angenehmen Licht.

Renata wirft mir einen listigen Blick zu. »Mr Flood hat der Polizei erzählt, seine Frau wäre auf dem Flur im ersten Stock auf einen Stuhl gestiegen, um eine Lampe abzustauben.«

St. Ritas Heiligenschein flammt auf und flackert. Sie hört auf zu beten und bekreuzigt sich.

»Laut Mr Flood«, sagt Renata, »hat Mary das Gleichgewicht verloren und ist die Treppe hinuntergestürzt. Sie ist im Krankenhaus an ihren Verletzungen gestorben.«

Ich runzele die Stirn. »Und woher weißt du das?«

»Lillian hat das recherchiert. Mary Floods tragischer Tod stand in der Lokalzeitung.«

»Du hast es Lillian erzählt? Wie kommst du dazu, es Lillian zu erzählen?«

»Wieso denn nicht? Sie ist sehr diskret, und es macht ihr Spaß, rätselhafte Mordfälle zu lösen.«

»Renata, was redest du denn da?«

Renata stockt. »Er hat sie die Treppe runtergeschubst, Maud.«

»Ach Quatsch –«

»Doch. Er hat sie umgebracht und es wie einen Unfall aussehen lassen.«

»Ich hab wirklich keine Lust –«

»Du solltest die Möglichkeit nicht ausschließen.« Renata untersucht ihre Pommes. »Mord kommt nämlich auch in den edleren Gegenden von West London vor.«

»Hör mal«, sage ich, »Mr Flood ist ein boshafter alter Knacker, aber deshalb ist er noch lange kein Mörder.«

»Trotzdem, irgendwas stimmt nicht mit dem Haus. Der alte Mann baut ein Labyrinth aus Gerümpel und verteidigt es.« Renata pustet auf eine Pommes, isst sie dann leicht angewidert. »Vermöbelt Sozialbetreuer, bedroht städtische Mitarbeiter. Also, ich würde sagen, so was macht einer nur, wenn er was zu verbergen hat.«

»Er ist ein Messie. Die von der Stadt wollten seinen Plunder entsorgen.«

»Tja, ich kann nicht –«

»Sie hatten einen Müllcontainer bestellt, Renata.«

Renata isst ihre Pommes auf und fängt an, die Zervelatwurst in Augenschein zu nehmen. »Begreifst du denn nicht?«

»Was soll ich begreifen?«

»Dass Flood dich genau beobachtet hat. Er argwöhnt, dass du eine Hellseherin bist und seine ermordete Frau versuchen könnte, mit dir zu kommunizieren.«

»Jetzt hör aber auf.«

»Wieso hat er dir sonst von dem Zweiten Gesicht seiner Schwester erzählt?«

»Ehrlich? Ich hab keine Ahnung. Vielleicht wollte er nur höflich Konversation betreiben.«

Renata sticht mit einer Gabel in ihre Zervelatwurst. »Ein Mann wie Cathal Flood betreibt nicht höflich Konversation –«

»Du kennst Cathal Flood doch gar nicht.«

»Darling, du solltest dich vorsehen, falls der Alte mit dem Gedanken spielt, dich ebenfalls umzubringen. Er wird nicht riskieren wollen, dass du übersinnliche Beweise gegen ihn sammelst.«

Ich verschlucke mich fast. »Du bist total übergeschnappt.«

»Habe ich nicht immer gesagt, dass du eine parapsychologische Begabung hast? Das verrät mir deine Aura.«

»Was ist mit meiner Aura?«, frage ich.

»Dir passieren Dinge, Maud. Botschaften in Milchflaschen.«

»Wahrscheinlich hat Mr Flood das Ganze arrangiert.«

Renata denkt eine Weile nach. Dann: »Das hat nichts mit Mr Flood zu tun. Das ist das Werk von Mrs Flood. Das sind Hinweise aus dem Jenseits.«

Ich lache, aber es ist ein unbehagliches Lachen.

»Mary Flood möchte, dass wir den Mord an ihr aufklären.« Renata sieht ernst aus. »Sie ist eine Frau, die zum Schweigen gebracht wurde, eine gesichtslose Frau. Mal ganz abgesehen von dem Mädchen. Wer ist die Kleine überhaupt?«

St. Rita zupft ihren Schleier zurecht. Meine Augen werden von der Bewegung angezogen. St. Rita senkt die Hände vor den Körper, und plötzlich sehe ich sie ganz deutlich, die Hände, ganz scharf. Sanfte, tüchtige Hände mit kräftigen Fingern und gepflegten, quadratischen Nägeln – Hände, so real, dass ich nach ihnen greifen und sie berühren könnte.

Ich schaue überrascht zu ihr auf, und sie sieht mich mit ihren leicht vorstehenden grünbraunen Augen an, in denen ein leidender Glanz schimmert. Sie lächelt traurig und verschwindet.

»Du spinnst«, murmele ich.

Renata beißt sich auf die Lippe. »Wir haben es natürlich mit einem Poltergeist zu tun.«

Ich verdrehe die Augen. »Natürlich.«

»Bist du in letzter Zeit mal gebissen worden, Maud?«

»Von Flöhen, ja.«

»Poltergeister machen gern auf sich aufmerksam. Sie gehören zu der Sorte Geister, die Gegenstände bewegen oder levitieren.« Sie blickt mich forschend an. »Kommt es vor, dass du Sachen, die du in dem Haus irgendwo hingelegt hast, nicht wiederfindest?«

»Das Haus ist die reinste Müllhalde.«

Renata nickt weise. »Ein erstklassiger Poltergeist kann einen Raum im Nu auf den Kopf stellen. Gibt es kalte Ecken im Haus?«

»Ja.«

»Unerklärliche Geräusche?«

»Manchmal.«

Renata kneift die Augen zusammen. »Zeigen die Tiere im Haus schon mal seltsame Verhaltensweisen, wie fauchen oder bellen?«

»Fauchen, eindeutig.«

»Eine düstere Malignität?«

Ich sehe sie an, frage mich, woher sie so ein Wort kennt. »Nur wenn Mr Flood in der Nähe ist.«

»Eines musst du dir klarmachen: Ein Poltergeist hat fast immer ein traumatisches Ende gefunden. Von einer Treppe geschubst zu werden würde sicherlich ausreichen.« Renata senkt die Stimme, zweifellos um einen dramatischeren Effekt zu erzielen, und legt eine Hand auf meinen Arm. »Hab keine Angst. Die arme Mrs Flood will sich nur bemerkbar machen, ihren Tod rächen und so weiter.«

»Für heute Abend reicht es an rächenden Geistern, Renata«, sage ich.

Ich fürchte, dass eine Sorte Geister zur nächsten führen wird, und einen weiteren Abend mit Ceslaus' Selbstgebranntem würde ich wohl kaum überleben. Aber Renata achtet gar nicht auf mich. Sie nimmt die Fotos behutsam aus ihren Plastikbeuteln und legt sie auf den Tisch. Dann starrt sie sie aus zusammengekniffenen Augen an: erst das eine, dann das andere. Dann steht sie auf und verschwindet im Wohnzimmer und kommt mit der Lupe zurück, die sie beim Zeitschriftenständer für die Rubrik »Original und Fälschung: Entdecke die Unterschiede« liegen hat.

Nach einer Weile sagt sie: »Guck mal, da steht ein Kind in der Tür.«

Ich nehme ihr die Lupe aus der Hand.

Sie hat recht. Im Eingang des Wohnwagens, direkt hinter dem bunten Fliegenvorhang, steht ein Mädchen in einem blauen Kleid. Ihr Gesicht wird von einem Bündel zurückgebundener Plastikstreifen verdeckt. Sie hat eine Hand ausgestreckt, als wollte sie die losen Streifen fangen, die im Wind wehen.

Renata blickt triumphierend. »Sagtest du, die Floods haben nur den einen Sohn?«

»Soviel ich weiß: Gabriel.«

Renata tippt auf das Foto. »Diese kleinen Mädchen sind also –«

»Es ist dasselbe Mädchen«, sage ich unerklärlich sicher. Dann fällt mir St. Dymphnas Bemerkung ein. »Die zwei sehen aus wie Geschwister.«

»Wegen der Haarfarbe?«

Ich nicke. »Genau wie Marys.«

Renata seufzt. »Das ist alles nicht normal. Wer findet schon Fotos in Milchflaschen und an Fenstern klebend? Und wieso sind die Gesichter weggebrannt?« Sie spitzt die Lippen. »Und was sind das überhaupt für Menschen, die Urlaub im Wohnwagen machen?«

Ich lache. »Ich glaube nicht, dass man Wohnwagenurlaub als pathologisches Verhalten betrachten kann.«

»Nein?« In ihrem Gesicht liegt ein Ausdruck heftigen Ekels. »Eine wohlhabende Familie, die in einer riesigen, fetten Villa lebt, fährt nach – wo ist das überhaupt?«

»Dorset, das ist in Dorset. Hab ich auf deiner Straßenkarte von Großbritannien nachgesehen.«

Sie knurrt. »Ein Wohnwagen, Maud, ist das Urlaub? Wenn einer seine Familie liebt, würde er sie dann in einen Wohnwagen pferchen?«

Ich blicke auf meine Pommes, die in ihrem Schälchen kalt werden. »Du hast noch nie einen Wohnwagen von innen gesehen, stimmt's?«

»Darum geht es ja wohl nicht.« Renata wirft mir einen strafenden Blick zu und nimmt das neueste Foto. Sie lässt es zwischen Daumen und Zeigefinger baumeln. »Also, was machen wir mit diesem Beweisstück?«

»Nichts.«

»Maud –«

»Falls es ein Trick ist, habe ich ihm in die Hände gespielt.«

»Und wenn es kein Trick ist?«, fragt Renata.

»Ich wüsste nicht, wie das Foto sonst in die Küche gekommen sein soll. Es war nicht da, bevor ich in den Garten gegangen bin. Wenn Mr Flood es nicht ans Fenster gepappt hat, wer dann?«

»Wer auch immer das Foto da hingetan hat, muss also bereits im Haus gewesen sein?«

»Ich denke, es wäre genug Zeit gewesen, sich ins Haus zu schleichen, obwohl ich nur kurz draußen war.« Sam fällt mir wieder ein. »Allerdings habe ich Sam Hebden getroffen, als ich gegangen bin, aber das war Stunden später.«

Renata runzelt die Stirn. »Sam Hebden?«

Ich nicke. »Mr Floods letzter Sozialbetreuer.«

Renata blickt entzückt. »Der Sozialbetreuer, dem der Alte gedroht hat? Der war am Haus?«

»Er war draußen, hat am Tor gewartet.«

»Der lebende Beweis für Mr Floods mörderische Wut.«

»Nicht ganz mörderisch, wenn Sam noch am Leben ist.«

»Er hatte einen Nervenzusammenbruch oder ist nach Hull versetzt worden. Das hat die Agentur doch behauptet, oder?«

»Wie auch immer, er ist wieder da«, sage ich leichthin. »Und er will mit mir reden.«

Renata setzt sich auf ihrem Stuhl auf. »Was du nicht sagst.«

Ich gebe mich möglichst nonchalant. »Ich habe ihm meine Adresse gegeben, ihm gesagt, er soll vorbeikommen.«

Ihr hübsch bemaltes Gesicht nimmt einen äußerst interessierten Ausdruck an. »Er hat irgendwas rausgefunden, da im Haus.«

»Davon hat er aber kein Wort gesagt.«

Ich esse meine Pommes und Renatas Zervelatwurst, während sie die entstellten Fotos mit ihrer Lupe studiert.

»Das ist so vorsätzlich, so böswillig«, murmelt sie. »Der Alte ist sehr krank.«

»Wir wissen nicht, dass *er* die Gesichter weggebrannt hat.«

»Oh, das hat er, garantiert«, sagt Renata kühl. »Und er hat noch viel Schlimmeres getan.«

»Wir wollen nicht übertreiben. Was spricht schließlich dagegen, dass es eine ganz harmlose Erklärung gibt?«

Renata fixiert mich mit einem unverwandten Blick. »Bauchgefühl.«

Ich räume die Teller ab und mache Kaffee, während Renata ein schwarzes Samttuch auf den Küchentisch legt und ihre Tarotkarten hervorholt.

»Früher hätte man dich dafür als Hexe verbrannt, Renata.«

»Lillian würde das heute noch gern tun. Sie konnte Tarot nie ausstehen.«

»Ist das der Grund für ihre Feindseligkeit?«

»Die Karten?« Renata zieht eine aufgemalte Augenbraue hoch. »Nein. Eifersucht. Ich hab ihr alle ihre Freunde ausgespannt. Ich war doppelt so hübsch und fünfmal lustiger. Außerdem, Geschwister hassen sich doch meistens, oder?«

»Woher soll ich das wissen?«, sage ich.

»Du kannst froh sein, dass du Einzelkind bist.« Renata drückt sich die Karten an die Brust und schließt die Augen. »Schwestern sind am schlimmsten, wie ein Sack verknäulte Schlangen, voller Gift und Neid.«

Sie ordnet die Karten und legt sie hin. »Soll ich dir die Karten lesen?«

»Muss das sein?«

»Kann nicht schaden.«

Insgeheim schaue ich Renata furchtbar gern dabei zu, wenn sie die Karten liest. Dann überkommt sie eine Art träge Anmut, eine selige Abwesenheit. Ihre Bewegungen sind gelassen und mühelos, die Ängste, die sie jede wache Minute beherrschen, sie im Haus gefangen halten, für eine Weile vergessen.

»Hast du denn nie Lust, vor die Tür zu gehen?«, habe ich sie einmal gefragt, und sofort huschte ein Schatten über ihr makellos geschminktes Gesicht.

»Ich gehe doch vor die Tür.« Sie lächelte gequält. »Hast du schon mal was von Astralprojektion gehört? Dabei verlässt dein spiritueller Körper deinen materiellen Körper und wandert ungehindert auf einer Astralebene. Bei mir fing es mit den Füßen an.«

»Astralfüße?«

Sie nickte mit vollkommener Gutgläubigkeit.

»›Astralfüße‹, das wäre ein guter Name für eine Progressive-Rock-Band«, sagte ich, und wir lachten beide.

Ich habe Lillian gefragt, was mit Renata passiert ist, dass sie immer im Haus bleibt. Lillian, mit rotem Gesicht und verweinten Augen von einem Nachmittag voller Streitereien und Backofenreiniger, legte das Schwämmchen, mit dem sie den Grill schrubbte, beiseite. Sie richtete sich auf und zog die Mundwinkel nach unten wie ein Karpfen, als würde sie über irgendetwas Kompliziertes und Schmerzvolles nachgrübeln.

Ich wartete auf irgendeinen tiefschürfenden Gedanken.

Sie kniff die Augen zusammen und sprach ihr Urteil mit der gleichen hämischen Freude wie eine Katze, die auf den Teppich kotzt.

»Die wirkliche Welt«, sagte Lillian. »Er ist sich zu gut dafür.«

Und in diesem Pronomen lag eine bodenlose Gehässigkeit.

Renata bittet mich, die Karten in drei Stapel aufzuteilen und einen auszuwählen. Sie legt die Karten in Form eines Kreuzes aus und betrachtet sie stirnrunzelnd.

Archaische Figuren gehen in einer leuchtenden Farbpalette ihren Geschäften nach. Die Karten sind dick, schwarz und goldumrandet. Sie sind abgegriffen und zerkratzt und haben leichte Eselsohren. Ich suche nach dem Teufel und dem Tod. Das sind meine Lieblingskarten: der Teufel wegen seiner ledernen SM-Maske, seinen sexy Bauchmuskeln und den Höllenflammen, die seine haarigen Ziegenflanken umzüngeln; der Tod wegen seines skelettösen Grinsens und der leuchtend blauen Sense.

Sie sind nicht dabei, aber ich erkenne eine berittene Figur, die Renata Mr Darcy nennt, den Ritter der Schwerter. Ausgestattet mit einem schnellen Pferd und einem scharfen Verstand neigt dieser Mann zu Dogmatismus und Distanziertheit. Ich sehe auch den Turm, einen großen Steinphallus, der aus felsigem Boden aufragt und in den gerade ein Blitz einschlägt. Zwei Hofnarren in Strumpfhosen fallen grinsend durch die Luft.

Renata blickt zu mir hoch. »Ein großer, dunkler, gut aussehender Fremder wird in dein Leben treten und es auf den Kopf stellen.«

Ich denke kurz an Sam Hebdens schiefergraue Augen. »Ich glaube, das haben wir schon mal gehört.«

»Und der Techniker fürs Satellitenfernsehen ist ja auch gekommen, oder?«, murmelt Renata.

»Der war klein und glatzköpfig, und du hast ihn hochschickt.«

Renata zuckt mit den Achseln. »Kleinigkeiten, Darling.«

»Also keine ermordeten Ehefrauen und gesichtslosen Kinder, keine Nachrichten aus dem Jenseits?«

Renata rümpft die Nase. »Nein, aber etwas anderes: das hier.« Sie tippt auf die zweite Karte von oben. Ein Mann in einem Umhang schwingt einen Zauberstab. »Und das.« Eine nackte Frau tanzt mit einer Gardinenstange in jeder Hand.

»Da wird der Zauberstab aber ganz schön oft geschwungen.«

»Na klar, es gibt ja auch einen Magier unter uns, und es gilt, ein Rätsel zu lösen. Ob beides miteinander verbunden ist und ob das Ergebnis positiv sein wird, kann ich nicht sagen.« Sie blickt mit einem verschmitzten Ausdruck in den Augen zu mir hoch.

»Sag es gar nicht erst. Ich verschwende keinen weiteren Gedanken an Mrs Flood.«

»Beantworte mir nur eine Frage, Maud. Wann ist Mr Flood zum Messie geworden?«

»Ich glaube, angefangen hat es vor fünfundzwanzig Jahren.«

»Nach Mrs Floods Treppensturz? Darauf würde ich wetten.« Renata ist siegessicher, das sehe ich an ihren hochgezogenen Augenbrauen. »Der Grund ist nämlich Trauer, Maud.«

»Der Grund wofür?«

»Der Grund, warum Menschen nichts mehr wegwerfen, nie wieder. Nicht mal eine leere Chipspackung. Sie können keinen weiteren Verlust ertragen. Glaub mir. Verlust und Trauer sind mir nicht fremd.«

»Nicht, solange der verstorbene Bernie Sparks in einer Urne bei dir im Gästezimmer steht.«

Wir sitzen eine Weile schweigend da und starren auf die Karten.

Sie streicht die Ränder des schwarzen Samttuchs gerade, glättet unsichtbare Knitterfalten. »Es könnte ganz einfach gewesen sein«, sagt sie. »Ein Verbrechen aus Leidenschaft. Mary wollte ihn verlassen, und Cathal hat sie im Affekt umgebracht und es wie einen Unfall aussehen lassen.«

»Einfach so?«

Renata nickt. »Er wollte sich nicht von ihr trennen.«

»Wie von einer Chipspackung?«

»Bei seinen bekanntermaßen extremen Stimmungsschwankungen halte ich Mord für das wahrscheinlichste Ende von Mrs Flood.«

»Natürlich.«

»Und was das Mädchen betrifft –« Renata beißt sich auf die Lippe.

Ich blicke sie warnend an. »Denk nicht mal dran.«

»Maud«, sagt sie, ihre Stimme ein eiskaltes Schnurren. »Wir wissen beide, dass in dem Haus irgendwas nicht mit rechten Dingen zugeht. Guck dich einfach ein bisschen um, ja? Mal sehen, was sonst noch so ans Licht treibt.«

Ich betrachte den Magier auf der Karte. Er ist im Begriff, irgendeinen mächtigen Zauber vom Stapel zu lassen. Er hat seinen Zauberstab fest in der Hand und ein Auge zusammengekniffen. Das ist einer, der es ernst meint.

Kapitel 6

Dr. Gabriel Flood beehrt uns am späten Nachmittag. Er sagt, er schaut normalerweise abends vorbei, weshalb ich ihn auch zunächst für einen Vertreter oder einen Zeugen Jehovas gehalten habe; sonst wäre ich höflicher gewesen, als er an der Küchentür auftauchte. Er könnte unschwer ein Trickbetrüger oder Haustürprediger sein, aber im Augenblick gibt er sich als Hochschuldozent mit einer ledernen Umhängetasche aus. Er bittet mich, ihn mit Gabriel anzureden, und schüttelt mir unnötig fest die Hand.

Es ist nicht ungewöhnlich, dass Verwandte überraschend aufkreuzen. Sie machen das, um Sozialbetreuer dabei zu erwischen, wie sie Erbstücke einstecken und ihre Lieben mit einem Telefonbuch besinnungslos schlagen. Heute wurden Gabriels Erwartungen enttäuscht, weil ich bei seiner Ankunft gerade Sandwiches schmierte und Mr Flood in einer freigeräumten Ecke des Gartens ein Sudoku machte.

Ich habe es endlich geschafft, den alten Knacker nach draußen zu locken, wo ich ihn sehen kann, und zwar mit dem gleichen Trick, mit dem man ein wildes Tier in den Garten locken würde: durch Gestaltung eines geeigneten Biotops. Ich habe eine Sonnenliege aufgestellt, und auf einen Tisch daneben habe ich etwas Tabak, ein Rätselheft und eine Thermoskanne Tee platziert. Und tatsächlich, nach einer Weile landete Mr Flood da, wo ich ihn haben wollte, und machte es sich bequem, genoss ein bisschen frische Luft, während er auf das Rätselheft schielte und in seiner Zahnprothese herumstocherte. Ich war zuversichtlich, dass er bleiben würde, solange ich keine plötzlichen Bewegungen machte.

Gabriel setzt sich an den Küchentisch und stellt seine Umhängetasche auf den Stuhl neben sich. Er hat nicht die geringste Ähnlichkeit mit seinem Vater, keine Spur von einem schmuddeligen irischen Riesen. Ebenso wenig zeigt er Überreste des blassen kleinen Jungen, der auf den Fotos mürrisch aus der Wäsche schaut. Der erwachsene Gabriel ist ein kleiner Mann und eine unharmonische Fusion von teigig und kantig. Eine spitze Nase und ein spitzes Kinn stehen von einem ansonsten runden, schwabbeligen Kopf ab, der in Verbindung mit den eng stehenden Augen den Eindruck erweckt, dass Gabriels Züge unaufhaltsam zur Mitte des Gesichts gezogen werden. Gabriels Körper hat sich dem Teig-Thema angepasst, obgleich er trotz allem leichtfüßig zu sein scheint. Als wäre er ein flinkes Wiesel von einem Mann, der sich als Dickwanst verkleidet hat. Sein Haar ist schwarz, nicht mehr flammend rot wie in seiner Kindheit, und arg schütter, obwohl es kunstvoll zu einem spitzen Kegel hochtoupiert wurde, um das Beste daraus zu machen. Gabriel färbt sich also die Haare. Ich kann ihn mir gut mit tropfendem Färbemittel unter einer Plastikhaube vorstellen.

Er bietet an, mir zur Hand zu gehen, darum betraue ich ihn damit, Tomaten am Küchentisch zu schneiden, und mustere ihn aus dem Augenwinkel, während ich die Eier verquirle. Er geht die Aufgabe umständlich an, steht auf, rückt den Stuhl ein Stück weiter um den Tisch, inspiziert das Schneidebrett, zieht sich wichtigtuerisch das Jackett aus und krempelt die Hemdsärmel hoch. Er ist es nicht gewohnt, mit den Händen zu arbeiten, und Gemüse klein schneiden ist für ihn etwas vollkommen Neues.

Er nimmt eine Tomate. »Maud«, sagt er, »Sie wirken Wunder, im Ernst. Ich kann's gar nicht fassen, dass mein alter Herr Sie hier hat alles ausmisten lassen.«

Er deutet mit der Tomate schwungvoll auf den Tisch.

Gabriel hat so eine typische Arzt-Anwalt-Lehrer-Piloten-Stimme. Eine Stimme, die darauf kalibriert ist, Vertrauenswürdigkeit und ruhige Autorität zu suggerieren, wenn gerade irgendein Mist passiert. Ich kaufe es ihm nicht ab, zumal seine Stimme nicht zu seinen Blicken passt, die von einer Tür zur anderen huschen.

Dann begreife ich: Er sollte gar nicht hier sein. Der alte Herr wird ihn zur Schnecke machen, wenn er ihn im Haus erwischt.

Gabriels Lächeln wirkt aufgesetzt. »Wirklich, es ist unglaublich, was Sie geschafft haben. Andere haben sich eine Woche mit ihm gefetzt, bloß um einen Milchflaschendeckel wegwerfen zu dürfen.« Er senkt verschwörerisch die Stimme. »Sie ahnen ja nicht, was für eine Erleichterung es ist, Sie hierzuhaben.«

»Danke.«

Gabriel nimmt eine weitere Tomate und studiert sie. »Darf ich offen reden, Maud?«

»Wenn Sie wollen.«

Er fängt an, die Tomate mit gereiztem Gesichtsausdruck in Scheiben zu schneiden. »Wie sag ich es am besten?« Er blickt zu mir rüber. »Die Agentur hat Ihnen sicher erzählt, dass mein Vater sich manchmal zu Betreuer*innen* hingezogen fühlt.«

Ich runzele die Stirn.

Er schenkt der Tomate seine ungeteilte Aufmerksamkeit. »Und natürlich ist Ihnen bekannt, dass es *Vorfälle* gegeben hat.«

Mir ist nichts dergleichen bekannt.

Gabriel spricht weiter, schiebt die Tomate in eine Schüssel. »In der Vergangenheit hat er Sozialbetreuerinnen, Gemeindeschwestern, Essen-auf-Rädern-Mitarbeiterinnen und so weiter *aufdringliche Avancen* gemacht. Aus dem Grund schickt die Agentur auch normalerweise männliche Sozialbetreuer.« Er lächelt freudlos. »Ich war überrascht, dass Sie kein Mann sind.«

Ich denke an Biba Morel, wie sie hinter ihren Schreibtisch gequetscht kichernd die Liste mit entbehrlichen Sozialbetreuerinnen durchgeht, auf der mein Name ganz oben steht.

Gabriel erdolcht die letzte Tomate, zerschneidet sie geschickt und legt dann das Messer hin. »Ich hoffe, Sie finden meine Bedenken nicht unpassend. Die Agentur traut Ihnen zweifellos zu, mit dem alten Herrn fertigzuwerden, sonst hätten die Sie nicht geschickt.«

»Natürlich.« Ich lächele grimmig. In Gedanken bin ich drauf und dran, Biba kräftig in ihren imposanten Hintern zu treten.

Er wischt sich die Hände gründlich an meinem sauberen Tischtuch ab. »Ich bin sicher, Ihre Chefin würde Ihre persönliche Sicherheit nicht gefährden.«

»Ganz bestimmt nicht.« Biba kreischt, als ich Anlauf nehme.

»Ich wollte Ihnen nur dringend raten, vorsichtig zu sein.« Er setzt eine besorgte Miene auf. »Mein Vater ist normalerweise nicht so fügsam, müssen Sie wissen.«

Ich unterdrücke ein Prusten.

»Ich hoffe bloß, Maud, dass er nicht auf irgendwelche dummen – *Ideen* kommt.«

Ich unterdrücke ein Lachen.

Gabriels Stirn legt sich in Falten. »Vielleicht hat ihn ja die drohende Unterbringung in einem Seniorenheim zur Vernunft gebracht? Vielleicht begreift er endlich, dass er sich nicht gegen Unterstützung sträuben darf, wenn er weiter eigenständig leben will.«

»Dann soll er also doch in ein Seniorenheim?«

»Nicht, wenn ich es verhindern kann«, sagt er leise. »Der alte Herr darf Bridlemere nicht verlassen.«

»Warum nicht?«

Das Messer auf dem Schneidebrett an Gabriels Ellbogen zuckt.

»Es würde ihn umbringen, Maud.«

Das Messer fängt an, unmerklich zu wackeln.

»Aber es ist sehr schwer für mich, ihm zu helfen«, sagt Gabriel. »Er hat eine starke Abneigung gegen mich.«

Das Messer dreht sich, unendlich langsam, auf dem Ansatz seines Griffs.

»Er leugnet oft, dass ich sein Sohn bin.«

Das Messer verharrt, die Klinge auf die Region von Gabriels wichtigen Organen gerichtet.

»Er hat schon Leuten erzählt, ich wäre tot oder bloß gekommen, um den Wert des Hauses zu schätzen.«

»Das ist hart«, sage ich vorsichtig.

»Manchmal frage ich mich, ob er geistig abbaut. Er ist zu viel allein.« Gabriel lächelt mich strahlend an. »Aber zurzeit nicht, wo Sie praktisch jeden Tag bei ihm sind und seine irdischen Güter durchgehen.«

Sein Lächeln ist weit davon entfernt, seine Augen zu erreichen.

Wir blicken einander einen langen Moment an.

Während wir das tun, denke ich an den künstlichen Farbton von Gabriels Haaren, an das entstellte Foto von zwei Kindern, die neben einem Springbrunnen stehen, und frage mich, ob ich versuchen sollte, das empfindsame Messer zu nehmen, oder nicht.

»Haben Sie zufällig eine Schwester, Gabriel?«

Dann passiert nacheinander Folgendes: Eine Katze springt durchs Küchenfenster herein und schlittert über die ganze Länge der Arbeitsfläche, das Messer fliegt vom Tisch, und Gabriel schnellt von seinem Stuhl hoch.

»Herrgott noch mal!«, schreit Gabriel und zeigt auf die Katze. »Wie halten Sie diesen Scheiß bloß aus?«

Ich versperre Burroughs den Weg, ehe er den Herd erreicht, und scheuche ihn aus der Tür in den Garten. Er schleicht sich auf knochigen Hinterbeinen davon, zieht seinen mageren Schwanz hinter sich her.

Da das Messer fest im Linoleum steckt, versuche ich es erneut. »Haben Sie eine Schwester, Gabriel?«

»Nein.« Er beäugt die Küchentür. »Ich hasse Katzen.«

»Ich habe ein Foto von 1977 gefunden. Darauf halten Sie und ein kleines Mädchen einander neben dem Springbrunnen vor dem Haus an den Händen. Aber der Name der Kleinen ist auf der Rückseite durchgestrichen.« Ich wähle meine Wort mit Bedacht. »Und da, wo ihr Gesicht war, ist ein Loch reingebrannt.«

Seine Miene verfinstert sich. »Haben Sie das Foto hier?«

Ich zögere. »Im Moment nicht zur Hand. Können Sie mir sagen, wer sie ist?«

»Keine Ahnung.«

»Erinnern Sie sich? Sie und das kleine Mädchen neben dem Springbrunnen?«

Er blickt mich genervt an. »Ich erinnere mich nicht.«

»Könnte sie eine Verwandte sein? Eine Freundin der Familie?«

»Wie gesagt: Ich erinnere mich nicht.« Gabriel krempelt seine Ärmel runter, das Gesicht verschlossen.

Ich deute auf das Tablett mit den Sandwiches. »Sollen wir? Sonst stürzen sich die Fliegen drauf.«

Gabriel nimmt seine Umhängetasche.

Mr Flood blickt auf. »Und du kannst dich gleich wieder verpissen.«

Gabriel geht hinter mir den Gartenweg hinunter, in einer Hand einen Teller mit mundgerecht geschnittenen Schottischen Eiern.

Er nickt dem alten Mann mit gekränktem Respekt zu. »Ich bin gekommen, um dir einen kleinen Besuch abzustatten, Flood senior. Ich wollte ein bisschen plaudern und dir erzählen, wie es deinem Sohn so ergangen ist.«

»Mein Sohn kann sich zum Teufel scheren.« Er fixiert Gabriel mit einem bösen Blick. »Verschwinde von meinem Grundstück, du Wurm.«

Gabriel lächelt, als fände er den Humor seines Vaters ganz bezaubernd. »Nur einen kleinen Moment von deiner Zeit, und dann bin ich auch schon wieder weg. Keine Nörgeleien, keine Theatralik.«

»Ich will, dass sie dabei ist.« Es ist kaum mehr als ein Knurren, tief in Mr Floods Kehle.

Gabriels Lächeln erstarrt. »Ja, klar. Ich hole rasch noch einen Stuhl.«

Er stakst den Gartenweg zurück zwischen zerbrochenen Blumentöpfen und ausrangierten Stehlampen hindurch.

Mr Flood funkelt mich an. »Was fällt Ihnen ein, diesen Teufel reinzulassen?«

»Hätte ich ihm die Tür vor der Nase zuschlagen sollen?«

Der alte Mann knurrt wütend. Wir beobachten Gabriel, der vorsichtig unter einer Plane herumtastet.

»Ich geh wieder rein«, sage ich.

»Nix da.«

»Möchten Sie denn nicht ein bisschen Zeit allein mit Ihrem Sohn verbringen, Mr Flood?«

Er glotzt mich entgeistert an. »Dieser schmierige Klugscheißer ist nicht mein Sohn. Wenn er Ihnen erzählt hat, dass er mein Sohn ist, dann ist er ein verlogener Mistkerl.«

»Ich weiß, Sie beide haben sich auseinandergelebt –«

»Auseinandergelebt, dass ich nicht lache! Ich sage Ihnen, der Saftsack ist nicht mein Sohn.«

Ich beschließe, nicht darauf zu beharren, denn der alte Mann scheint wirklich aufgebracht zu sein. Stattdessen arrangiere ich geschäftig die Sandwiches und Schnittchen auf dem Tisch.

»Bleiben Sie hier. Reden Sie mit ihm.«

»Aber, Mr Flood, ich habe zu arbeiten –«

Mr Flood rutscht unruhig in seinem Liegestuhl hin und her und stöhnt. »Bitte. Lenken Sie ihn einfach ein Weilchen ab.«

Mir fällt auf, dass seine großen Hände zittern.

Er klemmt sie sich zwischen die Knie und versucht zu lächeln. Sein Lächeln ist verkrampft, flehend. »Bitte.«

Gabriel kommt mit einem abgesägten Barhocker zurück. »Was Besseres hab ich nicht finden können«, sagt er.

Er stellt den Hocker hin und setzt sich vorsichtig drauf, aber die

Beine sind unterschiedlich lang. Durch die Anstrengung, das Gleichgewicht zu halten, wirkt er unsicher und verdrossen.

Mr Flood nickt mir fast unmerklich zu. Ich rede los.

Fast eine Stunde lang lasse ich mich über so unterschiedliche Themen aus wie Bräunungssprays, Euthanasie, Kopenhagen und eingelegte Shrimps. Gabriel blickt verdutzt. Mr Flood blickt glasig. Irgendwann bittet Gabriel um Kaffee.

Während der Kaffee durchläuft, halte ich vom Küchenfenster aus ein altes Fernglas auf Vater und Sohn Flood gerichtet. Sie streiten sich heftig. Gabriel reibt sich von Zeit zu Zeit die Stirn und blättert in den Papieren, die er aus seiner Umhängetasche geholt hat. Mr Flood sieht aus, als würde er spucken: Ich sehe Schaum. Ich kann zwar nicht von den Lippen ablesen, aber ich bin sicher, dass auf beiden Seiten Kraftausdrücke fallen. Gabriel springt auf und tigert zwischen dem Geräteschuppen und der Reihe Müllsäcke, die ihrer Abholung harren, hin und her. Er schaut nach hinten zum Haus. Ich ducke mich geistesgegenwärtig. Es war immer ein Lichtreflex von den Ferngläsern, der die Fünf Freunde verraten hat.

Sie hören auf zu reden, als ich mit einem Tablett zurückkomme, und Gabriel studiert eine seiner Manschetten.

»Maud, ich muss gehen.«

»Kein Kaffee?«

»Beim nächsten Mal«, sagt er. Er nickt seinem Vater zu und hastet den Gartenweg hinunter, versucht dabei, nicht mit seinen Slippern in Katzenscheiße zu treten.

Mr Flood ist sehr blass. »Und ich wünsche dir einen Tripper biblischen Ausmaßes.«

Ich meine zu sehen, dass Gabriels Hand den Riemen seiner Umhängetasche fester umschließt.

»Das ist aber nicht sehr nett von Ihnen, Mr Flood.«

»Die hätten mich gern tot, Drennan. Die würden mich umbringen und es wie einen Unfall aussehen lassen.«

Mary Flood, rothaarig und gesichtslos, steigt in dem Flur im ersten Stock mit einem Staubwedel in der Hand auf eine wackelige Trittleiter …

»Ernsthaft?« Ich schiebe ein Sandwich auf seinen Teller. »Wer sind denn *die*, Mr Flood?«

Er überhört meine Frage. »Aber ich habe etwas, das Gabriel will, der Aasgeier, und er kann nicht riskieren, dass dem Alten was zustößt, ehe er es in die Finger kriegt.«

Ein unwirscher Ausdruck überzieht sein Gesicht, eine verbitterte Häme. »Nennen wir es meine Lebensversicherung.«

»Worum handelt es sich denn?« Ich lege ein argloses, desinteressiertes Verhalten an den Tag.

Mr Flood sieht mich an. »Und wieso sollte ich Ihnen das verraten?«

Plötzlich huscht etwas aus dem Gebüsch zum Tisch, ein Farbstrich, und das spitze rotbraune Gesicht eines jungen Fuchses beschnuppert das Sandwich in Mr Floods Hand.

»Drennan, darf ich vorstellen, das ist Larkin.« Er grinst. »Ich hab ihn von klein auf großgezogen.«

Der Fuchs schnappt sich das Sandwich, trägt es ein paar Schritte weit weg und lässt es auf die Erde fallen. Aus der Nähe betrachtet, ist er eindeutig der schönste Fuchs, den ich je gesehen habe. Sein Fell ist satt orangerot, mit hellen Flecken und einer weißen Schwanzspitze. Seine Augen haben die Farbe von flüssigem Honig. Ich nehme seinen strengen Moschusgeruch wahr.

Mr Flood betrachtet ihn mit Stolz. »Er ist ein feiner Kerl. Zu jung für Füchsinnen und ohne das geringste Laster.«

»Er wohnt unter dem Wohnwagen, nicht?«

Im ersten Moment denke ich, dass Mr Flood mich nicht gehört hat, aber dann dreht er sich in seinem Liegestuhl um und sieht mich an. »Müssen Sie Ihre verdammte Nase eigentlich überall reinstecken?«, sagt er. Er legt Finger und Daumen einer Hand spitz zusammen und sticht in die Luft. »Hier rein und da rein und wieder hier rein?«

»Ich bin bloß dem Fuchs gefolgt.«

»Schlitzohren seid ihr, alle beide«, brummelt er und nimmt sich noch ein Sandwich. Er wirft es in die Büsche, und Larkin springt hinterher.

Ich nehme das Rätselheft und gebe mich locker. »Er müsste mal gewaschen werden, der Wohnwagen. Haben Sie damit schöne Reisen unternommen?«

Ich höre ein schwaches Schnalzgeräusch, als Mr Flood an seiner Zahnprothese lutscht. »Der stand schon hier, als wir eingezogen sind, einsam und verlassen im Gebüsch.«

»Und Sie haben ihn nie benutzt, in den Ferien zum Beispiel?«

»Er hat sich nie von der Stelle bewegt.«

»Nicht mal aufs Land, an die Südwestküste vielleicht? Dorset eignet sich toll für einen Kurzurlaub, ist nicht allzu weit weg von London.« Ich werfe ihm einen Blick zu.

Er starrt mich an. »Was wollen Sie damit sagen?«

»Bloß dass –«

»Bloß dass Sie Ihrer verdammten Nase ab sofort eine Pause gönnen.«

»Ich will mich nur nett unterhalten.« Ich wende mich wieder meinem Kreuzworträtsel zu, spüre aber seinen Blick auf mir. Seine langen Beine wippen. Ich warte, bis seine Knie wieder ruhig werden.

»Sie sind also nie mit dem Wohnwagen irgendwohin gefahren?«

Sein Gebrüll scheucht die Katzen von ihren sonnigen Plätzchen in alle Himmelsrichtungen. »Wieso in Gottes Namen –«

»Ich will mich nur nett unterhalten, Mr Flood.«

»Lassen Sie's bleiben. Stellen Sie mir die Rückenlehne von dem Ding hier was nach hinten.«

Ich helfe ihm, den Liegestuhl so einzustellen, wie er ihn haben will, und ziehe dann die Decke über seinen Beinen zurecht.

»So, jetzt weg mit Ihnen.«

Ich setze mich wieder hin und tue so, als würde ich mein Kreuzworträtsel zu Ende lösen. Jubiliere klammheimlich, dass ich ihn aus der Fassung gebracht habe. Als hätte ich eine Runde in einem Spiel gewonnen, dessen Regeln ich nicht kenne.

Aber andererseits, falls er mit dem Spiel angefangen hat, würde er *wollen*, dass ich diese Fragen stelle.

Ich blicke verstohlen zu Blaubart in seinem Liegestuhl hinüber: Er hat die Augen geschlossen, und seine noch immer schwarzen Brauen sind nicht mehr zusammengezogen, und seine großen Hände liegen locker auf dem Schoß. Er ist eingelullt worden, vom Brummen der Schmeißfliegen um die Müllsäcke, vom sanften Wind und der warmen Frühherbstsonne.

Es ist ein goldener Nachmittag.

Selbst die Katzen sind ruhig und zanken sich nicht mehr um Schubkarren und hochkant stehende Matratzen. Sie liegen hier und da ausgestreckt, ein Patchwork aus schnurrenden Fellen.

Larkin kommt wieder aus den Büschen geschlichen. Mr Flood öffnet ein Auge. »Da bist du ja. Geben Sie mir die Sandwiches für den jungen Mann.«

Er hält den Teller auf dem Schoß und wirft eines hoch in die Luft. Es landet in dichten Sträuchern, und Larkin schießt hinterher.

»Hat Ihre Mummy Ihnen nicht gesagt, dass Sie niemals im Leben einem Fuchs folgen dürfen?«, murmelt er.

»Dieser spezielle Ratschlag ist nie zur Sprache gekommen.«

»Hören Sie mit der Klugschwätzerei auf, Drennan. Kennen Sie etwa nicht die Fabel vom Fuchs und der Eule, die irische Version?«

»Ist das wieder eine von Ihren Geschichten?«

»Ja. Stört Sie das?«

»Dann wollen Sie sich jetzt also nett unterhalten, Mr Flood?«

»Zur Hölle mit Ihnen.«

Ich unterdrücke ein Lächeln. »Eine Geschichte wäre schön.«

Er streckt die Beine aus und blinzelt in die Sonne. »Es war einmal ein Dorf an der irischen Westküste. Es war ein wilder, einsamer Ort, auf einer Seite umtost vom Meer und auf allen anderen umringt von Sumpfland. Dieses Dorf stand im Bann einer Eule.«

»War nicht viel los da, was?«

»Klar, dass Sie wissen, wie's da zugeht«, sagt er barsch. »In Mayo gibt's bestimmt jede Menge solcher Käffer. Sie kommen doch aus Mayo, oder?«

»Stimmt.«

Er wirft ein weiteres Sandwich in die Büsche und wirkt zufrieden, als er den Fuchs im Unterholz rascheln hört. »Einmal im Jahr, am ersten Abend im Frühling, ließ sich eine riesige Eule ganz oben auf dem höchsten Baum im Dorf nieder und wartete auf den Einbruch der Dunkelheit. Ihre Augen waren groß wie Radkappen, und ihre Flügelspanne entsprach der Körpergröße eines Mannes. Sie trug ihr Gefieder wie einen Umhang, mit Schultern so breit wie die eines Generals.«

»Das nenn ich mal eine Eule.«

Er blickt mich drohend an. »Ersparen Sie mir Ihre Scheißkommentare.«

»Ich meine ja bloß.«

»Lassen Sie's einfach.« Er greift in seine Brusttasche und fischt eine halb gerauchte Zigarette heraus. »Jetzt hab ich den Faden verloren.«

»Die große Eule saß auf dem Baum.« Ich verziehe keine Miene.

Er zündet sich die Stummelzigarette an. »Wenn die Dämmerung kam und die Nacht über das Dorf hereinbrach, breitete die Eule ihre mächtigen Schwingen aus und flog von dem Baum herunter, das Gesicht weiß und starr. ›Der Tod naht‹, heulte sie, ›der Tod naht.‹«

Er studiert seine aufgerauchte Kippe. »Ich muss mir eine Neue drehen.«

»Sie könnten das Rauchen aufgeben.«

Er wirft mir einen Blick zu und klopft seine Taschen nach Tabak ab. »Die Dorfbewohner hatten panische Angst vor der Eule. Einige versteckten sich in ihren Häusern, verrammelten die Fenster und verriegelten die Türen.«

Er zieht ein Zigarettenpapier heraus und legt es sich flach aufs Knie, dann nimmt er etwas Tabak und verteilt ihn auf dem Papierstreifen. »Andere, die ein wenig mutiger waren, standen draußen und sahen zu, wie die Eule im Dorf umherflog, wie sie kreisend in die Höhe stieg, ihr Gesicht ein zweiter Mond am Himmel.«

Er rollt das Papier zusammen und leckt die Gummierung an. »Der Flug des Vogels war etwas Schönes und etwas Schreckliches. Denn wenn er endete, endete auch das Leben eines der Menschen im Dorf.«

Er zwirbelt ein paar Tabakfäden von beiden Enden seiner Zigarette und klemmt sich die Zigarette dann hinters Ohr. Ohne mein Schmunzeln zu beachten, erzählt er weiter. »Jedes Jahr hielten die Dorfbewohner den Atem an und warteten, bis die Eule mit ausgestreckten Krallen auf dem Dach eines Hauses landete. Erst dann stießen sie einen verzweifelten oder erleichterten Schrei aus, denn die Eule hatte sich für ihren jährlichen Tribut entschieden. Sie heulte einmal leise in den Kamin hinunter, und genau eine Woche nach diesem Moment kehrte die Eule zurück, um sich die reinste Seele in dem Haus zu holen.«

Larkin kommt wieder durch die Büsche geschlichen, um wenn möglich noch ein Sandwich abzustauben.

Mr Flood lächelt ihn wohlwollend an. »Dann hast du's also gefunden? Gut gemacht.« Der Fuchs leckt sich prompt die Schnauze, plumpst dann auf sein Hinterteil und streckt sich auf der Erde aus. Mr Flood sieht mich an. »Im Laufe der Jahre unternahmen die Familien der Verfluchten alles. Sie schickten ihre unschuldigen Seelen nach Kanada oder versteckten sie tief im Brunnen oder hoch oben in der Kirche. Nichts rettete sie. Wenn die Eule nach einer Woche zurückkehrte, seufzten Babys, Mütter, Großväter einmal auf und starben.«

Larkin wirft sich auf die Seite, sein buschiger Schwanz klopft auf die Erde wie der einer wütenden Katze.

»Es war wieder einmal so weit«, fährt Mr Flood fort. »Und wie immer beteten die Dorfbewohner, die Eule möge an ihnen vorbeifliegen und auf dem Dach eines Nachbarn landen. Diesmal beschrieb die Eule einen Kreis und flog dann hinaus über die Bäume.

Am Rande des Ortes lebte eine Frau mit ihrem Sohn. Der Mann war ein Herumtreiber und kam nur selten nach Hause. Als die Frau sah, dass die Eule auf ihrem Schornstein landete, blieb ihr fast das Herz stehen. Die Eule war gekommen, um ihr den Sohn zu nehmen, aber sie liebte ihn über alles und war nicht gewillt, ihn herzugeben. Diese Frau nun war keine gewöhnliche Frau; bevor sie Mutter wurde, war sie eine begnadete Zauberin gewesen, und demnach sprach sie rasch einen Zauberspruch. Dann lief sie auf Füßen ins Haus und sprang auf Pfoten wieder hinaus, in Gestalt einer geschmeidigen Füchsin.

Die Eule ergriff die Flucht, und die Füchsin folgte ihr, lief mit ihrem schlanken Körper geschwind durch Wiese und Sumpf, dorthin, wo der Flug des großen weißen Vogels sie hinführte. Mitunter versuchte die Eule, auf der Erde zu landen, um etwas zu fressen, doch stets sprang die Füchsin hoch und schnappte nach der Eule, sodass diese weiterfliegen musste.

Die Füchsin war unermüdlich: Sie rannte tagaus, tagein. Bis sie so schnell geworden war, dass ihre Füße den Boden nicht mehr berührten. Die Eule hörte keine Schritte mehr, und weil sie glaubte, ihre Verfolgerin abgeschüttelt zu haben, landete sie schließlich auf einem Baum, um sich eine Weile auszuruhen.

Die Füchsin blieb kaum stehen, um Luft zu holen, sondern rannte den Baumstamm hoch.« Mr Flood hält inne. »Meine Kehle ist wie ausgetrocknet, Drennan.«

»Da ist Tee in Ihrer Thermosflasche«, sage ich.

»Prima, und wo ist die, bitte schön?«

»Genau vor Ihrer Nase. Erzählen Sie weiter, und ich schenke Ihnen ein.«

Er grinst mich an, als ich den Deckel abschraube. »Die Füchsin kletterte also den Baum hinauf und sah die Eule auf einem Ast sitzen. Die Füchsin schlich näher. Doch ehe sie sie mit ihren spitzen Zähnen packen konnte, drehte die Eule den Kopf und begann zu sprechen. Und sie erzählte der Füchsin, dass sie gar nicht wegen der Seele des Jungen gekommen sei, weil sie nur reine Seelen hole, und die des Jungen sei von Grund auf böse.«

Er macht eine schier endlos lange Pause. Ich sehe ihn an. Er scheint Larkin zu betrachten, der sich auf dem Gartenweg wälzt, das Fell schon matt vom Staub. Doch dann merke ich, dass Mr Flood gar nichts sieht, nicht wirklich.

»Alles in Ordnung, Mr Flood?«

Er nickt und trinkt seinen Tee so schnell, dass ihm Tropfen über die grauen Stoppeln am Kinn laufen. »Als die Füchsin erfuhr, dass ihr Sohn böse war, brach es ihr das Herz, und da sie es nicht ertragen konnte, sprang sie.«

Larkin reckt sich, beobachtet dann aufmerksam Mr Flood, als würde auch er ihm zuhören.

»Die Eule blickte durch das Geäst des Baumes auf die tote Frau unten auf der Erde und schrie vor Enttäuschung. Denn mit einem Menschen, der seinem Leben selbst ein Ende gesetzt hatte, konnte die Eule nichts anfangen. Später in der Nacht flog die Eule zurück zu dem Dorf und holte sich den Jungen, denn sie brauchte ihren Tribut.«

»Aber der Sohn war doch nicht rein.«

»Tja, sie musste sich nun mal mit ihm begnügen.«

Larkin springt auf und läuft durch die Büsche davon.

»Was ist mit dem Ehemann?«

Er blickt auf. »Was soll mit ihm sein?«

»Die Zauberin hatte einen Herumtreiber als Mann, hätte die Eule den nicht nehmen können statt des Sohnes?«

»Nein, das ging nicht.«

»Wieso nicht?«

Der Alte lächelt traurig. »Der war noch schlimmer.«

Ich sehe ihn an. »Gab es nicht auch eine Tochter?«

Er zögert. Dann stellt er langsam und bedächtig seine Tasse ab. »Nein«, sagt er. »Nur einen Sohn.«

Wir sitzen schweigend da. Ich überlege, ob ich ihm glaube.

»Wo bleibt die Moral?«, frage ich.

»Was?«

»Haben solche Geschichten nicht immer eine Moral?«

»Doch, natürlich.« Mr Flood nimmt seinen Sudoku-Block. »Aber ich hätte wirklich gedacht, eine gescheite, junge, neugierige Klugscheißerin wie Sie kommt spielend von allein darauf.«

»Vielleicht überschätzen Sie mich?«

Mr Flood blinzelt mich an. »Als Klugscheißerin, niemals.«

Kapitel 7

Es führten zwei Wege zum Pearl Beach, und beide waren nicht ungefährlich. Der eine war der längere Weg, über die kleine Straße, die an Bolands Haus vorbei und dann durch die Felder führte. Ein Gebiet, das von Mister Bolands Lady bewacht wurde, einer Collie-Hündin, der absolut zuzutrauen war, dass sie dich in Stücke riss. Manchmal war Lady an der Kette, manchmal nicht. Auf halber Höhe des Zauns war eine Lücke, durch die sie nach draußen konnte, wenn sie wollte. Sie kam zwar nie nach draußen, aber sie konnte, wenn sie wollte. Wir wussten das, und sie wusste es auch.

Die beste Taktik war, Speckstreifen mitzunehmen oder alternativ in Bratfett getränkte Brotkrusten. Brot und Marmelade gingen auch. Orangen nicht. Kurz bevor du zu der Lücke im Zaun kamst, musstest du ihr den Mist vor die verdammten Pfoten werfen. Dann senkte sie die Schnauze, um zu fressen, und du konntest mit unversehrten Beinen vorbei. Wenn sie aufsah und merkte, dass du davonkamst, rannte sie bellend am Zaun entlang. Manchmal hörten wir Mister Boland rufen, Lady sollte mit der Scheißbellerei aufhören, manchmal nicht. Manchmal sahen wir Mister Boland selbst, manchmal nicht. Wenn wir ihn sahen, nickte er uns heftig zu. Sein Kopf war oben schmaler als unten, sein Hals war unrasiert, und seine Augenbrauen bildeten eine gerade Linie. Er hatte eine Lücke zwischen den Schneidezähnen und eine dicke tiefrote Knollennase.

Mister Boland hatte seine Frau und seine vier Kinder erschossen und im Boden des Schweinestalls einzementiert. Jetzt war er auf der Suche nach einer neuen Frau und nach neuen Kindern; das war allgemein bekannt.

Er schaute uns oft hinterher, wenn wir vorbeigingen, bis ans Ende der Straße, die Augen auf Deirdre gerichtet, auf ihren wiegenden Gang und ihr Sommerkleid, ihre weißen Sandalen und ihre herzförmige rote Lederhandtasche. Auch Lady sah uns nach, tief geduckt neben ihm, mit gesträubtem Nackenfell und starrem Blick. Deirdre hielt den Kopf erhoben, die Nase in die Luft gereckt. Am Ende der Straße warf sie jedes Mal das Haar zurück und spähte über die Schulter nach hinten zu Mister Boland.

Der andere Weg zum Pearl Beach führte über den Parkplatz und vorbei an Noel Noones Kiosk. Der alte Noel schielte. Das befähigte ihn, mit einem Auge Deirdre im Blick zu behalten und mit dem anderen mich, selbst dann, wenn wir auf dem Weg zum Strand im Abstand von anderthalb Metern gingen.

Beim alten Noel gab es zwei Hauptgefahren. Die erste Gefahr war, seine Spucke abzukriegen, denn der Mann hatte nur drei Zähne im Mund, und wenn er sich freute, was er jedes Mal tat, wenn er uns sah, hatte er eine arg feuchte Aussprache. Die zweite Gefahr war, mit ihm zusammen in seinem Kiosk eingepfercht zu sein. Wenn du zu nahe kamst, bugsierte er dich rein, und ehe du wusstest, wie dir geschah, warst du eingezwängt zwischen den Eimern und Schaufeln und den Strandmatten aus Bambus. Dann legte er seine alten, trockenen, spatelförmigen Finger auf deinen Arm oder betatschte dir das Gesicht oder die Haare. Und er zupfte und kniff und streichelte. Dabei redete er die ganze Zeit mit seiner komischen hohen, aufgeregten Stimme irgendwelchen Unsinn und besprenkelte dir das Gesicht mit Speichel.

»Jetzt denk mal ganz, ganz genau nach, Maud«, sagte die Polizistin. »In aller Ruhe.«

Ich wartete, in aller Ruhe.

»Ihr habt also außer Mr Boland nie irgendwen gesehen, wenn ihr zum Strand gegangen seid?«

»Wir haben den alten Mann im Kiosk gesehen.«

»Noel Noone? Ihr habt also außer Mr Boland und Mr Noone nie irgendwen gesehen?«

»Nie.«

»Und du bist sicher, dass deine Schwester sich nie mit irgendwem am Strand getroffen hat?«

»Wir waren immer nur zu zweit.«

»Du und Deirdre?«

Ich nickte.

»Wirklich jedes Mal, wenn ihr da wart?«

Ich nickte.

»Bist du dir ganz sicher, Maud?«

Ich nickte.

Die Polizistin nickte ebenfalls, aber mit weniger Gewissheit, als hätte meine Antwort sie nicht überzeugt, als müsste sie sich damit aber vorläufig genügen. »Musst du gleich zu deiner neuen Schule?«

»Ja.«

Wir wohnten bei Granny, bis Deirdre zurückkommen würde. Granny hatte mich an der örtlichen Schule angemeldet, weil es niemandem guttat, jeden Tag von morgens bis abends immer nur auf Deirdre zu warten.

Die Polizistin zeigte auf die Bürste und das Haargummi in meiner Hand. »Soll ich dich kämmen?«

Ich nickte.

Sie sagte, ich solle mich vor ihren Stuhl stellen, während sie mir einen Zopf flocht. Dann drehte sie mich zu sich um und zog mir den Zopf über die Schulter nach vorn und bürstete das Ende aus, wickelte es sich um den Finger. Ich sah zu, wie ihre Hände sich bewegten: sanfte, tüchtige Hände mit kräftigen Fingern und gepflegten, quadratischen Nägeln.

»Fertig.«

»Danke.« Ich betastete meinen Zopf. So schön hatte ich die Haare nicht mehr gehabt, seit Mammy aufgehört hatte, sie mir zu machen.

Das Lächeln der Polizistin brachte ihre Augen zum Strahlen. Sie hatte grünbraune gütige, leicht vorquellende Augen, ein bisschen wie die von Grannys altem Greyhound im Himmel. Ich mochte sie.

»Dürfen Sie mit dem Polizeiauto auch ganz schnell fahren und die Sirene anmachen?«, fragte ich.

Mammy kam in die Küche. Sie hatte dunkle Ringe unter den Augen und einen leeren Blick, und sie hielt den Mund zu einer dünnen harten Linie zusammengepresst, als hätte sie Angst, dass sie sonst Fliegen reinkriegen würde. Sie hatte sich ihr gutes cremefarbenes Kleid vorne mit Kaffee bekleckert. Sie atmete Zigarettenrauch aus und warf der Polizistin einen Blick zu.

Die Polizistin lächelte mich an. »Wir wechseln uns mit dem Fahren ab.«

»Sie und der?« Ich zeigte auf den Polizisten, der draußen vor der hinteren Tür stand und in sein Funkgerät sprach.

Die Polizistin nickte.

»Könnten Sie mich zur Schule fahren, damit ich zur ersten Stunde da bin?«

Mammy stieß zischend Luft aus und blickte zum Himmel. Sie quetschte ihre Zigarette heftig in einer Untertasse aus und lehnte sich gegen die Spüle.

»Mrs Drennan?«

Mammy drehte den Wasserhahn auf und hielt die offenen Hände darunter, als wollte sie das Wasser auffangen.

»Mrs Drennan?«

»Schaffen Sie sie mir einfach aus den Augen«, sagte sie.

Kapitel 8

»Und Gabriel Flood hat tatsächlich Slipper getragen?«

»Ja, aber wieso ist das wichtig, Renata?«

Renata sieht heute besonders glamourös aus, in einem Jumpsuit-Hausanzug mit Glitzerapplikationen und mit gefiederten Pantoletten an den Füßen. Statt des üblichen Kopftuchs hat sie sich für ihre Rita-Perücke entschieden, deren sattes Rostrot perfekt mit dem smaragdgrünen Strass auf ihren Epauletten harmoniert. Vor dem Hintergrund ihrer schlichten Küche wirkt sie fehl am Platz. Eher sollte sie in einem Spielkasino in Las Vegas einen einarmigen Banditen mit Münzen füttern.

»Slipper sind das bevorzugte Schuhwerk von Mördern. Weißt du das nicht, Maud? Lautloser Gang und so gut wie keine Sohlenabdrücke, vor allem, wenn du dir Plastikbeutel um die Füße bindest.«

Auch ihr Make-up ist extravaganter als sonst. Sie hat ihr Alltagsgesicht mit schimmernden Wangenknochen und falschen Wimpern aufgepeppt, mit denen sie aussieht, als hätte sie sich ein paar sprunghafte Spinnen angeklebt. Ich frage mich vage, aus welchem Anlass.

»Ein hübscher, eleganter Slipper mit flacher Sohle lässt sich zudem leicht abwaschen. Keine tiefen Profilrillen wie bei einem Sportschuh, in denen haufenweise DNA hängen bleibt«, erklärt Renata weiter im Brustton der Überzeugung.

»Jetzt ist Gabriel also auch ein Mörder?«

Renata fixiert mich strafend, als würde ich sie absichtlich ärgern. »Das habe ich nicht gesagt. Aber Mord liegt meistens in der Familie; Morden ist vererblich, wie Schielen.«

»Glaubst du das wirklich, Renata?«

Sie holt ein Taschentuch aus ihrem Ärmel und betupft sich die Stirn. Von Perücken wird ihr oft heiß, und sie kriegt schlechte Laune.

»Das ist wissenschaftlich bewiesen«, sagt sie. »Der Alte hat also recht: Sein Sohn will ihn wahrscheinlich umbringen.«

»Dann kann er sich hinten anstellen«, murmele ich.

»Die Frage ist, *warum* sein Sohn ihn umbringen will.«

»Weil sein Sohn ein Psychopath ist wie sein Daddy?«

»Er braucht trotzdem ein Motiv, Maud.«

Ich nehme einen Keks aus der Dose auf dem Küchentisch. »Seit wann brauchen Psychopathen ein Motiv?«

»Schon immer. Und sei es auch nur, dass Donnerstag ist oder die Stimmen es befohlen haben. Gabriels Motiv liegt auf der Hand«, sagt Renata achselzuckend. »Er will Daddy aus Rache umbringen, weil der seine Mummy und das kleine gesichtslose Mädchen ermordet hat.«

»Das Mädchen, an das Gabriel keine Erinnerung hat?«

»Er lügt, Maud. Du hast doch selbst gesagt, dass die Kinder wie Geschwister aussehen.«

»Reine Spekulation.«

Renata runzelt die Stirn. »Tja, sowohl Mary als auch dem kleinen Mädchen wurde auf den Fotos das Gesicht weggebrannt. Mary kam durch einen dubiosen Unfall zu Tode. Es liegt nahe, dass das Mädchen ebenfalls beseitigt wurde.«

»Und du würdest darauf wetten, dass es der wilde alte Misanthrop in seiner Villa war?«

Renata blickt überheblich. »Blaubart? Wieso nicht?«

»Zwei Schnappschüsse mit Löchern drin, und Mr Flood ist ein Serienmörder. Im Ernst, Renata?«

Renata lächelt wohlwollend. »Dann glaub mir eben nicht. Es ist nur eine Frage der Zeit, bis weitere Anhaltspunkte auftauchen. Vielleicht die Identität des kleinen Mädchens.«

»Sei dir da mal nicht so sicher.«

»Oder ihr Verbleib.« Sie wartet, dass ich darauf anspringe. Als ich es nicht tue, spricht sie weiter. »Blaubart bewacht mehr als nur Gerümpel.«

»Ich will nicht mehr darüber sprechen, Renata.«

»Leichen sind wie Steine, Maud. Sie wollen gefunden werden. Da kannst du jeden Farmer fragen, und er wird es dir bestätigen: Steine kommen immer an die Oberfläche. Nimm zum Beispiel die Opfer von Arctic Bob.«

»Renata –«

»Arctic Bob: der Lkw-Fahrer in Colorado, der seine Opfer in Gefriertruhen versteckt hatte. Als er einmal Urlaub in Florida machte, fiel in seiner Garage der Strom aus. Seine Nachbarn fanden die Überreste.« Sie wirft mir einen Blick zu. »Wegen des Geruchs.«

»Das reicht«, sage ich.

»Manche seiner Opfer hatten sich bei dem Versuch, aus der Truhe zu kommen, die Finger gebrochen. Sogar abgebrühte Polizeibeamte weinten, als sie diese aufgetauten armen Menschen fanden, alle zwölf. Es lag an dem Entsetzen in ihren Augen, weißt du, wie sie da zwischen den Tüten mit Chickenwings im Sonderangebot hervorstarrten. Und an dem Fliegengeschwirr in der Luft und dem allerübelsten Schmelzwasser, das in Pfützen auf dem Boden stand.«

»Ich gehe –«

Renata zuckt mit den Achseln. »Hat Mr Flood eine Gefriertruhe? Vielleicht liegt das kleine Mädchen da drin. Du solltest mal in den Nebengebäuden nachsehen.«

»Ich denk gar nicht dran. Da gibt's keine toten Kinder in Gefriertruhen.«

Renata kramt in der Keksdose herum. »Wäre es denn wirklich zu viel verlangt, wenn du dich mal ein bisschen im Haus umsiehst? Ich meine, wenn du die Initiative ergreifst und nicht darauf wartest, dass Mary Flood dir Hinweise in den Schoß wirft?«

Sie meidet den Blickkontakt, entscheidet sich für einen Keks mit Johannisbeerfüllung und tunkt ihn in ihren Kaffee. Sie ist die Gleichgültigkeit in Person.

»Wieso sollte ich das tun wollen?«

»Um zu beweisen, dass du recht hast und ich falschliege und dass das kleine gesichtslose Mädchen gesund und munter ist und Marys Treppensturz wirklich ein Unfall war. Um den Fall sozusagen zu den Akten zu legen, Darling.«

»Und dann hörst du auf, mich mit deinem eingebildeten Kriminalfall zu nerven und mir grässliche Mordgeschichten zu erzählen?«

Ihr Grinsen ist überschwänglich. »Versprochen.«

»Schwörst du auf die unsterbliche Seele von Johnny Cash?«

Renata blickt feierlich gen Himmel. »Möge Gott ihn behüten und bewahren.« Sie schlägt ein Kreuz vor der glitzernden Brust ihres Hausanzugs, ganz im Stil einer guten Katholikin.

Renata hält Wort und fängt nicht wieder von Mord an, sodass wir einen friedlichen Abend verbringen. Dann und wann schaut sie zu mir rüber und beißt sich auf die Lippen, während sie auf dem Sofa im Wohnzimmer sitzt und Handschuhe für einen Fischer im Ruhestand strickt. Es passt zu Renata, dass sie sich um alte Seefahrer kümmert. Manchmal lassen mich ihr wiegender Seemannsgang und ihre schwarzen Piratenaugen ins Grübeln kommen. Fehlen nur noch ein Papagei und eine Augenklappe.

Ich schließe die Augen. Es ist still im Zimmer bis auf den leise gestellten Fernseher und das emsige Klickern von Renatas Nadeln.

Renata strickt hauptsächlich, um die Hände beschäftigt zu halten, wenn sie ihre Pfeife vermisst. Immerhin lässt sie die Finger von Borkum Riff, ihrem Lieblingstabak, obwohl mir hin und wieder ein leichter Rauchgeruch in die Nase steigt und ich sicher bin, dass Renata ihre Pfeife irgendwo versteckt hat, wo ihre Schwester sie nicht finden kann. Pfeife rauchen hat Renata sich schon als Junge angewöhnt, als sie in Rotherhithe auf Schiffswerften herumlungerte und lernte, mit Genuss Aale zu essen. Renatas Vergangenheit ist kompliziert und wundersam. Ich habe sie noch nie gefragt, wo sie stricken gelernt hat.

Ich schaue zu, wie ihre Finger sich mit einer unwahrscheinlichen Geschwindigkeit bewegen. Es ist, als würden die Hände unabhängig von ihr arbeiten, dazu verdammt, in alle Ewigkeit mit der Wolle zu kämpfen und auf sie einzustechen.

Aber ihre Gedanken sind woanders: Sie sind bei Mary Flood und dem gesichtslosen Kind. Ihr zufriedenes Stirnrunzeln verrät mir, dass meine Freundin über finstere Machenschaften nachdenkt.

»Also heute keine Nachricht von Mary Flood?«

»Ich dachte, wir wollten zur Abwechslung mal über was anderes reden als über Tod und Mord? Du hast es versprochen.«

Renata nickt und lässt ihr Strickzeug sinken. »Dann reden wir über die Lebenden.« Sie sieht mich kokett an. »Heute war ein Mann hier und hat nach dir gefragt. Er war sehr *lebendig*.« Sie gibt dem Wort einen anzüglichen Beiklang.

»Der Techniker fürs Satellitenfernsehen?«

Der Techniker fürs Satellitenfernsehen lebt bei seiner Mutter und ist Laienschauspieler bei Neuinszenierungen von historischen Ereignissen (Englischer Bürgerkrieg). Als er das letzte Mal bei mir war, verschwanden zwei Schlüpfer vom Heizkörper in meinem Badezimmer. Renata hat den Kontakt unterstützt, weil sie aufgrund irgendeines folkloristischen Aberglaubens meint, so könnte das Unheil abgewendet werden, das unsere Nachbarschaft infolge meiner andauernden Enthaltsamkeit garantiert heimsuchen wird.

Renata schüttelt den Kopf. »Nein, der heute war knackig und blond.« Sie wendet sich wieder ihrem Strickzeug zu.

»Hat er seinen Namen genannt?«, frage ich, obwohl ich mir den bereits denken kann.

»Hat er. Dann haben wir Wermut getrunken, und er hat die Jalousie im Bad repariert. Netter Mann. Muskulös.« Renata sieht mich an. »Es war Sam, weißt du, der Sozialbetreuer, den der Alte attackiert hat und der dann übergeschnappt ist oder nach Hull versetzt wurde.«

Daher also die Perücke und der schicke Fummel. Ich kann mir genau vorstellen, wie sie rasch verschwunden ist und sich in Schale geschmissen hat, um sich dann ganz nonchalant auf irgendeinem Möbel in Positur zu werfen. Eine verwandelte Frau, die plötzlich Starqualitäten ausstrahlt.

»Und das erzählst du mir erst jetzt?«

Sie zuckt mit den Achseln, ohne eine Spur von schlechtem Gewissen.

»Hat Sam gesagt, worüber er mit mir sprechen wollte?«

»Zuerst war weder Sam noch mir klar, warum er da war. Bis ich für ihn die Karten gelegt habe.« Sie runzelt die Stirn. »Die große Arkana und die Schwerter, wie man's nicht für möglich halten würde. Die Gerechtigkeit, das Gericht und das Schicksalsrad, alle auf den Kopf gestellt.« Sie spitzt die Lippen. »Aber er hat es gut aufgenommen.«

»Hat er irgendwas über das Haus gesagt? Über Mr Flood?«

»Nein, aber ich habe ihm erzählt, dass wir Mr Flood schwer verdächtigen, seine Frau und eine junge, noch nicht identifizierte Verwandte umgebracht zu haben.« Sie hält den Kopf gesenkt, kramt in der Tasche mit ihrem Strickzeug.

»Wieso hast du ihm das erzählt? Was, wenn er nach dem Angriff auf ihn noch immer psychisch labil ist? Vielleicht glaubt er das alles.«

Renata holt ein grellpinkes Wollknäuel hervor. Sie drückt es zusammen, greift dann zufrieden nach ihren Nadeln. »Sam ist überhaupt nicht psychisch labil. Falls du mit psychisch labil *plemplem* meinst.«

Ich starre sie verzweifelt an.

Sie fängt an, Maschen abzuketten. »Er war heute hier, um dir zu sagen, dass du die Arbeit in Bridlemere aufgeben sollst. Er mag dich.« Sie schmunzelt. »Er ist um deine Sicherheit besorgt.«

»Hat er das gesagt?«, frage ich.

Sie strickt gereizt ein paar Maschen, blickt dann zu mir auf. »Er glaubt, dass Mr Flood eine ernste Gefahr für dich ist.«

Ich muss unwillkürlich lächeln. »Und du bist nicht um meine Sicherheit besorgt, Renata? Schickst mich in Blaubarts Höhle, damit ich dort herumspioniere.«

»Ich kenne dich. Wieso sollte ich besorgt sein?«

»Besten Dank.«

»Du bist wie ich, Maud. Wir sind wie Katzen, wir fallen immer auf die Füße.« Sie legt ihr Strickzeug hin. »Außerdem. Es gibt ein Rätsel zu lösen, ein Verbrechen aufzuklären. Laufen wir da weg?«

Ich antworte nicht.

Renata nickt befriedigt. »Wie du weißt, sind die besten Dinge im Leben meistens ein bisschen gefährlich.« Sie greift neben das Sofa und fördert lächelnd eine volle Flasche Krupnik zutage.

Kapitel 9

»Trifft sich mit ihrem Freund, was? Kann's kaum erwarten, zu ihm zu kommen, was? Besuch bei Granny zu Ende, was? Kommt so richtig auf ihre Kosten, was?«

Noel Noone stellte immer vier Fragen auf einmal, weil er nie jemanden hatte, mit dem er reden konnte. Keiner kam je zu seinem Kiosk. Trotzdem war er den ganzen Tag da, jeden Tag.

Der alte Noel verkaufte Zigaretten, Süßigkeiten, Liegestühle (wenn man versuchte, die Dinger aufzustellen, lachte der Wind sich scheckig), Kescher mit Bambusstangen, Eimerchen und Kinderschaufeln (blaue oder rosa, viereckige oder runde Förmchen). Hinten im Laden hatte er einen Wasserkocher, und er machte uns Tee, aber Milch war Glückssache, und wir mussten bleiben und den Tee vor seinen Augen trinken, damit er die Becher wiederhaben konnte. Die Becher hatten außen getrocknete Tropfspuren. Wir waren unsicher, ob er sie überhaupt jemals spülte.

Der alte Noel nannte Deirdre Zuckerschnecke, und Deirdre nannte ihn einen dreckigen alten Knacker.

Er hatte mich bei den Secondhandbüchern in die Enge getrieben und kniff mir in den Oberarm und dann ins Ohrläppchen und umfasste mein Handgelenk mit seinen Grapschfingern. Und die ganze Zeit redete er mit seiner komischen hohen, aufgeregten Stimme, wobei ihm Spucke von den bläulichen Lippen spritzte.

Der alte Noel sah mich mit einem Auge bohrend an. Das andere

Auge war auf Deirdre gerichtet, die draußen vor der Kiosktür stand. Deirdre hatte uns den Rücken zugewandt. Ein Engel eingerahmt vom sonnenbeschienenen Asphalt des Parkplatzes, das schimmernde braune Haar hochgesteckt, mit flaumigen Locken, die sich in ihrem schlanken Nacken kringelten.

Ich sah, dass er das mit seinem Schielauge betrachtete.

Er sah ihre schmalen Schulterblätter unter dem Kleid und das Rouge auf ihren Wangen. Sie hatte sich am Kinn einen Mitesser ausgedrückt; auch das sah er. Denn Deirdre war schließlich nicht perfekt, obwohl sie in einem gewissen Licht so aussah.

Deirdre trat mit ihrer Sandale gegen den Türrahmen, schaute zutiefst gelangweilt zum Himmel und öffnete dann ihre Handtasche. Die war wunderschön: herzförmig und aus rotem Leder. Einmal ließ Deirdre mich die Tasche anfassen und einen Blick hineinwerfen. Sie war mit rosa Seide gefüttert und hatte als Verschluss einen goldenen Druckknopf. Der Trageriemen war ein zartes dünnes Band. Jimmy O'Donnell hatte sie ihr geschenkt, einfach so, weil ihm danach war.

Jimmy O'Donnell war Mammys besonderer Freund. Als Teenager waren sie zusammen ins Kino gegangen. Dann wurden sie erwachsen, und Mammy zog weg, heiratete Daddy und bekam uns. Einmal, als wir wieder bei Granny zu Besuch waren, fragte Jimmy, ob Mammy vielleicht Lust hätte, wieder mit ihm ins Kino zu gehen. Von da an war Jimmy ständig bei uns.

Deirdre sagte, sie würde mir den Kopf abreißen, wenn ich irgendwem verriet, dass Jimmy ihr die Tasche geschenkt hatte.

Von dem Moment an konnte ich Jimmy O'Donnell nicht mehr so gut leiden.

Jimmy mit seinen langen Haaren und dunklen lachenden Augen und dem schnellen Auto, mit dem er aus der Stadt zur Küste fuhr und wieder zurück, bloß um cinc Stundc mit uns zu verbringen.

Sie war ein Fluch, Deirdres Handtasche, denn ihr Auftauchen hatte Jimmys Verschwinden zur Folge.

Jetzt trug Jimmy uns nicht mehr huckepack über die Wiese oder schnitt hinter Mammys Rücken Fratzen, wenn wir zusammen in der Küche saßen, oder gab uns Geld für Süßigkeiten. Jetzt besuchte Jimmy uns immer weniger, und wenn er mal da war, stritten er und Mammy sich, und er brauste so schnell davon, dass seine Reifen im Kies durchdrehten.

Deirdre nahm einen Kaugummi aus ihrer Handtasche und schloß die Tasche wieder. Sie kaute, wippte auf den Fußballen, wollte weg. Sie machte versuchsweise ein paar Kaugummiblasen. Sie blähten sich auf und fielen wieder zusammen, klebriges Pink. Sie klaubte die Kaugummifetzen mit Daumen und Zeigefinger zusammen und steckte sie wieder in den Mund.

Der alte Noel leckte sich die Lippen und drückte kurz mein Handgelenk. Er wartete auf eine Antwort, gierte nach einer Antwort. Mit einem Auge beobachtete er Deirdre und mit dem anderen beobachtete er mich.

Deirdre hatte mir genau erklärt, was ich sagen sollte, und ich sprach es langsam und bedächtig aus. »Wir haben nie einen Menschen am Strand gesehen. Wir sind immer nur allein da.«

Deirdre drehte sich um und sah mich über die Schulter an. Vielleicht musterte sie mich prüfend. Vielleicht lächelte sie schwach oder zog ein finsteres Gesicht. Ich kann mich nicht erinnern.

Ich kann mich inzwischen kaum noch an ihr Gesicht erinnern, nur an die Handtasche. Ein Herz aus rotem Leder und mit rosa Seidenfutter, goldenem Druckverschluss und einem sehr, sehr dünnen erdbeerfarbenen Trageriemen.

Der alte Noel beugte sich näher zu mir und spuckte mir ins Ohr: *»Ich glaub dir nicht, Augensternchen.«*

Dann richtete er sich wieder auf und zwinkerte Deirdre zu; sollte er ruhig, denn in weniger als einer Woche würde sie nicht mehr da sein.

Kapitel 10

Ich werde Larkin umbringen, denn er macht mich wahnsinnig. Wie sein Herrchen triezt er mich vom Morgen bis zum Nachmittag. Beide schleichen sie herum und schnüffeln in Einkaufstüten, hinterlassen ihren Fuchsgestank auf Korridoren und in Ecken, bringen mich aus dem Konzept und beobachten mich. Im Garten drohe ich ihnen beiden. Mr Flood, in einem Mantel und schäbigen Latschen, fläzt sich im Liegestuhl. Larkin liegt ausgestreckt zu seinen Füßen. Manchmal kommt die eine oder andere Katze dazu, spaziert gerade nahe genug an ihnen vorbei, um zu stören, oder springt ins Geäst der überhängenden Bäume. Manchmal jagt Larkin sie, was lautes Miauen auslöst.

Beide sind offenbar immun gegen den Gestank, der aus der Wand von Müllsäcken dringt, die ich unauffällig entlang des Gartenwegs aufgereiht habe und die auf den für morgen bestellten Container warten.

»Drennan, kommen Sie mal raus und setzen sich zu mir?«, ruft Mr Flood.

Als ich ihm seinen Limettenlikör bringe, zwinkert er mir zu.

Seit Gabriels Besuch ist zwischen uns so was wie eine vorsichtige Kameradschaft entstanden. Ich lache über seine Witze, und er duldet meine umfassende Entsorgung seiner Habseligkeiten.

Nur manchmal erhasche ich einen gewissen Ausdruck in seinen Augen, wenn er mich dabei beobachtet, wie ich ausräume und sortiere, Müllsäcke fülle und wegschleife. Dann begreife ich: Ich bin wie ein Vogel, ein emsiger Vogel, der zwischen den Tatzen eines Löwen herumhüpft, Zähnen und Krallen gefährlich nah. Eine falsche Bewegung, und ich bin geliefert.

Also bleibe ich stets auf der Hut: Falls er mit einem Hurley-Schläger auf mich losgeht, bin ich bereit.

Ich ziehe Gabriels wackeligen Barhocker näher ran und setze mich.

Mr Flood hebt zur Begrüßung sein Glas und bedenkt mich mit dem Krokodilsgrinsen eines Zahnprothesenträgers in einer Fernsehwerbung: schamlos falsch. Larkin späht vom Dach des Geräteschuppens herunter, wohin er eine Katze verfolgt hat.

»Holen Sie ihm ein Schweinepastetchen. Na los.« Mr Flood zeigt nach oben auf den Fuchs.

»Von wegen. Die sind für Ihr Abendessen mit ein bisschen Kartoffelsalat.«

Er schüttelt den Kopf. »Ich bin schon dick genug. Ich kann drauf verzichten.« Er tätschelt sich die Brust, die erschreckend dünn ist. Seine Arme sehen noch schlimmer aus.

Als er sich vor ein paar Stunden aus seinen Sachen schälte, damit ich sie in die Waschmaschine stecken konnte, verwandelte der Mann sich schlagartig von mager in knochendürr. Ich bekam zwei Hosen, vier Hemden und drei Pullover von ihm. Er stand in seiner Unterwäsche in der Waschküche, den Rücken gekrümmt wie ein gespannter Bogen. Seine schockierend dünnen Gliedmaßen ließen Gelenke, Füße, Hände und Kopf unverhältnismäßig groß aussehen. Ein von Hunger gebeugter Riese. Die Haut hing an seinem langen Körper wie eine gehisste Flagge an einem windstillen Tag.

»Sie hatten ja allerhand übereinander an, Mr Flood«, sagte ich zu ihm.

»Stimmt.«

»Fühlen Sie sich besser, wenn Sie alles gleichzeitig tragen?«

Er zuckte mit den Schultern. »Ich hänge nun mal an meinen Klamotten.«

»Und werden Sie das wieder machen, alles auf einmal anziehen, wenn ich die Sachen gewaschen und gebügelt habe?«

»Unbedingt, Drennan.«

»Ihr Mantel hängt da. Ziehen Sie ihn über, bis ich fertig bin.«

Und folgsam wie ein braves Kind stakste er davon, mit wackelndem weißem Kopf, die knochigen Arme steif seitlich vom Körper gestreckt und die Ellbogen spitz angewinkelt. Er sah aus wie der abgenagte und ausgebleichte Kadaver eines alten Bussards, der mit letzter Kraft versucht, die Flucht zu ergreifen.

Mitleid schnürte mir die Kehle zu, und in dem Moment zweifelte ich Renatas sämtliche Theorien an. Das war kein Mörder, bloß ein einsamer alter Mann. Aber dann betrachtete ich ihn noch einmal, sah seine breiten Schultern, die großen Hände und die mitleidlosen, sehr, sehr hellen Augen. In seinen besten Jahren musste er Furcht einflößend gewesen sein.

Ich setze mich auf den Barhocker neben ihn, drehe das Gesicht in die Sonne, entspanne mich, da ich weiß, wo er ist. Nach einer Weile blicke ich ihn an. Er hat den Mantel anbehalten, wie ich sehe; die Taschen sehen bereits voll aus.

»Wie fühlt sich das saubere Hemd an? Ein Jammer, dass Gabriel seinen alten Herrn nicht so adrett gesehen hat.«

»Wie oft soll ich's denn noch sagen? Der fette Drecksack ist nicht mein Sohn. Kapiert?«

In seinen Augen liegt ein wilder Blick, darum nicke ich bloß.

»Er ist Anwalt, wissen Sie, der lästige Arsch.«

»Ach ja? Ich dachte, er wäre Uni-Dozent?«

Mr Flood wirft mir einen vernichtenden Blick zu. »Herrgott noch mal, hat denn keiner von euch Ohren am Kopf? Oder hört ihr euch so gerne selbst quasseln, dass ihr nichts anderes mehr mitkriegt?«

Auf dem Dach vom Geräteschuppen bricht der nächste Kampf aus. Ein rot gestromter Kater klettert an der Seite herunter, mit peitschendem Schwanz.

»Hat er Ihnen geraten zu gehen?«, fragt Mr Flood.

»Nein.«

»Aber er hat gesagt, ich wäre ein Perversling?« In seinem Gesicht liegt der Anflug eines gefährlichen Lächelns.

Ich sage nichts.

»Hat er Ihnen erzählt, ich hätte mich an eine Vorgängerin von Ihnen rangemacht? Sie belästigt? Versucht, sie zu begrapschen?« Er bleckt seine Zahnprothese zu einem hämischen Grinsen.

»Wenn Sie so weitermachen, bin ich weg. Ehrlich.«

»Wer's glaubt, wird selig«, sagt er, hört aber auf zu grinsen. »Also, was hat er gesagt?«

»Hören Sie, ich will hier nicht in irgendwelche Streitigkeiten reingezogen werden.«

»Natürlich wollen Sie das nicht, sonst hätten Sie ja wohl nicht durchs Fernglas an unseren Lippen gehangen, als ich hier im Garten mit dem Schwachkopf geredet habe.«

Ich sehe ihn an. »Also wirklich, wieso hätte ich so was tun sollen? Das war doch Ihre Privatangelegenheit.«

»Weil Sie die Nase gern in die Privatangelegenheiten anderer Leute stecken. Sie alte Schnüfflerin.«

»Das stimmt doch gar nicht. Das Einzige, was mich hier interessiert, ist meine Arbeit. Und an die sollte ich mich jetzt auch wieder begeben. Wenn Sie also ausgetrunken haben …«

Er nickt. »Braves Mädchen, ab mit Ihnen. Es würde mir nicht im Traum einfallen, Sie von Ihrer wichtigen Arbeit abzuhalten. Als da wäre, mir meine wenigen Sachen zu stehlen und zu verkaufen, direkt vor meiner Knollennase, und das bisschen Geld, das ich zum Einkaufen habe, für Sie selbst auszugeben und mir Katzenfutter vorzusetzen.«

»Sie sind wirklich ein gemeiner alter Mistkerl.« Das ist mir so rausgerutscht.

Als ich den Gartenweg hinuntergehe, höre ich, wie er vergnügt in sich hineinlacht.

Ich nehme sein Glas mit in die Küche, um es zu spülen. Als ich wieder zum Fenster hinausschaue, hat er die Rückenlehne des Liegestuhls nach hinten geklappt und schläft tief und fest, die dürren alten Arme nach oben gestreckt. Larkin ist unter den Liegestuhl gekrochen und hat sich wie ein Hund zusammengerollt.

Es ist ein schöner Tag dafür. Die Sonne bescheint einen Garten, der aussieht, als wäre über die städtische Mülldeponie eine Katastrophe hereingebrochen. Aber die Sonne stört das nicht. Sie bringt verrostete Farbdosen voller Regenwasser zum Glänzen und wärmt ausrangierte Matratzen für schlafende Katzen. Ihre Strahlen sind nicht wählerisch: Sie fallen auf Holzpaletten und gestapelte Dachziegel ebenso wie auf die späten Gänseblümchen und Montbretien, die diesem heruntergekommenen Grundstück ein wenig Farbe verleihen. Ich stehe an der Spüle und sehe zu, wie Mr Floods alte karierte Hemden an der Leine flattern, die ich zwischen Haus und Gerätschuppen gespannt habe. Obwohl Herbst ist, müsste die Wäsche heute schnell trocknen, und wenn ich wüsste, wo Mr Flood sein Bett hat, könnte ich mir auch seine Bettwäsche vornehmen. Gott allein weiß, in welchem Zustand die ist.

Irgendwo über mir im Haus knallt eine Tür, laut. Dann noch einmal und noch einmal.

Dann wird es still.

Ich schnappe mir eine Salatzange und laufe in die Diele.

Nichts rührt sich. Sogar das Gerümpel wartet, hält den Atem an.

Auf einer Kiste mit Geschirr spitzt eine schwarze Handtasche ihren ledernen Mund, und eine gestrickte Spinne blickt besorgt. In einem Wäschekorb packen etliche Porzellandamen ihre Sonnenschirme und Hüte.

Dame Cartland lugt mit großen Augen hinter einer Teekiste hervor. Wir lauschen angestrengt, die schäbige Katze und ich. Wir lauschen der Stille.

Es herrscht eindeutig Stille. Aber was für eine Art Stille ist es?

Der Müll tut keinen Mucks, und die Mäuse in den Teetassen sind tot. Mr Flood schläft im Liegestuhl, und Larkin hat sich in seinem Schatten zusammengerollt.

Mit der Salatzange in der Hand schleiche ich den Flur entlang und blicke verblüfft auf die Große Mauer aus *National Geographics*.

Genau durch die Mitte verläuft ein Spalt, den die Nachmittagssonne von hinten strahlend hell beleuchtet.

Dame Cartland hockt sich aufs Hinterteil und schüttelt eine Pfote aus. Sie fängt an, sie gelassen zu putzen, knabbert zwischen den rosa Ballen.

»Soll ich da durchgehen? Der Spalt könnte gerade breit genug sein.«

Sie wirft mir einen Blick majestätischer Gleichgültigkeit zu, wendet sich dann ab, um ihre Flanke zu lecken.

Ich umfasse die Salatzange fester und hole tief Luft.

Auf der anderen Seite ist alles anders. Auf der anderen Seite gibt es keine Spinnweben, Katzenhaare oder Zeitungsstapel. Es gibt keine Berge aus Pizzakartons oder Sardinenbüchsenhaufen. Stattdessen gibt es Dinge, die glänzen wie frisch geprägte Münzen, wie unberührte Schätze an einem Strand, wenn das Meer zurückweicht. Aber diese Dinge sind nicht neu oder auch nur annähernd hübsch. Ich bin durch die Große Mauer in ein Museum der schrecklichen Wunder gestiegen.

Glaskästen unterschiedlicher Größe stapeln sich über die gesamte Länge des Flurs. In einem liegt eine bleiche lächelnde Botticelli-Venus, der die Gedärme herausquellen. Der Kasten über ihr enthält einen abgetrennten Fuß mit blasiger Haut und schrumpeligen Zehen. Ich schaue auf das Etikett: *gangränöse Nekrose*. Daneben ist ein weibliches Genital mit fortgeschrittener Syphilis zu sehen. Ich summe ein Liedchen vor mich hin und rufe mir in Erinnerung, dass ich nicht zart besaitet bin: Ich habe eine Grundausbildung in der Behandlung von Druckgeschwüren.

Dame Cartland kommt durch den Spalt in der Großen Mauer geschlichen, das Hinterteil dicht am Boden. Sie blickt sich um, und als sie ein Rascheln hört, flitzt sie los, dass ihr verfilzter Hintern wackelt. Ich schaue ihr nach, bis sie am Ende des Korridors verschwindet.

Ein Stück weiter, unter einer prachtvollen Glasglocke, steht ein Tablett mit Glasaugen. Als ich darauf zugehe, höre ich ein Klicken. Auf das Klicken folgt ein Surren.

Entsetzt sehe ich, wie das Tablett anfängt, sich zu bewegen und zu kippeln, sodass sich jeder Augapfel in seinem kleinen Loch dreht. Als ich vorbeigehe, folgen mir die Augen. Hundert lidlose Blicke, jeder einzelne sehr, sehr hell und arktisch blau.

Auf einem Ständer in der Nähe hockt ein Schrumpfkopf, wie eine gruselige Dose in einer höllischen Wurfbude. Er weint Bindfäden aus den zugenähten Augen, die runzeligen Lippen zu einem gestichelten Schmollmund verzogen. Eine Flut von Haaren ergießt sich nach unten und um den Ständer herum.

An den Sockel ist eine Karte geheftet. Die Aufschrift lautet:

Cathal T. Flood
Antiquitäten- und Kuriositätenhändler
Flora und Fauna, Heilkunde, Naturwissenschaft
Experte für Taxidermie und viktorianische mechanische Puppen

Aus dem Augenwinkel sehe ich Bewegung. Ein Rudel Hermeline spielt auf dem Korridor Poker. Der Dealer, mit Augenschirm und einer Zigarre in seinem schiefen Lächeln, teilt flugs die Karten aus. Auf der anderen Seite des Ganges sitzt ein Rabe, der den Hut eines Londoner Tower-Wächters trägt. Er bewegt sich auf seiner Stange, flattert mit den Flügeln, was sich anhört wie mahlende Zahnräder, und seine schwarzen Knopfaugen funkeln.

Einige Worte von Biba Morels Haftungsklausel (nur flüchtig gelesen) fallen mir wieder ein.

Amtliche Durchsuchung, Sprengfallen, raffinierte Mechanismen –

Ich erstarre und warte darauf, dass mich gefiederte Giftpfeile treffen, das Netz herabfällt, die gewetzte Axt zuschlägt.

Der Boden unter meinen Füßen ist mit türkischen Teppichen bedeckt. Unter ihnen sind Falltüren versteckt. Ich soll kopfüber auf blutbefleckte Steinplatten in einem feuchten Keller stürzen, der Schädel zerschmettert, spritzende Knochensplitter und Hirnmasse. Ich bewege mich langsam, mit vorsichtigen Schritten, halte Ausschau nach Stolperfallen. Ich komme an Türen vorbei, die mit Kommoden und Schränken zugestellt sind. Ich zwänge mich behutsam hindurch und rüttele an Klinken, doch alle sind abgeschlossen.

Der Korridor mündet in eine prachtvolle Eingangshalle mit einer geschwungenen Treppe aus dunklem Holz. Ein Buntglasfenster, verziert mit Rittern in spitzen Schuhen und Ladys mit prächtigen Haarsträngen, wirft ein Kaleidoskop flirrender Farben auf die Stufen.

Und da, auf dem Treppenpfosten, hockt ein Albtraum.

Ich würde bestimmt das Weite suchen, wenn ich die Beine bewegen könnte. Denn mit so einem Horror würden es nicht mal Jason und die Argonauten aufnehmen.

Eine vierköpfige Bestie überwacht jede Richtung.

Von welchen Tieren die Köpfe im Einzelnen stammen, ist nicht genau zu erkennen, aber ich tippe auf Hund, Pferd, Schwein und Hirsch. Jede Kreatur scheint durch eine Kollision zu Tode gekommen zu sein. Die Köpfe sitzen auf dem Körper einer geschnitzten Galionsfigur aus Holz, vollbusig, die Arme angelegt. Schwanenflügel, arg in der Mauser und vom Alter vergilbt, wölben sich von den Schultern dieses schrecklichen abgetakelten Schutzengels.

Als ich mich Schrittchen für Schrittchen der Treppe nähere, flattern die Flügel steif, und die Köpfe beginnen, sich langsam zu drehen. Ein Augenpaar nach dem anderen richtet sich in seinen jeweiligen eingedrückten Höhlen auf mich. Ich bleibe standhaft und rechne mit dem Schlimmsten, atme erst aus, als der Mechanismus ruckelnd zum Stehen kommt mit dem Schweinekopf in meine Richtung.

Ich warte. Das Schwein hat einen abweisenden Ausdruck in seinen winzigen Augen und die Nase hochmütig gerümpft.

Liebes Schwein. Braves Schwein.

Ich zwinge mich, den Blick abzuwenden – auf eine Treppe, die übersät ist mit Kuriositäten.

Da sind seltsam geformte Pakete und Körbe mit Papierrollen. Aus einem von ihnen ragt eine Armprothese, als wollte sie ein Taxi anhalten. Da sind Gefäße für Gewebeproben, die Knorpelscheiben enthalten, und Kisten mit Apparaturen, deren Gummitüllen aussehen wie entfernte Verwandte von Saugglocken. Auf der untersten Stufe liegt das zerbrochene Gipsmodell eines menschlichen Herzens.

Es raschelt und scheppert über mir. Ich schaue hoch. Ein Schatten huscht über den Flur im ersten Stock. Mir sträubt sich jedes einzelne Nackenhaar.

Dann geschieht es.

Ich sehe gebannt zu, wie etwas die Treppe heruntergerollt kommt. Es plumpst von Stufe zu Stufe. Manchmal schlägt es dumpf auf, manchmal mit einem Klimpern wie Glas an Porzellan oder Metall. Zwischendurch verliert es an Schwung und eiert einen Moment auf der Stelle. Dann sammelt es wieder Kraft und rollt weiter. Schließlich landet es unten vor der Treppe und stupst meine Füße an.

Es ist in Zeitungspapier eingewickelt.

Ich hebe es auf. Packe es aus. Es ist ein Briefbeschwerer. Geschliffenes Glas, auf der Unterseite ein eingravierter Strahlenkranz. Ich starre ihn eine halbe Ewigkeit an, frage mich, welche Botschaft er mir vermitteln soll.

Dann begreife ich.

Ich lege den Briefbeschwerer hin und sehe mir den Zeitungsausschnitt an, den ich noch in der anderen Hand halte. Ich lese die Schlagzeile:

Schülerin aus Dorset vermisst

Auf dem dazugehörigen Foto blickt ein blondes Mädchen mit einem breiten, kessen Grinsen in die Kamera. Sie hat einen Arm um eine Ziege gelegt und scheint eine Tüte Chips an sie verfüttern zu wollen. Unter dem Foto steht ein Name: *Maggie Dunne*.

Kapitel 11

Am Pearl Beach kam die Flut auf verstohlene Weise. Zunächst schlich sie sich träge an, bloße Rinnsale, die sich in den Sand gruben, dann kam sie mit einer Geschwindigkeit herangerauscht, die mir Angst machte. Wenn ich überleben wollte, sollte ich genau da bleiben, wo Deirdre gesagt hatte. Links von mir war Treibsand, rechts ein Nest von Bremsen. Hinter mir machte der alte Noel seinen Nachmittagsspaziergang, mit zuckenden Fingern, die mich wieder betatschen wollten. Und vor mir kam der Atlantik immer näher.

Deirdre rasierte sich die Beine mit Mammys Rasierer. Wenn sie Rad fuhr, klemmte sie sich den Rock in die Unterhose. Sie klaute Lippenstift und Geld und Zigaretten. Deirdre war wild. Das war allgemein bekannt. In dem Sommer wollte Mammy, dass Deirdre mich überallhin mitnahm, denn das würde ihr ja wohl den Wind aus den Segeln nehmen.

Früher hatten wir uns gegenseitig über den Strand gejagt, Deirdre und ich. Sie war in die eine Richtung hinter mir hergerannt, und ich war in die andere Richtung hinter ihr hergerannt. Das war der Sommer, in dem Deirdre ganz verrückt nach Pferden war. Wir hatten einen ganzen Stall voll, Pferde mit goldenen Mähnen und diamantenen Hufen, und wir galoppierten auf ihnen am Meer entlang.

In dem Sommer danach waren Burgen angesagt. Wir türmten Sand auf und bauten Festungen aus den Schätzen, die das Meer zurückließ. Unsere Krebsburg des Todes hatte ein Fallgitter aus Greifscheren, und auf den Zinnen winkten abgebrochene Beine. Sie sah grausig aus. Blasentang kroch ihre Mauern hinab, und in ihrem Wassergraben tummelten sich weiß geschliffene Wetzsteine aus Tintenfischschulp und tödliche Kraken aus Tau. Das Prinzessinnenschloss hatte Buntglasfenster aus glatt geschmirgelten, durchsichtigen grünen und braunen Flaschenscherben. Seine Ziehbrücke war mit einer Million Muscheln gepflastert. Und in seinem Garten wuchsen Wildblumen, die wir in den Dünen gepflückt hatten –

Dünen kriechen. Das wusste ich von Deirdre. Sie konnten sich zentimeterweise bewegen, wenn du nicht hinsahst. Wenn du sie wütend machtest, weil du über sie drüber ranntest oder in ihnen herumstöbertest oder Löcher in sie reingrubst, glitten sie einfach über dich hinweg, und du wurdest nimmermehr gesehen. Der Sand füllte dir den Mund, verstopfte die Nase und zerquetschte die Augen. Du ersticktest von dem ganzen gewaltigen Gewicht der Düne über dir. Du starbst im Dunkeln, hörtest, wie deine Rippen brachen und der Sand dir in die Ohren rann.

Am besten war es, die Dünen nicht zu ärgern, sondern still dazusitzen und dein Buch zu lesen und die Klappe zu halten.

Ich konnte nicht gleichzeitig lesen und die Dünen beobachten. Darum nahm ich ein Buch mit, das ich so gut kannte, dass ich gar nicht hineinschauen musste. So konnte ich die Dünen im Auge behalten. Das Buch hieß *Das illustrierte Heiligenkompendium*; es hatte Granny gehört, und dann gehörte es mir. Ich kannte es in- und auswendig, den Text und auch die Bilder.

Die Bilder gefielen mir am besten.

St. Joseph von Cupertino, wie er mit unvorteilhafter Tonsur und verblüfftem Ausdruck im Gesicht über die Klostermauer flog (ein molliger Mönch, der glatt zweieinhalb Meter übersprang, da war die Verblüffung schon verständlich). St. Dymphna mit ihren lachenden Augen und der goldenen Krone, wie sie über eine Wiese spazierte, die Füße weiß auf grünem Grund. St. George, einer meiner heimlichen Lieblinge, allein schon wegen seiner schimmernden Rüstung und des feixenden gelbäugigen Drachens. Ich kannte jeden Habit und jedes Gewand, jeden Glorienschein und jedes Attribut der bedeutenden Heiligen und viele von den weniger bedeutenden.

Die Heiligen waren super. Sie hatten Offenbarungen oder bauten Kirchen oder wurden Löwen zum Fraß vorgeworfen. Ich liebte ihre Gesichtsschleier und Krönchen, Hauben und Birette, ihre heiligen Mienen und langen, bleichen Hände. Wenn ich die Augen schloss (nur ganz kurz, wegen der Dünen), konnte ich im Wind, der von der Bucht heranwehte, und in den Wellen, die ans Ufer spülten, ihre Stimmen hören – leises Flehen und geflüsterte Gebete. Manchmal konnte ich die Heiligen sogar riechen. Ein feines Aroma, das kam und ging. Gestärkte Nonnenschleier und alter Samt, würziger Weihrauch und der Geruch der Heiligkeit – wie der süße, traurige Duft von fast verblühten Rosen.

An kalten Tagen oder an nassen Tagen oder wenn die Dünen sich bewegten und mir vor Angst, erstickt zu werden, das Herz stehen blieb, stellte ich mir vor, das alles wäre Teil meiner Nonnenausbildung, wie kratzige Schlüpfer tragen und Suppe essen. Ich würde diese Entbehrungen bereitwillig in Kauf nehmen: Das wäre es mir wert, um in ein Kloster zu kommen. Granny sagte, das Leben als Nonne sei langweilig, aber ich wusste es besser. In einem Kloster hattest du ein eigenes Zimmer, und an jedem Wochenende gab es Ausflüge mit dem Bus. Je nach Orden konntest du Blumen pflanzen, mit Hühnern spielen oder losziehen und Menschen helfen. Und das Allerbeste war, wenn du genug Unglück erlebtest und nicht drüber jammertest oder dich beklagtest, hattest du beste Aussichten, heiliggesprochen zu werden.

St. Maud. Man stelle sich das Bild im *Illustrierten Heiligenkompendium* vor. Ich bin mindestens sieben. Meine Augen, in denen Tränen der Qual schwimmen, sind zum Himmel erhoben. Meine Hände sind gefaltet, mein Gesicht ist blasser als blass.

Vergib mir Vater, denn ich habe gesündigt. Ich habe meine Schwester verschwinden lassen.

Kapitel 12

»Das ist von Mary Flood«, sagt Renata, die den Zeitungsausschnitt durch ihre Gleitsichtbrille betrachtet. »So stumm, wie nur die Toten stumm sind, kommuniziert sie mit uns, indem sie uns greifbare Hinweise aus dem Jenseits schickt.«

Ich versuche gar nicht erst, ihr zu widersprechen, denn Renata ist heute besonders schrill. Sie trägt Liza, ihre schmeichelhafteste Perücke: Der schwarze Pony betont ihre lodernden Piratenaugen. Außerdem hat sie sich für einen Bleistiftrock und ein Paar Kitten Heels entschieden. Die Wirkung ist die einer pensionierten *Femme fatale* aus den 1950ern, zweifellos alles zu Ehren unseres Gastes.

Sam Hebden sieht verwundert aus.

Heute Nachmittag entdeckten Sam und Renata, dass sie verwandte Seelen sind, denn sie beide haben nicht nur Chakren, sondern auch dasselbe Totemtier (die Ziege) und sind obendrein Fans von Johnny Cash. Sie stellten außerdem fest, dass Sam nur wenig Erinnerung an Mr Floods Angriff mit dem Hurley-Schläger hat. Renata deutet das als Anzeichen für posttraumatischen Stress, und Sam scheint sich ihrer Meinung gern anzuschließen. In der Diele legte Renata mir mit gedämpfter Stimme nahe, Sam nicht mit Fragen zu bedrängen. Er wird uns erzählen, was passiert ist, wenn der für ihn richtige Moment gekommen ist, wenn seine angeknackste Psyche sich erholt hat, schließlich ist Gedächtnisverlust bei Trauma-Opfern keine Seltenheit.

Ehrlich gesagt macht Sam nicht den Eindruck, ein großes Trauma erlitten zu haben. Er wirkt manchmal geistesabwesend, aber das könnte auch mit Renatas experimentellen Cocktails zu tun haben. Ansonsten scheint Sam sich sehr wohl in seiner Haut zu fühlen, wie er sich da im Polstersessel rekelt mit seinem Dreitagebart und den grauen Augen und dem Spitzbubenlächeln.

»Maud.« Renata schnippt mit den Fingern vor meiner Nase. »Bitte schließ das nicht gleich von vornherein aus. Leider sieht das westliche Denken einen Widerspruch zwischen Wissenschaft und dem Übernatürlichen. Obwohl es sich dabei bloß um unterschiedliche, aber gleichwertige Möglichkeiten handelt, eine Geschichte zu erzählen.«

Ich verziehe mein Gesicht zu einer Grimasse. Renata kann ganze Aufsätze über echte Geisterverbrechen und die Wissenschaft dahinter runterrasseln. Sie hat mir jedes einzelne haarklein geschildert. Ich habe mir stundenlang Fotos angesehen, die gesetzte bärtige Jungfrauen namens Dave mit Apparaturen aus Alufolie und Küchenthermometern zeigten.

»Um ein Verbrechen aufzuklären«, erklärt Renata, »benutzt die schlaue Kriminalistin alles, was ihr zur Verfügung steht, ob modern oder altmodisch. Sie kann ein elektronisches Netz auswerfen oder sich ihrer uralten Wahrsagemethoden bedienen – das eine wie das andere kann ihr von Nutzen sein.« Sie beißt sich auf die Lippe. »Ich bevorzuge das Altmodische. Ist zuverlässiger.«

Sam schielt zu mir herüber.

»Renata benutzt keine Computer«, murmele ich. »Außer in extremen Notfällen.«

»Die elektromagnetischen Felder bringen mein drittes Auge völlig durcheinander«, sagt Renata trotzig.

»Ihr wichtigstes investigatives Hilfsmittel ist das Tarot-Set, und ihre liebste Kartenfarbe sind derzeit die Schwerter, glaube ich.«

Renata wirft mir einen finsteren Blick zu. »Schwerter stehen für

Verantwortung und Verstand, Gewalt und Kampf.« Renata lächelt Sam strahlend an. »Sie sehen also, Maud kann ihren Job nicht hinschmeißen, schon gar nicht bei dieser neuen Entwicklung.«

Ich blicke sie an. »Was soll das heißen: ›Maud kann ihren Job nicht hinschmeißen‹?«

Renata scheint sich bewusst vorsichtig auszudrücken. »Sam möchte dich überreden, nicht länger in Bridlemere zu arbeiten.«

Ich wende mich an Sam. »Stimmt das? Sind Sie deshalb hier?«

Sam zuckt mit den Achseln und lehnt sich im Sessel zurück.

St. Valentine (Liebe, die Pest) kommt ungebeten ins Zimmer geschlendert. Er ist ein alter, ausgefuchster Typ Heiliger und hat ein keckes Schielauge. Er fixiert Sam mit einem Auge und richtet das andere auf mich. Sein Gewand wirkt abgetragen. Die Borte rund um den Saum und die Ärmelaufschläge sind ausgefranst. Sein Heiligenschein hat die Größe und Form eines Teetabletts, brennt mit einer rußenden orangefarbenen Flamme und sitzt ihm auf dem Hinterkopf wie ein lässiger Sombrero. St. Valentine setzt sich grinsend auf den Puff, wobei deutlich wird, dass er nur drei Zähne im Mund hat und zu starkem Speichelfluss neigt.

»Sam möchte dir sagen«, Renata blickt zu Sam hinüber, »dass man das Haus und den Alten lieber in Ruhe lassen sollte.«

»Sie finden, ich sollte da aufhören?«

»Ja. Aber es ist natürlich Ihre Entscheidung, Maud.«

Renata hält den Zeitungsausschnitt ins Licht und liest laut vor. »›Die Polizei setzt die Suche nach der fünfzehnjährigen Maggie Dunne fort, die seit letztem Dienstag aus ihrem Heimatdorf Langton Chaney verschwunden ist.‹«

St. Valentine stößt einen Pfiff aus.

»›Maggie ist einen Meter siebenundsechzig groß‹«, liest Renata weiter. »›Schlank, blaue Augen, blondes Haar.‹« Sie legt den Zeitungsausschnitt hin. »Datiert auf Montag, den 26. August 1985.«

»Mit Verlaub«, sagt Sam, beugt sich vor und dreht die Handflächen in einer versöhnlichen Geste nach oben, »was hat das mit Mauds Arbeit in dem Haus zu tun?«

Renata tippt auf den Zeitungsausschnitt. »Wir wissen, dass die Floods fünf Jahre zuvor in Langton Chaney waren.«

Sam zuckt mit den Achseln. »Zufall.«

»Ich denke nicht. Es gibt da eine Verbindung, zwischen dem Alten und diesem Fall.« Renata legt die Stirn in Falten. »Wir sollten das hier der Polizei zeigen.«

Sam setzt sich auf. »Das würde ich nicht tun.«

St. Valentine blickt Sam interessiert an.

»Bei Cathal Floods Vorgeschichte als Unruhestifter bezweifele ich, dass die Polizei das ernst nehmen wird«, sagt Sam gelassen. »Machen wir uns nichts vor, er könnte die ganze Sache sogar arrangiert haben.«

Renata blickt skeptisch. »Ich weiß nicht, Sam –«

»Im Ernst, Renata, ich war in dem Haus. Da gibt es keine Geister oder Dämonen oder vermisste Schulmädchen. Nur einen alten Mann und seinen angesammelten Plunder.«

»Warum dann diese Hinweise, einer nach dem anderen?«

Sam zögert. »Wer sagt denn, dass das Hinweise sind? Ich glaube, Ihre Fantasie geht mit Ihnen durch.«

Renata fixiert Sam mit einem eiskalten Blick.

»Da fliegen gleich die Fetzen«, murmelt St. Valentine fast hörbar.

»Wir wissen bereits, dass der alte Mann zu Jähzorn neigt –«

»Wahrscheinlich ist das Ganze bloß ein kindischer Streich, Renata. Wissen Sie, dass er das Haus für die Mitarbeiter von der Stadt mit kleinen Sprengfallen präpariert hatte?«

»Tja, falls es ein Streich ist, dann schlagen wir ihn eben mit seinen eigenen Waffen«, räumt Renata ein. »Wie auch immer, wir müssen herausfinden, von wem diese Hinweise sind.«

Sam blickt beunruhigt. »Cathal Flood mag ja alt sein, Renata, aber er ist unberechenbar. Wo bleibt denn Maud bei der Geschichte?« Er mustert mich. »Wie groß sind Sie, eins sechzig? Eine schmächtige Frau gegen einen über zwei Meter großen Mann mit einer gewalttätigen Vorgeschichte.«

Renata macht große Augen. »So groß ist er?«

Ich nicke. »Ein irischer Riese.«

»Wie das berühmte Skelett im Museum? Das John Hunter abgekocht hat?« Renata ist sichtlich beeindruckt.

»Ganz genau«, murmele ich. »Nur dass dieser Riese noch quicklebendig ist: Er brüllt, und er flucht.«

Renata wendet sich an Sam. »Was hat Mauds Körpergröße damit zu tun?«, sagt sie kühl. »Und was hat die Tatsache, dass sie eine Frau ist, damit zu tun?«

Sam ist offenbar verunsichert, zu Recht. »Ich will damit bloß sagen, dass Mr Flood kein normaler Ruheständler ist. Unterschätzen Sie ihn nicht.«

Renata kneift die Augen zusammen. »Darauf würde ich erwidern: Maud ist keine normale schmächtige Frau. Unterschätzen Sie sie nicht. Wenn jemand dieser Geschichte auf den Grund gehen kann, dann Maud. Unerschütterliche Beharrlichkeit angesichts schlechter Karten ist eine ihrer wesentlichen Eigenschaften.«

Ich blicke sie an. »Danke, Renata.«

Sie nickt. »Sie ist ein Biber, müssen Sie wissen, vom Totem her. Ich habe meditiert, und ihr Krafttier kam hervor. Im Grunde ist es seltsam, dass Mauds komplexes und resolutes Wesen von einem kleinen haarigen Sinnbild repräsentiert wird.«

Sam starrt uns bestürzt an. Dann fährt er sich mit den Händen durch das dunkelgoldene Haar. Ich frage mich, ob er gerade von seinen Erinnerungen eingeholt wird: das labyrinthische Chaos, die marodierenden Katzen und der rabiate Ruheständler, der mit einem Hurley-Schläger auf ihn losgeht …

Aber vielleicht ist Sam gar nicht traumatisiert. Vielleicht ist er beschämt, so wie ich das wäre, wenn ich mich von einer alten Vogelscheuche von Mann aus der Stadt hätte jagen lassen.

Sam sieht mich an, sein Gesicht freundlich, aber ernst. »Wollen Sie wirklich riskieren, den Alten auf die Palme zu bringen, und ohne Rücksicht auf die möglichen Folgen Detektiv in einem fiktiven Kriminalfall spielen?«

Auf einmal hört sich die Idee nicht mehr so gut an.

Renatas Miene verfinstert sich. »Von fiktiv kann keine Rede sein, und das ist auch kein Spiel.«

Sam blickt angemessen beeindruckt.

St. Valentine kichert.

»Wir werden dieser Geschichte auf den Grund gehen, Sam Hebden«, sagt sie. »Wir brauchen bloß einen Plan.«

Wir schauen auf das Flipchart, das Renata im Wohnzimmer aufgestellt hat. Mitten auf einem leeren weißen Blatt hat sie in roten Großbuchstaben MARY FLOOD geschrieben und eine schwarze Wolke drumherum gemalt.

Sie hat auch zwei Zickzack-Pfeile gemalt, die wie Blitze aus der Wolke kommen, nur in Grün. Der eine Blitz zeigt auf das Wort UNFALL und der andere auf das Wort MORD.

Weiter unten hat Renata in leuchtendem Pink VERMISSTE SCHÜLERIN MAGGIE DUNNE geschrieben, ohne Wolke, aber mit einer Wellenlinie unterstrichen.

Renata kratzt sich mit einem Markierstift unter der Perücke. »Ich bin fest davon überzeugt, dass Mary Flood etwas über diesen Fall wusste.« Sie tippt mit dem Fingerknöchel auf MAGGIE DUNNE. »Das Mädchen wurde nie gefunden, weder tot noch lebendig.«

Ich runzele die Stirn. »Woher willst du das wissen?«

»Lillian hat es recherchiert. Am Computer in der Bücherei von Petersham.«

»Na klar, du hast es Lillian erzählt.« Ich blicke Sam an. »Renatas Schwester ist Krimifan.«

Sam runzelt die Stirn. Renata blickt durchtrieben.

»Nun spuck's schon aus, Renata«, sage ich.

»Wir glauben, Mary hat herausgefunden, dass ihr Mann etwas mit Maggies Verschwinden zu tun hatte, und schwups ist sie die Treppe runtergefallen.«

St. Valentine beugt sich vor. »Das wird ja immer besser.«

Renatas Piratenaugen leuchten.

»Was noch, Renata?«

»Es ist eine Villa, Maud, mit einem riesigen Grundstück drumherum. Ein Labyrinth, hast du selbst gesagt. Da gäbe es mehr als genug Stellen, wo man ein vermisstes Mädchen verstecken könnte«, sie stockt, »tot oder lebendig. Überleg doch mal: Keller, Untergeschoss, Dachgeschoss, haufenweise Zimmer und eine ganze Reihe von Nebengebäuden. Such dir was aus.«

»In dem Haus ist kein Schulmädchen versteckt«, sagt Sam mit verblüffender Bestimmtheit.

Renata blickt ihn an. »Haben Sie denn jeden Quadratmeter des Hauses gesichtet, Sam?«

Sam lässt seinen Drink argwöhnisch im Glas kreisen. Das essigsaure Bouquet verrät mir, dass es sich um Ceslaus' Selbstgebrannten handelt. »Natürlich nicht, aber ich finde, Sie ziehen voreilige Schlüsse.«

»Ich habe keinen voreiligen Schluss gezogen.« Renata ist pikiert. »Mary Flood liefert uns eindeutige Hinweise. Ein Mädchen ist verschwunden, die Floods hatten zuvor das Dorf besucht, aus dem das Mädchen stammt, und zwischen diesen beiden Ereignissen gibt es einen Zusammenhang.«

St. Valentine wirft die Hände in die Luft. »Die wird die ganze Sache aufklären!«

Renata beißt sich auf die Lippe. »Es könnte natürlich sein, dass wir zu spät sind.«

St. Valentine nickt vehement. »Natürlich seid ihr das.«

»Wir können bestenfalls hoffen, dass Flood sie nicht umgebracht hat. Vielleicht hält er sie bloß all die Jahre gefangen.« Renata rückt ihre Perücke zurecht, zieht sie an den Rändern herunter, damit sie ihr nicht von einem imaginären Windstoß vom Kopf gerissen wird. Irgendetwas Provokatives ist im Anzug. »Als Sexsklavin oder so.«

St. Valentine grinst.

Sam stöhnt verzweifelt auf.

»So was passiert ständig«, sagt Renata trotzig.

»Auch in den besseren Gegenden von West London?«

»Maud, die Sache ist ernst.« Renatas Gesicht ist streng, ihre Stimme leise und dringlich. »Wenn auch nur die geringste Chance besteht, dass Maggie Dunne noch am Leben ist, müssen wir sie finden.«

St. Valentine fängt an zu klatschen. »Bravo! So ist's recht! Guter Mann!«

Ich funkele ihn empört an.

Er zuckt mit den Achseln.

Renata blickt mich plötzlich entsetzt an. »Was, wenn dem alten Mann was passiert? Maggie könnte verhungern oder verdursten.«

Sam steht auf und gießt sich noch einen Krupnik ein. Er schwenkt die Flasche in meine Richtung. Ich schüttele den Kopf. Eine Alkoholvergiftung ist auch keine Lösung.

Renata schlägt ein frisches Blatt am Flipchart auf und schreibt WER IST CATHAL FLOOD???

Dann schreitet sie auf und ab wie eine richtige Kriminalistin.

»Wir haben jetzt drei Aufgaben.« Sie bleibt vor dem Flipchart stehen. »Erstens: Wir finden das verschwundene Mädchen. Zweitens: Wir finden heraus, ob Mrs Floods Tod wirklich ein Unfall war. Drittens: Wir übergeben Mr Flood der Polizei.«

»Oder viertens: Wir lassen die Finger von der Sache.« Sam kippt seinen Drink hinunter und wischt sich die Tränen aus den Augen.

St. Valentine blickt Sam bewundernd an. Er geht zu ihm und stößt mit einem alten, trockenen, spatelförmigen Finger einmal durch Sams Glas. Dann hebt er den Finger an den Mund und leckt daran. Er verzieht das Gesicht.

Ich scheue die Frage. Aber ich stelle sie. »Und was machen wir als Nächstes?«

»Wir durchsuchen das Haus«, sagt Renata mit fester Stimme.

Sam wirft mir einen Blick zu. In seinen schönen Augen liegt echte Besorgnis. »Sie meinen, Maud durchsucht das Haus.«

»Natürlich.« Renatas Blick ist durchtrieben. »Und wir finden ein Medium. Ich meine, ein wirklich gutes. Stellen eine direkte Leitung zu Mary Flood her, finden raus, was sie uns sagen will.«

Sam beißt sich auf die Lippe.

Renata schreibt: »MIT MARY REDEN.«

»Es gibt keine Geister«, stelle ich klar.

St. Valentine zieht die Augenbrauen hoch.

Renata drückt zackig die Kappe auf ihren Markierstift. »Natürlich gibt es Geister. Medien sehen sie andauernd.«

»Wenn man sie bezahlt.«

»Das ist nicht wahr, Maud. Sie sehen sie von Kindheit an. Sie sehen sie überall. Sogar im Supermarkt.«

Wieso sollten die Toten auch nicht in Supermärkten rumlaufen? Der Tod ist wahrscheinlich wie das Leben, recht eintönig. Nicht unangenehm, bloß ein bisschen öde, das Beste, worauf jeder von uns hoffen kann.

Ich bringe Sam zur Tür. Mit leiser Stimme stelle ich ihm die zwei Fragen, die mir schon den ganzen Abend auf der Seele brennen, Gedächtnisverlust hin oder her.

Frage 1: »Haben Sie in Bridlemere irgendwas Merkwürdiges erlebt?«

Er zieht seine Sportschuhe an und richtet sich auf. »Keineswegs.«

Ich denke darüber nach. Keine angespülten Flaschen und flackernden Lichter, keine seltsamen Geräusche und kein empfindungsfähiger Müll? Dann fällt mir ein, dass Verdrängung das Fundament einer gesunden Psyche ist.

Frage 2: »Warum ist Mr Flood mit einem Hurley-Schläger auf Sie losgegangen?«

Er zuckt mit den Achseln. »Er ist einfach durchgedreht. Keine Ahnung, was der Auslöser war.«

»Sie haben ihn nicht mit irgendwas provoziert?«

Er lacht. »Natürlich nicht.« Er betrachtet mich genau, und sein Gesicht wird ernst. »Hören Sie, ich mag Renata, sie ist großartig, aber sie erfindet furchtbar gern Geschichten, erfindet Dramen.«

Ich habe plötzlich das Gefühl, Renata in Schutz nehmen zu müssen. »Aber sie hat nicht ganz unrecht: Das Haus ist merkwürdig, und Mr Flood ist merkwürdig –«

»Tun Sie Ihrer Freundin den Gefallen, wenn Sie wollen, lassen Sie sie einen imaginären Fall aufklären, aber treiben Sie die Sache nicht weiter, Maud.«

Ich sehe ihn an.

»Lassen Sie den alten Mann in Ruhe. Stecken Sie Ihre Nase nicht in seine Angelegenheiten.« Er gibt mir einen Kuss auf die Wange. Mit seinem Atem in meinem Haar und seinem Mund an meinem Ohr flüstert er: *»Sie wissen nicht, worauf Sie sich da einlassen.«*

Ich spüre, wie mir von seiner tiefen Stimme unten im Rücken ganz heiß wird. Ich rieche teure Seife mit Zitrusduft und nur einen ganz leichten Hauch Zigarettenrauch.

Er weicht zurück und drückt meinen Arm.

Ich sehe ihm nach, wie er den Plattenweg hinuntergeht. Er zieht das Gartentor zu, hebt eine Hand, und dann entfernt er sich in die Nacht, schlägt seinen Kragen hoch und zündet eine Zigarette an.

Als ich die Tür schließen will, sehe ich St. Valentine auf Renatas Mülltonne sitzen, beleuchtet vom Licht aus der Diele und seinem eigenen überirdischen Schein.

Er sieht mich mit einem Auge an. Das andere hat er aufs Gartentor gerichtet. »Dein Freund ist sehr dynamisch«, sagt er mit einer vor

Vergnügen hohen und aufgeregten Stimme. »Ist er sprunghaft? Ist er eine ehrliche Haut? Wäre er gut im Bett zu gebrauchen? Würdest du sagen, du hast ihn praktisch schon in der Kiste?«

St. Valentine stellt immer mehrere Fragen auf einmal, wenn er aufgekratzt ist. Wäre er nahe genug und nicht körperlos, würde er mir das Gesicht mit Speichel besprenkeln. Wenigstens etwas. St. Valentine wartet, die Lippen angefeuchtet, grinsend.

Ich bedenke ihn mit einem angewiderten Blick. »Also das geht wirklich zu weit.«

Er hebt die Hände und lacht leise. »Ich will damit bloß sagen, ich würde mich an deiner Stelle vorsehen. Das wäre eine schwierige Paarung, weil ihr zu unterschiedlich seid.«

»Wer hat denn was von Paarung gesagt?«

St. Valentine schnaubt. »Er ist ein Hengst, ein feuriger, heißblütiger, waschechter Hengst. Du müsstest das eigentlich wissen, du hast ihn ja kaum aus den Augen gelassen.«

»Wogegen ich was bin?«

»Höchstens ein sehnsüchtiger Esel.«

Ich kneife die Augen zusammen. »Hab ich dich etwa um deine Meinung gebeten?«

»Hast du nicht, aber wenn es um Liebe geht –«

»Dann hast du hier mit Verlaub nichts weiter zu suchen.«

St. Valentine lacht schallend auf. »Oh, und ob ich hier noch was zu suchen habe, Augenstern, wart's nur ab.«

Ich schließe schnell die Tür.

Kapitel 13

Ein Unwetter zieht vom Atlantik heran. Der Himmel über mir hat die Farbe von Metall. Mit dem ersten Donnerschlag fällt ein prasselnder Regenguss, so kurz, dass die Dünen kaum nass werden und ich mir nicht mal die Kapuze aufsetze. Aber ich ziehe trotzdem den Reißverschluss meines Anoraks hoch und schiebe mein Buch darunter, damit es trocken bleibt. Es verpasst mir einen dicken, rechteckigen Bauch.

Und da sehe ich sie atmen, die Dünen.

Ich schaue entsetzt zu, wie ihre sandigen Ränder sich schwirrend erheben. Sie setzen sich in Bewegung, schweben auf mich zu wie ein Luftkissenfahrzeug, wühlen den Strand auf, reißen das Dünengras heraus.

Ich habe sie nie aus den Augen gelassen, ich habe nie in ihnen herumgestöbert, ich bin nie über sie drübergerannt – sie haben kein Recht anzugreifen!

Zu meiner Linken: Treibsand; zu meiner Rechten: Bremsen; vor mir: das Meer, hinter mir –

Der Morgen ist da. Schwaches Licht dringt durch die Vorhänge. St. Dymphna sitzt am Fußende auf meinem Bett. Sie hält eine Öllampe auf dem Schoß. Die Lampe hat die Form eines Pantoffels, ist wunderschön, aus weichem Ton geformt, und passt perfekt in ihre kleine weiße Hand. St. Dymphna pustet darauf, und eine Flamme lodert jäh hoch. Ihr Gesicht ist beleuchtet, ihre Augen schimmern, sie hat ein zartes Lächeln auf den Lippen.

Sie blickt mich an. »Es ist alles Einbildung, weißt du? Was du glaubst, von dem Tag in Erinnerung zu haben.«

»Ich weiß, woran ich mich erinnere.«

»Du wirst doch nicht so dumm sein, deinem Gedächtnis zu vertrauen, Maud. Was habe ich dir gesagt?«

Ich antworte nicht.

Sie stellt die Lampe auf den Nachttisch. Die Flamme wird länger und flackert. »Wie alt warst du? Sechs, zehn?«

»Sieben.«

Sie beugt sich vor und sagt mit Flüsterstimme: »Sie ist mit ihm weggefahren, an dem Tag, im Auto. Sie haben die Fähre genommen und sind nach Rhyl gezogen. Sie wollte mit ihm ein Baby haben. Das war der Plan.«

»Was ist mit der Polizei? Wieso konnten die sie nicht finden?«

»Die Polizei wurde nicht eingeschaltet. Deirdre wurde ja nicht vermisst.«

Ich runzele die Stirn. »Aber es waren doch Polizisten da. Die haben in der Küche gesessen und mit Mammy geredet.«

St. Dymphna lächelt bitter. »Mammy hat nie mit Polizisten in der Küche geredet. Hat sie Deirdre nicht beim Packen geholfen und den beiden Sandwiches für die Reise eingepackt?« Sie steckt ihren braunen Zopf zurück unter den Schleier. »Hat Mammy ihnen nicht ihren Segen gegeben?«

»So war das nicht.«

St. Dymphna streckt die Beine auf dem Bett aus, streicht ihr Gewand um die schönen, undeutlichen Knöchel glatt. »Erinnerst du dich an Tommy McLaughlin?«

»Nein.«

»Anfang fünfzig, Glatze, Metzgergeselle?«

»Ncin.«

»Ein schmieriger alter Grapscher?« Sie verdreht die Augen. »Gott, davon gab es reichlich.«

»Nein.«

»Er ist hinten aus dem Laden gekommen und hat dir seinen kleinen schlaffen Schniedel gezeigt, hat damit gewackelt, wenn Granny vorne an der Theke Leber gekauft hat?«

Ich denke zurück an den Geruch von frischem Sägemehl und altem Blut, an die grüne Plastikpetersilie zwischen rot verschmierten Auslageschalen, an die Schlachtstücke, die im Fenster hingen: Knochen, Sehnen, Gewebe, Fleisch. Und Tommy McLaughlin mit seinem weißen Kittel, der nur ein klein wenig offen stand. Seine Hose, deren Schlitz nur ein klein wenig geöffnet war: bleiche Nacktschnecke, angegraute Haare. Er starrte zu mir runter, die Lippen geöffnet, und atmete durch die Nase.

»Ich erinnere mich.«

»Tja, das ist auch nicht passiert«, sagt St. Dymphna mit einer kalten Freude in den Augen. »Erinnerungen sind wankelmütige Geschöpfe, das solltest du wissen, launisch und alles andere als zuverlässig.«

»Ich weiß, woran ich mich erinnere.«

St. Dymphna hebt die Hände. »Natürlich! Schließlich warst du ja dabei mit deinen großen, runden Kinderaugen, nicht wahr?« Sie mimt einen leeren Gesichtsausdruck. »Hast dich umgeschaut, Sachen ausspioniert, die dich nichts angingen, *alles mitgekriegt*.«

»Ich hatte Angst, da in den Dünen. Ich war noch ganz klein.«

»Du solltest lieber die Schrauben fester anziehen«, flüstert sie mir direkt ins Ohr. »Sonst fangen die Albträume wieder an.«

Als ich aufblicke, ist sie verschwunden.

Mr Flood hat sich den ganzen Morgen in seiner Werkstatt verkrochen. Ich habe keinen Mucks von ihm gehört. Die *National Geographics* stellen heute eine geschlossene Wand dar. Ich könnte mir das Land dahinter eingebildet haben, wo ausgestopfte Hermeline Karten spielen, vierköpfige Taxidermie-Engel Wache halten und Briefbeschwerer sich ganz von allein bewegen.

Das Haus hat heute dicht gemacht, ist wie verrammelt, stumm und auf der Hut.

Die Katzen spüren es: Sie verhalten sich ängstlich, legen die Ohren an und schlagen mit den Schwänzen, schleichen tief geduckt und springen nichts an. Ich stehe an der Küchentür, lausche, halte Ausschau. Ohne zu wissen, worauf ich lausche oder wonach ich Ausschau halte.

Das Haus ist unheimlich still: Es hält den Atem an.

Ich gehe in die Küche, um Wasser aufzusetzen, als ich es höre.

Das Blut gefriert mir in den Adern.

In der Diele singt ein Mädchen mit hoher, lieblicher Stimme und dem Anflug eines unterdrückten Schluchzens. Ein halber Satz, höchstens vier Worte, und ich verstehe kein einziges.

Dann: nichts. Nur tönende Stille.

Der Spalt in der Großen Mauer aus *National Geographics* ist wieder offen, breiter als zuvor, und ich trete ohne Zögern hindurch. Schaut her. Ich bin ein Biber. Weder schlechte Karten noch singende Geister können mich abschrecken.

Botticellis Venus zwinkert mir zu, während sie ihren Zwölffingerdarm entwirrt. Die Glasaugen drehen sich, und die Hermeline grinsen in ihre Spielkarten. Der Rabe ist nirgends zu sehen, und der Schrumpfkopf lächelt, als würde er sich insgeheim über einen dreckigen Witz amüsieren. Der vierköpfige Engel scheint in jede Richtung zu schauen, nur nicht in meine. Ich stehe unten an der Treppe, kaue auf meiner Lippe herum, zögere.

»Was nun, Mary?«, flüstere ich und spähe die Treppe hinauf.

Die Treppe, die Mary Flood hinuntergefallen ist.

Ist sie mit dem Kopf voran auf dem Boden aufgeschlagen und war sofort weg? Oder hat sie benommen am Fuß der Treppe gelegen? Ein wimmerndes Häufchen Elend mit gebrochenen Knochen und Blutergüssen. Vielleicht ist sie genau da gelandet, wo ich jetzt stehe?

Fällt ihr Geist im Jenseits noch immer die Treppe hinunter, wieder und wieder? Durchlebt sie diese schrecklichen Augenblicke in alle Ewigkeit? Die Vorwürfe, den Ausdruck in seinen Augen, den Schritt rückwärts, das kurze Gerangel –

Wo landen Schulmädchen, wenn sie verschwinden? In einer Höhle, im Meer, in einem Keller mit zugenagelten Fenstern, in einem möblierten Zimmer in Rhyl?

Sie verschwinden wie von Zauberhand.

Ich stelle mir vor, wie Mary neben mir unten an der Treppe steht, eine beschwörende, stumme Präsenz. Sie wendet mir das Brandloch zu, wo einmal ihr Gesicht war. Ich kann glatt hindurchschauen. Sie zeigt die Treppe hoch.

Ich bin ein Biber, verdammt noch mal, und deshalb steige ich mit angehaltenem Atem und schwer trommelndem Herzen die Treppe hinauf.

Die Flut von Gegenständen strömt bis zur obersten Stufe, verharrt dann dort und plätschert gegen die Kante, steigt nicht höher. Vor mir ist ein leerer Flur. Ich zähle sechs Türen, die durch nichts versperrt sind, und einen Tisch, auf dem lediglich eine Lampe mit Seidenschirm steht.

Ich werfe einen Blick nach unten in die Diele, und ich bin fassungslos.

Ich bin Ariadne: Ich habe es durch das Labyrinth geschafft, sogar ohne Wollknäuel. Durch ein Meer aus Glaskästen und Tierpräparaten, poliertem Holz und medizinischen Kuriositäten. Ich bin dem müden alten Minotaurus entwischt.

Die Luft hier oben am Ende der Treppe ist anders. Neutral, unverbraucht, als hätte sie noch nie jemand eingeatmet. Ich habe das starke Gefühl, dass ich, wenn ich weitergehe, in irgendeinen geheimen, verbotenen Bereich eindringe.

Das Licht verändert sich. Die Sonne scheint durchs Buntglasfenster. Farbtupfer, jäh und funkelnd, fallen auf die Wand gegenüber.

Eine Frau in Schwarz beobachtet mich.

Das Porträt ist lebensgroß und in hinreißend schönen Farben gemalt. Kreideweiße Haut und kupferrotes Haar, das so lebendig strahlt, als würde es von innen beleuchtet. Die Frau hat das Kinn trotzig nach oben gereckt, sodass sie an ihrer Nase herunterschaut. Ihre Augen sind groß, grün, beunruhigt. Helle Farbpunkte fangen ihren flüssigen Glanz ein.

Trotz ihrer strengen Erhabenheit ist sie ein ungezähmter Hase: lange Gliedmaßen, ein vor Panik halb wahnsinniger Blick. Sie ist erstarrt, mitten auf der Flucht eingefroren – eine nackte Ferse erhoben. Nur die Angst hält sie zurück; sie möchte sich umdrehen und davonrennen.

In einer Hand hält sie ein Sträußchen roter und weißer Rosen, die andere zupft Blütenblätter ab. Sie sind hinter ihr verstreut, eine Spur aus Blut und Schneeflocken.

Plötzlich begreife ich: Ich bin jetzt im Reich von Mary Flood.

Ich sitze auf der obersten Stufe und streichele Samuel Beckett. Ich habe ihn vorher noch nie gesehen, aber spontan so getauft. Er ist eine burmesische Schönheit mit einem offenen Ausdruck in den taubenblauen Augen. Ich frage mich, ob er eine Nachbarskatze ist, angelockt von den Mäusen, die in Scharen an den Fußleisten entlanglaufen.

Beckett schaut zu mir hoch und gähnt.

»Du bist ein intelligenter Kater, soll ich weitergehen?«

Er blinzelt mich herablassend an, und dann stolziert er über den Flur, als würde er meine Feigheit spüren. Ich schaue hoch zu Mary Floods Porträt, um ihre Reaktion mitzubekommen. Die Sonne ist hinter Wolken verschwunden, und die Farben sind jetzt gedämpft.

Mary Flood verstreut noch immer Rosenblätter, wirkt aber nicht mehr beunruhigt, vielmehr irgendwie gelangweilt.

Beckett malt mit dem Schwanz eine Reihe von Fragezeichen, geht dann zu der Tür rechter Hand. Wäre er ein Hund, würde er mit der Pfote daran kratzen und winseln, aber als Katze streicht er bloß lässig mit der Flanke an ihr entlang.

Ich verstehe das als Zeichen, stehe auf und gehe zu der Tür hinüber. Ich berühre sie vorsichtig, drücke die flache Hand dagegen wie ein Feuerwehrmann, der nach Hitze tastet, und versuche, mir vorzustellen, was dahinter sein mag – vielleicht der Geist einer Frau mit flammendem Haar, vielleicht ein seit Langem verschollenes Mädchen?

Ich drücke die Klinke hinunter. Die Tür ist nicht abgeschlossen, aber ich spüre Widerstand. Die Starrheit einer Tür, die seit Jahren nicht geöffnet wurde, dann das Seufzen von etwas Eingepferchtem, das freigesetzt wird, als ein Lufthauch an mir vorbeiströmt.

Ein Geist, der aus einer Flasche gelassen wird.

Beckett schiebt sich vor mich und schlüpft hinein.

Der Raum ist groß und dunkel, die Luft ist kalt. Schwere geschlossene Vorhänge vor den Fenstern, schattenhaft kauernde Formen von Möbeln. Der Lichtschalter funktioniert nicht, also gehe ich über den dicken Teppich und öffne die Vorhänge.

Tageslicht und schwindelerregend wirbelnde Staubkörnchen.

Der Raum ist schön, mit einer verblichenen Opulenz, die noch immer beeindruckt.

An den tapezierten Wänden gurren schneeweiße Tauben in Käfigen vor einem austerngrauen Hintergrund. Dazwischen verflechten sich in regelmäßigen Abständen Liebesknoten und zarte Schlingen. Der Teppich ist tief und weich und schmutzig weiß gealtert.

Mitten im Raum steht ein Bett, das zu einer Prinzessin passen würde. Überhäuft mit Plumeaus, Kissen und Nackenrollen. Mit Samt-

und Brokatbezügen in den Farbtönen Vanille und Magnolie, Muschel und Elfenbein. Beckett springt aufs Bett und dreht sich im Kreis, knetet glückselig die Tagesdecke mit den Pfoten. Über dem Bett hängt ein silbergerahmtes Bild. Ich gehe näher ran und sehe, dass es exquisit und grässlich zugleich ist: ein Dutzend aufgespießte bleiche Motten, die Flügel ausgebreitet. In der Mitte steckt ein Monstrum von der Größe einer Teetasse mit schwarz gefleckten Flügeln so plüschig wie ein Hermelincape. Flankiert wird es auf beiden Seiten von kleineren Schönheiten mit Flügeln wie cremefarbene Gaze und geklöppelte Spitze.

Gegenüber dem Bett, vor einem der Fenster, steht eine Frisierkommode mit einem Hocker. An der Wand, auf einer grau-weiß gestreiften Chaiselongue, schauen zahllose Porzellanpuppen mit wachsamer Steifheit zu. Einige sind so groß wie Kleinkinder, mit Hauben aus verblichenem Stroh und staubigen Locken, die auf blass geblümte Baumwolle fallen. Andere sind kleiner und tragen weiße Mäntel mit Perlmuttknöpfen und pelzbesetzten Mützen. Sie wirken ausnahmslos finster: Ihre Mienen reichen von purer Gehässigkeit bis zu schmallippiger Bosheit.

Eine in der Reihe erregt meine Aufmerksamkeit. Sie ist hut- und schuhlos, hat helles Haar und trägt ein hochgeschlossenes Spitzenkleid. In ihrem Gesicht liegt ein Ausdruck vereitelten Unheils. Ihre Lippen lassen spitze Porzellanzähne sehen. Ausgefranste Verbände hängen von ihren schmalen Handgelenken, wie bei einer entflohenen Insassin einer Nervenheilanstalt. Ich habe keinen Zweifel, dass sie die Anführerin ist.

Ich ignoriere sie und ihre Freundinnen und setze mich vor den alten leberfleckigen Spiegel der Frisierkommode, ein Triptychon mit einer dicken Staubschicht. Ich sehe drei schemenhafte Mauds, die in ihren Polyesterschürzen dasitzen und blinzeln, herumgucken und stöbern, die dunklen Haare straff nach hinten gebunden. Ihre Mienen sind beklommen, aber sie haben einen entschlossenen Zug um den Mund, immerhin.

Ich öffne die Schublade und sehe eine längliche Samtschatulle. Ich nehme sie behutsam heraus; darin liegt eine erlesene Perlenkette in einem Satinnest. Der Verschluss, ein mit Opalen besetzter Halbmond. Ich schließe die Schatulle und lege sie zurück. Daneben liegen ein Frisierset aus Perlmutt und ein paar Fläschchen mit Silberkappen, deren Inhalt hart geworden ist.

Ich stehe auf und gehe zu der Tür auf der rechten Seite des Zimmers und öffne sie. Es ist kein Bad, wie ich erwartet habe, sondern ein Ankleideraum, weiß gestrichen mit einem Einbaukleiderschrank an einer Wand. Es gibt einen Spiegel und einen silbern gestrichenen Bugholzstuhl.

Ich werfe einen Blick zurück ins Schlafzimmer. Beckett putzt sich das Hinterteil, ein Bein senkrecht in die Luft gereckt.

Ich öffne den Kleiderschrank.

Für Mary Flood habe ich mir Tweedröcke und Regenmäntel, Schuhe mit niedrigen Absätzen und Kopftücher vorgestellt. Hier sind Kleider in Zinnoberrot und Smaragdgrün, Indigoblau und Violett, aus Satin, Seide und Spitze. Und hier riecht es nicht nach Mottenkugeln und muffigen Klamotten, sondern es duftet nach Sommerluft.

Diese Kleidungsstücke sind so unangreifbar wie die Körper von Heiligen.

Ich zögere. Ich traue mich nicht, sie zu berühren.

Aber dann tue ich es doch – berühre ein Kleid aus blauer genoppter Seide.

Ich nehme es heraus und halte es hoch und sehe, dass Mary Flood genauso schlank war, wie sie auf dem Gemälde aussieht, aber nicht so groß.

In dem Schrank hängen mehrere Generationen von Kleidern, auf gepolsterten Bügeln, in Plastikfolie gehüllt. Da ist ein Flapper-Kleid aus den 1930er-Jahren mit gewelltem Saum, reich mit Perlen bestickt. Ein knielanges bonbonrosafarbenes Ballerinakleid aus den 1950er-

Jahren mit steifem Tüllrock und einem mit Rosen gesprenkelten Korsett. Da sind Schubladen voll mit Handschuhen und Strümpfen und reihenweise Handtaschen; mit Steinen besetzte Operntaschen und zierliche goldene Clutches.

Es ist wie der Kostümkisten-Traum eines Mädchens.

Die letzte Tür verbirgt eine Wand aus Schuhkartons. Ich öffne einen nach dem anderen, finde Schuhe mit Kitten-Heel-Absätzen und goldene Sandaletten, schlichte Pumps und rubinrote Slipper.

Mein Herz macht einen Sprung. Ich nehme die Slipper ehrfurchtsvoll heraus; sie glitzern genau wie die von Dorothy in *Der Zauberer von Oz*. Der gleiche magische Glanz, das gleiche unbändige Funkeln.

Ich drehe sie um. Sie spiegeln das Licht vom Fenster, haben kleine Schleifchen an den Spitzen und sehen aus, als könnten sie mir passen.

Da ich weiß, wie tückisch rote Schuhe sein können, zögere ich kurz, ehe ich hineinschlüpfe. Sie könnten mich zum Tanzen zwingen, bis ich tot umfalle, oder mich den ganzen Weg nach Hause bringen. Was wäre schlimmer?

Ich werde darauf achten, nicht an zu Hause zu denken und nicht die Hacken zusammenzuschlagen.

Ich habe gerade einen Sportschuh ausgezogen, als mir ganz unten im Schrank ein Schuhkarton auffällt, der sich vom Rest unterscheidet. Er ist lädiert und mit einer Kordel zugebunden. Ich nehme ihn heraus. Drinnen sind zahllose Karten, die aussehen wie Einladungen, in ordentlichen Reihen angeordnet. Ich setze mich auf den Stuhl, den Schuhkarton auf dem Schoß. Ich nehme eine Karte heraus und schaue auf das Bild, das darauf abgebildet ist: die Jungfrau mit Kind.

Messintention

Ich klappe die Karte auf. In einen vorgedruckten Text sind mit Tinte säuberlich Namen eingetragen:

Auf Bitte von MARY *feiern wir die heilige Messe in der Intention für* GABRIEL.

Ich blättere die Karten durch, finde eine Messe nach der anderen, die für Gabriel gehalten wurden, bis:

Auf Bitte von MARY *feiern wir die heilige Messe in der Intention für* MARGUERITE.

Marguerite? Ich lege den Finger auf den Namen. Wer ist Marguerite?

Ich höre ein Geräusch, ein leises Kratzen im Schlafzimmer, und da ich nicht alle Karten mitnehmen kann, greife ich wahllos ein paar heraus und stecke sie in meine Schürzentasche. Ich blicke durch die Tür und sehe, dass Beckett sich auf dem Bett duckt. Seine Ohren zeigen nach vorn, und sein Schwanz fegt über die Tagesdecke. Sein Rückenfell ist gesträubt.

Als ich seinem Blick folge, bleibt mir das Herz stehen. In der Staubschicht auf dem Spiegel der Frisierkommode sind zwei Buchstaben zu erkennen:

M F

Ich stoße mit Cathal im Flur vor der Küche zusammen. Er hat eine verbogene Fernsehantenne in einer Hand und einen Fahrradschlauch in der anderen. Er blickt auf die zwei Gegenstände hinab, als überlegte er, welche Beziehung zwischen ihnen besteht, als könnte der eine den entscheidenden Hinweis liefern, welche Möglichkeiten im jeweils anderen stecken.

»Sie sind da durchgegangen«, sagt er und deutet mit dem Kopf über meine Schulter auf die Große Mauer aus *National Geographics*.

Es ist eine Feststellung, keine Frage.

Ich nicke.

Aus unmittelbarer Nähe wird mir wieder richtig bewusst, wie groß er ist. Wenn er herumschleicht oder mich beobachtet, ist er recht unauffällig. Er ist substanzlos, unsichtbar. Jetzt jedoch wirkt er unerschütterlich stabil, so massig wie eine Abraumhalde oder ein Klavier. Er bleckt seine kolossale, gelbliche Zahnprothese und macht mit den Lippen ein Schnappgeräusch wie ein verärgertes Pferd.

»Da geht keiner durch«, sagt er. »Verstanden?«

»Ich bin nur da durch, weil ich das Badezimmer gesucht habe«, sage ich zu meiner Verteidigung.

»Lügen Sie mich nicht an.«

»Das ist das reinste Museum, der ganze Kram –«

»Und Sie haben es nicht für nötig gehalten, erst zu fragen?«

Ich schaue nach unten auf meine Sportschuhe. »Sie hätten doch bestimmt Nein gesagt.«

»Hätte ich auch«, sagt er unwirsch.

»Dann tut es mir leid.« Ich wage ein versöhnliches Lächeln.

»Es tut Ihnen kein bisschen leid.« Mr Floods Gesicht ist ausdruckslos, seine Stimme monoton. »Sie sind eingebrochen.«

»Das stimmt nicht. Da war schon eine Lücke. Ich bin bloß da durch.«

»Sie lügen schon wieder.«

»Gar nicht, ich schwöre bei Gott …«

Er sieht mich kalt an. »Sie haben die Küche, den Wirtschaftsraum und die Vorratskammer. Mehr nicht. Wenn ich Sie noch einmal dabei erwische, dass Sie da durchgehen, ist Schluss.«

Wenn er mich noch einmal erwischt, ist Schluss. Ich starre nach unten auf die geöffnete Dose Corned Beef in der einen und das Messer in der anderen Hand.

Was wird er tun?

Ich denke darüber nach. Er wirkte nicht bösartig, bloß sachlich und sogar ein wenig abgespannt. Im Grunde hat er gesagt, dass er mich nicht umbringen und in Stücke hacken *will*, dass er es aber *tun müsste*. Ich schneide das Corned Beef in Scheiben, die ich auf Salat arrangiere. Dann nehme ich einen Rettich, schneide das schnurrbärtige Ende ab und viertele ihn.

Wenn ich Sie erwische, ist Schluss.

Das wär's dann wohl. Wenn er mich erwischt, muss er mich umbringen, und wenn nicht, dann nicht. In gewisser Weise hat er mir sozusagen seinen Segen gegeben: Solange er nicht mitkriegt, was ich so treibe, kann ich tun und lassen, was mir gefällt, ohne ermordet zu werden.

Wie Mary Flood.

Wie Maggie Dunne.

Als ich mich zur Spüle umdrehe, sehe ich ihn aus dem Augenwinkel, wie er an der Anrichte lehnt und mich beobachtet. Und dann rieche ich es. Einen plötzlichen Fischgeruch. Er hat eine Dose aufgemacht und angelt Sardinen mit den Fingernägeln heraus. Sein angegrautes Kinn ist ölverschmiert. Ich starre ihn angewidert an.

Ein klappriger, fischfutternder Riese mit Füßen so groß wie Mülltonnendeckel, und ich habe nicht einmal mitgekriegt, dass er da ist. Mit dem Hintergrund aus Tellern und Untertassen und Milchkrügen verschmolzen, praktisch unsichtbar.

Wie ist das möglich?

»Kann ich Ihnen helfen, Mr Flood?« Ich klinge ungewöhnlich heiter.

Er muss gesehen haben, wie ich zusammengeschreckt bin. Ich spüle rasch das Messer, trockne es ab und räume es in die Schublade, nur für den Fall, dass er mit dem Gedanken spielt, mich gleich hier abzumurksen.

»Ich werde Sie malen, Drennan.«

Mir pocht das Herz bis zum Hals. »Ich weiß nicht –«

»Tragen Sie das Haar hochgesteckt«, sagt er. »Morgen fangen wir an.«

Ich bin halb den Gartenweg hinunter mit einer Mülltüte in jeder Hand, als ich Gabriel Flood auf mich zukommen sehe. Er trägt Jeans mit einem weißen Hemd, das er unter seinem dicken Bauch in den Hosenbund gesteckt hat. Er hat wieder Slipper an.

»Lassen Sie mich das machen.« Er lächelt und streckt eine Hand aus. »Wie geht's dem alten Knaben heute?«

»Prima. Gehen Sie ruhig rein und sagen Sie ihm Guten Tag.«

Gabriel nimmt mir ritterlich die Mülltüten ab und geht voraus. »Eigentlich bin ich Ihretwegen gekommen, Maud. Ich würde gern kurz mit Ihnen reden, wenn Sie Zeit haben.«

»Ich muss leider wohin.«

Er wirft den Müll in eine der Rolltonnen und folgt mir durchs Tor nach draußen. »Ich könnte Sie hinfahren.«

»Nein, danke«, sage ich.

»Mein Wagen steht gleich da drüben.«

Renatas Stimme in meinem Ohr warnt mich, nicht zu einem Mann in Slippern in den Wagen zu steigen. »Ich nehme den Bus.«

»Aber wäre eine Fahrt mit dem Auto nicht bequemer? Wir könnten unterwegs irgendwo rasch einen Kaffee trinken.« Er deutet auf einen nagelneuen schwarzen BMW auf der anderen Straßenseite.

Ich bin überrascht. Bei einem Uni-Dozenten hätte ich auf ein sparsameres Fahrzeug getippt. Einen Skoda vielleicht, mit Sitzbezügen aus Tweed, das Radio ständig auf irgendeinen Kultursender eingestellt.

»Tut mir leid, Gabriel, aber –«

»Bitte, Maud.« Er fixiert mich mit einem fast verzweifelten, gequälten Blick. »Ich muss was mit Ihnen besprechen. Es geht um Dad.«

Ich überlege, wie groß die Wahrscheinlichkeit ist, dass Gabriel Flood mit mir auf den Hof eines stillgelegten Lagerhauses fährt, mich zum Sex zwingt und anschließend mit einem Wagenheber erschlägt.

Dann kneife ich die Augen zusammen und spreche wie eine Frau mit einem gefährlich spitzen Bleistift für Kreuzworträtsel, einem reaktionsschnellen rechten Knie und einer Schnupperstunde Wing Tsun.

»Also schön.«

Im Coffeeshop steuert Gabriel auf einen Tisch in der hintersten Ecke zu und winkt den Kellner herbei. Er bestellt Kaffee und ein Bacon-Spiegelei-Sandwich, ohne auf die Karte zu schauen. Er gibt sich alle Mühe, ruhig und gefasst zu wirken, doch sein rotes Gesicht und der Schweiß auf seiner Oberlippe verraten, wie es wirklich in ihm aussieht.

Er schaut sich verstohlen im Raum um, beugt sich dann vor. »Ich muss Sie um einen Gefallen bitten, Maud. Die Sache ist ein wenig heikel.«

Ich sehe zu, wie seine dicken Finger mit dem Verschluss der Ketchup-Flasche spielen.

Der Kellner bringt den Kaffee. Gabriel verzieht gequält das Gesicht ob der Unterbrechung. Er streicht sich mit einer Hand über das schüttere Haar, als wollte er sich vergewissern, dass es noch da ist, ein rasches Abtasten. Dann spielt er mit der Zuckerdose, bis der Kellner wieder geht.

Er senkt die Stimme. »Ich muss etwas finden, im Haus.«

»Ach ja?« Ich klinge desinteressiert.

Seine Oberlippe wird noch feuchter, und er betupft sie sich mit einer Papierserviette. »Nichts, was irgendeinen *materiellen* Wert hat, bloß einen sentimentalen.«

»Können Sie nicht einfach Ihren Vater darum bitten?«

Er runzelt die Stirn. »Sie haben doch gesehen, wie der alte Herr mich neulich behandelt hat. Er lässt mich ja kaum einen Fuß ins Haus setzen.«

Er blickt kurz niedergeschlagen, dann leckt er mit seiner fleischigen Zunge die Rückseite seines Löffels ab.

»Mir ist nicht ganz klar, wie ich Ihnen helfen kann, Gabriel.«

Gabriel trinkt einen Schluck Kaffee und tut so, als wäre ihm just in diesem Moment eine Idee gekommen. »Wäre es allzu befremdlich, wenn ich Sie bitten würde, Dad mal für einen Tag aus dem Haus zu locken? Dann könnte ich kurz ins Haus und selbst danach suchen.«

Ich lächele Gabriel an und frage mich, ob ihm eigentlich klar ist, dass ich durch meine tagtägliche Arbeit mit den Verrückten, Bösartigen und Streitsüchtigen über ein hoch entwickeltes Warnsystem verfüge, das sofort Alarm schlägt, wenn mir einer Schwachsinn erzählt. So durchschaue ich, ob jemand mich anlügt, wenn er behauptet, er hätte nicht den letzten Vanillepudding gegessen, sich nicht absichtlich in die Hose gemacht oder meine Handtasche nicht versteckt.

»Ich wusste gar nicht, dass Ihr Vater überhaupt je das Haus verlässt.«

Gabriel zuckt mit den Schultern. »Sie werden so gut mit ihm fertig, dass Sie ihn bestimmt dazu überreden können.«

Er lacht. Seine kleinen spitzen Zähne erinnern mich irgendwie an einen bösartigen Fisch. Er hat dieses fahle, klamme Aussehen, als hätte er sein Leben lang auf dem Grund eines Aquariums gelauert und Tageslicht gescheut.

»Wie wäre es mit einem Tagesausflug?«, fragt er. »Vielleicht ans Meer?«

Ich tue so, als würde ich darüber nachdenken. »Das würde ihm wirklich guttun. Und Sie wollen, dass ich ihn begleite?«

Gabriel grinst. »Natürlich würde ich alle Kosten übernehmen.«

»Wunderbar! Da wird Mr Flood sich aber freuen. Und er ist Ihnen bestimmt sehr dankbar für Ihre Großzügigkeit.«

Gabriels Grinsen schwindet. »Erzählen wir ihm lieber nicht, dass es meine Idee war. Sonst vermutet er noch irgendeine böse Intrige. Die es natürlich nicht gibt.«

Ich lächele wohlwollend. »Natürlich nicht, aber es wird nicht ohne bürokratische Abläufe gehen. Ich muss eine Risikoanalyse machen und sie der Agentur vorlegen, damit die uns die Genehmigung erteilt.« Nur um zu sehen, wie er nervös wird, schiebe ich nach: »Das dürfte in höchstens zwei, drei Wochen erledigt sein.«

Und er wird tatsächlich nervös. »Ist das alles denn wirklich nötig, Maud?«, fragt er mit einer Stimme, die sich zu meinem Vergnügen hysterisch hochschraubt.

Der Kellner bringt ihm sein Sandwich.

Gabriel betrachtet es entgeistert, bis der Kellner wieder hinter der Theke verschwunden ist. Plötzlich scheint ihm ein Gedanke gekommen zu sein. Er greift in seine Brusttasche und holt sein Portemonnaie heraus.

»Wie wär's, wenn ich Ihnen einen Vorschuss gebe, um die Planung des Ausflugs ein wenig zu beschleunigen? Wäre das hilfreich?«

Während ich zuschaue, wie er Scheine hinblättert, frage ich mich, was er in Bridlemere suchen will. Es muss etwas richtig Wertvolles sein: ein fetter ungeschliffener Diamant, der Heilige Gral in Geschenkverpackung? Allein schon das irre Zeug auf der untersten Treppenstufe würde für zehn Folgen *Bares für Rares* reichen.

Gabriel steckt das Portemonnaie wieder ein und nimmt sein Sandwich. Er isst mit einer Art passiver Gier, während er mich beobachtet. Er deutet auf den Haufen Geldscheine auf dem Tisch. »Nehmen Sie. Für Ihre Ausgaben.«

»Wonach suchen Sie denn, wenn ich fragen darf? Vielleicht ist es mir ja schon beim Ausmisten des Hauses in die Hände gefallen?«

Er schmunzelt onkelhaft. »Das bezweifele ich.«

»Ich hab schon ordentlich rumgewühlt.« Ich mache eine Kunstpause. »Ich war sogar oben.«

»Wirklich?« Ein panischer Ausdruck huscht über sein Gesicht.

»Wirklich.«

Er sieht mich an, als würde er rasch eine Berechnung anstellen. Dann beißt er wieder in sein Sandwich. »Wie gesagt«, nuschelt er mit vollem Mund, »ich bezweifele es. Es handelt sich bloß um was Unbedeutendes.«

»Ihr Vater …« Ich stocke.

»Ja, Maud?«

Ich sehe ihm in die Augen, frage mich, ob ich ihm trauen kann. »Würden Sie sagen, er ist weitestgehend harmlos?«

Ein dünnes Lächeln breitet sich auf seinem Gesicht aus, das mir plötzlich reptilienartig vorkommt. Vielleicht steckt in seinem Fettwanst-Anzug ja in Wirklichkeit eine kleine grüne Eidechse.

»Natürlich. Völlig harmlos«, sagt er. »Ein Schmusekätzchen.«

Ich runzele die Stirn.

»Hören Sie, Maud«, sagt er. »Ich brauche nur einen Tag und einen Schlüssel. Sie haben doch den Schlüssel für die hintere Tür? Wenn Sie ihn mir leihen, kann ich mir einen Nachschlüssel machen lassen.«

»Sie haben keinen Schlüssel vom Haus Ihres Vaters?«

Gabriel zuckt mit den Achseln. »Nein. Er ist ein bisschen paranoid, was das angeht. Er will nicht, dass irgendwer bei ihm rumspioniert.«

»Warum denn?«

»Warum? Einfach so. Er bleibt gern für sich.« Er lächelt säuerlich. »Vielleicht denkt er aber auch, ich will ihm auflauern, ihn abmurksen.«

Gabriel beißt herzhaft in sein Sandwich.

Ich stelle ihn mir vor, die Slipper eingefettet, leiser schleichend als eine trippelnde Maus. Es ist finstere Nacht, und der Nachschlüssel dreht sich lautlos im Schloss. Dann ist Gabriel drinnen, stiehlt sich durchs Haus mit seinen bösen Vatermörderabsichten. Bekleidet mit einem schwarzen Rollkragenpulli und einer Sturmmütze, feist und tödlich, wie eine mörderische Blutwurst. In seiner Umhängetasche ein Stück Draht und ein Filetiermesser.

Hat Cathal Flood das verdient?

Ich sehe Gabriel an, und er sieht mich an, so widerlich wie das gebratene Ei, das ihm am Kinn hängt.

Als er sein Sandwich verputzt hat, wischt er sich die Hände an einer Serviette ab. »Klar, wer würde ihn nicht manchmal am liebsten abmurksen wollen? Er ist ein schwieriger Mann.« Er klopft auf das Geld auf dem Tisch. »Also, Maud. Kommen wir ins Geschäft oder nicht?«

Ich sehe den Blick in seinen Augen – kalte, tote Augen. Ich bin vielleicht drauf und dran, in einem dreckigen Ozean mit einem schlecht frisierten Hai zu schwimmen.

»Für so eine Arbeit brauchst du eine Reliquie.« Der Ritter stellt den Sack ab, den er in der Hand hat, und lässt sich mit großem Geklapper und Geklirre einer unsichtbaren Rüstung auf Gabriels frei gewordenen Platz nieder. »Stell dir vor, wie sehr dich der Saum von St. Bernadettes Schleier oder St. Josephs Fingerglieder schützen könnten.«

Ich schaue zu dem Kellner rüber. Er spielt mit seinem Handy und wirkt gelangweilt. Ich bin der einzige Gast und nippe seit fast einer Stunde an meinem Kaffee.

St. George (Kavallerie, Ritter, Herpes) nimmt den Helm ab und schiebt seine in Kettenhandschuhen steckenden Finger durch die seidige, mittellange Pagenfrisur. Der Haarschnitt steht ihm nicht, und er trägt ihn nur widerwillig. Außerdem passt er irgendwie nicht zu seinen unrasierten Hängebacken und der großen Säuferknollennase.

Er mustert mich lange und mitleidlos. »Du hältst dich für tough, Kleine, aber das bist du nicht.«

»Ich komme gut klar.«

»Weißt du, worauf du dich da einlässt, Maud?«

Er wirft einen Blick über die Schulter, wuchtet dann den Sack hoch, bindet ihn auf und lässt den Inhalt auf den Tisch rollen. Die Teelöffel und die Untertassen bleiben unberührt von dem blutigen Kopf eines riesigen Reptils, der mit einem glasigen gelben Auge zu mir aufblickt, als er zur Ruhe kommt. In dem grinsenden Maul sind rasiermesserscharfe Zähne zu sehen. Die gegabelte Zunge reicht schlaff durch die Zuckerdose.

»Hab ich erlegt.« St. George zieht einen Lappen aus seinem Kettenhemd und wischt sich die Hände ab. »Gerissenes kleines Biest. Flink auf den Krallen.«

»Alle Achtung.«

»Könntest du das auch? Lüg mich jetzt nicht an, Maud, schau dir seine Zähne an.«

Ich zucke mit den Achseln. »Mit der richtigen Ausrüstung, einer Lanze und so.«

St. George stößt ein zynisches Lachen aus. »Du hast Mumm.« Dann stockt er und beugt sich vor, sein Gesicht todernst. »Den brauchst du auch: Ich habe deine Drachen gesehen.«

Er erhebt sich mit dem quietschenden Geräusch von Eisen auf Eisen, schlägt sich auf den Brustharnisch und wankt durch das Fenster des Coffeeshops davon. Auch der Reptilienkopf verblasst, zu allerletzt sein Grinsen. Es schwebt noch eine Weile in der Luft, alt und bösartig zwischen den schmutzigen Kaffeetassen.

Kapitel 14

Ich helfe Renata beim Füllen der Blätterteigpasteten. Von Zeit zu Zeit beobachten wir Sam durch die Durchreiche. Er kniet auf dem Boden und repariert Renatas Videorekorder; er hat den Fernsehapparat aus dem Schrank gezogen und flucht leise. St. Valentine steht hinter ihm und gibt aufmunternde Bemerkungen von sich, die er nicht hören kann.

Heute hat Renata Sam eine Geschichte von einem Jungen aus Rotherhithe erzählt. Einem Jungen, der von klein auf das Flüstern von Nylonstrümpfen liebte, das himmlische Zwicken eines BH-Trägers und die seidige Wonne eines Unterrocks. Einem kleinen Jungen, der Trost fand in Make-up und dem Kitzel, sich ungeniert herauszuputzen. Der es genoss, die Hände zu bewegen, die Hüften zu schwingen und beim Sprechen die Stimmlage ausgiebig zu modulieren. Es war die Geschichte eines Jungen, der nach vielen Irrungen und Wirrungen zu einer kreativen, doch geschmackvoll dezenten Frau heranwuchs.

Ich schaue auf Renatas mit Glitter betupfte Wangenknochen, während sie ihr Kopftuch in Ordnung bringt. Heute Abend entspannt sie in Korkschuhen mit hohem Keilabsatz und einem kaleidoskopischen Viskosekaftan. Sam ist inzwischen ein alter Freund, deshalb verzichtet sie auf die Perücken.

»Und wie hat Sam auf deine Geschichte reagiert?«, frage ich, während ich eine nicht identifizierbare Füllung in ihre Blätterteighülle schaufele.

»Er hat mir erzählt, dass er mit fünf Jahren zum ersten Mal ein Auge auf den Badeanzug seiner großen Schwester geworfen hat. Rot gepunktet, mit Rüschenröckchen und Nackenverschluss.« Renata lächelt. »Er hat gesagt, dass es ein wahnsinnig süßes Teil war, und wenn er es hätte haben können, hätte er es auf der Stelle an- und nie wieder ausgezogen.«

»Gute Antwort.«

»Er hatte in seiner Kindheit ein sehr enges Verhältnis zu seiner Schwester.«

»Hat er das gesagt?«

»Das ist offensichtlich. Deshalb hat er so einen guten Kontakt zu seinem Yin.«

Wir sehen zu, wie Sam auf die Rückseite des Fernsehers kriecht. St. Valentine zeigt auf Sams Hinterteil, sieht mich an und hebt anerkennend einen Daumen.

Ich ziehe die Augenbrauen hoch und schnippele die Frühlingszwiebeln.

Ich erzähle ihnen von Mary Floods Porträt auf dem Flur in der ersten Etage, dem weißen Schlafzimmer und den Kleidern im Anziehraum. Ich erzähle ihnen nicht von dem Lied, das eine Mädchenstimme im Flur gesungen hat, ein halber Satz: hoch und rein, traurig und wehmütig. Auch nicht von den in Staub geschriebenen Buchstaben. Oder dass ich wie eine Irre aus dem Schlafzimmer gerannt bin.

Drüben an der Anrichte mixt Renata einen Staten Island Ferry und runzelt die Stirn.

St. Valentine scheint sich dagegen so richtig wohlzufühlen. Er lümmelt sich auf dem Kaminvorleger, und sein Heiligenschein flammt dann und wann mit einem rauchigen orangefarbenen Licht auf.

Renata kostet ihren Cocktail mit einem harten Blick in meine Richtung. »Und mehr ist nicht passiert?«

Ich höre auf, an den Nägeln zu kauen.

»Keine Spur von Maggie Dunne?«

Ich schüttele den Kopf.

St. Valentine kratzt sich nachdenklich am Kinn. »Sie wird schon vor langer Zeit abgemurkst worden sein.« Seine Augen wandern zum Bücherschrank, wo Renatas Kriminalromane in ihren schäbigen Schutzumschlägen schlummern. »Ihr werdet die Kleine nie finden. Er wird sie in irgendeiner dunklen Ecke versteckt haben.«

Renata nimmt Platz. »Also, können wir aus Mary Floods Kleidern irgendwelche Schlüsse ziehen?«

St. Valentine springt auf. »Sie ist wahrscheinlich im ganzen Haus verstreut, das arme Mädchen. Füße im Keller. Hintern im Schlafzimmer, Skalp unterm Dach.«

Ich werfe ihm einen durch und durch angewiderten Blick zu. Er antwortet mit einem Augenzwinkern.

»Ich hätte nicht gedacht, dass Mary Flood so eine Garderobe hatte. Ich meine, das waren keine Alltagskleider.«

»Sie hat sich gern schick gemacht, alle Achtung.« Renata gießt noch etwas mehr Rum in ihren Cocktail und setzt sich, das Glas in der Hand. Ich frage mich, ob sie ein bisschen betrunken ist. »Also, halt schön die Augen auf.«

»Augen sind übrigens eine Delikatesse.« St. Valentine grinst.

»Es werden weitere Hinweise auftauchen.« Renata spitzt die Lippen. »Mary wird uns nicht enttäuschen.«

»Jetzt reicht's mit dem Small Talk«, murmelt St. Valentine. »Erzähl ihnen von der Bestechung.«

»Das überrascht mich nicht«, sagt Sam. »Gabriel Flood ist ein übler Bursche.«

»Du kennst ihn?«, fragt Renata.

»Ich hab ihn mal vom Grundstück gejagt. Flood senior hat gesagt, er wäre ein Betrüger.« Sam blickt grimmig. »Gabriel Flood hat sich dann bei der Agentur über mich beschwert.«

Renata nickt. »Dann solltest du bei Gabriels Plan mitspielen, Maud. Oder ihm zumindest vormachen, dass du nicht abgeneigt bist, finde ich.«

»Das sehe ich auch so«, sagt Sam. »Mach ihn dir nicht zum Feind.«

Ich entscheide mich dafür, nicht zu antworten.

St. Valentine, der im Schneidersitz dahockt und in seinen noch verbliebenen Zähnen stochert, meldet sich zu Wort. »Du hättest sein Geld nehmen sollen, Augenstern. Hat er nicht gesagt, du sollst es einstecken?« Er zeigt mit seinem Zahnstocher auf mich. »Wonach sucht er eigentlich?«

»Mich würde interessieren, was er aus dem Haus haben will«, murmele ich.

Renata blickt nachdenklich. »Mr Floods Versicherungspolice, auf die ist er scharf. Der Alte hat gesagt, sein Sohn könnte ihm nichts anhaben, dass er was gegen ihn in der Hand hat.«

»Ich traue Gabriel nicht über den Weg. Ich habe noch kein ehrliches Wort von ihm gehört.«

Renata wendet sich an Sam. »Maud erkennt jeden Lügner, selbst einen sehr guten. Deshalb mussten wir aufhören, Poker zu spielen.«

»Stimmt das?«, sagt Sam mit einem Lächeln.

»Selbst hiermit.« Renata zeigt mit einer Hand auf ihr Gesicht. »Undurchschaubar.«

Sam lacht. »Du willst Gabriel also nicht ins Haus lassen, Maud, verständlich. Aber wenn du mit dem Alten tagsüber was unternehmen würdest, könnten wir uns vielleicht mal umschauen.«

»Wir?«

»Na ja, ich. Im Interesse der Nachforschungen«, fügt er hinzu.

St. Valentine hört auf, in den Zähnen herumzustochern. »Das ist ein Plan.«

»Es wäre nicht richtig«, sage ich, ehe ich es mir anders überlegen kann. »Ohne Mr Floods Erlaubnis kann ich niemanden ins Haus lassen.«

St. Valentine verdreht die Augen.

»Ich verstehe, dass du das so siehst, Maud.« Sams Gesichtsausdruck ist entspannt, vernünftig. »Aber würde eine rasche Durchsuchung des Hauses nicht Klarheit schaffen?«

»Obwohl ich oft anderer Meinung bin als sie, Maud hat recht.«

»Danke, Renata.«

»Und sie wird sich auch nicht umstimmen lassen, Sam. Sie ist unglaublich integer, wenn sie nicht gerade Poker spielt.« Renata richtet ihr Kopftuch. »Es stellen sich uns also drei Fragen: Was hat der Alte gegen seinen Sohn in der Hand, was ist in dem Haus, das Gabriel so dringend in seinen Besitz bringen will, und was haben die Floods mit dem Verschwinden von Maggie Dunne zu tun?«

Ich nehme ein kleines viereckiges Bündel aus meiner Handtasche, binde es auf und breite die Messe-Karten auf dem Couchtisch aus.

»Vielleicht bringen die uns ja die Erleuchtung. Versuch doch mal, aus einer ganz anderen Sorte Karten zu lesen, Renata.«

Sam blickt auf den Notizblock in seiner Hand. »So, jetzt haben wir's. Die Messe-Karten wurden von vier verschiedenen Kirchen in London und von zweien im Südwesten Englands, vor allem Dorset, ausgegeben. Die früheste Karte im März 1977 und die letzte Karte im Januar 1990, wenige Wochen vor Mary Floods Tod.« Er blickt zu mir hoch. »Wir sind uns alle einig, dass die meisten Messen in zwei Kirchen gehalten wurden.«

Renata nickt. »St. Joseph's, East Twickenham, und Our Lady of Lourdes, Wareham.«

Sam fährt fort. »Die meisten Messen für Gabriel fanden zwischen August 1985 und Januar 1990 statt. Viele an aufeinanderfolgenden Tagen oder sogar am selben Tag in verschiedenen Kirchen.« Er blickt uns an. »Außerdem fanden zwischen 1977 und 1990 eine Reihe von Messen für Marguerite statt.«

»In Our Lady of Lourdes«, fügt Renata hinzu.

»Wir haben mühsam die Unterschriften der Priester entziffert, die diese Karten ausgegeben haben: Father Quigley und Father Creedo.«

»Gut«, sagt Renata. »Dann fangen wir mit diesen beiden Priestern an und finden raus, was sie uns erzählen können.«

Sam legt den Block hin. »Ich übernehme Father Quigley.«

»Nein«, sage ich, »ich mache einen Abstecher auf dem Weg nach Hause.«

Sam lächelt. »Maud, lass mich das machen. Wir sind doch ein Team, oder?«

St. Valentine dreht sich um und stützt sich auf einen Ellbogen. »Na los, Maud«, sagt er mit einem anzüglichen Grinsen. »Ihr seid doch ein Team, oder?«

»Schon gut, Sam«, murmele ich grimmig. »Ich habe Erfahrung im Umgang mit Kirchenmännern.«

Kapitel 15

Die Altersflecken bewegen sich in Cathal Floods Gesicht. Sie rutschen ihm die Nase runter und gleiten unter sein Kinn. Sie überqueren die Schläfen und treffen sich zwischen den Augenbrauen, bilden flatternde Schmetterlingsflügel-Muster und Gottesanbeterinnen-Formen. Er grinst, ein geriatrisches Rorschach-Bild, und hebt einen Finger an die Lippen. Dann dreht er mir den Rücken zu und schwenkt die Arme, und schon bald ist weit mehr in Bewegung als nur sein Gesicht.

Rings um ihn herum beginnen Gegenstände zu zucken und zu beben; anatomische Wachsmodelle und kaputte Lampenschirme erheben sich in die Luft, gefolgt von jaulenden Katzen und kreiselnden Spinnen. Glasgefäße hüpfen vorbei, gefüllt mit aufgerollten Botschaften oder zappelnden Augäpfeln oder Schlachttierknorpeln. Milchflaschendeckel und Sardinenbüchsen blinken und drehen sich wie Sternbilder. Erschreckende Tierpräparate hoppeln, trotten und flattern mittels seltsamer mechanischer Vorrichtungen vorbei. Abscheuliche Mischwesen aus Bauernhöfen und Zoos setzen sich in immer neuen Variationen in der Luft zusammen. Fotos von rothaarigen Kindern entzünden sich von allein und fallen glimmend in ein Springbrunnenbecken, wo eine scheue Nymphe sich nicht eine Muschel, sondern einen Totenschädel ans Ohr hält. Sie zwinkert wissend und trinkt daraus. Zeitungsausschnitte beteiligen sich an dem Spektakel, tanzen um den Springbrunnen herum Walzer, knüllen sich selbst ganz klein zusammen und entfalten sich wieder, und auf jedem ist das Foto eines lächelnden blonden Schulmädchens zu sehen.

Inmitten des Ganzen steht Cathal Flood mit nassem Hosenboden und dirigiert.

Eine Frau in einem gelben Kleid fliegt darüber hinweg, ihr Gesicht in Flammen. Sie dreht den Kopf mit schnellen, ruckartigen Bewegungen. Keine Augen, kein Mund, nur eine Maske aus Flammen, die bei jeder Bewegung flackern und Funken sprühen. Sie sucht nach irgendetwas. Sie entdeckt den alten Mann, verharrt in der Luft, stürzt sich dann mit den Füßen voran herab, die Zehen wie Krallen gebogen.

Ich setze mich im Bett auf. In ein paar Stunden ist es Zeit zum Aufstehen. Ich werde nicht wieder einschlafen, das weiß ich. St. Dymphna ist nirgends zu sehen. Wenigstens etwas.

Als ich aus dem Bus steige, denke ich an Mr Floods energische Warnung, an die Konsequenzen, mit denen er mir gedroht hat, falls ich je wieder irgendwo hingehe, wo ich nichts zu suchen habe, und sei es nur, um eine Burma-Katze zu retten.

Dann ist Schluss.

Und was, wenn Maggie Dunne noch am Leben ist? Versteckt in irgendeinem staubigen Winkel des Hauses, auf dem Dachboden oder im Keller?

Maud Drennan, Maggie Dunnes letzte Hoffnung.

Wenn ich sie nicht finde, dann findet sie niemand.

Ich werde so oder so Blut an den Händen haben.

Maggies oder Becketts. Ich kann's mir aussuchen.

Ich werde weder Maggie noch Beckett retten: Die hintere Tür ist verbarrikadiert.

Sie geht nur die paar Zentimeter auf, die ihr die Sicherheitskette gewährt, gerade so weit, dass ich ins Haus schreien kann. Also rufe ich eine Weile, und als ich mich wieder aufrichte, steht Mr Flood hinter mir. Er hat meine Handtasche aufgehoben und kramt in ihr herum. Er trägt einen Regenmantel über einem mit Farbe bespritzten Pyjama. Sein weißes Haar steht ihm senkrecht vom Kopf ab.

»Was ist denn los, Mr Flood?«

Er blickt mich an und schnippt meine Buskarte in den Schmetterlingsflieder.

»Stellen Sie meine Tasche hin, Mr Flood.«

Er bleckt seine Zahnprothese mit einem trotzigen Grinsen und wühlt weiter in meiner Tasche, nimmt einen Lippenstift heraus und wirft ihn über den Geräteschuppen.

Irgendwo tief in mir ist sicherlich so etwas wie Wut, aber in diesem Job stumpfen normale Reaktionen ab. Deshalb setze ich mich auf die Türstufe und hole eine halbe Rolle Hustenbonbons aus der Tasche meiner Fleecejacke. Ich halte sie ihm hin.

»Menthol-Eukalyptus?«

Er hört auf zu kramen und sieht mich an.

Ich quetsche ein Bonbon aus der verwitterten Rolle. »Die waren zwar schon ein paarmal in der Waschmaschine, schmecken aber noch prima.«

Er sinkt ein bisschen in sich zusammen. »Ich will Sie nicht hierhaben. Machen Sie, dass Sie wegkommen. Na los. Verschwinden Sie.«

»Was ist mit meinem Porträt? Sie haben gesagt, Sie würden mich heute malen. Schauen Sie. Haare hochgesteckt, sogar gebürstet.«

Ich pule das Papier von dem Bonbon; es verströmt einen alten Duft. Ich stecke es in den Mund, es schmeckt eigenartig nach Teer.

Er lässt die Tasche mit einem plötzlichen Ausdruck nobler Beschämung fallen, wie ein wilder Bär, der beim Stehlen von Junkfood aus einem Müllcontainer erwischt wird.

Ich klopfe neben mir auf die Stufe. »Setzen Sie sich.«

Einen langen Moment sieht er mich an, die gewaltigen Hände zu Fäusten geballt, die arktisch blauen Augen leuchtend unter gesenkten Brauen.

Dann lässt er sich zu meiner Überraschung und mit beträchtlicher

Mühe auf die Stufen nieder und streckt die sehr, sehr langen Beine vor sich aus. Seine Pyjamajacke ist falsch zugeknöpft, sodass sein Bauch zu sehen ist, so weich und fahl wie die Unterseite eines Fisches. Ein starker Geruch nach ungewaschenem Körper entströmt ihm, so stark, dass er es mit der medizinischen Intensität eines alten Hustenbonbons aufnehmen kann. Ich atme durch den Mund. Er nimmt mir die Rolle aus der Hand und steckt sie in die Tasche seines Regenmantels.

»Ich hab Sie mit ihm gesehen«, sagt er. »Sie stecken mit ihm unter einer Decke, Sie hinterhältiges Luder. Sie stecken mit denen allen unter einer Decke.«

Ich sehe ihn an: Seine Hände zittern, und er hat Speichel an Lippen und Kinn.

»Unter einer Decke mit wem?«

»Dem fetten Schleimer.«

»Wie kommen Sie darauf?«

»Er hat Sie um den Finger gewickelt. Wahrscheinlich haben Sie schon die Beine für ihn breit gemacht.« Ich spüre seinen Atem an meiner Wange, die Drohung in seinem tiefen Knurren.

»Dann lass ich mich aber leicht um den Finger wickeln. Er hat mir bloß geholfen, den Müll rauszutragen.« Ich spucke das Bonbon in meine Hand und wickele es wieder in das Papier ein.

»Er war hier, um Sie zu bitten, mich auszuspionieren, und Sie haben Ja gesagt.« Seine Stimme fällt in einen Singsang. »*Oh ja, ich spionier den alten Idioten für dich aus*, hinterfotzig, wie Sie sind. Und er macht laufend bei der anderen Meldung.«

»Bei welcher anderen? Biba?«

Mr Flood stößt ein lautes Heulen aus. »Tun Sie bloß nicht so. Sie sind hier, um mich auszuspionieren.«

Ich hebe eine Hand. »Schluss jetzt, beruhigen Sie sich und reden Sie mit mir. Es ist noch zu früh am Morgen, um rumzuschimpfen. Menschenskind, ich hab noch nichts im Magen außer diesem Hustenbonbon.«

Er schüttelt den Kopf, und dann sehe ich, dass er weint, und plötzlich tut mir der Alte leid. Es ist nun mal schwer, einen alten Mann weinen zu sehen. Er schaut weg, wischt sich mit dem Mantelärmel die Augen.

An den Mülltüten raschelt es, und Larkin kommt schnuppernd, leichtfüßig, die Ohren aufgestellt.

Mr Flood gibt kleine, leise Laute von sich, während er schluchzt.

Der Fuchs traut sich noch näher, berührt mit seiner spitzen Schnauze fast Mr Floods ausgestreckte Hand, hin- und hergerissen zwischen Weglaufen und Bleiben. Das sehe ich in seinem hübschen rotbraunen Gesicht, das er dem alten Mann zuwendet.

»Ich bin keine Spionin«, sage ich sanft. »Ich bin bloß hier, um einen Teil von Ihrem ganzen Kram auszumisten, damit Sie nicht lebendig begraben werden, und um Ihnen so lange damit in den Ohren zu liegen, endlich eine frische Unterhose anzuziehen, bis Sie es tun.«

Mögen Gott und alle Heiligen mir vergeben, dass ich den Alten nach Strich und Faden anlüge.

Mr Flood zuckt mit den Achseln und versucht dann vergeblich aufzustehen. Ich biete ihm einen Arm an. Schließlich steht er und sortiert seine klapprigen Knochen. Füße nach außen gedreht, Beine dünn wie Stelzen, Schultern herabhängend, als würden sie vom Gewicht seiner großen knorrigen Hände nach unten gezogen. Die hohle Brust und der Wackelkopf mit der riesigen Kinnlade und der finsteren Stirn. Als er festen Stand hat, tätschelt er mir die Schulter und humpelt Richtung Wintergarten davon. Larkin flitzt hinter einer umgekippten Schubkarre hervor und läuft auf tänzelnden Pfoten voraus, schaut mit seinem aufgeweckten Gesicht nach hinten zu Mr Flood.

Der alte Mann bleibt stehen und dreht sich zu mir um. »Und sagen Sie Cathal zu mir.« Er legt die Stirn in Falten. »Kommen Sie denn nun, Sie kleine Klugscheißerin?«

Beckett wird noch ein Weilchen länger auf seine Freiheit warten müssen.

Cathal führt mich durch eine schwere Eisentür in den Wintergarten, schließt die Tür sogleich wieder hinter uns ab und steckt den Schlüssel in die Manteltasche. Er geht zu einer Tür auf der anderen Seite des Wintergartens und verschwindet durch sie, sodass ich zurückbleibe und den Raum aus Glas erkunden kann.

Eingeschlossen wie eine Spinne in einem Einmachglas.

Die Morgensonne erhellt den Raum. Die oberen Scheiben sind mit Algen bewachsen, sodass ich mich fühle wie in einem Aquarium. Durch die unteren Fenster fällt milchigeres Licht, da sie weiß getüncht sind. Die Wirkung insgesamt ist so, als würde man vom Grund des Meeres nach oben schauen. Ein feuchter, mineralischer Geruch liegt in der Luft, mit einem Anflug von Leinöl und Terpentin.

Die vollkommene Schönheit des Wintergartens hat durch die Jahre des Verfalls nichts von ihrer Anmut eingebüßt. Ein mit Schmiedeeisen gezeichnetes Achteck. Ich kann mir den Raum noch immer in seiner viktorianischen Glanzzeit vorstellen, mit Palmen und Korbsesseln und rankenden Orchideen. An der Kuppel hängt eine kunstvolle Lampe, deren Glaskugeln größtenteils intakt sind, wie kleine cremefarbene Monde.

Ich bin umgeben von Leinwänden, die ringsum an den Wänden lehnen, mit Spinnweben bedeckt und von Schimmel überzogen. Alle sind mit leuchtenden Farben bemalt, als würden sie Licht speichern, das stark genug ist, um die Schatten wegzubrennen. Aber die Schatten sind nicht weg, sie sind da, im Innern der Motive.

Sie lösen ein seltsames Gefühl in mir aus, diese Gemälde.

Sie sind wie sonnige glückliche Szenen wenige Sekunden vor einer Katastrophe. Die Fahrt in einer Achterbahn, an der eine Schraube locker war, der Tag am Strand, bevor der Tsunami kam, die gemächliche Ruderpartie auf der Themse vor dem Kentern, dem Kampf und dem Sog nach unten.

Auf vielen von ihnen streift ein Fuchs mit funkelnden honiggelben Augen umher. Sein Fell ist akribisch in Schattierungen von Krappbraun und Indischrot gestaltet, oben rau und vorn mit einem weichen schneeweißen Lätzchen. Vielleicht ist es Larkin oder einer von Larkins Vorgängern.

Ein Gemälde springt mir ins Auge: das Bild einer rothaarigen Frau in einem gelben Kleid. Sie hat einen kleinen Jungen an der Hand und blickt von ihm abgewandt auf die Blume, die sie in der anderen Hand hält, mit sonnengelber Mitte und weißen Blütenblättern. Das Gesicht des Jungen ist nur mit einigen schnellen Pinselstrichen angedeutet, ein Gewirr von Haaren, eine finstere Miene. Aber das Gesicht der Frau ist in vollkommener leuchtender Detailgenauigkeit dargestellt. Es ist absolut entspannt, durchdrungen von dem Frieden und der Schönheit eines langen Sommertages, beruhigt und bezaubert vom Wetter und der Natur um sie herum. Das Gemälde zeugt von der gleichen feinen Pinselführung wie das Porträt oben im Flur, aber diese Frau ist ganz anders. Sie ist so hell, wie die andere Frau dunkel ist.

Und sie ist schön, mit einer ruhigen, beiläufigen Art von Schönheit. Ein zarter Hauch Farbe liegt auf den Lippen und Wangen, auf den Nasenflügeln und den hellen, langen, geschwungenen Augenbrauen. Das nach hinten gekämmte Haar fällt ihr um die Schultern; eine Strähne weht ihr übers Gesicht. Und es brennt, ihr Haar, im Gegenlicht des ersterbenden Feuers der Sonne, die in einem warm fließenden Streifen auf der Wiese hinter ihr untergeht. Im Hintergrund steht ein blau-cremefarbener Wohnwagen.

Nur das Kind in der offenen Tür fehlt.

Wir ziehen einen Sessel aus der Ecke des Wintergartens und breiten einen alten Vorhang darüber, und Cathal stellt gegenüber eine Staffelei und einen aufgebockten Tisch auf.

Er deckt den Tisch mit der Präzision eines Chirurgen. Er packt eine Kiste mit Glasflaschen aus, die allesamt ein mit Bleistift beschriebenes Etikett aus einem Streifen Kreppband haben. Im Nu liegen auf dem Tisch eine Palette mit winzigen Würmern Farbe darauf, ein sauberes Palettenmesser und akkurat aufgereihte Pinsel. Cathal verschwindet wieder in den anderen Raum, kommt mit einer Leinwand heraus und schließt rasch die Tür hinter sich.

Er winkt mir, mich in den Sessel zu setzen.

»Mary ist sehr schön auf dem Gemälde«, sage ich. »Das ist doch Mary, oder nicht?«

Er folgt meinem Blick. »Sie wollte den Jungen mit drauf haben. Er hat zu viel rumgehampelt.«

»Die Vorlage dafür war ein Foto. Maud und Gabriel in Langton Cheney.«

Er geht nicht darauf ein, hantiert an den Flügelschrauben der Staffelei-Beine.

Ich merke, dass ich zittere. Ich bin voller Adrenalin und bereit, jederzeit abzuhauen, denke mehr an Flucht als an irgendwas anderes. Aber die Tür ist abgeschlossen. Ich könnte durch das Glas brechen, mit einem Arm schützend über dem Kopf wie ein Stuntgirl. Oder ich könnte Anlauf nehmen und mich aus dem offenen Oberlicht schwingen. Aber dafür bräuchte ich einen Elastan-Anzug und die Sprungkraft einer Akrobatin.

»Ich habe das Foto in der Küche gefunden.«

Cathal blickt mich mit einem Ausdruck gelangweilter Verwirrung an, als würde ich ihm andauernd Fragen in einer ihm unverständlichen Sprache stellen. »Es gibt keine Fotos von Mary.«

»Doch, eins.«

»Wo denn?«

Auf Renata Sparks Couchtisch in einem Plastikbeutel mit der Aufschrift *Beweisstück 2*. »Es war schwer beschädigt.«

»Ach ja«, sagt er desinteressiert.

»Ihr Gesicht war aus dem Foto rausgebrannt.«

»Wirklich?« Sein Tonfall ist ausdruckslos, nicht überrascht. »Tja, typisch Mary.« Er nimmt ein Stück Zeichenkohle. »Sie hat sich auf Fotos nie gefallen.«

»Mary hat ihr Gesicht aus Fotos rausgebrannt?«

»Lehnen Sie sich zurück und legen Sie den Kopf auf den Arm. Heben Sie die Augen – nicht das Gesicht, die Augen.« Er macht eine entsprechende Geste hinter der Staffelei. »Halten Sie die Klappe und hören Sie auf, die Kinnlade zu verkrampfen. Gott, Sie haben ein ganz schön kräftiges Kinn.«

Ich bewege mich im Sessel, drehe mich für ihn mal hierhin, mal dorthin. Ich habe zwei Gedanken, die sich ein Kopf-an-Kopf-Rennen liefern: Glaube ich ihm? Glaube ich ihm nicht?

Ich sehe ihn an, wie er die Zeichenkohle hochhält, mit zusammengekniffenen Augen. Wie er in seinen Latschen und dem Regenmantel herumschlurft, mit zu Berge stehenden Haaren, wie ein wilder alter Druide, der irgendein vergessenes Ritual ausführt. Oder ein Schwindler von Zauberer, der sich während der Vorstellung seine Tricks ausdenkt.

Kurz entschlossen spreche ich es aus: »Ich habe auch ein Foto von zwei Kindern gefunden; Gabriel und ein kleines Mädchen, die neben dem Springbrunnen stehen. Das Gesicht von dem Mädchen war genauso weggebrannt wie bei Mary.«

Keine Antwort.

»Wer ist das Mädchen?«

Er starrt stirnrunzelnd auf die Leinwand. »Keine Ahnung.«

»Mary hat also auch aus dem Foto das Gesicht gebrannt? Und dann auch noch den Namen der Kleinen auf der Rückseite durchgestrichen?«

»Jetzt zappeln Sie mal nicht so.« Er hält die Zeichenkohle hoch. »Wie gesagt, sie hat so was gemacht, wenn ihr danach war. Mary hatte es mit den Nerven.«

»Soll heißen?«

»Sie hat sich Sachen eingebildet.«

»Was für Sachen?«

»Jetzt halten Sie doch endlich die Klappe, bis ich Sie gezeichnet habe«, knurrt er.

Ich sitze stumm da, lausche auf das Klatschen von Cathals Latschen, während er in einem einseitigen Tanz mit der Staffelei mal vor-, mal zurückgeht.

Außerhalb dieser seltsamen Unterwasserlicht-Welt findet das Leben statt. Busse und Autos fahren hin und her, Menschen gehen einkaufen. Zig Millionen Meilen weit weg. Das Teufelsdreieck südlich von Bermuda ist einfach verpflanzt worden; es ist jetzt hier in West London. In Bridlemere sind Navigationsinstrumente kaputt, und die Logik versagt. Uhren bleiben stehen, und Telefone funktionieren nicht, und tote Gegenstände sind besessen. Nicht mal ein Heiliger würde die Schwelle überschreiten.

Und ich sitze hier, eingeschlossen in einem Raum aus Glas mit einem grantigen alten Riesen, der vielleicht ein Mörder ist oder sogar noch Schlimmeres, aber vielleicht auch nicht. Falls er ein Mörder ist, schlägt er mich vielleicht mit der Staffelei tot oder schneidet mir mit dem Palettenmesser die Kehle durch.

Aber wieso habe ich mit meinen Fragen an ihn gewartet, bis ich in einem Aquarium eingeschlossen bin?

Vielleicht, weil es beweist, dass ich ihm vertraue und nicht glaube, dass er mich abschlachten wird?

Er schaut auf, ein kurzer, scharfer Blick unter seinen struppigen Brauen.

Ich könnte Renata glauben: dass dieser Mann seine Frau und sehr wahrscheinlich ein Schulmädchen aus Dorset kaltgemacht hat. Ich könnte Sam glauben: dass ich das Opfer irgendeines schlechten Scherzes bin und mich lieber vom Acker machen sollte. Ich könnte Gabriel glauben: dass er sich nicht daran erinnert, irgendwann in einem Winter mit einem kleinen Mädchen, das die gleichen feuerroten Haare hatte wie er, für ein Foto posiert zu haben.

Ich könnte Cathal glauben: dass Mary es an den Nerven hatte und Gesichter aus Fotos entfernte.

Ich könnte es versuchen.

Wenn da nicht die Buchstaben im Staub eines leeren Schlafzimmers und die knallenden Türen und die singende Mädchenstimme wären. Wenn ich nicht bei jedem Gedanken an Mary Flood und Maggie Dunne ein stechendes Gefühl im Magen hätte.

»Ist Mary wegen ihrer Nervenprobleme behandelt worden?«

Cathal macht einen schwungvollen Strich auf die Leinwand und tritt zurück. »Allerdings, ja, danke. Halten Sie jetzt bitte still?«

Er kann nichts dagegen haben, dass ich die Augen bewege, also schaue ich auf das Gemälde über der Tür. Ich denke an das Kind, das in der gemalten Szene fehlt. Die Wohnwagentür ist fest geschlossen. Und dann sehe ich sie, die Bedeutung in dem Bild.

»Was für eine Blume ist das, die Mary da in der Hand hält?«

Er wirft einen kurzen Blick auf das Gemälde. »Keine Ahnung.«

»Ist das nicht eine Margerite?«

»Wenn Sie das sagen.«

Könnte es etwas anderes sein? »Hat sie eine besondere Bedeutung? Klingt doch so ähnlich wie ein Mädchenname, oder? Marguerite?«

Er sieht mich an, mit leerem Gesicht. »Die hat keine Bedeutung. Ist bloß eine Blume.«

Es ist ein seltsames Gefühl, von Cathal Flood gemalt zu werden. Mit einem unbewusst prüfenden Blick taxiert zu werden. Er späht oft aus einem zusammengekniffenen Auge, verzieht häufig das Gesicht und wirkt manchmal belustigt, wenn seine Brauen hochschnellen. Aber dieses Spiel der Emotionen geschieht automatisch, da bin ich mir sicher. Völlig unbewusst, wie die Mimik eines schlafenden Babys.

Ich frage mich, wie er mich sieht. »Wie sehe ich aus, in Ihrer Zeichnung?«

»Wie ein dunkeläugiger Terrier. Mund halten.«

»Das klingt aber nicht sehr schmeichelhaft.«

Er lächelt. »Sie sehen aus wie ein Wesen, das Zaunpfähle ausbuddeln würde, wenn Ihnen danach wäre.«

Wir schweigen eine Weile. Der Schatten einer Wolke treibt vorbei, trübt das Licht von oben.

»Wie wär's mit einer Geschichte?«, frage ich. »Sie könnten mir eine Geschichte erzählen, während Sie mich zeichnen. Zum Zeitvertreib.«

»Könnte ich.«

»Sie könnten mir eine Geschichte über Mary erzählen.«

Ich wappne mich innerlich gegen die Explosion, das Gebrüll und das Fingerzeigen. Seine Miene ist die von jemandem mit chronischen Verdauungsbeschwerden, doch zu meiner Überraschung geht das rasch vorüber.

»Immer diese Ansprüche. Aber es wird nicht nachgebohrt. Ich erzähle, was ich erzähle.«

»Versprochen.«

Ich warte, lausche dem Klang seines Pinsels, der sich mit einem leisen Schaben bewegt, über die Textur der Leinwand streicht. Mr Flood scheint sich gerade auf die Linie von meiner Schulter zum Handgelenk zu konzentrieren.

»Das erste Mal ist mir Mary auf der Leichenfeier nach der Beerdigung ihres Mannes aufgefallen«, sagt er.

»Ernsthaft?«

Er nickt. »Sie war eine reiche Witwe von siebzehn Jahren, die gerade einen Mann, der fünfmal so alt war wie sie, zu Grabe getragen hatte. Es wurde gemunkelt, der alte Trottel wäre auf ihr abgekratzt.« Cathal lächelt grimmig. »Vor Überanstrengung.«

»Das ist furchtbar.«

»Sie waren noch kein Jahr verheiratet gewesen, und sein ganzes Vermögen ging an sie. Sie war sein Hausmädchen gewesen. Seine Kinder waren natürlich empört. Sie sagten, sie hätte den alten Trottel verhext.« Er sieht zu mir herüber. »Wenn er verhext war, dann von ihren Titten.«

»So was will ich nicht hören.«

»Die Kinder von dem alten Trottel waren also alle bei dem Leichenschmaus, mit langen Gesichtern, weil sie ihr Erbe an die kleine Witwe verloren hatten, die sie allesamt am Ende des Tages aus dem Haus haben wollte. Denn hatte sie nicht gesehen, wie die Kinder ihren alten Vater geschröpft hatten?« Er zieht ein gespielt trauriges Gesicht. »Oh, und hatte ihr das nicht wehgetan? Schließlich hatte sie den alten Lustmolch ja auf ihre Art geliebt. Konnten das denn nicht alle auf dem Leichenschmaus sehen? Wo ihre Augen doch ganz rot verweint waren?«

»Und was ist dann passiert?«

»Ich habe mit der kleinen Witwe getanzt, sie hat gespürt, wie sich ein wackerer junger Mann anfühlt, und wir haben geheiratet. Ich ohne einen roten Heller, denn mein Vater hatte mein ganzes Vermögen durchgebracht.« Er grinst. »Das große Haus wurde verkauft, und wir zogen nach London, wo wir richtig Furore machten.« Er verbeugt sich. »Ich war damals ein guter Fang, kaum zu glauben.«

Ich lächele.

»Wir waren die hübschen Floods. Sie war eine Königin mit ihrer würdevollen, uneitlen Schönheit. Die neureiche Tochter eines versoffenen Schmiedes.«

»Und Sie waren ihr König?«

»Nein. Ich war ihr Publikum.« Er lächelt mich verbittert an. »Sie hatte ein Gesicht, das man nie wieder vergisst. Die grünen Augen. Es lag eine große Frömmigkeit in ihren Augen, wenn sie aufschaute.«

Er legt seinen Pinsel hin, schlurft in eine Ecke des Raumes und sieht Leinwände durch. Er zieht eine heraus, kommt damit zurück und stellt sie nicht weit von meinem Sessel auf.

Auf dem Bild ist Mary sehr jung; sie trägt ein hochgeschlossenes, kurzärmeliges blaues Kleid und hat ihr flammend rotes Haar über eine Schulter gelegt. Ihre Augen sind abgewandt, blicken zum Himmel, wie die einer Heiligen. Ein junger Fuchs schläft zusammengerollt auf ihrem Arm, ein Knäuel aus Fell und Schnauze. Hinter ihnen, vor einem offenen Fenster, hockt eine Eule mit einem herzförmigen Gesicht und getüpfeltem Gefieder.

»Der Fuchs und die Eule«, murmele ich. »Haben Sie je von einem Mädchen namens Maggie Dunne gehört?«

Er geht zurück zu der Staffelei und nimmt seinen Pinsel. »Nein.«

»Sie ist im August 1985 aus einem Dorf namens Langton Cheney spurlos verschwunden. Sie war fünfzehn. Sie waren einige Jahre zuvor mit ihrem Wohnwagen dort.«

Er beugt sich über seine Leinwand. »Nie von ihr gehört.«

»Sind Sie sicher, Cathal?«, frage ich sanft.

»Wir sind fertig«, sagt er mit einer Stimme, die kaum mehr als ein leises Knurren ist. »Raus mit Ihnen, gehen Sie nach Hause.«

Seine Augen sind furchterregend, wölfisch, ein jähes ätzendes Blau. Einen Moment lang fürchte ich, dass er über seine Staffelei springt und mir an die Gurgel geht. Stattdessen blickt er weg, kramt den Schlüssel aus seiner Manteltasche und stakst zur Tür des Wintergartens.

»Ich soll gehen?«

»Das habe ich doch gesagt.«

»Aber Ihr Essen –«

»Raus, hab ich gesagt.« Sein Gesicht ist weiß, so verschlossen und hart wie eine Faust.

Ich protestiere nicht. Ich bin erleichtert, als ich hinaus in den Garten trete und höre, wie hinter mir abgeschlossen wird.

Ich gehe ums Haus herum zur Küchentür. Sie ist verriegelt.

Mir bleibt nichts anderes übrig, als den Heimweg anzutreten. Ich schaue am Haus hoch. Es gibt einen Balkon an einem Raum, bei dem es sich um das weiße Schlafzimmer handeln könnte. Wenn ich nur eine Leiter finden könnte – ein Schatten gleitet an einem der mit Zeitungspapier zugeklebten Fenster vorbei, und ein Auge erscheint an einem Guckloch.

Aber vielleicht bilde ich mir das bloß ein.

St. Monica (enttäuschende Kinder, Opfer von Ehebruch) wartet draußen vor dem Tor auf mich. Sie nickt knapp und geht dann neben mir her zur Bushaltestelle. Wir wechseln kein einziges Wort, denn sie scheint tief in Gedanken versunken. Sie ist eine versonnene, entrückte Heilige, die häufig mit den Gedanken abschweift und in die Ferne starrt. Sie hat Schatten unter den in sich gekehrten Augen und eine dünne, gequälte Linie von Mund, die Lippen zusammengepresst, als wollte sie verhindern, dass Fliegen hineingelangen. St. Monica würde etwas trist wirken, wäre da nicht ihr Gewand: Es ist cremefarben und schimmert freundlich hell.

Ich formuliere im Kopf Sätze über verschwundene Schulmädchen und über Ehefrauen, deren Unfalltode suspekt sind, merke aber, dass ich keinen von ihnen aussprechen kann. St. Monica scheint das zu verstehen, denn sie schaut dann und wann mit einem säuerlichen Lächeln zu mir auf.

An der Bushaltestelle ordnet sie mit mürrischer Geziertheit ihr Gewand um die Füße und blickt auf die Straße.

»Ich weiß nicht, was ich machen soll.«

St. Monica verdreht die Augen.

»Ist Maggie Dunne tot?«

St. Monica runzelt die Stirn.

»Wenn du es mir einfach irgendwie verraten würdest? Du musst es ja nicht laut sagen, wenn es gegen die Regeln ist. Du könntest zum Beispiel einmal husten für Ja, zweimal für Nein.«

St. Monica verschränkt die Arme und blickt enttäuscht.

Wir warten schweigend, und ich lausche nur für den Fall, dass sie doch noch beschließt zu husten.

Nach einer Weile sage ich: »Hast du vielleicht irgendeinen praktischen Rat für mich? Wie ich Maggie finden und die Katze retten kann?«

St. Monica starrt an der Bushaltestelle vorbei. Ein Muskel zuckt an ihrer Wange, und der Anflug eines Lächelns huscht über ihr Gesicht, als wäre ihr plötzlich eine tief vergrabene Erinnerung gekommen.

»Ich könnte in dem Haus ein bisschen Unterstützung gebrauchen«, sage ich. »Aber damit ist wohl nicht zu rechnen, was?«

St. Monica zuckt mit den Achseln. In der Geste liegt ein kolossales Desinteresse.

»War's das jetzt? Und ich bin bloß wieder um eine Erfahrung reicher?«

St. Monica, die Augen in irgendeine dunkle Ferne gerichtet, lächelt. Es ist kein nettes Lächeln.

Kapitel 16

Ich wusste nicht, mit wem Deirdre sich getroffen hatte, wer am Strand gewesen, wer nicht am Strand gewesen war, wer mit einem Auto vom Parkplatz gefahren war und welches Kennzeichen dieses Auto gehabt hatte.

Ich konnte mich nicht erinnern, was meine Schwester anhatte. Nur eines wusste ich ganz genau: Sie hatte eine rote herzförmige Lederhandtasche dabei.

Mammy ging von der Spüle zum Tisch und zeigte mit ihrer Zigarette auf mich und fragte, ob ich verdammt noch mal keine Augen im Kopf hätte.

Wir sahen uns erschrocken an, Mammy und ich. Ich hatte sie noch nie fluchen hören. Dann nahm sie den Aschenbecher und warf ihn.

Ich konnte Mammy nebenan weinen hören. Granny war bei ihr. Ich machte Hausaufgaben.

Die Polizistin hielt mir die Autotür auf. Ich setzte mich auf die Rückbank, und wir warteten, dass der Polizist aus dem Haus kam. Sie wollten mit mir zum Pearl Beach fahren, um zu sehen, ob das meinem Gedächtnis auf die Sprünge helfen würde.

»Machen Sie die Sirene an?«, fragte ich.

Die Polizistin lächelte nach hinten, ihre grünbraunen Augen müde und freundlich. »Das hier ist kein Notfall, Maud.«

Während der Fahrt stellten sie mir Fragen nach der Schule. Hatte ich mich inzwischen gut eingelebt?

Meine alte Schule war über drei Stunden weit weg, wo unser eigenes Haus war. Jimmy O'Donnell schaffte die Strecke in weniger als zwei, sagte ich zu den Polizisten. Die Polizisten wechselten Blicke. Dann fiel mir ein, dass ich Jimmy nicht mehr leiden konnte. Also hörte ich auf zu reden und guckte aus dem Fenster, sah zu, wie die nassen Wiesen und Felder vorbeiglitten.

Kapitel 17

Heute empfängt Renata mich nicht mit ihrem üblichen Begrüßungstänzchen, was nur eines bedeuten kann. Als ich am Küchenfenster vorbeikomme, höre ich zwei Stimmen: eine hohe keifende und eine erschöpfte monotone. Ich klingele an der Haustür.

Es wird vorübergehend still, dann trappeln Füße über die Plastikmatte in der Diele. Lillian öffnet die Tür. Sie hat den Kopf gesenkt, sodass ein fünf Zentimeter breiter grauer Haaransatz zu sehen ist. Sie will nicht, dass ich sie weinen sehe.

Ich bücke mich, um meine Schuhe auszuziehen, während sie sich sammelt.

»Ich komme nicht wieder«, verkündet sie mit rotem Gesicht und trotzig, die Augen verquollen von Zornestränen und Backofenreiniger. »Das war das letzte Mal.« Sie zeigt mit einem zittrigen Finger die Diele hinunter. »Das Etwas da drin, das ist unmenschlich. Es macht mich fertig.«

Sie hat ihre Bluse auf links an und wischt sich die Hände zerstreut an einem Kopfkissenbezug ab. Dann stopft sie den Kopfkissenbezug in einen der Wäschebeutel, die sie in der Diele aufgereiht hat, und zieht ihre Jacke an.

»Eines Tages, Gott steh mir bei, werde ich es im Schlaf umbringen. Ich werde es vergiften wie eine Ratte in einem Kleid.«

Sie nimmt die Wäschebeutel und geht, ohne sich noch einmal umzuschauen.

Renata sitzt am Küchentisch. Ihr Lippenstift ist verschmiert, genau wie eine ihrer Augenbrauen. Über ihrem Kimono trägt sie einen Mantel. Ich frage mich, ob sie wieder vorgehabt hat, aus dem Haus zu stürmen, oder sich einfach im Badezimmer eingeschlossen hat wie sonst immer. Bei einem Streit ist jemand mit Agoraphobie immer im Nachteil.

»Ich lasse die Schlösser austauschen und sperre sie aus.« Sie zupft an den Rändern ihres Kopftuchs. »Die kommt mir nie wieder ins Haus.«

»Das sagst du immer.«

»Sie wollte meine Zauberkostüme wegschmeißen.«

»Wieso das denn?«

»Sie sagt, das Ankleidezimmer ist feucht und sie kann keinen Handwerker reinlassen, wenn meine Nutten-Fummel da rumhängen.« Sie schüttelt den Kopf. »Dabei müsste da höchstens mal gestrichen werden.«

Ich folge Renata in einen Raum, der aussieht wie eine Mischung aus Bordell und Boudoir, mit einer Rokoko-Frisierkommode, perlenbesetzten Lampen und drei Kleiderschränken mit gewölbter Front. Renata schiebt einen Haufen Klamotten von einem Plüschsofa, und wir setzen uns und betrachten das Chaos.

Netzstrümpfe und Artistentrikots, Pelze und Korsagen, BHs und Federboas liegen verstreut auf dem Boden herum oder sind in Müllbeutel gepackt. Renatas Arbeitskleidung, die Kostüme, die sie auf ihren Tourneen mit Bernie Sparks trug, das schnell brennende, früh verlöschende Licht ihres Lebens.

»Gott, deine Taille«, sage ich und hebe ein schillernd grünes Kostüm auf. Eine mehrschichtige Tournüre betont das Hinterteil.

Renata lacht. »Und guck dir die Oberweite an.«

Das Kostüm ist für eine Mörderbrust geschneidert. Ich drehe es an seinem Bügel um. Noch immer füllt es ein Geisterbusen, spannt aufreizend die Nähte.

Im Raum hängt ein schwacher Duft von Showbusiness: Schweiß und Schminkstifte, angesengtes Haar und Bühnenstaub und sehr, sehr schale Träume. Ich halte ein Zirkusdirektor-Outfit hoch: ein Frack aus schwarzem Satin und ein Bustier. Eine paillettenbesetzte Fliege hängt aus einem Knopfloch.

»Das hab ich an dem Abend getragen, als Bernie in Weston-super-Mare auf der Bühne gestorben ist«, sagt Renata.

Ich sehe sie entgeistert an. »Bernie ist auf der Bühne gestorben? Das hast du mir nie erzählt.«

Sie nickt. »Während einer Asrah-Levitation.«

»Ach du Schande, war das die Todesursache?«

Renata lacht und schüttelt den Kopf. »Nein, das ist ein alter Trick. Der Zauberer hypnotisiert seine Assistentin, und sie legt sich hin, völlig weggetreten. Dann deckt er sie mit einem Tuch zu, und sie schwebt höher und höher in die Luft. Wenn er das Tuch wegzieht – ist sie verschwunden!«

»Hört sich schwierig an.«

»Drähte und ein Sideboard auf Rädern.«

»Ihr müsst gut gewesen sein, ihr habt ja davon leben können.«

»Mit Ach und Krach.« Sie wird ernst. »Wir waren an dem Abend mitten in der Nummer, als Bernie zusammenbrach.«

»Gott, wie schrecklich.«

Sie nickt abgeklärt. »Das Publikum hat nichts davon mitgekriegt. Als er umkippte, habe ich ihn blitzschnell gepackt und ins Sideboard bugsiert.« Sie zeigt darauf. »Oberste Schublade von der Frisierkommode, Darling.«

Ich nehme das gerahmte Foto heraus und setze mich wieder neben sie. Wir betrachten es. Renata in einem Korsett, knapp zwanzig, Wespentaille, Hände auf den Hüften. Sie lächelt spöttisch, und der Zylinder auf ihrem Kopf sitzt schief und keck. Rechts auf der Bühne ist ein kleiner Mann mit dem aalglatten Aussehen eines Taschendiebs. Er hat ein Auge zusammengekniffen und greift in sein Jackett.

Renata berührt das Foto. »Wenn du genau hinschaust, kannst du seine hohen Absätze sehen.« Sie lächelt. »Die Leute waren damals kleiner wegen der Rationierungen.« Sie wirft einen Blick in Richtung Kaminsims. »Du solltest mal fühlen, wie leicht Bernies Urne ist. Zum Erbarmen.«

Ich habe keineswegs die Absicht, Bernie Sparks' irdische Überreste in die Hand zu nehmen.

»Und was ist dann passiert?«, frage ich.

»Ich habe die Nummer zu Ende gemacht, kurzen Applaus geerntet und meinen Schatz von der Bühne geschoben.«

»Großer Gott.«

Wir sitzen eine Weile still da.

»Er fehlt dir noch immer, nicht wahr?«

Sie nickt. »Er war schwierig, wie das alle kreativen Künstler sind. Aber er hat immer zu mir gestanden, egal, ob ich Junge oder Mädchen war.«

»Und du hast nie Probleme gekriegt? Weil du als Frau gelebt hast, meine ich? Die Zeiten damals waren doch bestimmt nicht so tolerant, oder?«

»Du würdest dich wundern.« Sie denkt eine Weile nach. »Ich war sehr gut darin, aber jeder hat Angst davor, durchschaut zu werden. Entlarvt. Jeder hat so seine Geheimnisse.«

Ich sage nichts.

Sie klopft mir auf den Arm. »Weißt du, was ich vom Leben gelernt habe?«

»Was Tiefschürfendes?«

»Überhaupt nicht, was ganz Simples. Sei einfach aufrichtig, dann ergibt sich alles andere von allein.«

Ich denke darüber nach, riskiere dann eine Frage. »Glaubst du, Sam ist aufrichtig?«

»Ja.« Sie sieht mich aufmerksam an. »Das tue ich. Wieso fragst du?«

»Er scheint zu schön, um wahr zu sein, mit seinem Yin und so weiter.«

Sie lächelt. »Sam ist ein Juwel.«

»Du bist die Expertin.«

»Bei Männern überhaupt nicht, aber ich bin eine ausgezeichnete kriminalistische Assistentin.«

»Musst du dafür Netzstrümpfe tragen?«

Sie lacht. »Father Quigley von St. Joseph's ist aus Fuengirola zurück. Er war offenbar auf Exerzitien.«

»Echt? In Fuengirola?«

Sie zuckt mit den Schultern.

»Dann sollte ich ihn wohl mal besuchen.«

Kapitel 18

Ich sehe erst den Priester an und dann den Teller mit Keksen. Ich frage mich, wie viele ich nehmen soll oder ob ich überhaupt welche nehmen soll. Auf der Brille der Haushälterin sind verschmierte Fingerabdrücke. Die Frau hat was von einem Frosch an sich, klebrige Finger mit breiten Kuppen und große Augen, wie weich gekocht, die hinter trüben Gläsern blinzeln. Immer wieder schnellt kurz ihre Zunge heraus und leckt die Unterlippe, genau wie ein Frosch das macht. Die Luft im Haus des Priesters ist feucht und klamm, wofür ich die Haushälterin verantwortlich mache. Sie sieht aus, als würde sie in so einer Umgebung aufblühen. Ich frage mich, ob sie die Vorhänge mit Wasser einsprüht und die Teppichböden begießt. Ich vermute stark, dass die Kekse weich sind. Ich nehme einen, und ich habe recht.

Father Tom Quigley sieht mich besorgt an. »Damit ich Sie richtig verstehe, Maud. Sie sind gekommen, um mir Fragen zu einem verstorbenen Gemeindemitglied zu stellen?«

Ich nicke und kaue. »Das ist richtig, Father.«

»Und Sie würden lieber mit mir über die Angelegenheit reden als mit den Hinterbliebenen? Wieso denn das?«

Ich überlege, ob ich den Tee trinken soll, denn die Tasse mit den alten Tropfflecken sieht nicht sonderlich sauber aus. Ich frage mich, ob die Haushälterin sie überhaupt je spült. Wahrscheinlich leckt sie sie bloß mit ihrer nervösen Zunge ab. Ich schiele zu ihr rüber: Sie tut so, als würde sie Flusen von den Schonbezügen zupfen.

Der Priester folgt meinem Blick. »Danke, Mrs O'Leary, ich denke, wir sind jetzt bestens versorgt. Die Hausarbeit kann gewiss warten, bis unser Besuch gegangen ist.«

Mrs O'Leary richtet sich auf, grinst höhnisch in meine Richtung und stapft geräuschvoll aus dem Raum.

Father Quigley lehnt sich in seinem Sessel zurück. Er ist ein jovialer, rüstiger alter Mann und zweifelsohne ein Gewinn für die Geistlichkeit. Er hat ein braun gebranntes, fröhliches Gesicht, lacht gern und ist gut gepolstert, was alles von einer Bereitschaft zeugt, das Leben trotz aller pastoralen Verpflichtungen zu genießen. Mrs O'Leary meinte, ich könnte von Glück sagen, dass er Zeit für mich hat, obwohl ich unangemeldet gekommen bin, da er just von einer Wallfahrt zurückgekehrt ist: um sich am Strand in der Sonne zu aalen, so wie er aussieht.

Er lächelt mich an. »Und würden Sie mir den Namen dieser Person verraten?«

»Natürlich, Father«, sage ich. »Mary Flood.«

Er setzt sich in seinem Sessel auf. »Mary Flood?«

»Sie haben etliche Messen für sie gelesen.« Ich nehme Marys Messe-Karten aus meiner Handtasche und reiche sie ihm. »Erinnern Sie sich?«

Er sieht die Karten durch. »Selbstverständlich erinnere ich mich. Schießen Sie los.«

»Kannten Sie Mary gut?«

»Ziemlich gut.«

»Und den Rest der Familie?«

Er schüttelt den Kopf. »Überhaupt nicht. Als Mary verstarb, wurde jeder weitere Kontakt zu der Familie unmöglich. Cathal schrieb mir, ich solle mich bloß nie wieder bei ihnen melden. Ein seltsamer Brief.«

Der Priester hievt sich bedächtig aus dem Sessel und geht zu einem Aktenschrank am Fenster. »Er muss hier irgendwo sein. Unter F, nach Flanagan und vor Foley.«

Der Priester beugt sich vor, sodass sich seine schwarze Hose über dem Hintern spannt.

»Sie haben anscheinend ziemlich viele Iren in Ihrer Gemeinde, Father.«

»Da ist er ja.« Er lächelt und richtet sich auf. »Ich bin ein kleiner Ordnungsfanatiker.«

Er reicht mir einen Brief, der auf die Rückseite eines Wettscheins geschrieben wurde und folgenden Wortlaut hat:

Lieber Priester,
wenn Sie von weiteren Besuchen oder Anbiederungen oder Beileidsgesten Abstand nehmen würden, wäre ich Ihnen sehr verbunden. Des Weiteren bitte ich Sie, Ihre Gemeinde davon in Kenntnis zu setzen, dass Möchtegernwohltäter und professionelle Klageweiber und neugierige alte Schachteln, beladen mit Aufläufen und irgendwelchem nicht identifizierbaren Scheiß in Tupperdosen, in Bridlemere nicht willkommen sind. Weder ich noch der Junge haben Interesse an Ihren Diensten oder denen Ihrer Kirche. Um es klar auszudrücken: Sollten Sie oder eines Ihrer Schäfchen je wieder vor meiner Tür aufkreuzen, trete ich Ihnen gewaltig in den Arsch.
Mit freundlichen Grüßen
Cathal T. Flood

Ich spüre den Blick des Priesters auf mir. Als ich aufschaue, ertappe ich ihn dabei, wie er von kaum unterdrückter Belustigung auf betonten Gleichmut umschaltet.

»Mary ist gestürzt, Father Quigley?«

»Allerdings, ja.«

»Ein tragischer Treppensturz in ihrem Haus?«

Der Priester nickt. »Ja. Es war wirklich sehr tragisch.«

»Ein Unfall, nicht wahr?«

Verständnis keimt im Gesicht des Priesters auf. Er hebt die Hände. »So gern ich Ihre Fragen auch beantworte, Maud«, er beugt sich vor und senkt die Stimme, »in welcher Eigenschaft stellen Sie Ihre Erkundigungen an?«

»In einer beruflichen Eigenschaft.«

Ich lächele ihn an, und er lächelt zurück.

Wir sitzen einen langen Moment da und blicken einander lächelnd an.

»Ich habe mich Ihnen gar nicht richtig vorgestellt«, sage ich, wobei ich mich hüte, auf das gerahmte Bild der Muttergottes neben ihm auf dem Schreibtisch zu schauen. »Ich bin *Inspector* Maud Drennan.«

»Inspector, ja?«

Ich nicke und lächele erneut, absolut aufrichtig.

»Donnerwetter. Alle Achtung«, sagt der Priester.

Ich fahre in munterem Tonfall fort. »Ich untersuche einen möglichen Zusammenhang zwischen der Familie Flood und einem Vermisstenfall.« Meine Arbeitskluft fällt mir ein, und ich zeige ihm das Namensschildchen unter meiner Strickjacke. »Ich bin undercover, gebe mich als Sozialbetreuerin aus.«

Der Priester blickt freudig entsetzt. »Ein Vermisstenfall?«

Die Zimmertür bewegt sich leicht, als hätte ein Windhauch mit klebrigen Fingern sie bewegt; Mrs O'Schmiery macht garantiert lange Ohren.

»Hat Mary je den Namen Maggie Dunne erwähnt?«

Der Priester schüttelt den Kopf.

»Oder ein Dorf namens Langton Cheney in Dorset?«

Der Priester schüttelt den Kopf.

»Wissen Sie, wer Marguerite sein könnte?«

Der Priester runzelt die Stirn. »Das weiß ich tatsächlich.« Er holt tief Luft. »Die Familie Flood hat bereits lange vor Marys tragischem Tod einen schweren Schicksalsschlag erlitten.«

»Was für einen Schicksalsschlag?«

Father Quigley zögert. »Den Tod der Tochter Marguerite.«

Mein Herz fängt an zu rasen.

»Natürlich wollte Mary nicht darüber reden. Nach Marguerites Tod hat Mary kaum noch ein Wort mit irgendwem gesprochen.«

»Was ist passiert?«

»Eines Sommers sind die Floods mit zwei Kindern weggefahren und nur mit dem Jungen zurückgekommen, mit Gabriel.« Er blickt bekümmert. »Marguerite war ein bezauberndes Mädchen. Sie war gerade sieben geworden. Sehr kräftig und quirlig, mit einem wilden roten Lockenkopf.«

Marguerite: das gesichtslose Mädchen auf dem Foto. Das Mädchen, über das niemand spricht.

»Wie furchtbar.« Ich zögere. »Wie ist Marguerite gestorben?«

»Die Floods haben Urlaub in ihrer alten Heimat gemacht, und während sie da waren, ist die Kleine im Meer ertrunken. Sie wurde in Wexford beerdigt, heißt es.«

»Hat Mary Ihnen das erzählt?«

»Nein, wie gesagt, Mary hat ihre Tochter nie wieder erwähnt.« Er breitet entschuldigend die Hände aus. »Und wir haben nicht gefragt. Wir haben Gerüchte gehört, wissen Sie. Die Leute reden.«

Wir sitzen eine Weile schweigend da.

»Würden Sie sagen, dass Mary klar bei Verstand war?«

Der Priester lächelt traurig. »Ich würde sagen, sie war fragil. Vor allem danach.«

Ich betrachte den Priester. Er hat die Hände gefaltet und die Augen gesenkt, ist entspannt und nach seiner Wallfahrt vollends zufrieden, trotz all der Mütter und Töchter auf der Welt, die an tragischen Unfällen sterben.

Dann rücke ich mit der Frage heraus. »Was meinen Sie, hat Mary sich je bedroht gefühlt in dem Haus?«

Father Quigley blickt überrascht auf. »Das kann ich nicht beantworten, Maud.«

»Hat sie Sie oder ein Mitglied Ihrer Gemeinde je um Hilfe gebeten?«

Er runzelt die Stirn. »Nicht, dass ich wüsste.«

Ich mustere ihn. Er blickt aus dem Fenster, die Kiefermuskeln angespannt. Mein neu entdeckter Polizeiinstinkt sagt mir, dass er irgendetwas verschweigt.

Ich will ihm den Brief zurückgeben.

»Behalten Sie ihn«, sagt er. »Vielleicht kann er Ihnen ja bei Ihren Ermittlungen nützen.«

Ich falte das Blatt zusammen und stecke es in meine Handtasche. »Danke für Ihre Zeit, Father. Falls Ihnen noch irgendwas einfällt …«

Der Priester blickt erleichtert. »Dann rufe ich auf dem Revier an.«

Ich krame in meiner Handtasche, hole einen Stift und ein Stück Papier hervor und kritzele rasch Renatas Nummer hin. »Das ist meine Durchwahl auf dem Revier. Sie können sich jederzeit melden.«

Der Priester ruft: »Mrs O'Leary, bringen Sie Inspector Drennan bitte zur Tür?«

Mrs O'Leary kommt augenblicklich hereingeschlurft.

In der Diele flüstert Mrs O'Leary leise und böse. »Sie sind nie im Leben Polizistin.«

Ich blicke an meiner Nase entlang auf sie hinab. »Und Sie sind nie im Leben eine Haushälterin. Die Tassen vorhin waren völlig versifft. Sie sollten sich schämen.«

Sie zieht die Winkel ihres breiten Froschmauls nach unten, blinzelt mich durch ihre verschmierte Brille an. »Und Sie sollten sich schämen, dass sie den Father behelligen und alte Geschichten wieder ausgraben.«

»Haben Sie Mary Flood gekannt?«

Sie nickt gereizt. »Ihr Unfall hat den Father unheimlich mitgenommen. Er hatte sich schon in der Zeit davor schreckliche Sorgen um sie gemacht.«

Kaum hat sie es ausgesprochen, weiß sie, dass sie einen Fehler begangen hat. Das sehe ich ihr an.

»Er hat sich Sorgen um sie gemacht?«

»Darüber weiß ich nichts.«

»Aber das haben Sie gerade gesagt.«

Sie kramt ein Taschentuch aus ihrem Ärmel und wendet sich ab, putzt sich übertrieben gründlich die Nase.

»Mary war ein Nervenwrack. Father Quigley hat ihrem Mann geraten, ihr Hilfe zu besorgen.«

»Was hat Father Quigley dazu veranlasst?«

Die Haushälterin runzelt die Stirn. Offenbar ringt sie mit ihrem natürlichen Hang zu Klatsch und Tratsch.

»Dazu kann ich wirklich nichts sagen.«

»Hören Sie, wenn Sie es mir erzählen, gehe ich.«

»Und Sie werden den Father nicht wieder belästigen?«

»Nein.«

Mrs O'Leary kneift die Augen zusammen. »Man munkelt, die Tochter sollte in ein Heim für geistig verwirrte Kinder. Sie war weiß Gott gestört. Wenn Mary sie mit in den Gottesdienst brachte, kroch das Mädchen unter die Bänke und packte den Leuten an die Knöchel. Das heißt, wenn Mary es überhaupt schaffte, sie durch die Tür hinein zu zerren.«

»Marguerite war also schwierig?«

»Marguerite war ein Teufel. Es hieß, sie sei ins Meer gelaufen und habe sich ertränkt, als die Floods mit ihr an den Strand gegangen sind. Sie hat Schaum vorm Mund gekriegt und Ungeheuer gesehen.« Mrs O'Leary schnaubt. »Ungeheuer, in Wexford, was sagt man dazu? Mary, die am Strand eingeschlafen war, wäre vor Trauer fast gestorben.«

»Es wird offenbar ziemlich viel über die Floods gemunkelt.«

Die Haushälterin öffnet die Tür und zeigt nach draußen. »So, jetzt gehen Sie schön in diese Richtung und kommen nicht wieder. Sich als Polizistin ausgeben und das auch noch unangemeldet.«

Als ich ein paar Schritte gegangen bin, drehe ich mich zum Haus um. Mrs Frosch hat die Tür geschlossen und ist in die Küche gehüpft, um sich dort hinzuhocken und auf Fliegen zu lauern, aber ich bin fast sicher, dass Father Quigley hinter der Gardine seines Bürofensters steht und mich beobachtet.

Während ich auf den Bus warte, denke ich über Father Quigley und seine Haushälterin nach, die sich beide ein Bild von Mary bewahrt haben. Mary die gute Frau, die trauernde Mutter, die geistig verwirrte Frau, die am Strand schlief, während ihr Kind ertrank.

Ich füge ihre Erinnerungen zu meinem eigenen Bild von Mary hinzu. Die göttliche Schönheit, die einen reichen alten Witwer heiratete und weinte, als er starb. Die Gesichter aus Fotos brannte und rubinrote Schuhe trug und goldene Operntäschchen hatte. Die abstürzte, eine Treppe hinunterstürzte, von ganz oben bis ganz unten, und nie wieder aufwachte.

Doch dann denke ich daran, was St. Dymphna über die Erinnerung sagt. Und ich frage mich: Hat sich Mary für die Menschen, die sie kannten, in den vielen Jahren seit ihrem Tod irgendwie verändert? Haben sie ihre Erinnerung an sie um neue Details erweitert oder komplett revidiert? Oder sind die Einzelheiten scharf und klar und wahr geblieben?

Soll ich es ihnen sagen, wenn sie es nicht längst wissen? Die Erinnerung ist wie ein unberechenbarer Hund. Manchmal lässt er den Ball fallen, und manchmal bringt er ihn zurück, und manchmal bringt er gar keinen Ball, er bringt einen Schuh.

Kapitel 19

Der Wind nahm eine Handvoll Sand und verstreute ihn wie fröhliches Konfetti über den festen, vom Meer blank gefegten, menschenleeren Strand. Der Himmel sah aus wie frisch gewaschen, die Wolken hoch oben geschleudert und ausgewrungen.

Ich erinnere mich jetzt daran, was ich anhatte: ein schulterfreies Kleid mit zartblauer Spitze.

Wir streiften die Sandalen von den Füßen, als wir den Plankenweg durch die Dünen erreichten. Das Holz war warm und verwittert. Sie sagte, ich solle warten, und ging dann über den Sand davon.

Ein mürrischer Engel, Schulterblätter wie Flügelknospen. Zerzauster brauner Glorienschein aus Haaren.

Drei Dinge waren anders an dem Tag, als Deirdre verschwand: Es war richtig heiß (das erste und einzige Mal in dem Sommer), es waren keine Seevögel am Himmel (die doch sonst immer freudig lärmend über uns kreischten und kreisten), und der Kiosk vom alten Noel war geschlossen.

Kapitel 20

So laut, wie mir mein Herz in den Ohren dröhnt, würde ich wohl kaum hören können, wenn Cathal sich von hinten an mich heranschliche. Ich steige so rasch die Treppe hinauf, wie ich mir einen Weg durch die Lawine aus Kuriositäten bahnen kann. Ich hoffe bloß, dass Beckett seine Gefangenschaft überlebt hat und ich nicht mein Leben für eine tote Katze aufs Spiel setze.

Mary Floods Geist spukt noch immer durch das Porträt auf dem Flur im ersten Stock. Mit ihrem flammenden Haar und ihrer vergänglichen Schönheit ist sie im inneren Widerstreit erstarrt: Soll sie bleiben, oder soll sie weglaufen? So muss Cathal sie das erste Mal gesehen haben: eine schwarz gekleidete, bekümmerte junge Witwe. Ich schleiche mich den Flur entlang und öffne die Tür zum weißen Zimmer.

Von Beckett ist nichts zu sehen, außer einer Delle in der Tagesdecke und ein paar hellen Haaren. Ansonsten ist der Raum noch genau so, wie ich ihn verlassen habe, die Tür zum Ankleidezimmer offen und Marys Kleider über den Stuhl geworfen.

Und ihre Initialen sind noch immer am Spiegel zu sehen, in den Staub gemalt.

M F

Ich weiß nicht, wieso, aber ich habe damit gerechnet, dass die Buchstaben verschwunden wären. Ich gehe hinüber und betrachte sie genau. Während ich nebenan die Kleider durchwühlte, war da ein Geist ins Zimmer geglitten und zu diesem Spiegel geschwebt, um diese Buchstaben in den Staub zu schreiben?

Ich rühre nichts an, obwohl mir nicht wohl dabei ist, Marys Sachen einfach so rumliegen zu lassen. Aber es könnte verräterisch sein, würde ich aufräumen. Ich verlasse das Zimmer und schließe vorsichtig die Tür.

Ich bin schon oben an der Treppe, als ich ein Kratzen höre. Ich bleibe stehen und lausche. Als Nächstes höre ich ein schwaches, trauriges Miauen. Leise vor mich hin fluchend, gehe ich zurück über den Flur. Ein paar Türen hinter der zu dem weißen Zimmer höre ich das gedämpfte Scharren von Krallen auf Holz.

»Beckett?«, flüstere ich.

Ich drücke die Klinke. Die Katze springt an mir vorbei und die Treppe runter, ohne auch nur einen Blick nach hinten zu werfen, reißt Artefakte und Geräte um.

Der Klang hallt durchs Haus.

In den dumpfen Tiefen seiner Höhle öffnet Cathal ein Auge.

Lärm hat an den Fäden seines Netzes gezupft, seine langen Glieder zum Zucken gebracht. Er wird aus seiner Falltür geschlichen kommen und sich durch das Gerümpel schlängeln. Er wird leise die Treppe hinaufsteigen, ein Messer zwischen die Zahnprothese geklemmt und ein Lasso aus Draht in der Hand, bereit, mich zu garrottieren und in Stücke zu hacken.

Ich lausche. Nichts regt sich unten.

Ich trete in den Raum und schließe die Tür hinter mir. Die Vorhänge sind zugezogen, und der Lichtschalter funktioniert nicht. Ich gehe über den Teppich zum Fenster und ziehe die Vorhänge auf.

Meine Netzhäute werden überflutet.

Ich sehe ein Spiegelbild des weißen Zimmers. Links ist die Tür, die, wie ich weiß, in einen Ankleideraum geht. Es gibt ein Bett, das einer Prinzessin würdig wäre, und vor dem Fenster steht eine Frisierkommode.

Nur die Farbe ist anders. Dieses Zimmer ist rot, so rot wie die Tanzschuhe des Teufels. Alle Farbtöne sind vertreten, von Karmesin- bis Granatrot, von Rubin- bis Scharlachrot, von Bordeaux- bis Zinnoberrot. An den Wänden wiederholt sich ein Muster so groß wie ein Teetablett, blutrote Tropfen ergießen sich von dreistufigen Springbrunnen mit schwarzen Umrissen. Das Bett ist mit rotem Brokat, Satin und Samt bezogen. An der Wand darüber sind in einem lackierten Rahmen aufgespießte Motten mit ausgebreiteten Flügeln aufgereiht, jedes Insekt ein warnender dunkler Fleck. In der Mitte steckt ein pelziges Monstrum von gewaltiger Größe, dessen dicker stielartiger Körper mit Flausch bedeckt ist. Ein einziger weißer Fleck auf jedem ausgestreckten Flügel aus schwarzem Beerdigungskrepp: zwei blinde Augen. Links und rechts davon sind kleinere Exemplare angeordnet, mit dekorativ gemusterten Flügeln, filigrane Ornamente aus Rot auf Schwarz, wie Blutgefäße.

Auf der mit schwarzem Samt bezogenen Chaiselongue hockt eine Gruppe Harlekinpuppen, die mich böse angucken. Auf jeder weißen Wange prangt eine dicke schwarze Träne, und jede Puppe trägt eine schlaffe Halskrause. Jeder rot bemalte Mund hat ein nach unten gebogenes Lächeln.

Und da ist er: der Harlekin mit einer zerrissenen Halskrause und einem bedrohlichen Lächeln, ohne Kappe und mit dünnen hellen Haaren. Verbände hängen an seinen Handgelenken.

Ich setze mich an die Frisierkommode und öffne die Schublade. In einer Samtschatulle finde ich ein außergewöhnliches Schmuckstück. Eine Spinne, deren Leib aus einem dicken Granatstein besteht, frisst eine Fliege, die sie in den Kieferklauen hält. Als ich sie berühre, fällt die Fliege aus der Umklammerung der Spinne und schwingt dann frei unter ihr an einer feinen Kette. An beiden Teilen des Schmuckstücks ist eine winzige Stecknadel, die es ermöglicht, der Spinne entweder eine Mahlzeit zu gönnen oder die Fliege vor der Nase ihrer Jägerin baumeln zu lassen. Ich lege die Brosche zurück neben ein Frisierset mit

Intarsien aus poliertem Gagat und Rauchglasfläschchen mit schimmeligem Inhalt.

Ich stehe auf und öffne die Tür zum Ankleideraum. Es gibt einen Spiegel und einen schwarzen Bugholzstuhl.

Der Kleiderschrank ist eine Enttäuschung. Er enthält keine bunten Kleider, nur ein paar Mäntel, die nach Mottenkugeln riechen. Mit großen Knöpfen und Pelzbesatz und durchweg schmuddelig.

Aber dieses Zimmer ist ein Spiegelbild, also muss irgendetwas in dem Schrank versteckt sein. Ein Pendant zu den Messe-Karten: ein weiterer Hinweis. Ich nehme alle Mäntel heraus und lege sie über den Stuhl, durchsuche systematisch die Taschen, taste das Innenfutter ab.

Dann höre ich einen Knall.

Ich bin unverletzt.

Nicht tot.

Ich komme aus dem Ankleideraum.

Der Rahmen mit den Motten liegt zerbrochen auf dem Bett. Ich öffne die Tür einen Spaltbreit und spähe hinaus auf den Flur. Cathal kommt noch nicht die Treppe heraufgestürmt. Ich schließe die Tür und drehe mich zum Bett um.

Das Glas ist in tausend Stücke zerborsten, als wäre der Rahmen auseinandergesprengt worden. Er ist mit der Mottenseite nach oben gelandet, und einige Insekten sind aus den Trümmern herauskatapultiert worden. Die Mutter aller Motten liegt mitten auf dem Bett. Sie hat einen Teil ihres Flügels und die Beine auf einer Seite verloren. Ohne die Glasscheibe wirkt sie noch schauderhafter lebendig. Als könnte sie jeden Augenblick über die Tagesdecke kriechen, um ihre zerfledderten Flügel auszuprobieren.

Mein Blick fällt auf etwas. Unter dem kaputten Rahmen lugt ein ausgefranstes Stück Schleife hervor. Ich ziehe daran, und unter den demolierten Motten kommt etwas hervorgeglitten. Die Schleife ist an einem Briefumschlag befestigt: mittelgroß, braun.

Ich handele blitzschnell, ziehe mein Shirt hoch und stopfe den Umschlag in den Bund meiner Jeans. Ich hebe die Tagesdecke hoch, knote die Enden zusammen und trage das Bündel mit den Scherben, so leise ich kann, in die Anziehkammer, wo ich es unten in den Kleiderschrank lege. Ich streiche das Bett glatt und hänge die Mäntel, die ich noch nicht durchsucht habe, wieder zurück.

Als ich aus dem Zimmer gehe, schaue ich zum Spiegel der Frisierkommode hinüber.

Er ist unverändert. Anscheinend habe ich die Nachricht schon erhalten.

Kapitel 21

Ich sehe Renata an, und sie sieht mich an. Wir sehen beide den braunen Briefumschlag auf dem Couchtisch an.

Eine unangezündete Pfeife klemmt zwischen ihren Lippen. Sie hat versprochen, sie nicht anzuzünden, sie braucht bloß etwas, worauf sie beißen kann, um ihre Nerven zu beruhigen.

»Mach den Umschlag auf, Maud«, murmelt sie.

Ich glaube nicht, dass ich das will.

Ich stehe auf und gehe zum Küchenfenster hinüber. Sie ist noch immer da, St. Dymphna, jagt hinter der Nachbarskatze her.

Sie hat Krone und Schleier abgenommen und die Sandalen ausgezogen. Die Sachen liegen glänzend im Steingarten. Ihr braunes Haar flattert hinter ihr her. Ab und an bleibt sie stehen, fängt ihren sich auflösenden Zopf und kaut nachdenklich auf dessen Spitze, während sie den nächsten Schachzug der Katze abwartet. Dann strahlt und lodert der Lichtschein, der ihren hübschen Kopf umringt, und ihr Gesicht leuchtet vor Vergnügen, und sie greift an. Nackte Füße flitzen, und hämisches Gelächter erschallt.

Die Lasche ist zugeklebt. Ich fahre mit dem Messer vorsichtig daran entlang. In dem Umschlag sind Zeitungsausschnitte. Ich falte sie auseinander, streiche sie glatt und breite sie auf dem Tisch aus.

Ein Foto von Maggie Dunne nach dem anderen.

Es sind auch andere Fotos dabei. Von Polizisten, die ein gepflügtes Feld absuchen, von einem Wäldchen mit Bäumen, deren knorrige Wurzeln die Oberfläche durchbrechen, und von einem alten Sanatorium inmitten einer gepflegten Gartenlandschaft.

Ich nehme einen von den Ausschnitten weiter oben und lese ihn vor. »Donnerstag, 29. August 1985: ›Chief Constable Frank Gaunt hat bestätigt, dass die Polizei von Dorset die Suche nach Maggie Dunne ausweitet und dass die Sorge um das Wohlergehen des Mädchens weiter wächst. Maggie, Bewohnerin des Kinderheims Cedar House, wurde zuletzt am Donnerstag, den 20. August, gegen Mittag gesehen.‹«

Beim Durchsehen der übrigen Ausschnitte fällt mir auf, dass die Artikel immer kleiner werden, bis sie auf einen knappen Einzeiler im *Dorset Echo* zusammenschrumpfen, der sechs Monate später über eine unbestätigte Sichtung von Maggie Dunne in Dover berichtet. Dort endet die Spur.

»Maggie war also in einem Heim?«, sagt Renata.

»Sieht so aus.«

Ich schaue aus dem Fenster. St. Dymphna ist nirgends zu sehen. Ein mulmiges Gefühl erfasst mich: eine unangenehme innere Anspannung mit einer Prise Unvermeidbarkeit.

»Findest du es nicht seltsam, dass Mary diese Ausschnitte aufbewahrt hat?«, fragt Renata.

»Vielleicht nicht seltsamer als deine Sammlung von Zeitschriften mit wahren Kriminalfällen. Aber es ist schon seltsam, dass sie sich solche Mühe gemacht hat, sie zu verstecken.«

St. Dymphna schaut zum Fenster herein. Sie schiebt das Gesicht durch die Scheibe und legt die Stirn in Falten. Dann kommt sie ins Zimmer marschiert und lässt sich vor dem Fernseher auf den Boden plumpsen.

Renata blickt mich mit ernster Miene an. »Mary war irgendwas auf der Spur. Sie hat versucht, das Rätsel von Maggies Verschwinden zu lösen. Ihr eigenes Kind, Marguerite, konnte sie nicht retten, darum wurde sie von dem Verlangen getrieben, das Kind von jemand anderem zu retten, um die Dinge auf einer gewissen Ebene, in gewisser Weise wieder in Ordnung zu bringen.«

Ich blicke ungewollt zu St. Dymphna hinüber. Sie steht jetzt in der Ecke, klein und still und plötzlich deutlich älter als ihre fünfzehn Jahre, mit dunklen, glühenden Augen und unheimlich bleichem Gesicht.

»Wir müssen Maggie finden«, sagt Renata. »Wir könnten da was versuchen.«

»Was denn?«

»Wir könnten versuchen, Mary zu fragen.«

St. Dymphna betrachtet mich eindringlich, kalt.

»Ich bin zu allem bereit«, flüstere ich.

St. Dymphna dreht sich auf dem Absatz um und verschwindet.

Kapitel 22

Am besten fange ich gleich hier in der Küche von Bridlemere an. In diesem Raum sind übernatürliche Dinge geschehen. Und am besten fange ich gleich jetzt an, wo der alte Mann nicht in Sicht ist.

Ich schiebe einen Stuhl vor die Küchentür. Falls Cathal reinkommen will, habe ich Zeit, alles wegzuräumen und so zu tun, als würde ich den Fußboden wischen. Außerdem ist die hintere Tür abgeschlossen, und es sind keine Katzen in der Waschküche.

Das sind die perfekten Voraussetzungen, um ein Hexenbrett zu befragen.

Ich habe ein Schnapsglas von Renatas Sideboard dabei und zwei Müslipackungen, die ich auseinandergefaltet und zusammengeklebt habe. Ich habe die Buchstaben des Alphabets und Ziffern aufgemalt und in die zwei oberen Ecken *JA* und *NEIN* geschrieben. Ich setze mich auf den Küchenboden und warte, die Fingerspitzen oben auf dem Glas.

Dann passiert nacheinander Folgendes: Mir juckt die Nase, mir juckt der Hintern, der Wasserhahn tropft. Dann: nichts.

Ich nehme das Foto von Mary und Gabriel und schaue in das Loch, wo Marys Gesicht sein sollte.

Ich schließe die Augen.

»Bist du da, Mary?«

Der Wasserhahn tropft, die Uhr tickt, eine Katze kratzt an der

Tür. Nach einer Weile verkrampfen sich meine Finger auf dem Rand des Glases, und mir schläft ein Bein ein.

»Mary, hättest du einen Moment Zeit?«

Ich strecke das Bein aus und massiere es. Dann blicke ich mich in der Küche um, die durch den blitzsauberen Boden gewonnen hat. Wenn ich doch nur bei mir zu Hause so eine Ordnung zustande brächte. Ich lege die Finger wieder auf das Glas, schließe die Augen und konzentriere mich. Ich stelle eine Frage in den Raum.

»Weißt du, was mit Maggie Dunne geschehen ist?«

Dann passiert nacheinander Folgendes: Der Wasserkocher schaltet sich von allein ein und fängt an zu brodeln, die Tür zur Vorratskammer geht auf, und das Glas setzt sich in Bewegung, ruckelt langsam Richtung –

JA.

Das Glas verharrt und wartet, bebt unter meinen Fingerspitzen. Der Wasserkocher schaltet sich aus.

Ich schließe die Augen.

»Wurde sie ermordet?«

Nichts. Dann ein starker Geruch nach Erde und Humus, und ein plötzlicher Sprühnebel trifft mich ins Gesicht. Ich öffne die Augen. Der Raum wird abrupt dunkel, obwohl es draußen vor dem Küchenfenster noch sonnig ist.

Das Glas fängt an zu zittern, lenkt meine Aufmerksamkeit wieder auf das Hexenbrett. Meine Finger tun nichts. Sie lassen sich einfach von dem Glas mitnehmen, das jetzt langsam kreist, und zwar um das Wort …

JA.

Der Deckel einer Limonadenflasche springt mit einem Knall ab, und die Uhr fällt von der Wand. Die Küchenlampen gehen von selbst an und aus, und das Geschirr auf der Anrichte beginnt zu scheppern. Ein Milchkännchen hüpft von seinem Haken und zerspringt auf dem Boden, und die Messerschublade öffnet sich langsam.

Ich würde Reißaus nehmen, wenn ich die Finger vom Glas nehmen könnte, aber ein seltsamer bebender Magnetismus hält sie an Ort und Stelle.

JA. JA. JA.

Ich hole tief Luft. Das Glas bockt unter meinen Fingern, als wüsste es, was ich als Nächstes fragen will.

»Wurdest du ermordet, Mary?«

Das Glas hüpft, und die Tür zur Vorratskammer knallt zu und fliegt wieder auf. Die Packungen Reis und Zucker und Grieß, die Dosen mit Schinken und Pfirsichstücken stürzen sich nacheinander von den Regalen. Beutel landen auf dem Boden, platzen auf und reißen, Einmachgläser zerbersten.

»Wer war es, Mary?«

Der Tisch ruckelt, und der Wasserkocher schaltet sich wieder ein, das Rauschen von siedendem Wasser ertönt.

Das Glas haftet am Brett und lässt sich nicht bewegen.

Ich warte.

»War es Cathal?«

Nichts.

Ich versuche es mit einer anderen Frage. »Ist Maggie hier?«

Das Glas kreist, reißt sich von meinen Fingern los, wirft sich gegen die Wand und zersplittert.

Ich klappe das Hexenbrett zusammen, stelle die Packungen und Dosen wieder auf die Regale und greife zum Besen.

Und dann sehe ich sie. Zwei Paar Fußspuren führen durch das staubige Chaos auf dem Boden zur Hintertür. Sie trennen sich und verlaufen, jede auf ihrer eigenen Bahn, durch die halbe Küche. Kurz vor der Tür verändern sie sich. Die letzten Abdrücke, knapp vor der Schwelle, sind bloß das Tupfenmuster von Zehen und ohne Ferse: die Spuren von zwei Fliehenden.

Kapitel 23

Im Café setzt sich Sam an einen Tisch nicht hinten in der Ecke, sondern am Fenster. Ich gehe zur Toilette, vorbei an dem Kellner, der mich zur Begrüßung aus schmalen Augenschlitzen mustert. Ich ignoriere ihn. Dank eines tollen und glücklichen Zufalls bin ich in Hochstimmung: Ich habe mir heute Morgen ein Kleid angezogen.

Eine seltene Wahl, die nicht auf irgendeiner übernatürlichen Vorahnung beruhte, sondern auf der Tatsache, dass das Kleid, abgesehen von einem unschönen Hosenrock unbekannter Herkunft, das einzige noch vorhandene saubere Kleidungsstück war. Ich danke sämtlichen Heiligen für diesen grandiosen Glücksfall, während ich meine Schürze ausziehe und in meiner Handtasche nach dem Lippenstift krame.

Dann sehe ich mich im Spiegel an.

Ich nehme augenblicklich meinen Dank zurück, falls von den Heiligen welche zuhören, und verzichte lieber auf den Lippenstift. Dann straffe ich meinen Pferdeschwanz und erinnere mich an Renatas spöttische Bemerkungen, als ich mich ihr vor einigen Monaten in genau diesem Outfit präsentierte, um mit großem Widerwillen und noch größeren Bedenken zu einem von ihr arrangierten Date mit dem Techniker fürs Satellitenfernsehen zu gehen. Renata meinte, in diesem Kleid (graues Hemdkleid, stilvoll züchtig) und mit den nach hinten gebundenen Haaren sähe ich aus wie eine nervöse Novizin, die an Mutter Oberins Tore klopft. Ich fasste das als Kompliment auf.

Ich setze mich Sam gegenüber, mit der späten Nachmittagssonne im Rücken, und fühle mich wie eine von hinten beleuchtete Deborah Kerr, aber ohne den Nonnenschleier.

Das Café ist leer bis auf Sam und mich, und die Heiligen zanken miteinander um die Stühle an den Nachbartischen, puffen sich gegenseitig mit den Ellbogen und zischeln in der Absicht, nicht aufzufallen.

St. Valentine setzt sich auf den Stuhl neben mir. »Ruhig Blut, Augenstern«, raunt er. »Ich gebe dir Rückendeckung.«

St. Rita und St. George nehmen am Tisch gegenüber Platz. St. Monica ordnet gereizt und übellaunig ihr cremefarbenes Gewand in einer Ecke. St. Dymphna ist nirgends zu sehen. Wenigstens etwas.

Ich lächele Sam an, und Sam lächelt mich an.

»Himmelherrgott noch mal«, blafft St. Valentine. »Hörst du wohl mit dem Gegrinse auf, sonst denkt er noch, du bist nicht ganz richtig im Kopf. Frag ihn irgendwas. Fang ein Gespräch an.«

»Du warst also zufällig in der Gegend?«, frage ich.

St. Valentine verdreht die Augen. »Na toll.«

Sam nickt. »Ja, genau.«

St. Valentine betrachtet Sam forschend. »Er ist in letzter Zeit ziemlich oft in der Gegend. Denken wir doch mal kurz darüber nach, Augenstern.« Der Heilige sieht mich an. »Hast du nicht neulich ein gut aussehendes Gesicht durch die Hecke in Bridlemere gucken sehen? Und wie war das mit dem Gefühl, dass dir ein attraktiver, gut gebauter Mann zur Bushaltestelle gefolgt ist?«

Ich versuche, nicht auf ihn zu achten.

»Und du riechst ständig Zigarettenrauch in dem Garten. Du hast mehr als einmal die Büsche qualmen sehen, oder etwa nicht?« Er deutet mit einem Nicken auf Sam. »Der Bursche passt auf dich auf.«

Ich funkele St. Valentine an. Ich glaube ihm kein Wort.

Er lehnt sich auf seinem Stuhl zurück, spricht die Heiligen am Nebentisch an. »Sam hat es nicht gern, dass sie in dem Haus ist. Er fürchtet um ihre Sicherheit. Hat er jedenfalls gesagt.«

Die Heiligen murmeln beifällig. St. George brabbelt irgendwas von Hurling-Schlägern, ehe er sein Visier runterklappt.

Der Kellner kommt mit einer höchst widerwilligen Miene an unseren Tisch. Unbeeindruckt bestellt Sam Kaffee und ein Bacon-Spiegelei-Sandwich. Der Kellner geht wieder, und Sam sieht mich an, während seine männlichen Finger mit dem Verschluss der Ketchup-Flasche spielen.

St. Valentine verdreht die Augen. »Ran an den Speck, sag irgendwas Zweideutiges, sexy Stimme, spiel mit deinen Haaren, beiß dir auf die Lippe, streck die Brust raus. Jede Sekunde zählt.«

Sam blickt zum Fenster hinaus, als ein schwarzes Auto vorbeifährt.

»Er verliert das Interesse«, sagt St. Valentine.

Ich starre ihn wütend an. Habe ich nicht schon genug damit zu tun, wie Deborah Kerr auszusehen?

Dann fragt Sam, die Augen auf einen alten Mann gerichtet, der mit schweren Einkaufstüten vorbeiwankt: »Wie geht's Mr Flood?«

»Prima.«

»Noch irgendwelche total verrückten Sachen im Haus passiert?«

Nur der Poltergeist in der Küche. »Nein. Eigentlich nicht.«

Sam nickt. »Du bist ohnehin zu vernünftig, um dich davon beirren zu lassen.«

St. Valentine zuckt zusammen. »Ach Gott, *vernünftig*? Gib ihm Kontra, Augenstern –«

»Ich bin kein bisschen vernünftig.«

Sam lächelt. »Dann vielleicht pragmatisch?«

»Überhaupt nicht.«

»Praktisch?«

Ich runzele die Stirn.

»Rational?«, bietet Sam an.

»Damit kann ich leben.«

Sam lacht.

St. Valentine atmet auf.

Der Kellner bringt die Bestellung.

Sam lächelt mich an. »Bloß einen Kaffee, richtig?«

Ich lächele und nicke.

»Hat sich Gabriel mal blicken lassen?«, fragt Sam mit leiser Stimme, als der Kellner sich wieder hinter der Theke postiert hat.

»Kein einziges Mal.«

»Hoffen wir, dass das so bleibt.« Er isst eine Weile schweigend. »Obwohl das ein prima Plan von ihm war, den Alten aus dem Haus zu lotsen. Wenn man einen ganzen Tag lang in aller Ruhe den Plunder durchforsten kann, wer weiß, was man da alles findet.«

»Da haben wir's, Augenstern«, verkündet St. Valentine. »Der Bursche hier will dir nicht an die Wäsche, der will ins Haus. Darauf hat er's abgesehen.«

Ich blicke ihn böse an.

St. Valentine grinst. »Obwohl natürlich noch nicht alles verloren ist, falls er vorhat, dir an die Wäsche zu gehen, *um* ins Haus zu kommen.«

Am Tisch nebenan schüttelt St. Rita den Kopf, und St. George kichert hinter seinem Visier. Ich höre das; es hallt metallisch. St. Monica wirft ihm einen mürrischen Blick aus der Ecke zu.

St. Valentine hebt die Hände. »Was denn? Ich spreche bloß aus, was ihr alle denkt.«

Sam tunkt sein Sandwich in Ketchup. »Ich werde nicht wieder vorschlagen, dass du jemanden ins Haus lässt – mich oder Gabriel. Du hast deinen Standpunkt klargemacht, Maud, und dafür respektiere ich dich.«

»Klar, tut er das«, sagt St. Valentine. »Schau ihn dir an, ist er nicht voller Respekt?«

Ich sehe Sam an, der lässig auf seinem Stuhl sitzt und sich die Finger ableckt, mit einem Leuchten in den grauen Augen.

Er schenkt mir ein breites, keckes Grinsen. »Aber falls du deine

Meinung doch noch änderst, würde ich da liebend gern mal ein bisschen herumstöbern.«

St. Valentine lacht schadenfroh.

Ich ignoriere die ganze Bagage, während ich drei Löffel Zucker in meinen Kaffee gebe und umrühre. Ich nehme eigentlich keinen Zucker, aber mir gefällt die Prozedur. Sie ist beruhigend. Ich rühre, bis ich mich gerüstet fühle, das Thema zu wechseln.

»Dann geht's für dich wohl bald wieder zurück in den Norden, was, Sam?«

Sam wischt sich den Mund ab. »So schnell nicht. Ich dachte, ich bleibe noch ein Weilchen und warte ab, wie sich die Dinge hier entwickeln.«

Ich nehme einen Schluck: Der Kaffee ist viel zu süß. Ich gebe noch mehr Zucker hinein. »Was für Dinge?«

»Na, zunächst mal die Ermittlungen. Ich will abwarten, ob noch mehr Hinweise auftauchen.«

Ich rühre noch einen Löffel in meine Tasse. »Davon würde ich nicht ausgehen.«

»Ach, ich weiß nicht.« Sam zuckt mit den Achseln. »Renata hat mir erzählt, dass der Alte allmählich anfängt, dir zu vertrauen.«

Ich frage mich, was Renata ihm noch alles erzählt hat. Ich blicke St. Valentine an, doch der hat mal wieder seinen Zahnstocher gezückt und stochert gedankenverloren in seinen wenigen Zähnen herum.

»Wer weiß, vielleicht wird Mr Flood dich eines schönen Tages aufklären«, sagt Sam. »Und die Geheimnisse von Bridlemere enthüllen.«

»Das bezweifele ich.«

»Und dann ist da noch der Briefumschlag, den du im Haus gefunden hast. Eine weitere Nachricht von Mary Flood?«

»Hat Renata dir erzählt, was drin war?«

Sam schiebt seinen Teller weg, blickt zu mir hoch. Vielleicht hat er einen tadelnden Unterton in meiner Stimme wahrgenommen. »Nein.« Er lächelt mich an. »Renata hat gesagt, ihr wolltet mit dem Öffnen warten, bis ich dabei bin und die Gang wieder vollständig versammelt ist, sozusagen.«

Klar hat sie das.

Er nimmt seine Tasse, schaut hinein, lässt den Kaffee ein wenig kreisen. »Du weißt, du kannst mich jederzeit anrufen, wenn du mich brauchst. Falls die Sache aus dem Ruder läuft.«

St. Valentine blickt hoch, hört dann auf, in den Zähnen zu pulen, und starrt Sam an. Ein verwunderter Ausdruck zeichnet sich im verschwommenen verlebten Gesicht des Heiligen ab.

Er zeigt mit einem zitternden Finger auf Sam. »Guck mal da –«

»Ich meine, falls du mal in Schwierigkeiten steckst.«

»Du lieber Gott«, flüstert St. Valentine. »Schau sich einer seine Ohren an!« Er wendet sich an die anderen Heiligen. »Die Spitzen von seinen Ohren: Die werden rot. Seht ihr das?«

St. George steht auf und wankt zu Sam hinüber. Er beugt sich vor, dass seine Rüstung knirscht, klappt das Visier hoch und studiert Sam genau. Dann richtet St. George sich wieder auf, vor Anstrengung ganz rot im Gesicht, und nickt knapp.

»Ich hab's doch gewusst«, knurrt St. Valentine. »Heiliges Kanonenrohr.«

Sam rutscht nervös auf seinem Stuhl hin und her. »Ehrlich, ruf an, wenn du mich brauchst –«

»Ohren wie zwei kleine Leuchttürme«, seufzt St. Valentine.

»Egal, wann –«

»Wie zwei kleine Fähnchen.«

»Ich bin immer für dich da.«

St. Valentine betrachtet Sam mit einem verzückten Ausdruck im Gesicht. »Jetzt kriegt er auch noch rote Bäckchen.«

»Im Ernst, Maud.«

»Er wird puterrot!«

»Das ist nett, Sam«, sage ich. »Ich werde es im Hinterkopf behalten.«

»Er ist machtlos dagegen.« St. Valentine blickt mich an. »Ist das zu fassen? Jumping Jack Flash wird *rot*.«

»Also, wenn in dem Haus irgendwas passiert, egal, was …«

»Ja, Sam?«

Sams Lächeln ist irgendwo zwischen Entschuldigung und Verwirrung angesiedelt. »Dann bin ich dein Mann.«

»Ja, genau!«, brüllt St. Valentine. »Bei Gott, Maud, er ist dein Mann!«

St. Valentine springt mit einem Freudenschrei über den Tisch und läuft eine Runde durchs Café, sodass sein roter Umhang flattert. St. George lacht und schüttelt St. Valentine die Hand, und sie klopfen sich gegenseitig auf den Rücken. St. Ritas Lächeln scheint mich zu beglückwünschen, und St. Monica spitzt die dünne Linie ihres Mundes.

Ich rühre meinen Kaffee ein letztes Mal um und lege behutsam den Löffel hin.

Kapitel 24

Es gibt kein Begrüßungstänzchen, als ich nach Hause komme und Renatas Tor öffne. Keine beringten Fingerknöchel klopfen ans Küchenfenster, und es hüpft auch kein Kopftuch auf und ab. Ich wundere mich. Heute ist kein Tag, an dem Lillian normalerweise zu Besuch kommt. Als ich ums Haus herumgehe, sehe ich, dass die Haustür offen steht und die Sicherheitskette gerissen ist. Renatas Schuhe liegen verstreut in der Diele, und Johnny Cash schaut von der Fußmatte hoch, sein Rahmen verbogen und sein Gesicht stinksauer. Von Jesus Christus fehlt jede Spur.

Ich betrete das Chaos: offene Küchenschränke, zerschmettertes Geschirr, das Fondueset in der Spüle. Im Wohnzimmer ist das Bücherregal umgekippt, und Romane sind in der Mitte durchgerissen, der ganze Raum übersät mit Buchseiten. Die Vitrine ist zertrümmert, der Teppichboden mit glitzernden Steinen besprenkelt. Der Mondstein ist im Kamin gelandet.

Die Kampfhähne aus Fäden kämpfen nicht mehr; irgendwer hat das Bild mit einem Fußtritt zerstört. Die Hausbar ist leer: Flüssigkeit rinnt an der Wand hinter dem Fernseher herunter: Eierlikör in gelben Tropfen, verspritzte Adern aus blauem Curaçao.

Was habe ich getan?

Ich denke an das zerschmetterte Schnapsglas in Cathals Küche. Habe ich das provoziert? Habe ich böse Geister heraufbeschworen?

Ich laufe durch die Trümmer, rufe nach Renata.

Die Badezimmertür geht auf. Unter dem Geschmiere von Tränen und Schminke ist ein verängstigter Mann, den ich noch nie gesehen habe.

»Bist du verletzt, Renata?« Ich zwinge meine Stimme, ruhig zu bleiben. »Haben sie dir wehgetan?«

Sie legt die Hände um ihren armen Kopf, als wollte sie ihn vor mir verbergen. Er ist haarlos, bleich, mit ein paar dünnen, grauen Strähnen an den Seiten.

Ich lege die Arme um meine Freundin.

Für das hier gibt es keine Heiligen.

Es waren drei junge Typen: Einer hatte ein Brecheisen, einer hatte einen Hammer, und einer hatte einen großen Schraubenschlüssel.

Das klingt wie der Anfang eines Witzes.

Sie drängten sich in die Diele und schlossen die Haustür hinter sich.

Zuerst war Renata ruhig. Sie ging voraus ins Wohnzimmer, wie sie ihr gesagt hatten. Sie richtete ihr Kopftuch, hob die Augenbrauen und fragte die drei mit entspannter, fester Stimme, was sie wollten.

Sie beachteten sie nicht und sagten irgendetwas zueinander, was sie nicht ganz verstand. Sie spuckten dicke Speichelklumpen aus, die sie aus der Kehle hochwürgten. Einer steckte sich eine Zigarette an, und einer sah zum Fernseher hinüber. Dann machten sie sich an die Arbeit. Einer blieb mit ihr im Wohnzimmer, die anderen verteilten sich. Renata hörte, wie sie in den anderen Zimmern wüteten.

Mit einer Zigarette im Mundwinkel nahm er die Romane einen nach dem anderen aus dem Bücherregal und blätterte sie durch, als wäre er auf der Suche nach einer guten Lektüre. Er zog Schubladen auf, kippte sie um und durchstöberte Renatas Papiere, während sie reglos dastand.

Er blickte auf und fragte, was sie zu glotzen hätte. *Schwuchtel.*

Er ging auf sie zu. Wie alt war er, siebzehn oder achtzehn? Mit dem käsebleichen Gesicht der schlecht Ernährten, der Unterernährten, der mit Mist Vollgestopften. Ein dünnes, nichtssagendes Gesicht, Pickel um den Mund. Seine Hose hing so tief auf Halbmast, dass die Unterhose zu sehen war. Renata verkniff sich ein Lachen. Sie verkniff sich die Bemerkung, er solle seine dämliche Hose hochziehen.

Er kam näher, trat ganz dicht an sie heran, und fragte sie in seiner zu hohen, quengeligen, gedehnten Stimme, was sie zu glotzen hätte, verdammt noch mal. *Perverso.* Er hatte einen geduckten, schleichenden Gang. Er hätte ein Krebs sein können, der sich seitlich fortbewegt, die Arme ausgestreckt, um das Gleichgewicht zu halten. Als würde die Erde unter ihm beben –

Getöse im anderen Raum: so laut wie kollidierende tektonische Platten, krachende, splitternde, reißende Geräusche, dann Pausen und Geschrei.

Er sagte ihr, sie solle zum Spiegel gehen. Sie verstand nicht. Er zeigte zum Spiegel. Sie bewegte sich, dumpf, benommen. Sie kam nicht auf den Gedanken, sich zu weigern.

Runter damit.

Sie verstand nicht.

Er zeigte auf ihr Kopftuch. *Runter damit.*

Sie griff nach oben, und er sah zu. Sie nestelte an dem Knoten. Er steckte sich seine Zigarette in den Mund.

Ich mach schon, Schwuchtel, knurrte er.

Er riss ihr das Tuch vom Kopf.

Die Zeit verlangsamte sich und blieb stehen.

Gemeinsam starrten sie in den Spiegel, er schräg hinter ihr. Sie sah ihr Gesicht mit seinen Augen. Trauriger alter Clown.

Sie war überrascht, wie nackt ihr Kopf war, wie obszön, mit der gerunzelten und sogar schuppigen Haut und den dünnen grauen Haarsträhnen über den Ohren. Er stand da und rauchte, einen angewidert faszinierten Ausdruck im Gesicht.

Scheiße, was ist eigentlich los mit dir, Mann?

Er fluchte ausfällig, trat zurück und schwang sein Brecheisen. Er traf nicht sie, sondern die Vitrine mit den Schmucksteinen, zielte auf den Mondstein.

Wir bleiben im Bad, dem einzigen Raum, der nicht zerstört wurde. Ich hole zwei Stühle aus der Küche und schüttele Glassplitter von ihnen runter. Dann schließe ich die Tür vor der Verwüstung.

Ich darf die Polizei rufen, erlaubt Renata widerwillig, aber erst, wenn sie wieder präsentabel ist.

Ich säubere ganz vorsichtig ihr Gesicht, mit Babylotion und Watte aus dem Badezimmerschrank. Manchmal packt sie meine Hand und drückt sie an sich. Manchmal schluchzt sie einfach nur lange wütende Augenblicke an meiner Schulter. Ich nehme ihre Duschhaube und ziehe sie ihr behutsam über den Kopf, und sie nickt und atmet auf. In ihrem Schlafzimmer finde ich halb ausgelaufene Make-up-Dosen. Ich suche zusammen, was ich brauche, nehme noch einen Handspiegel und bringe alles ins Bad.

Renata sitzt still da, in Duschhaube und Kimono, das Gesicht sauber und leer: klein, blass und geschlechtslos.

Ich halte ihr den Spiegel vor, doch ihre Hände zittern zu stark, um mit Tuben, Wimpernbürstchen, Lidschatten-Applikatoren und Pinseln zu hantieren.

»Tu, was du kannst, Darling«, sagt sie mit einem angestrengten kleinen Lächeln.

Sie schaut ewig lange in den Spiegel. Sie ist nicht sie selbst, aber es genügt ihr, um sich der Welt zu stellen. Meine Version von Renatas Gesicht ist sanfter, stellenweise verwischt, sodass sie ein wenig perplex aussieht.

Als die Polizei kommt, suche ich Renata ein Kopftuch, das sie gegen die Duschhaube austauscht. Als Lilian kommt, treiben wir Pappbecher auf und kochen Kaffee.

Renata sitzt am Küchentisch, die Hände auf dem Schoß gefaltet, ich sitze neben ihr, und die Polizistin sitzt ihr gegenüber. Die Polizistin ist eine große, stämmige Frau mit einem Pferdeschwanz. Sie spricht Renata mit Madam an und fragt, ob sie vorher schon einmal Opfer eines Hassverbrechens wurde.

Renata blickt zur Spüle hinüber. Lillian steht mit dem Rücken zu uns, aber ich sehe, dass sie aufgehört hat zu arbeiten; in ihrer reglosen Hand hält sie eine Geschirrscherbe, die sie aus dem Abfluss gezogen hat.

»Ja«, sagt Renata.

»Kürzlich?«

»Vor zehn Jahren.«

Die Polizistin schreibt etwas auf ihren Notizblock. »Also kein Zusammenhang zu dem heutigen Vorfall?«

»Nein.« Renata greift nach meiner Hand.

Die Polizistin sieht sie an. »Kam es damals zu einer Verurteilung?«

Renata dreht sich halb zu mir, und ich drücke ihre Hand.

»Nein.«

»Und bei der Tat handelte es sich um …«

Renatas Stimme ist souverän und leichthin, als würde sie eine Einladung zu einer noblen Party aussprechen. »Sexuelle Nötigung, Darling, hinter Waterloo Station.«

»Das tut mir sehr leid«, sagt die Polizistin, die aussieht, als meinte sie das ehrlich.

Lillian wirft die Scherbe in den Abfalleimer, trocknet sich die Hände mit einem Geschirrtuch ab und geht aus der Küche.

Die Polizei ist weg. Lillian fegt im Wohnzimmer Glasscherben in einen Müllsack und sammelt dabei Steinproben vom Boden auf. Die Fäden-Kampfhähne sind rettungslos hinüber, aber die konnte sowieso keiner leiden. Jesus Christus wurde im Schlafzimmer gefunden, Gesicht zur Wand, aber trotzdem noch Ruhe und vollkommenen

Glanz verströmend. Wie Johnny Cash ist er zurück an seinen rechtmäßigen Platz in der Diele gehängt worden.

Renata öffnet die Backofenklappe und holt einen braunen Briefumschlag heraus.

»Die Zeitungsausschnitte?«

»Jetzt weißt du, wo ich die Wertsachen aufbewahre«, flüstert sie. »Genau danach haben sie gesucht.«

Ich runzele die Stirn. »Ernsthaft?«

»Das war offensichtlich. Sie haben jedes Buch durchgeblättert und alle meine Papiere durchsucht, aber sie haben nichts gestohlen.«

Ich spreche, so sanft ich kann. »Aber falls es ein Hassverbrechen war –«

»War's nicht.« Sie sieht mir direkt in die Augen. »Ich weiß, dass es das nicht war.« Sie klopft auf den Briefumschlag. »Sie hatten es hierauf abgesehen.«

»Aber wer weiß denn, dass wir den Umschlag haben?«

»Der Alte, sein Sohn?« Renata zuckt mit den Schultern. »Irgendwer muss gesehen haben, dass du ihn aus dem Haus mitgenommen hast.«

»Aber wie?«

»Keine Ahnung. Du hast doch das Gefühl, beobachtet zu werden, wenn du da bist, oder?«

Ich nicke. Geister, Katzen, Karten spielende mechanische Hermeline und so weiter, ganz zu schweigen von einem alten formwandlerischen Riesen, der einen Schritt von mir entfernt stehen kann, ohne dass ich es merke.

Ich sehe Renata an. »Was hat dich veranlasst, den Umschlag zu verstecken?«

»Mein Instinkt.«

»Und wie geht's jetzt weiter?«

Renatas Miene ist ernst. »Wir bleiben am Ball. Das hier beweist, dass wir der Sache näher kommen.«

Kapitel 25

Auf dem Küchentisch ist ein Pfeil in verschüttetes Puddingpulver gezeichnet worden. Er ist in der kurzen Zeit erschienen, die ich brauchte, um mich umzudrehen und einen Lappen zu nehmen. Nicht bloß irgendein Pfeil, sondern ein Pfeil mit Federn dran. Dieser Geist ist von der schnellen Sorte.

Der Pfeil zeigt auf die Vorratskammer.

Ich öffne die Tür und sehe ein sauberes Regal und ordentliche Packungen, Regimenter von Dosen und Reihen von Flaschen. Cathal isst wie ein Mann im Belagerungszustand, ernährt sich lieber von Konserviertem als von Frischem. Alles ist mit erfreulicher Akkuratesse aufgereiht. Ich stupse eine Dose Erbsen mit Minze zurück ins Glied. Hier gibt es keine Hinweise.

Links von mir schiebt sich ein Glas mit eingelegter Roter Bete zaghaft nach vorn. Seine Nachbarin, eine Schachtel pikante Cracker, tut es ihm mit etwas mehr Überzeugung nach. Ebenso wie ein Beutel Zucker und eine Flasche mit brauner Soße, die furchtlos von ihren Plätzen gleiten, als wollten sie sich für eine gefährliche Mission melden.

Ich warte. Es geschieht nichts weiter. Ich räume das Regalbrett leer, nehme jedes Teil in die Hand und inspiziere es genau. Dann sehe ich es. Ein Schlüssel ist mit Klebeband an der Unterseite des Regalbretts darüber befestigt.

Glänzendes schwarzes Eisen, schwer und lang.

Diese Tür dürfen wir nicht öffnen.

Ich ziehe das Klebeband ab, stecke den Schlüssel flugs in die Tasche meiner Kittelschürze, und als ich aus der Vorratskammer trete, sehe ich, wie eine Nase an der geöffneten Hintertür auftaucht. Dann eine Schnauze, dann zwei Augen und ein Blick wie geschmolzener Honig. Der Fuchs schiebt sich Stück für Stück herein, bereit zum Rückzug. Sein Moschusgeruch ist stärker, dringt in die Küche, verrät seine Ankunft, noch ehe er ganz zu sehen ist. Seine Schultern folgen, sodass Larkin halb drin ist, mit den Vorderpfoten auf der Fußmatte steht. Er gähnt mit einem leisen Jaulen und schließt die Schnauze mit einem Schnappgeräusch. Dann blickt er mich an, *vielsagend.*

Als ich die Küche bis zur hinteren Tür durchquert habe, steht er bereits unten vor den Stufen auf dem Gartenweg.

Ich weiß, dass ich niemals im Leben einem Fuchs folgen darf.

Larkin führt mich vorbei an Autobatterien und gärenden Müllsäcken, Bettgestellen und verrosteten Fahrrädern. Ich frage mich, ob der Wohnwagen sein Ziel ist, aber dem ist nicht so, obwohl er dort kurz zögert, eine Pfote angehoben.

Wir winden uns durch Büsche und Sträucher, zwischen Stapeln von Dachpfannen und kaputten Fensterrahmen hindurch. Ich gehe vorsichtig durch Berge aus Altmetall und vermoderten Holzbrettern mit herausragenden Nägeln. Trotz meiner Aufregung denke ich an solche Gefahren wie Wundstarrkrampf und Blutvergiftung und Spinnen in den Ohren, denn die Spinnweben senken sich über mich wie klebrige Flüche.

Larkin trabt vor und zurück, vielleicht vor Ungeduld, weil ich so langsam bin.

Jenseits des ganzen Mülls ist ein unberührter Pflanzendschungel: Legionen von dickstieligen Unkräutern mit grimmigen Borsten und wunderbaren Pilzen in unwirklichen Formen und Farben. Manche sind scharlachrot gesprenkelt wie zur Abschreckung, andere haben die Form von Babyohren und sprießen schön ordentlich in einer Reihe.

Stängel brechen ab und verströmen einen strengen Geruch, hinterlassen Saft auf meinen Beinen und Knöcheln. Zweige knacken und krümmen sich. Kletten haften an meiner Strickjacke, und Dornen ziehen an meinem Rock. Bald ist mein Haar übersät mit Marienkäfern, und meine Knöchel sind beringt mit Ameisen. Auf meiner Schulter reitet eine Raupe: in ihrer Welt ein wildes, orange wattiertes Monster.

Manchmal verliere ich Larkin aus den Augen; dann komme ich stolpernd zum Stehen und warte, bis die Büsche vor mir beben.

Ich habe das Gefühl, als würde ich mit jedem Schritt schrumpfen, als würden die Bäume höher wachsen und das Licht grüner werden.

Und dann erreichen wir plötzlich eine Lichtung.

Ein runder Backsteinbau ist in den Boden eingelassen: ein halb versunkener Bienenstock, ein altes Eishaus.

Die Böschung drumherum ist mit langen, dünnen Bäumchen bestanden, die durchbrochene Schattenmuster auf die von der Nachmittagssonne beschienene Lichtung werfen.

Ich folge Larkin eine Treppe hinunter. Die Natur hat diesen Ort zurückerobert: Das Mauerwerk ist mit vielerlei Moosen bewachsen, und Dornengestrüpp bedeckt den Zugang. Das Eisentor wird von einem Brennnesselstrauch offen gehalten, und direkt dahinter hat sich ein hoher Laubhaufen vor einer mit Nieten versehenen Holztür angesammelt. Ich schiebe das Laub mit dem Fuß weg und sehe, dass die Tür unten am Rand angenagt ist. Larkin schnuppert an ihr entlang.

»Sind da vielleicht Ratten drin, Larkin?«

Wie als Antwort schnaubt Larkin.

Ich probiere den Schlüssel aus. Er lässt sich erstaunlich mühelos drehen.

Der Eingang ist niedrig, und ein stark modriger Geruch liegt in der klammen Luft, die mir entgegenschlägt. Und sie ist kalt, eine Kälte, die dich fühlen lässt, dass die Sonne niemals hier eingedrungen ist.

In dem Licht, das durch die Tür nach innen fällt, kann ich sehen, dass der Boden sich jäh in eine große Grube von etwa drei Metern Tiefe absenkt. Ringsum verläuft ein schmaler Gang. Hier wurde vermutlich Eis gelagert, in Stroh eingepackt, von der unterirdischen Kälte geschützt. In diesem dumpfen Bau wurden Eisblöcke geschlagen und hinüber zum Haus geschleppt, um Lebensmittel zu kühlen und kalte Getränke und Sorbets herzustellen. In der Grube ist jetzt nichts mehr außer Blättern und Zweigen und den Überresten von verendeten Vögeln: verfilzte Federbündel und verknäuelte Flügel. Ich zögere weiterzugehen, denn das kleine Gebäude hat die unheimliche traurige Atmosphäre einer geplünderten Gruft, einer geschändeten Grabstätte.

Larkin dreht sich von der Tür weg und läuft den Weg zurück. Auf halber Strecke bleibt er stehen und späht aufmerksam die Böschung hoch.

Ich trete über die Schwelle, die Hände am Türrahmen, gehe dann vorsichtig bis zu dem schmalen Gang. Ich folge ihm, schiebe mich dicht an der Wand entlang, obwohl ich mir die Klamotten ruinieren werde, weil die Backsteine von Feuchtigkeit durchdrungen sind und sich nass anfühlen. Der Geruch ist überwältigend: als hätte sich der Bauch der Erde geöffnet. Der Urgeruch von verborgenen Orten, tiefen, dunklen Orten, wo Leben endet und neu beginnt, ein Kreislauf von Verwesung und Entstehung.

Ich fahre mit der Hand über die Wand, aber da ist nichts zu finden, keine lockeren Ziegel oder Hohlräume, keine Nachrichten in Flaschen oder versteckte Briefumschläge.

Es geschieht blitzschnell. Eine Silhouette füllt den Türrahmen. Es wird dunkel im Eishaus. Die Tür fällt zu, und der Schlüssel dreht sich im Schloss, ein kurzes hallendes Klicken. Diese Geräusche schlagen ringsum von den Wänden zurück, werden verstärkt und zu Echos.

Es ist nicht völlig stockdunkel, sage ich mir. Ich zähle mehrmals bis zehn, dicht an die Wand gedrückt, ehe ich es sehe. Unter der Tür ist ein Streifen Licht, und über ihr ist ein kleines vergittertes Fenster.

Ich mache einen einfachen Plan. Ich werde mich durch die Dunkelheit auf das Licht zubewegen, die Füße an der Wand entlangschieben, die Schulter dagegengedrückt. Schrittchen für Schrittchen, langsam, in aller Ruhe. Ohne an die Leere unter mir zu denken, über mir oder an die ganze undurchdringliche Luft, die sie füllt.

Sie fliegt mir ins Gesicht. Ich reiße die Arme hoch.

Ich rolle mich laut fluchend auf die Seite und krieche dann auf allen vieren in der Grube des Eishauses herum, ertaste welke Blätter, Federn, irgendwas. Meine Stimme steigt hoch, kreist wie zum Spott im Dunkeln, in endlosen Wiederholungen. Wenn ich mich das nächste Mal bewege, werde ich mir auf die Zähne beißen und still bleiben.

Als die Echos verklingen, höre ich seine Stimme.

Es gibt Sprossen. Sam lotst meine Hände zu ihnen, klettert hinter mir. Oben angekommen, schiebt er mich hoch und über den Rand. Er hilft mir auf die Beine und stützt mich die ganze Zeit, während er mich aus der Unterwelt hinaus ins Licht führt. Ich schaue bewusst nicht zurück. Stattdessen schaue ich auf den Schatz, den ich gefunden habe. In meiner Hand eine weiße Schleife an einer zerbrochenen Haarspange.

Sam tritt auf die Straße, um ein Taxi anzuhalten. Als wir fast zu Hause sind, liegt er mir endlich nicht mehr damit in den Ohren, dass wir ins Krankenhaus fahren sollten. Er wollte mich abholen, sagt er, und er hat mich von der Straße aus fluchen hören. Ich hätte ein ganz schön lautes Organ. Ich lache und zucke zusammen. Er nimmt meine Hand und drückt sie.

Meine Hand liegt in Sams Hand.

Aber ich kann nur an das halb fertige Abendessen für Mr Flood denken. An den Grießpudding, der noch auf die Vanillesoße wartet, und an den Salat, der noch auf den Dosenschinken wartet, und an die kleine weiße Schleife in meiner Tasche. Und dann noch an etwas anderes: die Silhouette einer Gestalt, in dem Moment bevor die Tür des Eishauses zufiel, bevor der Schlüssel sich drehte.

Kann etwas an ihrer Größe, an ihrer Statur mir verraten, wer das war? Ich habe sie nur einen ganz kurzen Moment gesehen.

Habe ich sie gehört? Natürlich nicht.

Hätte ich wirklich die leisen Schritte von Slippern hören können oder das verstohlene Schlurfen eines Formwandlers?

Renata steht an der Haustür. Sam sagt ihr, dass er mich nach oben in meine Wohnung bringt, damit ich was anderes anziehen und verarztet werden kann. Dass wir danach sofort wieder nach unten kommen. Renata nickt, und ihr Blick verrät mir, dass sie mitkommen möchte, aber nicht kann.

Ich ziehe mich im Badezimmer aus, während Sam in der Diele wartet. Ich habe böse Schürfwunden an Rücken, Armen und Beinen. Ich ziehe einen Pyjama an und klatsche mir am Waschbecken Wasser ins Gesicht. Ich rufe durch die Tür, dass alles okay ist. Dass ich nur noch eine Minute brauche. Dann setze ich mich auf den Wannenrand und unternehme eine gewaltige Anstrengung, endlich mit dem Weinen aufzuhören.

Ich höre ihn in der Küche, wo er Tassen zusammensucht, sie spült, Wasser aufsetzt, an der Milch schnuppert und dann Kaffee einschenkt, den er lieber schwarz lässt. Als ich aus dem Bad komme, erwarten mich ein sonniger Empfang und eine Wohnung, die anders ist, weil er da ist. Alles wirkt festlich. Die ungegossenen Pflanzen haben etwas Frisches, die Vorhänge sehen nicht mehr so trist aus, und in den Ecken ist es sauberer, als ich dachte.

Sam sagt, ich soll mich aufs Sofa setzen, und krempelt mir die Ärmel und die Hosenbeine hoch. Mit immer frischen Wattebauschen desinfiziert er vorsichtig meine Wunden.

»Zeig mal deinen Rücken.«

Ich drehe mich ein wenig zur Seite.

»Darf ich?«

Er zieht meine Pyjamajacke mit so sanften Händen hoch, dass ich wieder weinen muss.

»Fertig«, sagt er und setzt sich, eine Hand locker auf mein Bein gelegt.

Ich trockne mir das Gesicht am Ärmel ab, und wir lächeln einander an. Er steckt die gebrauchten Wattebausche in eine Plastiktüte und bringt das Desinfektionsmittel zurück ins Bad.

Ich nippe an meinem heißen Kaffee und spüre den Druck von allem im Raum, während ich darauf warte, dass er zurückkommt.

»Du bist also dem Fuchs gefolgt?« Er setzt sich neben mich mit einem verwunderten Lächeln.

Ich zucke mit den Achseln. »Schien mir irgendwie vernünftig.«

»Und hast du irgendwas im Eishaus gefunden?«

»Nein.«

Ich weiß nicht, warum ich lüge. Nur, dass ich mich noch nicht dazu durchringen kann, ihm die einsame kleine Schleife zu zeigen, die an der Plastikspange hängt, der Spange, an der die Hälfte der Zacken fehlt. War sie ihr vom Kopf gezogen worden? War sie zertreten worden, als Maggie versuchte zu fliehen?

»Vielleicht solltest du die Sache aufgeben, Maud.« Sams Gesicht ist ernst.

»Du weißt, was mit Renata passiert ist, oder?«

Sam nickt. »Sie hat mich angerufen.«

»Hat sie dir erzählt, was in dem Briefumschlag war, nach dem die Typen gesucht haben?«

Sam blickt mich bekümmert und vielleicht ein wenig mitleidig an. Ich kenne diesen Blick; ich selbst habe meine Klienten oft genug so angesehen.

»Du hast doch eine Schwester, nicht wahr, Sam? Das hast du Renata erzählt.«

Er starrt mich an. »Was hat das denn damit zu tun?«

»Wenn sie spurlos verschwinden würde, wie Maggie Dunne, würdest du das einfach hinnehmen?«

»Ich kapier nicht –«

»Mary wusste etwas oder hatte einen bestimmten Verdacht, deshalb hat sie die Zeitungsausschnitte verwahrt und sie gut versteckt. Alles hat mit Maggies Verschwinden angefangen.«

Sam trinkt einen Schluck Kaffee.

»Du würdest es nicht einfach hinnehmen, oder, Sam?«

Er stellt seine Tasse auf den Tisch und sieht mich an, und ausnahmsweise weiß ich einmal, was als Nächstes passieren wird.

Kapitel 26

Sam schläft, das Gesicht unter seinen Haaren verborgen. Ich sehe ihn an, bis er die Augen aufschlägt. Zuerst ein träger, verschwommener Blick, ein warmes, betörtes Lächeln. Ich warte darauf, dass sein Ausdruck sich verändert. Warte auf die langsam dämmernde Erkenntnis, die dann in blankes Entsetzen umschlägt.

Es ist ein Blick, den ich gut kenne, der Blick einer festgebundenen Ziege, die ihrem Angreifer nicht entkommen kann. Ich hatte denselben Blick auch schon einmal im Gesicht, als ich neben einem Archivar aufwachte, den ich im Bus kennengelernt hatte. Er hatte trockene, pergamentartige Hände, las gern Bücher über Wasserstraßen und zuckte jedes Mal zusammen, wenn ich etwas sagte.

Ja, er hätte gern einen Kaffee, sagt Sam, und die Gerüstträger seines Lächelns halten noch gerade so.

Sobald ich die Tür hinter mir schließe, wird die Panik einsetzen, und er wird aus dem Bett hechten, das Zimmer nach seinen Klamotten absuchen, in seine Cowboystiefel springen. Er wird leise vor sich hin fluchen und über die Risiken von Freundlichkeit und Nähe wettern.

Mach's gut, Kumpel.

Ich setze Wasser auf und gehe unter die Dusche.

Ich muss gar nicht erst nachsehen, ob die Wohnung leer ist. Ich weiß es, sobald ich aus der Dusche komme, sobald ich das Badetuch um mich gewickelt habe.

St. Valentine lümmelt draußen vor der Badezimmertür herum, schwingt den schmuddeligen Strick, mit dem er sein Gewand gürtet. »Das ist ja prima gelaufen mit deinem Mann«, sagt er.

Ich werfe ihm einen scharfen Blick zu. »Du kannst deine Ansichten für dich behalten.«

Er grinst. »Er hat richtig verstört ausgesehen, als er aus deinem Schlafzimmer kam. Aber dann hat er sich gefangen und schleunigst das Weite gesucht. Wahrhaftig, ich habe noch keinen Mann so schnell verduften sehen.«

»Und das aus dem Munde des Schutzheiligen der Liebe? Ich wäre dir dankbar, wenn du nicht bei mir in der Diele herumlungern würdest, unangerufen und uneingeladen.«

»Ist zur Tür hinausgehüpft und -gesprungen.« St. Valentine fixiert mich mit einem Auge, während das andere nach Belieben umherschweift. »Wie ein Kaninchen war er. Nein, wie ein Fuchs, dem die Hundemeute schon fast am Hintern hängt.«

»So was nennt man widerrechtliches Eindringen.«

»Er hat dir einen Zettel hingelegt.« St. Valentine nickt Richtung Wohnzimmer.

Auf dem Couchtisch abgestützt mein Telefonblock. Ich schlendere hin, täusche Gleichgültigkeit vor. Hastig hingekritzelt:

Sorry, M. Musste los.

St. Valentine grinst. »Er ist dir vom Haken geflutscht.«

»Ich wollte ihn mir gar nicht angeln«, murmele ich durch zusammengebissene Zähne.

»Tja, wenn du so weitermachst, angelst du dir wohl eher den Tripper.« St. Valentine droht mir mit einem diffusen Finger. »Wie lange kennst du ihn? Fünf Minuten? Er macht dir schöne Augen, und schon hüpfst du mit ihm in die Kiste.«

Ich funkele ihn an. »Es gibt doch bestimmt eine Stelle, bei der ich mich über dich beschweren kann, oder?«

Er zwinkert mir kess zu und sagt, während er durch die Wand davonschwebt: »Aber alle Achtung, dass du den rumgekriegt hast. Menschenskind, wer hätte das gedacht?«

»Sie kommen zu spät. Der halbe Vormittag ist um.« Cathal blickt mich finster unter seinen Augenbrauen hervor an.

Er trägt ein Smokingjackett und eine Baskenmütze. Ich würde am liebsten loslachen. Aber ich tu's nicht. Nicht mit den jüngsten Mitteilungen von Mary Flood im Kopf.

»Ein bisschen Grießpudding ohne einen Tropfen Scheißvanillesoße«, knurrt er. »Unpünktliche Schnepfe, jetzt kommen Sie schon.«

Er geht den Flur hinunter, und ich folge ihm.

Er bleibt vor der Tür zu seiner Werkstatt stehen. Mir fällt auf, dass er seine Befestigungen über Nacht verstärkt hat. Auf jeder Seite der Tür steht ein Holzkleiderständer, der oben mit Stofftieren garniert ist, so ähnlich wie ein Totempfahl. Drumherum hat Mr Flood eine Wagenburg aus Plastikkisten gebaut, die mit Krempel gefüllt sind. Ich erkenne so manches, das er heimlich im Schutz der Dunkelheit aus den Mülltonnen zurückgeholt hat.

»Haben Sie irgendwas in Ihren Taschen?«, fragt er.

»Nein.«

»Dann belassen Sie es auch dabei.«

Er schließt die Tür auf und schaltet das Deckenlicht an. Neonröhren erhellen eine große vollgestopfte Werkstatt. Eine Werkbank erstreckt sich über die gesamte Länge des Raums. Über ihr sammeln unzählige verstümmelte Kreaturen Staub an, wie eine Taxidermie-Notfallstation. Unter der Werkbank stehen Kisten mit Zahnrädern und Hebeln und halb auseinandergenommene Apparaturen. An der Wand hängen Werkzeuge zwischen seltsamen geschnitzten Marionetten: Prinzessinnen und Hexen, Krokodile und Clowns.

Mitten im Raum steht eine Holzbude mit Fenster. Sie ist etwa so groß wie ein Kinderpuppentheater, und hinter dem Fenster sind rote

Samtvorhänge geschlossen. Darüber ist ein Schild mit mattgoldenen Lettern:

Madame Sabine
Das Schicksal von morgen schon heute

Cathal kramt in einem Glas auf dem Regal herum und reicht mir eine Münze. Er deutet mit dem Kinn auf den Schlitz vorn an der Apparatur. »Stecken Sie einen Penny rein.«

Die Münze fällt, und ein surrendes Geräusch ertönt. Die Vorhänge öffnen sich ruckelnd, bleiben dann auf halber Strecke mit einem wehleidigen Brummen stecken.

Cathal flucht leise, nimmt einen Hammer von der Werkbank und schlurft auf die Rückseite der Bude. Die Vorhänge öffnen sich ganz, und eine Furcht einflößende, lebensgroße mechanische Puppe kommt zum Vorschein. Eine Frau mit schmaler Taille und üppigem Busen in einem geschnürten Kleid aus schwarzem Bombasin. Sie trägt lange Gagat-Ketten um den Hals, hat riesige strahlende Augen und einen unverhältnismäßig kleinen Mund mit winzigen weißen Zähnen. Über ihrer verstaubten Frisur hängt ein paillettenbesetzter Schleier. Zwischen den beringten Fingern liegt eine Kristallkugel. Die gemalte Kulisse zeigt einen Zigeunerwohnwagen. Es gibt einen kleinen Herd mit glänzendem Kessel darauf und eine Reihe von bunten Tellern. Rechts von ihr ist ein Vogelkäfig aus Draht, in dem zwei fette ausgestopfte Buchfinken hocken. Von ihrem linken Ellbogen aus schaut eine ausgestopfte schwarze Katze zu.

Der Mechanismus rattert, als sie ihre schlanken Handgelenke hebt und mit den Händen über die Kristallkugel streicht. Die zwei fetten Buchfinken wackeln mit den Flügeln, und die Katze öffnet und schließt die Augen.

»Die Vögel haben mal gesungen«, murmelt Cathal. »Und die Katze hat geschnurrt, kaum zu glauben, was?«

Mit einem schrecklichen Knirschen plumpst Madame Sabines Kopf nach vorn, und sie sieht mich plötzlich mit einem furchtbaren prüfenden Blick aus ihren schwarz glänzenden Augen an. Ihre Hände gleiten ein letztes Mal über die Kugel und fallen dann leblos auf die Theke. Ihr Kopf schnellt hoch, was ihren Schleier klimpern lässt.

Eine Karte fällt in eine Aussparung weiter unten, und die Vorhänge schließen sich ruckelnd wieder.

Ich nehme die Karte.

Madame Sabine sagt:
Wenn du eine schielende Frau triffst, sag ihr unbedingt Guten Tag, damit dir kein UNGLÜCK widerfährt.

Ich studiere die Karte, bis Cathal sie mir wegnimmt und mich durch eine Doppeltür in einen großen angrenzenden Raum führt. Eine Hollywoodschaukel samt Sonnendach nimmt eine zentrale Position ein, umringt von Untertellern mit Milch, die sauer geworden ist oder aufgeleckt wurde. Mindestens vier Katzen schaukeln auf verschlissenen Kopfkissen und zerwühlten Laken.

»Erzählen Sie mir jetzt nicht, dass Sie darauf schlafen«, sage ich fassungslos.

»Doch. Das ist herrlich. Na los, probieren Sie's aus.«

»Ich denk nicht dran. Das Ding sieht aus, als würde es von Krabbelviechern nur so wimmeln. Wann haben Sie zuletzt die Bettwäsche gewechselt?«

»Also, daran kann ich mich nun wirklich nicht erinnern, Drennan.«

Ich folge ihm quer durch den Raum und hinaus in den Wintergarten. Er hat das Gemälde verhüllt.

»Ich hatte gehofft, ich könnte es mir anschauen.«

»Das können Sie, wenn es fertig ist.«

Ich setze mich in den Sessel, und Cathal sagt mir, wie ich den Arm halten soll, den Kopf. Er blickt zu mir runter.

»Ihr Haar ist falsch.«

»Sie haben gesagt, ich soll es hochstecken.«

»Hab ich nicht«, sagt er. »Darf ich?«

Zu meiner eigenen Überraschung nicke ich.

Behutsam und sachte zieht er die Haarnadeln heraus. »So ist es besser. So bekommt ihre eiserne Kinnpartie eine weichere Kontur.« Er schüttelt mein Haar aus, streicht mir dann eine Strähne hinters Ohr. »Gut so.«

»Na dann, ran ans Werk, Rembrandt.«

Er tätschelt mir die Schulter und geht zur Staffelei hinüber. Er deckt das Bild ab. »Sie wollen bestimmt wieder eine Geschichte, oder?«

»Zum Zeitvertreib.«

Ich sehe zu, wie er vor der Leinwand vorwärts- und rückwärtsschlurft. Er gerät heute öfter ins Schwanken, und ich frage mich, ob er Terpentin geschnüffelt hat.

Ich schaue auf das Gemälde von Mary in ihrem gelben Kleid und Gabriel neben ihr, mit seinem skizzenhaften mürrischen Gesicht. »Erzählen Sie mir von Gabriel als Kind.«

Er blickt mit zusammengekniffenen Augen auf die Leinwand. »Verdammte Scheiße.«

Nach einer Weile beginnt er zu reden. »Er war ein durch und durch hinterhältiger Sausack. Gerissen, durchtrieben, intrigant. Wie ein Chamäleon, hat ständig die Farbe gewechselt, um nirgendwo aufzufallen.«

Ich frage mich, ob er diesen Trick von seinem Vater geerbt hat.

Cathal zieht ein grimmiges Gesicht. »Und sadistisch. Er hat gern Tiere gequält.«

»Sind nicht alle Jungs so? Denken Sie daran, was Sie mit den Wespen gemacht haben.«

Cathal sieht mich an. »Manche sind so und manche nicht. Gabriel war grausam. Und zäh. Man konnte ihn durchschütteln, bis ihm die Zähne klapperten, und er hat trotzdem nichts zugegeben. Man konnte ihn windelweich prügeln, und er hat trotzdem kein Wort gesagt.«

Ich runzele die Stirn.

»Aber Mary hat ihn vergöttert.«

»Die beiden hatten ein enges Verhältnis?«

Er schaut kurz zu mir rüber. »Nein. Er hat sie genau so sehr gehasst, wie sie ihn geliebt hat. Er hat jede Gelegenheit genutzt, seine Mutter zu kränken, hat ihr Streiche gespielt, Sachen versteckt oder kaputt gemacht. Unfälle im Haus provoziert.«

»Gabriel hat Unfälle provoziert?«

»Ich hab ihn ein paarmal dabei erwischt und ihm eine gehörige Ohrfeige verpasst. Aber Mary ließ nichts auf ihn kommen. Sein Wort galt für sie immer mehr als meins.«

Über uns verschwindet die Sonne hinter den Wolken, und im Wintergarten wird es dämmerig. Es ist still, bis auf das Schlurfen von Cathals Latschen und das schwache Zischen, wenn er Luft durch die Zahnprothese einsaugt.

Ein Bild nimmt langsam vor meinem geistigen Auge Form an: Mary, wie sie die Treppe hinunterrollt.

Gabriel steht oben auf dem Flur und beobachtet ihren Sturz. Es ist ein langer Weg bis unten. Sie fällt mit dem Kopf voran. Ihr Gesicht ist panisch verzerrt, ihre Beine, Arme, das Steißbein prallen auf die Stufen, ein abscheulicher dumpfer Schlag nach dem anderen. Kleine runde Vokallaute entweichen ihrem Mund zusammen mit ulkigen Quieksern, wie die unbeabsichtigten Klänge, wenn ein Dudelsack gestimmt wird. An der Treppenbiegung knallt sie mit dem Kopf gegen das Geländer. Das letzte Stück bis unten ist sie still.

Oder vielleicht hatte Gabriel nichts damit zu tun.

Mary und Cathal streiten sich oben an der Treppe, sie hat einen Zeitungsausschnitt in der Hand. Er geht auf sie zu, ragt bedrohlich groß vor ihr auf …

Ich schließe die Augen und lausche dem Klatschen und Schaben des Pinsels auf der Leinwand.

Unten angekommen, hat Mary Flood den Sturz überlebt, aber nur knapp. Sie liegt auf der Seite. Ihre Finger zucken, ihr Atem geht stoßweise. Eine rote Pfingstrose erblüht an ihrer Schläfe. Sie murmelt einen Namen. Als Mary das Bewusstsein verliert, wird sie vielleicht wieder mit ihrer Tochter vereint. Man sagt, dass die Toten immer zu den Sterbenden kommen, um ihnen beim Übergang in ihre Welt zu helfen.

Vielleicht hat sie auch Maggie getroffen.

Ein erdiger Geruch dringt durch den Fußboden des Wintergartens, wetteifert mit dem des Terpentins. Am Himmel ziehen Wolken. Stille senkt sich über uns, und als ich schließlich etwas sage, klingt meine Stimme fremd und viel zu laut.

»Erzählen Sie mir von Marguerite.«

Cathals Pinsel verharrt auf der Leinwand.

»Sie hatten eine Tochter, Cathal.«

Er malt wieder weiter. Ich warte.

Seine Stimme, als er schließlich spricht, ist leise, unsicher. »Das stimmt.«

»Es tut mir leid. Es ist schwer, einen Menschen zu verlieren.«

Er runzelt die Stirn. »Menschen gehen leicht verloren.«

»Wie war sie?«

Er hebt den Blick, sieht mich mit seinen sehr, sehr hellen arktisch blauen Augen an, und er lächelt, plötzlich und unschuldig. »Ein großartiges, aufgeschlossenes Mädchen. Sie hat sich von Gabriel nicht unterkriegen lassen.«

»Hatten Sie ein enges Verhältnis zu ihr?«

Er nickt, legt den Pinsel hin und sucht einen anderen aus.

Er wendet sich wieder der Leinwand zu. »So, schön still halten, Drennan«, sagt er. »Jetzt kommt der knifflige Teil.«

Kapitel 27

Die Atmosphäre in Renatas Wohnung ist heute anders als sonst. Es wird weniger gescherzt, und wir trinken unseren selbst gebrannten Krupnik so, wie er getrunken werden soll: mit Überwindung und ohne Genuss.

Renatas Steinsammlung ist in Kisten verpackt, und ihr Bücherregal ist leer. Die Wände sind kahl und fleckig, und im Teppich sind Brandlöcher von Zigaretten.

Aber das ist keine Erklärung für unsere Stimmung.

Uns bedrückt ein einziges Gefühl: Diese Sache ist zu groß für uns. Sie ist größer als einer von Renatas Kriminalromanen. Sie ist real: die wahre Geschichte von einem verschwundenen Schulmädchen und einer unschuldigen Frau, die womöglich auf fragwürdige Weise zu Tode kam.

Die Haarspange mit der Schleife liegt auf dem Tisch. Immer wieder richten wir die Augen darauf. Renata hat sich jeden Zeitungsausschnitt daraufhin angesehen, ob Maggie Dunne auf einem der Fotos die Spange trägt. Fehlanzeige.

»Sie könnte Marguerite gehört haben«, sage ich.

Aber dadurch fühlen wir uns auch nicht besser.

Die Heilige, die am Fenster auf und ab tigert, ist wahrhaftig keine große Hilfe. Ich bin froh, dass Renata ihr Anblick erspart bleibt. St. Rita von Cascia ist blasser denn je, und ihre gütigen grünbraunen

Augen wirken ängstlich. Sie flackert und leuchtet ab und zu auf wie eine kaputte Neonröhre. Die Wunde an ihrer Stirn brennt feuerrot.

Was wir jetzt gut gebrauchen könnten, wäre eine Art himmlische Wahrheitsdroge, ein Blitz, der hell genug wäre, um die Geheimnisse von Bridlemere zu offenbaren. Ich stelle mir vor, wie das Haus uns alle möglichen Hinweise entgegenschleudert: Zugfahrpläne, Tagebücher, ein ganzes Arsenal an Mordwaffen. Geister würden aus jeder Ecke geschwebt kommen, ernst dreinblicken und sich die kalten kleinen Hände reiben, bereit, eidesstattliche Erklärungen abzugeben. Jede einzelne Leiche im Keller der Familie würde zutage gefördert: Ihre Skelette würden mit durchnummerierten Knochen und klappernden Zähnen herauskommen und anklagend ihre knochigen Finger heben.

Cathal Flood wäre da, eine Hand vor dem Mund, die Brauen hochgezogen vor Erstaunen über all die Enthüllungen, die ihm unversehens über die Lippen kommen. Und auch Gabriel, der unfreiwillig Geständnisse herauswürgt, mit feuchter Oberlippe und blanker Panik in den Haifischaugen.

Und Maggie Dunne, würden wir sie endlich finden?

Unruhig unter den Dielenbrettern schlummernd, hoffnungslos im Keller weggesperrt?

Denn wir haben es mit Rätseln zu tun, die wir nicht verstehen, und mit Gefahren, die jeden Moment zurückkommen können, die Brechstangen drohend erhoben. Alle Fenster sind verriegelt, und die Türkette ist vorgelegt. Renata hat die Nummer der Polizei als Kurzwahl gespeichert.

Ich frage mich, ob wir das nervlich durchhalten.

Ich blicke meine Freundin an. Renata riecht stark nach Pfeifentabak, und ihr Kopftuch sitzt schief. Dann und wann krempelt sie gedankenverloren die Ärmel ihres Kaftans hoch. Sie fragt nicht, wo Sam ist, und als der Zeitpunkt, zu dem er kommen sollte, längst verstrichen ist, stellt sie die Teller auf den Couchtisch, und wir essen die Mahlzeit, die sie in der Mikrowelle aufgewärmt hat.

Wir beide wissen, dass es Wichtigeres gibt als Sam Hebdens Verbleib.

Wenn ich die Worte finden könnte, würde ich Renata sagen, dass sie nicht damit rechnen soll, Sam so bald wiederzusehen. Aber vielleicht muss ich das ja auch gar nicht. Renata hat selbst mehr als genug gescheiterte Romanzen hinter sich, und mit der hart erkämpften Weisheit derer, die Herzschmerz kennen, wird sie mich nicht fragen, wo Sam ist oder ob er wiederkommt. Dafür liebe ich sie.

Ich könnte mir vormachen, ich hätte ihn bloß geträumt, wären da nicht seine Zigarettenstummel auf einer Untertasse und sein Geruch in meinem Bett.

Der Film läuft wieder ab, ein wenig verzerrt und nur noch einen Abend. Schmelzende Blicke in Zeitlupe. Filmreife Momente und solche, die weniger einstudiert sind. Hinderliche Kleidung und der unsichere stolpernde Weg vom Sofa zum Bett. Dann die Freiheit, das freudige Wälzen, das Erkunden von Grenzen und das Entdecken von Orientierungspunkten, Anweisungen, die mitten im Satz abgebrochen werden. Ich sehe es wieder oder zumindest eine Version davon: Beine, Arme und Haare, Speichel und Zähne, prickelnde Fingerspitzen und vor Leidenschaft glühende Haut. Der drängende zustimmende Blick und der fast gewaltsame Akt, der dann folgte. Das verschlungene, unaufhaltsame Hochschrauben der Spannung bis zu einem Punkt im Hier und Jetzt und nirgendwo sonst.

Dann der Fallschirmsprung in den Schlaf. Ich, gefaltete Seide, an seinen Rücken geschnallt. Er hielt meine Hand ganz fest, als hinge sein Leben davon ab.

Mit einem Zug an der Reißleine ist er im stillen, grauen Morgenlicht verschwunden. Er band sich das Haar nach hinten, startete seine Ducati und fuhr zurück nach –

Renata räumt unsere Teller ab.

St. Rita hört auf, hin und her zu tigern, bleibt mit hochgezogenen Schultern am Fenster stehen und schaut nach draußen.

Wir trinken schweigend unseren Krupnik aus, und ich greife nach der Flasche und schenke uns nach. Renata zieht eine Augenbraue hoch.

»Gegen das Fett im Gehirn«, sage ich.

Wir trinken wortlos, dann kramt Renata in ihrer Handtasche. »Lillian hat das hier für dich besorgt.«

Ein Panikalarm für die Handtasche und eine Familiendose Pfefferspray.

»Wozu?«

»Ich hab sie gebeten, die Sachen zu besorgen, nur für den Fall, dass Mr Flood durchdreht und versucht, dich zu ermorden.« Renata spitzt die Lippen. »Du solltest auch dein Handy aufladen, für den Notfall.«

»Das funktioniert nicht in Bridlemere: Da gibt's kein Netz. Hör mal, das ist nett gemeint, aber ich brauch die Sachen nicht.«

Renata verzieht das Gesicht. »Mir wäre wohler, wenn du sie nimmst.«

Ich verdrehe die Augen.

»Maud, ich schlaf mit einem Brotmesser unterm Kopfkissen.«

»Und Bernie.« Ich schiele zu der Schmuckurne auf dem Kaminsims hinüber. »Ist er jetzt endgültig aus dem Gästezimmer raus?«

»Mein Geliebter bleibt in meiner Nähe. Gott sei Dank haben die Sauhunde ihn nicht gefunden.« Sie blickt zutiefst angewidert. »Wer weiß, was sie mit ihm gemacht hätten.«

Ich nicke.

»Bitte sei vorsichtig, Maud.«

»Cathal tut mir nichts.«

Sie sieht mich forschend an und sagt ehrlich interessiert: »Wieso glaubst du, dass du ihm trauen kannst? Wieso glaubst du, dass du bei dem Alten sicher bist?«

Die Frage ist berechtigt. Ich sollte sie mir selbst stellen: *Wieso sollte ich überhaupt irgendeinem Mann trauen?*

»Er malt dich und erzählt dir Geschichten. Er umgarnt dich mit Worten, damit du nicht siehst, dass er böse ist. Er ist die Spinne, und du bist seine Fliege.«

Ich denke an die Brosche in dem roten Schlafzimmer, an die Spinne mit dem Granatstein als Unterleib, die ihre Beute einfängt. »Ich bin keine Fliege, Renata.«

»Du musst auf der Hut sein, Maud. Du musst lernen, Freund und Feind zu unterscheiden.«

Das Telefon in der Diele klingelt.

Renata ist wütend. Das merke ich daran, wie sie an ihrem Kopftuch zupft, als sie wieder Platz nimmt.

Mein Herz gerät ins Stolpern. »Was ist?« Ich denke sofort an Sam.

»Cedar House.« Sie streicht die Falten ihres Kaftans glatt. »Das Kinderheim, in dem Maggie Dunne gelebt hat, als sie verschwand. Es nennt sich jetzt bloß Holly Lodge.«

»Und was ist damit?«

»Die Heimleitung weigert sich, irgendwas zu sagen.«

»Was hast du sie gefragt?«

Sie schüttelt ihre Armreifen und inspiziert ihre Fingernägel. »Nach den Einzelheiten von Maggies Fall.«

»Hast du ihnen gesagt, wer du bist?«

Wir sehen einander an. Überlegen kurz, wer Renata wirklich ist.

»Ich hab mich als Journalistin ausgegeben.«

»Die haben wahrscheinlich alle möglichen Vorschriften, nicht über ehemalige Heimbewohner zu sprechen.«

»Trotzdem.« Renata zuckt mit den Schultern. »Ich hab gesagt, ich würde für eine angesehene Zeitung arbeiten und einen seriösen Artikel über ungeklärte Vermisstenfälle schreiben. Da sollte man doch meinen, sie wären ein bisschen entgegenkommender.«

»Vielleicht warst du nicht überzeugend genug.«

Renata nimmt es gelassen. »Möglich.« Sie gießt uns beiden noch ein Glas ein. »Im Fernsehen läuft so was anders, was? Da sieht man keine zwei deprimierten Frauen, die sich mit einer Flasche Krupnik trösten.«

»Wir würden niemanden vor den Bildschirm locken.«

Sie betrachtet verächtlich ihr Glas. »Tja, mit wilden Verfolgungsjagden und Durchsuchungsbeschlüssen und DNA können wir nicht mithalten.«

»Immerhin hast du dein Flipchart aufgestellt. Das war richtig aufregend.«

Drüben am Fenster hebt St. Rita den Kopf und fängt wieder an, auf und ab zu gehen, zunächst langsam und dann immer schneller, bis sie ein anständiges Tempo vorlegt.

Renata nickt. »Dann machen wir also weiter?«

»Machen wir.«

»Wir sind schließlich Biber.«

»Ich dachte, du wärst eine Ziege?«

Sie leert ihr Glas in einem Zug, und ihre Augen tränen kaum. »Ich habe die Seiten gewechselt.«

Kapitel 28

Es regnet in Cathal Floods Küche. Jähe Schauer prasseln von der Decke, oder es fallen einzelne schwere Tropfen. Ich stelle hektisch Eimer und Schüsseln auf, um das meiste aufzufangen. Verwundert sehe ich, dass hellgrüne Efeutriebe aus den Rissen in den Küchenfliesen sprießen und die Wände hinaufranken, sich nach den staubigen Stuckleisten recken.

Ein fürchterlicher Wind heult im abgedeckten Schornstein des Wirtschaftsraums, erreicht gespenstisch hohe Töne. Ein erdiger Geruch steigt vom Linoleum auf und aus dem Ausguss der Spüle. Im Raum ist es so dunkel geworden, dass ich das Licht einschalten würde, wenn es nicht pausenlos aus der Lampenfassung tropfen würde.

Draußen hingegen ist es trocken und hell, und es hat seit Tagen nicht geregnet.

Der Geruch erinnert mich an das Eishaus, und ich frage mich, ob ich mit einer Taschenlampe noch einmal hineingehen soll. Aber schon bei dem Gedanken schlägt mein Herz einen Salto.

Cathal kommt in die Küche gesegelt. Er hat sich einen Regenmantel über seinen Pyjama gezogen.

Ich zeige auf die Eimer und Schüsseln. »Soll ich einen Handwerker kommen lassen? Wegen der undichten Stellen?«

»Auf keinen Fall. Das passiert gelegentlich.«

»Dass es in Ihrer Küche regnet?«

»Irgendwo wirft eine Krähe zu viele Steine in einen Wasserkrug«, sagt er rätselhaft.

Cathal hat gute Laune. Das ist nicht ungewöhnlich. Zurzeit lächelt er mehr und brüllt weniger und pfeift auch schon einmal. Wir frühstücken zusammen in der Küche, und so domestiziert, wie er neuerdings ist, kämmt er seine unbändige weiße Mähne mit dem Frisierset, das ich für ihn gefunden habe.

Doch andererseits sind da das Funkeln in seinen Augen und der gehässige Zug um seinen Mund und der Sarkasmus in seiner Stimme. Die Wildheit ist noch immer da, sie ist bloß unter die Oberfläche abgetaucht, vorläufig.

Er setzt sich an den Tisch. »Heute steht baden auf dem Plan.«

Ich blicke ihn mit gespielter Verblüffung an. »Guter Mann.«

Er tunkt einen Toast in sein Dreiminutenei wie ein feiner älterer Herr. »Wenn Sie versprechen, mit Ihrem verdammten Genörgel aufzuhören.«

Ich gieße ihm Saft ein. »Ich darf also nach oben und das Badezimmer herrichten? Durch die Große Mauer aus *National Geographics*, den Flur entlang und die Treppe rauf, erster Stock, dritte Tür rechts. Nur den einen Raum, wie abgemacht.«

»Da ist nun mal das Badezimmer. Ich habe alle anderen Türen abgeschlossen, als Schutz gegen Ihre Schnüffelnase.« Er sieht mich an. »Und behalten Sie gefälligst die Augen im Kopf und die Hände bei sich. Fassen Sie ja nicht meine Kuriositäten an.«

»Ihre Kuriositäten interessieren mich nicht. Wann haben Sie zuletzt gebadet?«

»1998.«

»Ist also schon ein Weilchen her. Hoffen wir bloß, dass der Boiler weiß, was sich gehört.«

Er nippt vorsichtig an dem Glas, als müsste er sich daran gewöhnen, seine Pranken zu benutzen.

Ich mache den Abwasch, schiele zwischendurch auf seinen langen, dünnen, über das Frühstück gebeugten Rücken. Manchmal wünschte ich, es gäbe kein Geheimnis, manchmal genügt mir das hier. Es gibt Momente, da denke ich nicht an Mary oder Maggie Dunne, da mache ich einfach nur meine Arbeit. Ich packe und sortiere, putze und koche, lasse die Katzen herein und nach Mäusen jagen.

»Gibt's in diesem Haus keinen verdammten Toast mehr?«

»Wenn Sie sich benehmen, dann doch.«

Er wirft mir einen entrüsteten Blick zu und lutscht an seiner Zahnprothese. Ich bestreiche eine Scheibe Toast mit Butter und lege sie vor ihm hin.

»Ich habe bald Geburtstag«, sagt er zu seinem Ei.

»Ich weiß.«

»Ich will ihn nicht allein verbringen. Ich bin ein trauriger alter Hund.«

»Stimmt.«

Er runzelt die Stirn. »Würden Sie mit mir zu Abend essen, Drennan?«

Ohne zu überlegen, sage ich: »Ja natürlich, gern.«

Er sieht seinen Teller an und strahlt vor Freude.

Das Badezimmer ist ein riesengroßer, staubiger Raum, so einladend wie eine Leichenhalle. Ich habe mehr Opulenz erwartet: eine gusseiserne Badewanne mit Löwentatzen und goldenen Wasserhähnen in Delfinform. Irgendwas Protziges, wie das rote und das weiße Schlafzimmer mit den Tauben und Springbrunnen an den Wänden, den geheimen Gängen, durch die Katzen verschwinden können.

Dieses Badezimmer wirkt zu real.

Ein hohes Fenster verbreitet trostloses Licht. Alles fühlt sich kalt an, und im ganzen Raum hängt ein durchdringender Geruch nach unkontrolliertem Schimmel.

Es gibt zwei Waschbecken, beide gesprungen, eine Toilette und ein Bidet nebst einem gewaltigen Trog von Wanne: die Wanne eines

Riesen. Alles steht in großem Abstand zueinander, als würden die Sanitäranlagen sich gegenseitig meiden. Die Wand- und Bodenfliesen sind weiß, krampfadernblau geädert. Tote Motten, Fliegen, Käfer und die hohlen Kadaver von Wespen liegen verstreut im ganzen Raum herum, vor allem auf der Fensterbank, die mit Spinnweben verhängt ist. Ich drehe den Hahn an einem der Waschbecken auf, und die Leitung tuckert vom langen Nichtgebrauch, bis sie Rost kotzt. Ich spüle das Becken aus und gehe zur Badewanne.

Und da sehe ich sie.

Ihre bleichen Zehen sind über den Wannenrand gekrümmt, die Nägel unlackiert, mandelförmig. Ihre Haarspitzen sind nass und dunkelblond. Oben auf dem Kopf, wo das Haar trocken ist, sieht es hell aus. Ihre Augen sind glasig, leer, eiskalter Marmor. Sie hebt träge die Hände, eine Art schläfrige Rückenschwimmbewegung, und gleitet ins Wasser. Füße, Beine, schmale Brust: Alles ist untergetaucht. Ich sehe sie unter der Oberfläche schweben.

Maggie Dunne hebt wieder die Arme, verharrt dann mitten in der Bewegung, und ich sehe: An ihren Armen laufen rote Streifen herunter, in gewundenen Mustern. Sie blickt zu mir hoch, ihr Gesicht eine bleiche Perle. Dann taucht es ebenfalls unter. Sie ertrinkt in Blut.

Ich bin schon halb aus der Tür, bevor ich noch einmal hinsehe. In der Wanne ist nichts außer Staub und vertrockneten Spinnen.

Cathal kommt in einem Bademantel hereingeschlurft. »Nur damit eins klar ist. Sie werden auf keinen Fall hierbleiben und mir auf den Schniedel glotzen.«

»Ihr Schniedel interessiert mich nicht.« Ich blicke mich verstört um.

»Was haben Sie?«

»Nichts.«

Ich lasse das Wasser laufen, bis es klar ist, finde einen Stöpsel und sehe nach, ob er Handtücher, Schwamm und Seife hat. Ich stelle den tragbaren Badewannenlift auf, den ich letzte Woche bestellt hatte, für den Fall, dass er mit dem Hintern nicht aus der Wanne kommt.

Er beäugt die Vorrichtung misstrauisch. »Wozu soll das Ding gut sein?«

»Für den Fall, dass Sie mit dem Hintern nicht aus der Wanne kommen.«

»Welcher Idiot kommt denn nicht aus der Wanne? Wieso sollte ich nicht aus meiner Wanne kommen? Bin ich etwa nicht mehr gelenkig?«

»Auf jeden Fall können Sie noch gut über ihr Gerümpel kraxeln.«

Er sieht mich verständnislos an. »Was für Gerümpel?«

»Nun gut, ich überlasse Sie Ihrem Schicksal.«

Er zieht den Bademantel aus.

Ich warte vor der Tür auf dem Flur. Darauf haben wir uns geeinigt. Cathal hat mir einen Stuhl hingestellt und einen Stapel Zeitschriften dazugelegt. Ich höre ihn drinnen planschen, höre das Quietschen und Ächzen der Wanne, wenn er seine langen Glieder bewegt.

Meine Augen fühlen sich wund an, müde.

Cathal furzt im Bad, fängt dann an, ein schlüpfriges Lied zu singen.

Ich schaue durch den Flur zu dem Gemälde hinüber, doch Mary meidet den Blickkontakt mit mir. Sie ist in den dunklen Hintergrund zurückgewichen: Gesicht und Hände weiß verschwommen.

Mrs Cabello aus dem großen Haus nebenan steht vor der hinteren Tür und bläht eindrucksvoll die Nasenflügel. Von Nahem sieht sie mindestens zwanzig Jahre älter aus. Ihr Haar ist zu schwarzen Wellenkaskaden geföhnt und mit einer Designersonnenbrille aus ihrer hohen gewölbten Stirn nach hinten geschoben. Ihr Lippenstift ist weit über die Lippenlinie hinausgemalt, und ihre Augen sind mit schwarzem Lidstrich umringt. Ich denke an Renata, die von Mrs Cabellos prächtig gestaltetem Outfit angetan wäre, von den goldenen Sandaletten bis hin zu der engen schwarzen Röhrenhose.

Mrs Cabello verfügt über eine breite Palette von Emotionen, von erbost und bestürzt bis zu wütend und giftig. Trotz ihrer erratischen Mischung aus Spanisch, Englisch und lyrischen Obszönitäten habe ich zweierlei herausgefunden.

Erstens: Sie hofft, der Alte wird von einer Mülllawine lebendig begraben.

Zweitens: Der Alte hat ihre wertvolle Sphinx-Katze gestohlen.

Sie hat Mr Floods hagere Gestalt spätabends um ihr Grundstück herumschleichen sehen. Sie hat leere Dosen Katzenfutter in ihren Büschen gefunden.

»Er hat wochenlang versucht, mein Schätzchen nach draußen zu locken«, sagt sie. »Er hat darauf gewartet, dass ich unachtsam werde und ein Fenster offen lasse. Manolete ist eine Hauskatze. Einzigartig.«

Sie verflucht die Augen in Mr Floods Kopf und verlangt eine Unterredung mit ihm.

»Er ist gerade im Bad. Ist Manolete eine von diesen haarlosen Katzenarten?«, frage ich höflich.

Mrs Cabello verstummt in ihrer Schimpftirade und starrt mich an. »Wovon reden Sie?«

»Mr Flood hat eine Menge Katzen«, sage ich geduldig. »Wie sieht Manolete denn aus? Ist er eine Nacktkatze?«

Mrs Cabello blinzelt. »Nein, er hat einen weichen Flaum. Wie feines Chamois.«

»Und er bleibt normalerweise im Haus?«

Mrs Cabello nickt, und vielleicht weil sie an Manoletes einzigartige Schönheit denken muss, weint sie plötzlich los, mit vorwurfsvollen kleinen Schluchzern. Sie kramt in ihrer Handtasche, findet ein Foto und reicht es mir. Es zeigt eine einzigartig hässliche Katze. Einen hellgrauen Alien mit vorstehenden gelben Augen und mürrischen Stirnfalten, der über ein Satinkissen kriecht.

»Ah ja.«

»Er ist wunderschön.« Mrs Cabello steckt das Foto wieder in ihre Handtasche.

»Ich werde nach ihm Ausschau halten.« Ich werfe einen Blick über die Schulter und senke die Stimme. »Haben Sie eigentlich Mary Flood gekannt?«

»Was hat Mary Flood mit meiner Katze zu tun?«

Ich zucke mit den Schultern. »Ich möchte bloß ein bisschen mehr über die Familie erfahren.«

Mrs Cabello fletscht die Zähne und zeigt mit einem langnageligen Finger nach oben. »Fragen Sie ihn doch.«

»Er ist nicht sehr kommunikativ«, erwidere ich mit leiser Stimme.

»Er ist ein Dreckskerl«, krächzt Mrs Cabello hämisch. »Aber seine Frau war reizend.«

»Haben Sie sie gut gekannt?«

Sie nickt. »Sie hat mir einen Rosenstock geschenkt, als ich eingezogen bin.«

»Dann waren Sie bestimmt sehr mitgenommen, als Sie von ihrem Unfall erfahren haben?«

Mrs Cabello rümpft die Nase. »Das war kein Unfall.«

Ich schaue kurz hinter mich. »Glauben Sie das wirklich?«

Mrs Cabello zuckt mit den Achseln. »Vielleicht, aber was weiß ich schon?«

Ich senke die Stimme. »Hat Mary je gesagt, dass sie sich bedroht fühlte?«

»Wir haben immer nur über ihren Garten geredet.«

»Über sonst nichts?«

Sie zeigt in den Garten. »Da vorne war eine Laube, mit Rosen umrankt. Es war ein schönes Haus, als Mary noch da war.« Sie schüttelt den Kopf. »Es ist ein Elend, wie er es hat verkommen lassen. Alles ist stehen geblieben, alles ist gestorben, als sie starb. Das Einzige, was hier jetzt noch wächst, ist Müll.«

»Hat sie mal ihre Tochter erwähnt?«

»Die beiden haben eine Tochter?«

»Sie hieß Marguerite. Sie ist sehr jung gestorben.«

»Wie traurig.« Mrs Cabello blickt traurig. »Mary hat nie von ihrer Tochter gesprochen.«

Ich verschwinde kurz in die Küche, schreibe Renatas Telefonnummer auf und gebe sie ihr. »Falls Ihnen sonst noch irgendwas zu Mary einfällt, auch wenn es nur eine Kleinigkeit ist, würden Sie dann diese Nummer anrufen?«

Mrs Cabello stopft den Zettel in die Tasche ihrer kurzen Lederjacke und lächelt mich grimmig an. »Und Sie halten nach Manolete Ausschau?«

»Versprochen.«

Sie schiebt ihre Sonnenbrille vor die Augen und steigt vorsichtig die Stufen hinunter. Unten angekommen, winkt sie und geht den Gartenweg hoch.

Cathal hat den Großteil des Tages im Bad verbracht und ist dank eines hinreichend großen Waschlappens und einer Gummibadematte ohne Zwischenfälle und ohne seine Sittsamkeit zu gefährden wieder aufgetaucht. Er hat einen alten dunklen Anzug mit einer schwarzen Krawatte angezogen. Seine gewaschenen Haare sind ordentlich gekämmt, und er ist frisch rasiert. Er sieht aus wie ein zwielichtiger Gast auf einer Trauerfeier.

Jetzt steht er an der Leinwand bereit und beobachtet, wie ich meine Pose in dem Sessel einnehme.

»Wie lange wollen Sie das Bild denn noch in die Länge ziehen?«, frage ich.

»Bis Freitag ist es fertig. Wir werden es an meinem Geburtstag feierlich enthüllen.«

»Möchten Sie sonst noch jemanden einladen? Freunde, Nachbarn, Ihren Sohn?«

Cathal blickt mich verächtlich an. »Sie sind wirklich eine Klugscheißerin.«

»Ich frag doch nur.«

»Obwohl Sie wissen, dass ich ein verhasster Mann bin? Dass ich verhasst bin und hasse. Wie käme ich dazu, Leute einzuladen, damit sie mich an meinem Geburtstag aus nächster Nähe verachten können?«

»Apropos Antipathie, Mrs Cabello war da«, murmele ich. »Sie vermisst ihre Katze.«

»Ach ja?«

»Sie glaubt, Sie könnten sie gestohlen haben.«

Cathal blickt sich um. Der Wintergarten ist voll mit Katzen. Sie liegen zusammengerollt zwischen Gemälden, dösen unten vor meinem Sessel und streichen um die Beine der Staffelei.

»Ich habe Katzen. Sie kann sich eine aussuchen.«

»Mrs Cabellos Katze ist was Besonderes. Sie ist nackt.«

»Ihre Katze ist nicht nackt, sie hat einen weichen Flaum, wie ein runzeliger grauer Pfirsich.«

Ich blicke ihn strafend an. »Sie haben Manolete gestohlen.«

Cathal tupft auf seiner Palette herum, mit ausdrucksloser Miene.

»Versuchen Sie nicht, es abzustreiten. Mrs Cabello hat Sie nachts in ihrem Garten herumschleichen sehen, wie Sie versucht haben, ihn aus dem Haus zu locken. Sie haben ihn gestohlen, nicht wahr?«

Er mustert sein Gemälde. »Das habe ich nicht. Halten Sie doch Ihr Plappermaul.«

»Die arme Frau ist außer sich.«

»Sie ist immer außer sich. Die alte Giftschlange.«

»Ich fand sie ganz nett. Sie war mit Mary befreundet, nicht wahr?«

Cathal blickt mich angewidert an. »Hat sie das gesagt? Dann ist die Schlampe auch noch eine verdammte Lügnerin.«

»Die beiden waren also nicht befreundet?«

Er zieht ein finsteres Gesicht. »Sie ist ständig hier aufgekreuzt, hat Mary zu Gartenpartys und in schicke Bars und zu irgendwelchen

Scheißorgien eingeladen. Mary wollte nichts mit ihr zu tun haben. Mary war eine anständige Frau.«

»War Mary sehr religiös?«

Cathal bückt sich, um seinen Pinsel zu nehmen, und verharrt in der Bewegung. »Gewissermaßen.«

»Schön für sie, Gottesdienste sind gut fürs Seelenheil«, sage ich betont arglos.

Mit der ganzen Gehässigkeit, die er aufbringen kann, erwidert er: »Ich hätte Sie nicht für ein Schaf gehalten.«

Ich zucke mit den Achseln. »St. Joseph's ist ganz in der Nähe, und Father Quigley hat ein paar schöne Kirchenlieder im Repertoire.« Ich beobachte ihn aus dem Augenwinkel.

Er wäscht den Pinsel in dem kleinen Töpfchen aus, das an der Palette klemmt, und trocknet ihn mit einem Lappen. Dann wählt er einen anderen Pinsel aus und malt weiter, als wäre er völlig vertieft in seine Arbeit.

Schließlich sagt er: »Wenn Sie meinen Rat wollen, machen Sie einen großen Bogen um Priester, vor allem um den. Er mischt sich gern in anderer Leute Angelegenheiten ein.«

»Sie kennen ihn?«

Er sieht zu mir rüber. »Ach nee. Jetzt würden Sie bestimmt gern eine Geschichte dazu hören, was?«

»Wenn Sie wollen.«

»Ich finde, Sie haben genug Geschichten gehört, Drennan.« Cathal konzentriert sich auf die Leinwand, die Zungenspitze an der Oberlippe. »Ich hab Ihnen ja gesagt, wohin das führt, wenn Sie Ihre Nase überall reinstecken.«

Kapitel 29

Renata kommt in den Raum getänzelt, einen höchst verwunderten Ausdruck im Gesicht.

»Es ist Father Quigley.«

»Am Telefon?«

Sie nickt. »Er will wissen, ob Inspector Drennan noch mal bei ihm vorbeischauen könnte. Er hat Informationen für sie.«

»Sag ihm, sie macht gerade im Streifenwagen Jagd auf einen Katzendieb, wird aber, sobald sie kann, zu ihm kommen.«

Renata grinst. »Er fragt, ob sie sofort kommen kann, bevor die Haushälterin zurückkehrt.«

»Sie wird sehen, ob sie's einrichten kann.«

Der Priester kommt persönlich an die Tür und hebt mich förmlich ins Haus, nachdem er einen prüfenden Blick auf den Weg hinter mir geworfen hat. Da ist niemand außer St. Valentine, der mir an den Fersen klebt, seit ich von Renata losgegangen bin, unsichtbar neben mir hertrippelt und auf den Bürgersteig spuckt.

Ich folge Father Quigley in sein Arbeitszimmer. Seine Fuengirola-Bräune hat noch nicht ganz wieder die Koffer gepackt, aber sein Teint zeigt schon die aschgraue Grundierung, die sich durch stundenlanges Sitzen in Beichtstühlen oder Teetrinken in Hospizen einstellt.

Er schüttelt mir die Hand. »Danke, dass Sie gekommen sind, Maud.

Ich werde mich kurzfassen, solange Mrs O'Leary unterwegs ist. Sie hat nämlich ein feines Gehör für Gespräche.«

Er winkt mich zu einem Sessel.

St. Valentine lässt sich mit der erwartungsvollen Miene eines Zuschauers, der seinen Platz einnimmt, auf der Schreibtischkante des Priesters nieder. Er holt einen Zahnstocher aus dem Ärmel seines Gewandes und fängt an, in seinen wenigen noch vorhandenen Zähnen zu pulen.

»Sie hat das Herz am rechten Fleck.« Father Quigley schielt zum Fenster. »Aber ich kenne niemanden, der dermaßen nach Skandal- oder Klatschgeschichten lechzt.«

»Geht es um Mary Flood, Father?«

»Nein«, sagt er. »Es geht um Marguerite. Und es ist alles andere als gut.«

»Marguerite wurde in ein Kinderheim gegeben?«

Der Priester nickt. »Die Kirche hatte Verbindungen zu dem Haus, daher kannte Father Creedo ein paar von den Bewohnern, einschließlich Marguerite.« Er stockt und sieht mich an. »Ich hoffe, es stört Sie nicht, dass ich sozusagen proaktiv geworden bin.«

»Ganz und gar nicht, Father.«

»Mir ist bloß Father Creedos Name auf den Messe-Karten aufgefallen.«

»Natürlich. Wir hatten zuvor Nachforschungen angestellt –«

»Und Sie haben nichts herausgefunden? Tja, es ist auch gar nicht so leicht, Creedo zu erreichen.« Er strahlt mich an. »Momentan ist er in Paraguay, unglaublich, was? Da habe ich ihn ausfindig gemacht.«

»Alle Achtung, dass Sie ihn aufgespürt haben, Father.«

Father Quigley blickt geschmeichelt. »Wenn ich mir Krimis im Fernsehen anschaue, weiß ich meistens ziemlich schnell, wer der Täter ist. Polizeiarbeit ist bestimmt sehr befriedigend.«

»Sie hat durchaus ihren Reiz.«

»Wie dieser kleine belgische Detektiv gesagt hat: ›Es kommt immer auf die kleinen grauen Zellen an.‹«

»So ist es, Father.«

»Man muss zwei und zwei zusammenzählen können.«

St. Valentine hört auf, in den Zähnen zu stochern. »Mach ihm mal ein bisschen Dampf. Ihr habt fünfzehn Minuten: O'Leary wartet an der Bushaltestelle mit einer Tüte Koteletts.«

Ich sage munter: »Also, Father, erzählen Sie, was Sie mir sagen wollen, sonst kommt Mrs O'Leary gleich mit gespitzten Ohren zur Tür herein.«

Father Quigley nickt. »Marguerite war Langzeitbewohnerin in dem Heim. Father Creedo hat erlebt, wie sie als Kind dort ankam, und er hat sie im Laufe der Jahre gut kennengelernt. Als er jedoch in eine andere Gemeinde versetzt wurde, hat er leider den Kontakt zu ihr verloren.«

»Marguerite ist also nicht gestorben?«

Der Priester wird ernst. »Nein. Sie hatte versucht, ihren Bruder zu ermorden.«

»Sie hat versucht, Gabriel umzubringen?«

»Sie hat den kleinen Kerl an die Hand genommen, ist mit ihm in den Garten gegangen und hat versucht, ihn im Brunnen zu ertränken. Anschließend hat sie keinerlei Reue gezeigt. Im Gegenteil, sie hat gelobt, es wieder zu versuchen, deshalb wurde sie ins Heim gegeben.«

St. Valentine schnaubt: »Geschwister.«

»Marguerite lebt also noch.« Der Gedanke elektrisiert mich. »Sie ist irgendwo da draußen?«

Father Quigley nickt. »Laut Father Creedo.«

Ich runzele die Stirn. »Cathal Flood hat mir nicht widersprochen, als ich von seiner toten Tochter sprach.«

»Nein? Nun, in gewisser Weise war Marguerite für ihre Familie ja auch tot. Dieses Gerücht, so schrecklich es auch war, ließ sich vermutlich leichter ertragen als die Wahrheit.«

»Mag sein.«

Father Quigley blickt nachdenklich. »Jim Creedo hat gesagt, ihm wäre noch nie ein so bezauberndes Kind begegnet. Die Familie ist Marguerite ein paarmal besuchen gekommen, aber sie haben sie nie mit dem Jungen allein gelassen, damit sie nicht noch einmal versuchen konnte, ihn abzumurksen.«

Und dann dämmert es mir. »Hat Father Creedo den Namen von dem Heim genannt?«

»Cedar House.«

»Das Cedar House, das jetzt Holly Lodge heißt?«

»Ich weiß es nicht, Maud. Es war jedenfalls ein Heim für schwer erziehbare Kinder.«

Ich versuche, die Ruhe zu bewahren. »In welchem Zeitraum hatte Father Creedo Kontakt zu Marguerite?«

»In den Siebzigern bis Mitte der Achtziger.«

Mein Herz macht einen Sprung. »Dann muss Marguerite Maggie Dunne gekannt haben. Sie müssen zur selben Zeit in dem Heim gewesen sein.«

St. Valentine stößt einen gedämpften Juchzer aus.

Der Priester blickt verwirrt.

»Maggie Dunne hat ebenfalls in Cedar House gewohnt, Father. Sie war fünfzehn Jahre alt, als sie spurlos verschwand.«

»Ach ja?«

»Ich glaube, Mary hat Maggies Verschwinden untersucht: Sie hat Zeitungsausschnitte aufbewahrt.«

Der Priester stutzt. »Also, dazu kann ich nichts sagen, aber Jim Creedo hat mir noch etwas erzählt, und das kam von Mary Flood persönlich.«

»Was denn?«

Father Quigleys Gesicht verfinstert sich, wirkt plötzlich älter, bekümmert. »Mary hat in ihrer Ehe mit Cathal sehr gelitten. Sie ist die Verbindung nicht freiwillig eingegangen.«

»Inwiefern?«

»Es hat alles damals in Wexford angefangen, mit diesem reichen Witwer. Er war bekannt für seine Zügellosigkeit und seine Vorliebe für junge Mädchen. Marys Eltern verschafften ihr eine Stelle als Hausmädchen bei ihm. Natürlich dauerte es nicht lange, bis der alte Kerl ein Auge auf Mary warf, die eine stadtbekannte Schönheit war. Marys Vater erzwang eine Heirat, um aus seiner Tochter eine ehrbare Frau zu machen, und mit dem Hintergedanken, von der Verbindung zu profitieren. Denn Marys Vater war sowohl korrupt als auch gerissen.«

Der Priester spitzt die Lippen. »Der alte Witwer, der praktisch schon in den letzten Zügen lag, als die Ehe geschlossen wurde, starb nach nicht mal einem Jahr, und kaum war er unter der Erde, da nötigte sein Sohn Mary auch schon in eine zweite Ehe. Die arme junge Frau behielt also den Namen, mit dem sie bereits bestraft war. Flood.«

»Dann war Mary vor Cathal mit seinem Vater verheiratet?«

Father Quigley nickt. »Ganz genau. Cathal hat sie nie geliebt. Er hat sie zu der Heirat mit ihm überredet, um sich sein Geburtsrecht zurückzuholen. Mary hatte ja das gesamte Vermögen des Verstorbenen geerbt.«

St. Valentine ist gefesselt. Mit einem Auge schaut er gebannt den Priester an, während er mit dem anderen den Weg zur Haustür beobachtet.

Der Priester fährt fort. »Mary war jung und hatte keine Freunde, müssen Sie wissen. Ihre eigene Familie hatte sie zu der Ehe mit Flood senior gezwungen, um finanziell davon zu profitieren.« Ein Ausdruck des Triumphs gleitet über das Gesicht des Priesters. »Aber Cathal hat Mary unterschätzt. Sie begann, sich zu wehren. Sie legte so viel Geld an, wie sie konnte, und häufte nach und nach ein Vermögen unter eigenem Namen an. Sie versteckte das Geld vor Cathal, der in seinen jungen Jahren ein großer Verschwender, Casanova und Glücksspieler war. So gelang es Mary, peu à peu den Besitz unter ihre Kontrolle zu bringen.«

Über dem Kaminsims tickt eine Uhr.

»O'Leary ist gerade aus dem Bus gestiegen«, meldet St. Valentine. »Sie ist kurz in den Kiosk, um sich Pfefferminzbonbons zu kaufen. Noch zwei Minuten, höchstens.«

»Mrs O'Leary wird bald hier sein, Father.«

»Über kurz oder lang begriff Cathal, dass er nichts mehr besaß außer der Hose, die er am Leib trug, und vielleicht nicht mal mehr die.« Der Priester zuckt mit den Schultern. »Ob dieser Umstand Mary vor Cathals Wutausbrüchen schützte, ist fraglich. Aber ich glaube, er trieb eine ohnehin schon explosive Situation auf die Spitze.«

»Was meinen Sie damit?«

Der Priester legt die Stirn in Falten. »Cathal war ein Dämon, wenn man ihn in Rage brachte, wäre es da nicht denkbar, dass er seinen Zorn auch gegen die Frau richtete, die zum zweiten Mal die Kontrolle über sein Erbe übernommen hatte?«

»Wollen Sie damit sagen, dass Cathal seiner Frau gegenüber gewalttätig war, Father?«

»Ich kann natürlich nichts beweisen, aber ich glaube, Cathal hat Marys Leben um einiges schwerer gemacht, als es sowieso schon war.« Etwas Dunkles zieht über das Gesicht des Priesters, eine düstere Gedankenwolke. »Ich denke, ich habe ihre schreckliche Traurigkeit, ja Einsamkeit gesehen. Aber sie war eine sehr reservierte Frau, und ich habe sie nie gedrängt, sich mir anzuvertrauen.«

St. Valentine zuckt mit den Achseln und lässt den Zahnstocher wieder im Ärmel seines schmuddeligen Gewandes verschwinden. »Reden ist Silber und so weiter.«

Der Priester blickt zerknirscht. »Ich hätte mehr für sie da sein müssen, Maud.«

Wir sitzen eine Weile da, ohne ein Wort zu sagen.

Und dann breche ich das Schweigen. »Sie glauben also nicht, dass Marys Treppensturz ein Unfall war?«

Father Quigley holt tief Luft. »Ich hoffe bei Gott, es war einer.«

Kapitel 30

Ich sehe, wie sie sich unter dem Teppich den Flur entlangbewegt. Sehe die Wellen, die sie erzeugt. Das Muster wogt mit ihr. Sie ist schnell, folgt dem Schwung der Treppe nach unten. Mit den Füßen voran, wie bei einer Steißgeburt. Die Arme hoch über der Brust verschränkt wie eine Mumie. An der untersten Stufe ballt sie sich zusammen, rollt sich ein und schwillt an, drückt gegen den Rand des Teppichs. Mit dem Schwall eines Blasensprungs strömt sie heraus, ein flüssiger Schatten, eine dunkle Pfütze auf den Fliesen. Hinter ihr glättet sich der Teppich wieder, als wäre nicht das Geringste geschehen.

Ihr Schatten wird größer und dunkler. Ich sehe zu, wie er den Fußboden durchtränkt.

Ich blicke hinab in einen tiefen, dunklen Tümpel.

Ich sehe die Spiegelung eines Gesichts, aber es ist nicht meins. Es hat ein breites Lächeln. Ich schaue auf, und da ist sie, hockt im Schneidersitz neben mir auf dem Boden, eine weiße Schleife in ihrem blonden Haar. Sie öffnet den Mund, um etwas zu sagen, und ein Ohrenkneifer fällt heraus. Sie kichert und schlägt eine Hand vor den Mund. Sie versucht es noch einmal. Sie öffnet den Mund, und eine ganze Schar von ihnen rutscht ihr übers Kinn.

Sie lächelt nicht mehr.

Panik steigt ihr in die Augen, und sie spuckt ein Knäuel schwarz-bronzener Insekten nach dem anderen aus. Sie kullern und winden sich, landen auf dem Boden und krabbeln ihr unter den Schulrock, in die Schuhe und die Bündchen ihrer Socken.

Dann fällt mir auf: Maggie Dunne ist nicht ganz sie selbst.

Ihre Arme und Beine sind irgendwie dünn, ihre Augen liegen tief in den Höhlen, und ihre Zähne sind locker. Sie spuckt sie mit kleinen erschöpften Lauten zu den Ohrenkneifern auf den Boden. Mit Mühe steht Maggie auf. Sie blickt entsetzt auf die perlweißen Maden auf ihrer Bluse. Sie pflückt sie ab, ein verlegenes Lächeln auf den grünen Lippen. Dann ist sie weg, läuft ungelenk davon, ein eckiges Hoppeln, die Schultern hochgezogen.

Erst da sehe ich: die ausgefransten Verbände an ihren Handgelenken, das Haar büschelweise ausgerissen, die Blutergüsse –

»An deiner Stelle würde ich mit den Kriminalgeschichten aufhören.«

Ich setze mich im Bett auf, in Schweiß gebadet und in dem goldenen Licht, das vom Kleiderschrank kommt.

»Der Krupnik tut wohl auch sein Übriges.«

Ich schirme die Augen ab.

»Moment, ich drehe die Helligkeit was runter«, sagt er.

Schließlich sehe ich ihn: den übermäßig schönen St. Raphael (Liebende, Geisteskrankheit, Albträume). Er legt mit einem zurückhaltenden Surren die Flügel an, setzt sich auf die Bettkante und sieht mich mit Augen an, die groß und dunkel in seinem herzförmigen Gesicht liegen. Selbst im gedimmten Zustand leuchtet St. Raphael. Augen, Lippen und Haar: Alles schimmert im Licht einer strahlenden Sonne. Nur seine Flügel sind im Schatten, zwei geschwungene schwarze Formen, die sich leise raschelnd hinter ihm bewegen.

»Die Albträume sind wieder da, Maud?«

Ich nicke.

»Vielleicht solltest du den Fall aufgeben. Ein ruhiges Leben führen.« Er streicht sich eine bronzefarbene Locke hinters Ohr und beugt sich vor. »Du weißt, du verursachst doch bloß Kummer«, flüstert er.

Ich suche nach erklärenden Worten, die ich zusammenfügen kann.

»Gib auf, Baby.« Er lächelt.

»Ich kann nicht«, antworte ich. »Ich muss rausfinden, was passiert ist.«

Er verschränkt die schimmernden Arme und blickt mich durch seine Wimpern hindurch an. »Alte Geschichten wieder auszugraben kann gefährlich sein. Manche sind nämlich noch nicht zu Ende.«

»Ist Maggie Dunne noch am Leben?«

Er runzelt die Stirn. »Das kann ich dir nicht sagen.« Hinter ihm huschen samtene Schatten. Ich höre einen Flügel schlagen, ein jähes leises Surren. »Aber ich weiß, wer das vielleicht kann.«

»Marguerite?«

Statt zu antworten, wirft er einen Blick auf die leere Seite meines Betts.

»Ich glaube nicht, dass er wiederkommt.« Als ich das sage, merke ich, wie nahe ich den Tränen bin.

St. Raphael sieht mich mit seinen gütigen dunklen Augen an, die warm glühen. »Wer weiß?«

Zu meiner Schande fange ich an zu weinen. »Kommt er wieder?«

»Wartest du immer noch auf ein Happy End, Maud?« Sein Lächeln ist so traurig, dass ich am liebsten wegschauen würde.

»Nein. Ich will bloß wissen, worauf ich mich einstellen muss.«

Er nickt. »Abwarten und Tee trinken, Maud. Abwarten und Tee trinken.«

Und dann ist er weg und macht den Tag nur noch grauer.

Cathal ist heute übler Laune. Das verrät sein zorniger Gesichtsausdruck, als er zum Frühstück hereinkommt.

»Nicht doch«, sage ich. »Sie haben bald Geburtstag.«

»Die spanische Schlampe hat mir die Hölle heißgemacht.«

Ich höre kaum zu, löffele Tee in die Kanne.

»Die von nebenan, das Miststück.« Er schubst eine Katze vom Stuhl und setzt sich an den Tisch. »Kommt her und veranstaltet einen Mordswirbel wegen ihrer nackten Muschi.«

Ich lache, und Cathal sieht mich verdrossen an, weil das kein Witz ist.

»Sie will die Agentur verständigen und die Bullen. Sie sagt, die werden sich einen Durchsuchungsbeschluss für mein Haus besorgen. Der Kater war einen Haufen Geld wert. Sie hat ihn zum Decken von Katzendamen vermietet.«

»Mrs Cabello ist eine Katzen-Zuhälterin? Wer hätte das gedacht?« Ich gieße heißes Wasser in die Teekanne.

»Das ist nicht lustig, Drennan.« Er klopft auf den Tisch, mit einem Finger nach dem anderen, und schaut zu mir hoch. Unter dem Tisch wippt er sicher mit einem Knie. »Die werden hier aufkreuzen, die Tür einschlagen. Durchs Haus wuseln. Noch eine Durchsuchung.«

»Die kriegen bestimmt keinen Durchsuchungsbeschluss, um eine Katze zu finden.«

»Wegen der Polizei mache ich mir keine Sorgen.« Er reibt sich die Stirn. »Aber ihretwegen. Jetzt kriegt sie mich dran. Trotz all dem hier.« Er deutet mit dem Schwenken einer Hand auf die ordentliche Küche.

»Wer kriegt Sie dran? Mrs Cabello?«

»Nein, die fette Tussi von der Agentur. Sie hat gesagt, sie würde mich erledigen, wenn ich mich noch einmal danebenbenehme. Gott, die kann einem Angst machen.«

Ich lache. »Biba Morel?«

Cathal lacht nicht. »Sie hat gesagt, ich wäre ein dreckiger alter Mistkerl und sie würde mich beim kleinsten Verstoß schnurstracks in ein Heim für Geisteskranke verfrachten.«

»Ich bezweifele, dass Biba Morel das gesagt hat.«

»Und ob sie das gesagt hat. Wortwörtlich. Worauf ich gesagt habe, ich würde dafür sorgen, dass mich kein Heim aufnimmt.« Cathals Miene verfinstert sich. »Ich habe ihr mit Ärger biblischen Ausmaßes gedroht.«

»Das glaube ich gern.«

»Sie hat gesagt, ich hätte noch eine letzte Chance.« Cathal blickt mich verzweifelt an. »Dass ich in meinem Haus bleiben dürfte, aber wenn sie auch nur einen Pieps von mir hören würde, käme sie persönlich her und würde mich mit einer Spritze direkt in den Arsch ruhigstellen.«

»Sie machen Witze.«

»Nein. Sie hat gesagt, sie würde das fünfmal am Tag wiederholen, falls nötig. Und dann würde ich zu all den anderen Alten gesteckt und friedlich in irgendeiner Ecke vor mich hin sabbern.« Er senkt die Stimme. »Ein *geläuterter* Mensch.«

»Das kann sie unmöglich gesagt haben.«

»Doch, hat sie.« Seine Augen werden groß. »Ich hab schließlich Ohren am Kopf, verdammt noch mal.«

»Wann denn? Wann hat Biba das gesagt?«

Er spitzt die Lippen. »An dem Tag, als Sie meine ganzen Kartons weggeworfen haben. Sie ist an dem Morgen gekommen und hatte ihre Spritze dabei.«

Der Tag meines ersten großen Erfolgs.

Cathal guckt ängstlich. »Sie hat gesagt, wenn mein bescheuerter Sohn freiwillig gutes Geld dafür bezahlt, dass ich in diesem Drecksloch bleibe, wieso nicht? Sie hat gesagt, wenn ich den Rest meines Lebens weiter als zurechnungsfähig gelten wollte, sollte ich schön kuschen und die Fresse halten.«

Ich setze mich neben ihn und schaue zu, wie er an den Fingernägeln kaut und unappetitliche Geräusche mit seiner Zahnprothese macht.

»Und Sie sagen, Biba hatte eine Spritze dabei?«

Er nickt gequält. »Sie hat sie mir gezeigt. Sie hat ihre Handtasche aufgemacht, und da war sie drin. Sie hatte so einen Ausdruck in den Augen, als wäre sie ganz wild darauf, mir die Nadel in den Hintern zu rammen. Wenn die Frau nebenan in der Agentur anruft, bin ich geliefert.«

Ich bin fassungslos. Ich frage mich, wie viele andere Klienten Biba Morel schon bedroht hat und ob hinter meinen magischen Fähigkeiten in Wahrheit eine Agenturleiterin mit einer geladenen Spritze steckt.

»Haben Sie Mrs Cabellos Katze?«

Er zieht eine Grimasse. »Nein.«

»Ich will Ihnen nur helfen, Cathal. Haben Sie die Katze?«

Er fängt an, seine Brusttaschen nach Tabak abzuklopfen. Nach einer Weile sagt er: »Sie ist dummerweise gestorben.«

»Großer Gott, was haben Sie mit der Katze gemacht? Haben Sie sie umgebracht?«

»Quatsch. Wieso sollte ich so ein armes, kleines, nacktes Viech umbringen?«, brüllt er empört.

»Cathal, sagen Sie doch bitte ausnahmsweise mal die Wahrheit, ja?«

Er holt Zigarettenpapierchen und ein krümeliges bisschen Tabak aus seiner Brusttasche. Ich sehe zu, wie er anfängt, sich eine zu drehen. Schließlich blickt er auf. »Tja also, es war spät, und ich hatte was geraucht.« Er lächelt entschuldigend. »Um besser einschlafen zu können.«

»Sie haben … was geraucht?«

Sein Lächeln wird breiter. »Also, Old Holborn war es jedenfalls nicht.«

»Herrgott, Cathal –«

»Ich hab aufgeschaut, und da war vor mir diese Erscheinung.« Er lutscht an den Zähnen. »Es war ein grauenhafter Anblick. Mit Glupschaugen und voller Falten, genau wie dieser Scheißalien in dem Film. Und ich hab ihm, ohne zu überlegen, eins übergebraten.«

»Sie haben ihm eins übergebraten?«

Er nickt. »Ja. Mit einem Besenstiel.«

»Sie haben Mrs Cabellos reinrassigen Sphinx-Kater mit einem Besenstiel erschlagen?«

»Als ich meinen Fehler erkannte, hab ich ihn im Garten beerdigt.«

»Oh nein –«

»Ganz christlich. Kann sogar sein, dass ich ein paar Worte gesprochen habe.«

Ich bin plötzlich sehr müde. »Wo haben Sie die Katze beerdigt, Cathal?«

»Ich habe keinen Schimmer, Drennan. Ich war hoffnungslos zugedröhnt.«

Ich stehe mit einem Geschenkkarton und einschmeichelnden Lächeln in Mrs Cabellos Diele. Sie braucht einen Moment, um mich zu erkennen, weil sie eine Sonnenbrille trägt. Bis sie das tut, bleibe ich still und leise, weil ich spüre, dass sie ein Leben auf Messers Schneide lebt. Ein antiker Tisch von der Größe meiner Wohnung erstreckt sich über die gesamte Länge der Diele. Darüber hängt ein lebensgroßes Foto von Mrs Cabello in goldenen Schaftstiefeln, wie sie in breitbeiniger Machtpose auf einem hochflorigen Teppich steht. Eine junge und dynamische Mrs Cabello, eingefangen in jenem einen kurzen Moment – dem Moment, bevor sie sich umdrehte, um mehr Cocktailkirschen und mehr Schaum im Whirlpool zu verlangen. Sie trägt Hotpants, einen Mittelscheitel und ein verknotetes Shirt aus indischer Baumwolle.

Unter dem Foto steht eine deutlich ältere Mrs Cabello mit dem gleichen Ausdruck von in der Bewegung erstarrter leidenschaftlicher Natur. Ihr Haar wallt noch, ihr Gesicht dagegen ist weniger lebhaft, und sie bevorzugt heute eine Caprihose mit Leopardenmuster.

»Mrs Cabello«, setze ich an. Mein Tonfall muss ihr verraten haben, dass ich mit einer schlechten Nachricht komme, denn sie starrt mich entsetzt an.

»Sie haben Manolete gefunden?« Sie legt eine schmuckbestückte Hand auf ihren glänzend polierten Tisch.

»Leider ja.« Ich hebe den Geschenkkarton in meiner Hand leicht an.

Sie blickt gebannt darauf.

»Sollen wir ins Wohnzimmer gehen und uns hinsetzen, Mrs Cabello?«, sage ich fürsorglich und verfluche innerlich Cathal Flood, seinen Besenstiel und vor allem Biba Morel.

Ich höre mir selbst beim Erzählen einer Geschichte zu. Es ist eine wunderbare Geschichte über den jungen Arzt, der nach seiner Schicht im Kinderkrankenhaus mit seinem Ferrari nach Hause fuhr, als ihm Manolete auf der Jagd nach einem Schmetterling direkt vors Auto lief. Der gut aussehende junge Kinderarzt, der deutlich langsamer als erlaubt fuhr, konnte weder rechtzeitig bremsen noch ausweichen (links von ihm wollte eine Nonne gerade die Straße überqueren, rechts kam ihm ein Schulbus entgegen). Ich sah alles mit an. Manolete fiel anmutig, und der gut aussehende Arzt nahm ihn hoch und wickelte ihn in seinen Kaschmirpullover. Er fuhr Manolete so schnell, wie es das Tempolimit erlaubte, zu einem sehr erfahrenen Tierchirurgen. Der Chirurg versuchte stundenlang, das Leben des kleinen Manolete zu retten. Der gut aussehende Kinderarzt hatte dem Tierarzt gesagt, er würde sämtliche Kosten übernehmen, und er wartete die ganze Zeit, tigerte auf dem Flur hin und her. Manolete kämpfte tapfer, doch als die Sonne aufging, hauchte er mit einem sanften Seufzen sein Leben aus. Alle, die bei ihm waren, hoben die Augen zu Gott und beteten für die Seele der wunderschönen Katze.

Ich sehe Mrs Cabello an. In einer Hand hält sie ein großes Glas Chardonnay, in der anderen ein zerknülltes Papiertaschentuch. Ihre Tränen fallen ehrfurchtsvoll auf den Karton mit Katzenstreu auf ihrem Schoß.

»Wissen Sie, Dr. Fortune wollte Ihnen unbedingt den Anblick von Manoletes zerschmettertem Körper ersparen. Deshalb hat er ihn mit aller gebotenen Würde einäschern lassen.«

Mrs Cabello nickt. Einer von Manoletes Rassegenossen liegt ausgestreckt auf dem Lammfell vor dem Kamin. Er fixiert mich mit den unheimlichen Lampen seiner Bernsteinaugen. Er glaubt mir kein Wort.

Mrs Cabello stellt den Karton mit Katzenstreu und den Wein hin und steht auf, befeuert von trunkener Entschlossenheit. »Moment. Ich habe was für Sie. Aber bei dieser ganzen Geschichte«, sie wedelt mit den Händen, »hatte ich es ganz vergessen.«

Sie torkelt an dem gläsernen Couchtisch vorbei. Die nackte Katze auf dem Kaminvorleger schaut ihr nach, ehe sie den Blick wieder auf mich richtet. Sie betrachtet mich mit ungerührtem Abscheu. Ich kann es ihr nicht verdenken.

Ich sehe mich im Zimmer um. Ich komme mir vor wie im Innern einer irren Hochzeitstorte. Die Fenster sind mit duftigen Kreationen aus weiß-goldenem Voile dekoriert, und die Sofas sind pralle Halbmonde aus weißem Leder.

In einer Ecke des Raumes steht eine nierenförmige Cocktailbar aus weißem Marmor, wie der Kamin. Letzterer bietet einen wundersamen Anblick, denn auf ihm tummeln sich dauergewellte Cherubim. Über dem Kamin hängt ein weiteres Porträt von Mrs Cabello, ein mit Weichzeichner aufgenommenes Foto, auf dem sie sich mit offenem Mund und glasigen Augen räkelt. Sie trägt eine durchsichtige Pluderhose und einen Pailletten-BH.

Ich frage mich vage, ob Mrs Cabello ein Pornostar ist.

Sie kommt wieder hereingewankt. Ihre Augen sind groß und verstört, und sie hält ein in Packpapier eingeschlagenes Päckchen in den Händen.

»Mary Flood hat mir das kurz vor ihrem Unfall gegeben.« Sie setzt sich schwerfällig wieder aufs Sofa. »Nehmen Sie es. Ich hab's nie aufgemacht.« Sie schiebt es über den Tisch.

»Ich verstehe nicht. Warum wollen Sie mir das geben?«

Mrs Cabello nimmt ihren Wein. »Einmal, früh morgens, hat Mary an meine Tür geklopft und mich gebeten, es aufzubewahren.« Sie trinkt einen Schluck. »Sie hat gesagt, es könnte sein, dass jemand, eine Freundin, vorbeikäme, wenn sie nicht da wäre, und dann sollte ich es ihr geben.«

Ich schaue auf das Päckchen. »Hat Mary den Namen der Freundin genannt?«

Mrs Cabello schüttelt energisch den Kopf. »Nein.« Sie fängt leise an zu weinen. »Und es hat nie jemand nach ihr gefragt. Keine einzige Menschenseele.«

Ich öffne das Päckchen. Es enthält ein Notizbuch: Ledereinband, schwer, mit dicken leeren, cremefarbenen Seiten. Ich schlage den Buchdeckel auf. Drinnen steht in einer kleinen akkuraten Handschrift:

M D
Hab keine Angst, unsere Geschichte zu erzählen.
M F

Kapitel 31

Ich steige die Treppe in Bridlemere hoch. Ich komme nur langsam voran, weil meine Beine bei jedem Schritt bis zum Knie einsinken. Mäuse fliegen an mir vorbei, und Katzen gleiten das Geländer hinunter. Ich stoße eine Kiste mit Glasaugen um, und sie kullern zwinkernd die Treppe hinab.

Das Gemälde oben im Flur ist jetzt leer bis auf eine Spur von Rosenblütenblättern; die Frau in Schwarz ist verschwunden.

In dem weißen Zimmer ist die Luft kalt. Die Tapete hängt lose in Kringeln herab, Schimmelflecken bilden Tupfenmuster auf der Wand darunter. Sporen malen Hieroglyphen, verschlüsselte Sätze – düstere Warnungen. Die Muster an der Wand beginnen, zu flackern und sich zu verschieben, wie durch ein Zoetrop gesehene Bilder.

Samuel Beckett nistet auf der Tagesdecke, nur noch ein verwestes struppiges Knäuel aus modrigem Fell, wo einmal eine schlafende Katze lag.

Ich gehe zur Frisierkommode, nehme die Schmuckschatulle heraus und dann die Halskette. Sie zerreißt, und die Perlen fallen auf den Teppich, verwandeln sich vor meinen Augen in Maden. Ich sehe zu, wie sie sich unters Bett winden.

Ich schließe die Tür hinter mir und gehe den Flur entlang. Ich spüre, wie etwas meine Knöchel streift, und als ich nach unten schaue, sehe ich Beckett, der sich auf atrophierten Beinen dahinschleppt, das Fell in brandigen Fetzen. Er grinst zu mir hoch: nur noch Schädel und Kieferknochen.

Ich öffne die Tür, und er drängt sich vor mir in den Raum, zieht seinen Schwanz aus marmorierten Knochen hinter sich her.

In dem roten Zimmer wimmelt es von Fliegen. Sie umschwirren Pfützen mit dunkler geronnener Flüssigkeit. Es ist Gräfin Báthorys Badezeit! Blut spritzt in Bögen über die Wände und tropft langsam von der Decke. Unsägliche Klumpen besprenkeln die Möbel. Beckett springt aufs Bett und dreht sich im Kreis, und seine Fellreste verfärben sich rot. Ich gehe über den Teppich zur Kommode und öffne die Schublade.

Darin: ein unfertiges Baby, ein kleines Gewirr aus Kopf und Gliedern, die Augen trüb und blind, das Gesicht mit Blut bedeckt, die Füße so schmal wie Hufe. In seiner winzigen Faust: ein Foto. Zwei Mädchen stehen auf einem von Sanddünen gesäumten Plankenweg. Das Strandgras fängt an zu wogen, und eine Möwe kreist träge am Himmel.

Die Faust zuckt. Die winzige Wunde des Babymundes öffnet sich.

Ich schließe hastig die Schublade und schaue in den Spiegel. Da steht ein in Rot hingeschmiertes Wort:

MAUD

Kapitel 32

Biba Morel ignoriert meinen Laserblick. Sie telefoniert, seit ich vor ungefähr zwanzig Minuten in ihr Büro marschiert bin. Würde mich nicht wundern, wenn sie mit niemandem am anderen Ende spricht. Sie drückt sich den Hörer mit der Schulter an den Hals, sodass sie die Hände frei hat, um verirrte Chips unter ihrer Tastatur hervorzuklauben. Sie hat eine Aura pathologischer Kälte, wie ein sozialarbeitender Don Corleone in einem übergroßen geblümten Kleid.

Ab und an stößt sie ihr furchtbares anzügliches Lachen aus, um dann wieder in ihre übliche Geräuschskala zu verfallen: von Grunzen über interessiertes Kreischen zu geringschätzigem Zungenschnalzen. Eigentlich jedoch gilt ihre Aufmerksamkeit dem halb gegessenen Geflügel-Sandwich in ihrem Posteingangskorb. Sie lacht wieder, ein jähes, erschreckendes, gönnerhaftes Lachen, das die Oktaven hoch- und runterläuft und Großmut und ungeschminkte Offenheit vermittelt.

Als sie nach ihrem Sandwich greift und dabei ihre übergroße pflegeleichte Kostümjacke bis an die Grenzen dehnt, wird Bibas Genie deutlich. Ihre vertrocknete, kleinliche Seele – eine zu menschlicher Güte unfähige Seele – tarnt sich mit dem Anstrich von Freigebigkeit und Überfluss. Von ihrem breiten Gesicht und wohlproportionierten Busen bis zu ihrem vollen Haar.

Sie ist Ballast. Sie hält die Agentur auf Kurs, beansprucht den größten Schreibtisch am Fenster. Ihre verängstigten und verhärmten

Helfer hasten hin und her und leisten richtige Arbeit, während Biba pompös, in fülliger Pracht dasitzt. Mit seinen witzigen Schildern und persönlichen Habseligkeiten hat das Büro, wie die meisten Büros, die künstlich optimistische Atmosphäre eines Todestrakts. Hier werden Zeit und Energie für sinnlose Aufgaben und unnütze Tätigkeiten vergeudet, und das Einzige, was dabei herumkommt, ist eine wachsende Sammlung bedruckter Tassen.

Wieder mal schätze ich mich glücklich, dass ich meine Aufgaben in Freilandhaltung erfülle und nicht eingesperrt in einer mit Verwaltung befassten Legebatterie verbrauchte Luft atmen muss, die durchdrungen ist von Bedauern und vereitelten Träumen. Meine Arbeit macht für die Menschen einen einfachen und konstruktiven Unterschied aus: essen oder nicht essen, einen sauberen Hintern haben oder keinen sauberen Hintern haben.

Biba Morel legt den Hörer auf und widmet sich den Unterlagen auf ihrem Schreibtisch, schiebt sie hin und her, fängt dann an, flink auf ihrer Tastatur zu tippen.

»Sie wollten mich sprechen, Biba?«

Sie sieht mich mit einem Ausdruck gelangweilten Widerwillens an, öffnet dann eine Schublade, zieht eine Akte heraus und fängt an, sie durchzublättern. »Sie sind von Ihrer Tätigkeit für die Agentur suspendiert, bis die Untersuchung einer ernsten Beschwerde gegen Sie abgeschlossen ist.«

»Wovon reden Sie überhaupt?«

»Uns wurde zugetragen, dass Sie von einem Angehörigen Ihres Klienten Geld gefordert haben, und zwar unter dem Vorwand, Sie würden mit besagtem Klienten einen Tagesausflug ans Meer machen.«

Ich kneife die Augen zusammen. »Das ist eine verdammte Lüge.«

»Der Beschwerdeführer hat uns überdies davon in Kenntnis gesetzt, dass Sie sich für diesen Tagesausflug nicht nur bezahlen lassen wollten, sondern noch dazu vorhatten, ihn ohne Genehmigung der Agentur oder Vorlage der erforderlichen Risikoanalyse durchzuführen.«

»Hat Gabriel Flood das gesagt?«

Sie setzt eine blasierte Miene auf. »Es ist mir nicht gestattet, den Namen des Beschwerdeführers zu nennen, Maud.«

»Aber es war Gabriel Flood.« Der Scheißkerl. Tausend Flüche gehen mir durch den Kopf.

Biba beißt in das Geflügel-Sandwich. Als sie sich anschließend die Finger ableckt, sieht das lächerlich und schlüpfrig zugleich aus.

Sie schiebt einen Stoß Papiere über den Schreibtisch in meine Richtung. »Das ist ein Überblick über die Disziplinarmaßnahmen der Agentur. Außerdem finden Sie darin Adresse und Telefonnummer einer Ombudsstelle, falls Sie gegen unsere Maßnahmen Einspruch erheben möchten.«

»Und ob ich Einspruch erheben will: Gabriel Flood hat mich in ein Café eingeladen und mich gebeten, seinen Vater für einen Tag aus dem Haus zu schaffen, damit er es durchsuchen kann. Dann hat er mir Geld angeboten.«

Biba schüttelt den Kopf. »Maud, Sie sollten eigentlich wissen, dass es inakzeptabel ist, mit den Angehörigen Ihrer Klienten gemeinsame Sache zu machen. Sie haben gegen jede erdenkliche Regel und Vorschrift verstoßen.«

»Und Sie nicht?«

»Was wollen Sie damit sagen?«

Ich senke die Stimme und sehe ihr direkt in die Augen. »Ich glaube, das wissen Sie ganz genau, *Schwester Ratched*.«

Biba erwidert meinen Blick mit einem Ausdruck von schwelendem Hass im Gesicht. »Wie dem auch sei, die Betreuungsstelle läuft ohnehin aus. Für Mr Flood ist ein Platz in einem Seniorenheim gefunden worden.«

Ich starre sie an. »Sie haben ihm gesagt, dass er in seinem Haus bleiben kann, wenn er sich nichts mehr zuschulden kommen lässt, und das hat er nicht. Das haben Sie an dem Tag versprochen, als Sie ihn mit Ihrer Spritze in der Tasche besucht haben.«

Biba zuckt mit den Achseln. »Tja, Pläne ändern sich. Das Nachlassen von Mr Floods geistigen Fähigkeiten beunruhigt Dr. Flood, und ich muss sagen, ich teile seine Sorge.«

»Seine geistigen Fähigkeiten haben keineswegs nachgelassen.«

»Da habe ich etwas anderes gehört.«

»Bis vor Kurzem war Gabriel doch noch der Meinung, dass sein Vater zu Hause Hilfe bekommen soll. Wieso zieht er plötzlich andere Saiten auf?«

Biba sieht mich verständnislos an. Ihr Gesichtsausdruck besagt, dass ihr das am Arsch vorbeigeht.

»Wann soll Cathal ins Heim?«

»*Mr Flood* wird in spätestens drei oder vier Tagen seine neue Unterkunft beziehen.« Ihre Augen leuchten ein wenig auf, in Erwartung meiner Reaktion.

Ich hole tief Luft und habe Mühe, meine Emotionen zu beherrschen. Ich denke an Atticus Finch, wie er mit dem Gewehr auf den tollwütigen Hund zielt. Ich sehe Biba an; ihr Mundwinkel zuckt, als würde sie gleich die Zähne fletschen. Ich muss eine ruhige Hand bewahren.

Sie blättert in einer Akte und zieht ein Formular heraus. »Haben Sie noch einen Schlüssel vom Haus?«

Ja, klar hab ich den. »Nicht dabei.«

Sie schnalzt ärgerlich mit der Zunge und legt das Formular wieder weg. »Den müssen Sie unverzüglich im Büro abgeben.« Biba fixiert mich. »Ich muss Sie wohl nicht daran erinnern, dass es Ihnen unter keinen Umständen erlaubt ist, das Haus während der laufenden Untersuchung in irgendeiner Eigenschaft noch einmal zu betreten. Sie dürfen weder mit dem Klienten noch mit seinen Angehörigen Kontakt aufnehmen.« Ihr Lächeln ist bösartig. »Unter *gar* keinen Umständen, Maud. Das hätte Ihre sofortige Entlassung zur Folge und obendrein ein gerichtliches Nachspiel.«

Ich kann es nicht ertragen. »Wer soll ihm beim Packen helfen?

Er wird jemanden brauchen, der ihn beim Umzug unterstützt, ihn beruhigt.«

»Dafür haben wir Leute.«

»Aber was wird mit dem Haus, mit all seinen Sachen?«

»Das ist jetzt Angelegenheit seines Sohnes.« Biba wendet sich ihrem Computerbildschirm zu, schiebt sich das volle Haar nach hinten und seufzt.

»Hat jemand Cathal gesagt, was auf ihn zukommt?«

Biba wirft mir einen Blick zu. »Dr. Flood hielt es für besser, seinen Vater im Vorfeld des Umzugs noch nicht zu beunruhigen.«

»Sie wollen ihm also noch nicht mal Bescheid geben? Ihn vorwarnen?«

Ich kann es mir lebhaft vorstellen: Cathal, ein betagtes Zebra mit langem verängstigtem Gesicht und weißer Mähne, flüchtet durchs Haus, verfolgt von einem Rudel Pfleger – allesamt Schakale. Der alte Mann wird überwältigt werden, man wird ihm ein Netz überwerfen und ihn ruhigstellen. Die Zunge wird ihm aus dem Mund hängen, wenn sie ihn an den Beinen nach draußen schleifen und in eine Kiste verfrachten. Er hat keine Chance.

»Sie haben Angst vor ihm.« Ich lächele mit einem grimmigen Triumph. »Und das sollten Sie auch. Er ist zwar alt und klapprig, aber er hat Sam Hebden kleingekriegt. Ich hoffe, er schlägt Ihnen ein Schnippchen.«

Biba grinst höhnisch. »Mr Flood hat Sam Hebden nicht kleingekriegt. Sam ist mit der Situation ausgezeichnet fertiggeworden und wurde deshalb auf einen leitenden Posten in der geriatrischen Konfliktbewältigung in Hull versetzt.«

»Schön für ihn.« Dann frage ich, ehe ich mich bremsen kann. »Wann genau war das?«

»Ein oder zwei Tage nach dem Angriff auf ihn.«

Ich erstarre. »Soll das heißen, dass Sam seitdem die ganze Zeit in Hull gewesen ist?«

Biba sieht mich befremdet an. »Ja.«

»Und da sind Sie sich ganz sicher?«

Biba nimmt ihr Sandwich. »Tja, jedenfalls sollte er da sein. Aber soll nicht mehr meine Sorge sein, sondern die von seinen neuen Arbeitgebern, was?«

Während ich zusehe, wie Biba den Rest von ihrem Sandwich massakriert, beschleicht mich ein entsetzlicher Verdacht. »Sie haben ihn doch kennengelernt, wie sieht Sam aus?«

Biba blickt frustriert. »Durchschnittlich.«

Mein Herz macht einen Überschlag. »Groß? Blond?«

Sie kneift die Augen zusammen. »Durchschnittlich.« Sie greift nach ihrem Hörer. Ihre Stimme ist kalt. »Wir sind hier fertig, Maud. Vergessen Sie nicht, den Schlüssel zurückzugeben. Rufen Sie uns in einer Woche an. Wenn die Beschwerde bis dahin fallen gelassen wurde, schauen wir, ob wir Ihnen einen neuen Klienten zuweisen können.«

Einen Moment lang sehe ich zu, wie sie eine Nummer ins Telefon tippt. Sie wartet eine Sekunde, ehe sie die Zeitansage mit ihrem deftigen Lachen beglückt.

Gabriel kommt den Gartenweg runtergerannt, als hätte ihm wer Feuer unterm Hintern gemacht. Als ich hinter dem Schmetterlingsflieder hervortrete, kriegt er fast einen Herzinfarkt.

»Maud.«

»Sie hinterhältiger, fieser Drecksack.«

Er blickt mich erstaunt an. »Sie müssen mich jetzt nicht –«

»Und ob ich das muss. Sie haben mich nicht nur reingelegt, Sie haben auch Ihrem alten Herrn versprochen, dass Sie ihn in Ruhe lassen, wenn er schön brav ist. Was tut er denn so Schlimmes?«

Gabriel drückt sich seine Umhängetasche an die Brust, als würde sie ihn vor meinem biblischen Zorn schützen. »Er hat so einiges Schlimmes getan, und jetzt fängt für ihn ein neuer Lebensabschnitt an. Er wird die Zeit, die ihm noch bleibt, friedlich verleben.«

Ich denke an Biba mit ihrer Spritze und fröstele.

»Haben Sie ihm das jetzt gesagt? Dass Sie ihn hintergangen haben? Sind Sie deshalb heute hergekommen?«

Er spitzt seinen verschwitzten Mund.

»Natürlich haben Sie das nicht. Sie sind wirklich ein widerlicher Sauhund.«

Gabriels Augen huschen Richtung Tor. Ich versperre ihm den Weg. Meine Sportschuhe fest auf dem Boden, tiefer Körperschwerpunkt. Er überlegt, wie er an mir vorbeikommt.

Ich mache einen Schritt nach vorn, recke das Kinn. »Was hat der alte Mann gegen Sie in der Hand, Gabriel? Na los, mir können Sie es doch sagen. Was hat Sie bis jetzt davon abgehalten, das Haus um ihn herum abzureißen und ihn achtkantig rauszuschmeißen.«

Ein gerissener Ausdruck schleicht über sein Gesicht. »Ich weiß nicht, wovon Sie reden.«

Mir kommt ein Gedanke. »Sie haben es, stimmt's? Das, was Sie im Haus finden wollten. Was er gegen Sie in der Hand hatte.«

»Sie reden dummes Zeug.«

»Wahrscheinlich haben Sie es in Ihrer Umhängetasche.«

Seine Knöchel über dem Leder werden weiß. Ich überlege, ob ich ihn ausrauben soll und wie ich das am besten anstellen würde.

»Sie sind suspendiert, Maud. Sie dürften gar nicht hier sein. Ich verständige die Agentur. Die Polizei.«

»Machen Sie doch.«

»Ich schlage vor, Sie verlassen sofort das Grundstück.«

»Das Grundstück gehört Ihnen nicht. Noch ist Cathal nämlich hier.«

Er grinst, ein wenig nervös. »*Cathal*, ach nee. Hört sich an, als hätten Sie ein Auge auf den Alten geworfen.«

»Gott, was sind Sie für ein ätzendes Arschloch.«

Sein Gesicht scheint zu implodieren. Sein Mund prustet, und seine Hängebacken fangen an zu beben. »So was muss ich mir nicht sagen lassen«, sagt er quengelig. »Verschwinden Sie von diesem Grundstück.«

Ich schiebe mein gutes kräftiges Kinn vor. »Sonst *was*?«

Er kramt in seiner Umhängetasche, holt sein Handy raus und hält es vor mir hoch, als wäre es ein Talisman. »Ich rufe die Polizei.«

Blitzschnell habe ich es ihm aus der Hand gerissen und über den Geräteschuppen geworfen.

»Sie verrückte Schlampe.« Seine Stimme ist schrill, hysterisch. Er hüpft fast auf der Stelle in seinen Slippern. Wenn er keine Angst vor mir hätte, würde er mir bestimmt eine reinhauen.

Stattdessen umklammert er seine Umhängetasche und stürmt an mir vorbei, springt über eine ausrangierte Matratze und flitzt zum Gartentor. Eines muss ich ihm lassen: Für seinen Körperumfang ist er flott auf den Beinen.

Ich kneife die Augen zusammen. »Ich werde herausfinden, was genau hier vor sich geht. Und dann rufe *ich* die Polizei.«

Aus seiner sicheren Position hinter dem geschlossenen Tor lacht Gabriel mich aus. »Und was wollen Sie der Polizei erzählen? Dass Sie eine verrückte Schlampe sind, die sich Kriminalgeschichten ausdenkt?«

Ich starre ihn an. »Sie haben mir nachspioniert. Sie haben mich im Eishaus eingeschlossen. Sie haben meiner Freundin diese Schläger auf den Hals gehetzt, um sie einzuschüchtern.«

Gabriel tippt sich mit dem Finger an die Schläfe. »Sie spinnen doch.«

»Ich werde rausfinden, was mit Mary und Maggie passiert ist. Ich werde mich nicht aufhalten lassen.«

Sein Gesicht läuft rot an. »Sie haben Anweisung, sich vom Haus fernzuhalten –«

»Wundert mich nicht, dass Ihre Schwester versucht hat, Sie zu ertränken. Ich werde Marguerite ausfindig machen und mir anhören, was sie zu sagen hat.«

Die Farbe weicht Gabriel aus dem Gesicht. Es verfärbt sich von Pink zu Weiß, als hätte ein Druckverband den Blutzufluss gestoppt. Selbst in meiner aufgewühlten Verfassung finde ich das bemerkenswert. »Sie können keinen Kontakt zu Marguerite aufnehmen«, sagt er. »Die ist weg.«

»Ich finde sie und hole sie zurück. Mit ein bisschen Glück startet sie einen neuen Versuch, Sie abzumurksen.«

»Mit meiner Familie sollten Sie sich nicht anlegen«, sagt Gabriel, einen Ausdruck blanken Entsetzens im Gesicht.

»Weil sonst was passiert? Schicken Sie uns noch einmal irgendwelche Kriminelle auf den Hals? Wir haben keine Angst.«

Gabriel kneift die Augen zusammen. »Sie sollten die Dinge wirklich nicht auf die Spitze treiben, sonst erleben Sie Ihr blaues Wunder.«

»Sie auch, Sie Vollidiot.« Ich bücke mich und hebe einen Stein auf, den ich Gabriel an den Kopf werfen will. Doch als ich mich wieder aufrichte, ist er verschwunden.

Cathal sitzt schweigend am Küchentisch. Nicht in der Haltung eines Besiegten, nicht ganz. Es ist die Haltung eines in sich gekehrten, nachdenklichen Menschen: gesenkter Blick, ruhige Atemzüge.

Ich habe Getöse erwartet, Geschrei.

Ich strecke den Arm aus und nehme seine Hand. Er blickt zu mir hoch, die Augen feucht unter den noch dunklen Brauen. Er legt seine große Pranke auf meine Hand.

»Was werden Sie machen?«, frage ich.

Er lächelt. »Ich werde einen denkwürdigen Geburtstag feiern. Kommen Sie immer noch?«

Ich nicke. »Ja natürlich.«

»Dann soll Gott doch die anderen in die Hölle schicken.«

»Was ist mit all dem hier? Ihrem Haus, Ihren Sachen.«

Er lacht. »Menschenskind, seien Sie nicht so trübselig, noch bin ich nicht weg.« Er drückt meine Hand.

Er sieht müde aus, unsäglich schwach. Seine Augen blicken verwirrt, blinzeln erschrocken. Er steht vom Tisch auf und durchquert mit unsicheren Schritten die Küche, als würde er testen, ob der Boden noch real ist.

Ich sollte ihm von Mary und Maggie und Marguerite erzählen. Ihm sagen, was ich weiß, bevor man ihn ins Pflegeheim kidnappt und dauerhaft sediert. Aber als ich ihn ansehe, kann ich es nicht. Nicht jetzt, wo der Mann gerade erst erfahren hat, dass ihm sein Zuhause weggenommen werden wird.

An der Tür blickt er mich an. »Sie haben nie die Beherrschung verloren, Drennan, und das war gut, gut für uns beide.«

Er tätschelt den Türrahmen und verschwindet den Flur hinunter.

Kapitel 33

Jimmy O'Donnell sah mich durch seine dichten Mädchenwimpern an. Es war ein Blick, der mich normalerweise zum Lachen brachte, nur nicht an diesem Tag. Er selbst musste auch nicht lachen. Ich glaube, er war nicht ganz bei der Sache.

Wir saßen in Grannys Küche und schauten dem Wetter zu, das sich draußen um den Bungalow herum zusammenbraute. Der Himmel war dunkel wie Blei, bedeckt mit gewaltigen finsteren Regenwolken. Doch dann tat sich unverhofft ein Riss auf, und die Sonne bohrte sich mit dem satten geschmolzenen Gold eines Sommerabends hindurch.

Die Sonne beschien die Wäsche, die schlaff an der Leine tropfte (jetzt nasser, als sie es beim Aufhängen gewesen war), und das Vogelhäuschen auf der Terrasse. Sie strömte durchs Küchenfenster und fiel auf den Tisch, auf das schmierige Wachstuch, die Soßenflaschen mit den verklebten Verschlusskappen, die Krümelspuren, die von anderen früheren Mahlzeiten stammten. Sie beleuchtete Jimmy O'Donnell hell und fast ganz (bis auf seine rechte Hand und die Teile von ihm unterm Tisch). Sodass man sich irgendwie vorstellen konnte, dass die letzten Strahlen der Abendsonne nur den einzigen Zweck hatten, Jimmy O'Donnell zu erhellen. Er erstrahlte mit dem Glanz eines Heiligen: Seine Augen leuchteten in dem herzförmigen Gesicht, sein Haar schimmerte bronzen im schwindenden allerletzten Licht.

Jimmy hatte ein hieb- und stichfestes Alibi: Er hatte im Haus seines Onkels in Ballyshannon ein Bad eingebaut. Obwohl Jimmy gern schnell fuhr, konnte er es nicht rechtzeitig zurück zum Pearl Beach geschafft haben, um mit Deirdres Verschwinden etwas zu tun haben. War das nicht so?

Während er mir das erzählte, führte er die Zigarette in seiner zitternden Hand vom Tisch zum Mund und wieder zurück. Und dann schnipp, schnipp, schnipp, bearbeitete er das Ende dieser Zigarette mit dem Daumennagel, Asche in der Zuckerdose, Asche überall.

Jimmy sah mich an, und ich sah ihn an.

Hinter ihm veränderte sich sein Schatten an der Küchenwand, unförmig und fünfmal so groß wie er. Jimmy mit düsteren Schultern und hakenförmigen Klauen als Hände. Ich beobachtete, wie sein Schatten bei jeder Bewegung, die er machte, kroch und sich krümmte, wuchs und schrumpfte. Das war leichter, als ihm ins Gesicht zu sehen. Denn in dem strahlenden Licht sah Jimmy nicht aus wie er selbst. Er sah müde und ängstlich aus.

Er hatte Drohungen erhalten, war auf der Straße bespuckt worden.

Sobald die Polizei ihm grünes Licht gab, würde er die Stadt verlassen, keine halben Sachen, keine Nachsendeadresse, genau wie Deirdre es gemacht hatte.

Aber anders als Deirdre hatte Jimmy niemanden, der ihm einen Briefumschlag voller Geld gab.

Jimmy verzog das Gesicht. Er fuhr sich mit den Fingern durchs Haar. »Du weißt doch, warum sie wegmusste, oder?«

Ich nickte.

Er blickte erleichtert. Er quetschte seine Zigarette im Aschenbecher aus. »Und du hast noch nichts von ihr gehört?«

»Nein.«

»Sie lässt sich verdammt viel Zeit«, sagte er, den Blick auf die Einfahrt gerichtet.

Es war sehr riskant, dass er hier war. Mammy und Granny würden bald wiederkommen. Sie waren in der Stadt, um Plakate aufzuhängen. Jimmy hatte am Ende der Straße gewartet, bis sie weg waren.

Ich konnte ihn nicht mehr leiden, aber ich versprach es ihm trotzdem, genau wie ich es Deirdre versprochen hatte.

»Wir haben Jimmy O'Donnell nie am Strand gesehen«, wiederholte ich für ihn. »Wir waren immer nur allein da.«

Er drückte meinen Arm, als er vom Tisch aufstand. »Braves Mädchen.«

Kapitel 34

Renata verzieht keine Miene. Sie hört aufmerksam zu, ohne mich zu unterbrechen. Sie lächelt grimmig an der Stelle, wo ich einen Stein aufhebe, und blickt nachdenklich, als ich erzähle, wie Biba Sam Hebden beschrieben hat.

St. Dymphna lauscht ebenfalls, vorgebeugt in dem Polstersessel, die Beine unter sich gekreuzt, mit heruntergerutschtem Schleier. Sie lächelt auch, mehr als Renata und manchmal in den falschen Momenten.

Als ich fertig bin, steht Renata auf und verschwindet aus dem Wohnzimmer, um mit ihrer Pfeife zurückzukommen. Sie steckt sich den Pfeifenstiel in den Mund und setzt sich wieder hin.

»Ich tu nur so als ob«, nuschelt sie.

St. Dymphna wirft Renata einen bösen Blick zu, schaut dann blinzelnd Richtung Fernseher und kaut auf der Spitze ihres Zopfes. *Inspector Morse* läuft mit abgestelltem Ton. Ich frage mich, ob das Leben je wieder seinen normalen Gang gehen wird.

»Hab Vertrauen«, sagt Renata, aber ihre Stimme klingt wenig überzeugend. »In diesem Fall ist nichts so, wie es scheint. Wir bewegen uns auf unsicherem Boden. Aber es ist eigentlich ganz einfach, wenn wir nur fokussiert bleiben.«

»Schön und gut«, sage ich. »Aber es gibt noch ein anderes dringendes Problem.«

»Und das wäre?« Renata entzündet ein unsichtbares Streichholz und hält eine imaginäre Flamme an den nicht vorhandenen Tabak.

»Wenn ich nicht mit Sam Hebden geschlafen habe, mit wem in aller Welt habe ich dann geschlafen?«

St. Dymphna grinst in meine Richtung.

Renata tut so, als würde sie mehrmals schnell hintereinander an ihrer Pfeife paffen. »Bibas Beschreibung war nicht besonders klar.«

»Sam ist durchschnittlich und an zwei verschiedenen Orten gleichzeitig?«

Renata zuckt mit den Schultern. »Biba weiß lediglich, wo er sein sollte, nicht, wo er ist.«

»Vielleicht«, sage ich skeptisch. »Aber würdest du Sam für durchschnittlich halten?«

Renata lächelt. »Darling, ist er ein Stück Schokoladencremetorte? Nein? Somit ist er für Biba durchschnittlich.«

Ich betrachte Renata, sehe die abgetragene Eleganz ihres geknoteten Kopftuchs und Kimonos, ihre kajalgeschminkten dunklen Augen, das Bild leicht gestört durch die Pfeife, die zwischen ihren Zähnen klemmt, und durch ihre verbissene entschlossene Miene. »Es ist noch nicht alles verloren, Maud.«

»Wirklich nicht?«, erwidere ich. »Der Fall ist im Eimer. Wie sollen wir ihn aufklären, wenn ich nicht mal mehr in die Nähe des Hauses darf?«

Renata nickt. »Wir sprechen mit Doreen Gouge. Wir erzählen ihr von den unbestreitbaren Mitteilungen aus dem Jenseits.« Sie deutet mit dem Kinn auf Mary Floods Notizbuch, das offen auf dem Couchtisch liegt.

»Wer zum Teufel ist Doreen Gouge?«

Renata greift neben ihren Sessel und reicht mir ein dünnes Buch.

Ich sehe sie an. »Woher hast du das?«

Renata lächelt listig. »Ich hab Lillian zu der Spiritualistenkirche geschickt.«

Ich betrachte den Umschlag. Das Buch hat den Titel *Hellseher wider Willen: Ein spirituelles Erwachen.* Ein Foto zeigt eine toupierte Blondine in einem pfirsichfarbenen Pullover. Sie hat ein Lippenstift-Grinsen, und in ihren großen blauen Augen liegt ein Ausdruck von überzeugtem Wahnsinn.

»Lillian hat dir dafür bestimmt die Hölle heißgemacht.«

Renata richtet ihr Kopftuch. »Immerhin hat sie nicht Kapitel vier gelesen.«

Prompt schlage ich Kapitel vier auf.

Viele Medien begegnen ihren Geistführern das erste Mal im Traum. Sie fliegen durch die Luft oder schwimmen durch Wasser, um bei dir zu sein, im metaphorischen Sinne natürlich! Die wahre Substanz, durch die sie sich bewegen, ist himmlischer Raum und himmlische Zeit.

Ich denke an meine Albträume, erinnere mich an Mary Flood im Nachthemd, und ich frage mich …

Dein Geistführer ist dein hingebungsvoller Begleiter durch das Reich des Jenseits. Er ist allein dir zugeordnet. Nicht du suchst dir deinen Führer aus, sondern dein Führer sucht dich aus. Mein Geistführer, Johnny Big Tree, ist ein Apachen-Krieger, der in den 1850er-Jahren im Kampf gegen die Spanier starb. Als Johnny das erste Mal in einem Traum zu mir kam, trug er lediglich Mokassins an den Füßen und eine Krähenfeder im Haar. Er fixierte mich mit seinen rätselhaften dunklen Augen und streckte mir die Hand entgegen. Bei Johnny fühle ich mich stets sicher, er führt mich mit lautlosen Schritten und erhobenen Hauptes durch die Reihen der Dahingeschiedenen. Sie wagen es nicht, uns zu berühren, während wir die trostlose Düsternis der Anderswelt durchqueren. Den Lebenden Botschaften von den Toten bringen.

Ich werfe Renata einen sarkastischen Blick zu. »Und du hast diesen Mist gelesen?«

Sie nickt. »Ich fand es sehr lehrreich. Es erklärt, warum ich ständig Bernies Gegenwart spüre.«

Ich versuche, mir einen Blick zur Urne auf dem Couchtisch zu verkneifen. Renata und Bernie sind seit dem Besuch von Gabriels Spießgesellen unzertrennlich geworden. Sie gießt ihm sogar hin und wieder einen Krupnik ein.

Ich lese weiter.

In den meisten Fällen ist dein Geistführer vom anderen Geschlecht. Was physische Attraktivität und Interessen angeht, passen sie stets gut zu ihrem Medium. So teilen Johnny und ich zum Beispiel die Liebe zu guten Gesprächen, Grillabenden und Trancetanz. Meine gute Freundin und Hellseherkollegin Stacey Barrett-Mold hat zahlreiche Bücher zum Verhältnis zwischen Medium und Geistführer veröffentlicht. Stacey hat ein ausgeprägtes Faible für Zahlen und Ordnung. Ihr Geistführer, Mr Sidney Curd, ein Steuerberater, der 1954 von einem bankrotten Mandanten mit einem Brieföffner erstochen wurde, teilt diese Interessen. Mr Curd hat nicht wie Johnny Pfeil und Bogen. Er lenkt vielmehr fragwürdige Geister ab, deren Aufmerksamkeit unerwünscht ist, indem er seine Aktentasche öffnet und mit geisterhaften Steuererklärungen raschelt.

Ich schüttele verzweifelt den Kopf.

»Bevor du dir ein Urteil bildest«, sagt Renata mit gekränkter Würde und einer Stimme wie aufgerauter Samt, »solltest du die Referenzen lesen.«

»Doreen ist einzigartig – sie hat ein offenes Ohr für die leiseste Stimme der Toten. Niemand konnte meine verstorbene Tante in den letzten fünf Jahren ihres Lebens verstehen, da sie an einer chronischen Kehlkopfentzündung litt, aber Doreen hat ihr wieder eine Stimme gegeben!«

Mrs V.B. Pritchard

»Doreen, was soll ich sagen? Sie haben mich mit meinem geliebten Mann wiedervereint. Wir sind uns heute näher als je zuvor. Es ist gut zu wis-

sen, dass er über mich wacht – und über die preisgekrönten Zucchini, die ich im Gedenken an ihn züchte.«

Mrs S. Bolick

»Doreen ist durch und durch glaubwürdig: eine bewährte Geisterflüsterin.«

Sam Stroud, Autor von Sie kommen in Scharen: Eine Einführung in die Geschichte von Geistererscheinungen en masse

Ich schließe das Buch und lege es auf den Tisch. »Ist es wirklich schon so weit gekommen?«

»Ich glaube, ja. Versuch's einfach mal. Was haben wir zu verlieren?«

Ich schaue zu St. Dymphna hinüber, die die Augen verdreht, sich dann wieder dem Fernseher zuwendet. Ich bleibe so stumm wie das Jenseits.

Kapitel 35

Sam Hebden steht auf Renatas Türschwelle. Er trägt Espadrilles. Jesus Christus blickt anerkennend, Johnny Cash grinst spöttisch. Renata und ich stehen mit verschränkten Armen in der Tür.

Sam nickt uns kleinlaut zu. »Renata. Maud.«

Renata nickt zurück, ohne dass ihre schwarzen Piratenaugen irgendetwas preisgeben.

Sam lächelt unerschrocken. »Tut mir leid, dass ich jetzt erst vorbeikomme.«

Es ist ein langsames, warmes Lächeln. Mein Herz schnappt unwillkürlich nach Luft.

Renata wirft mir einen Blick zu, schmallippig.

»Ich weiß, wie das gewirkt haben muss«, setzt Sam an.

»Du hast fünf Minuten«, sage ich.

Renata drückt kurz meinen Arm. Dann geht sie in die Küche, um Wasser aufzusetzen, und verknotet ihr Kopftuch fester gegen die drohenden Sturmböen.

Sam fährt mich in seinem grünen Golf mit eingebeulter Beifahrertür zur Spiritualistenkirche. Das heißt nicht, dass ich ihm verziehen habe, und das mache ich ihm mit meinem gereizten Verhalten klar. St. Valentine und St. George, die die Anspannung vielleicht spüren, zanken sich auf der Rückbank.

Sam biegt falsch ab.

»Du hättest links gemusst«, sage ich.

Er nickt.

Wir sitzen eine Weile schweigend vor einer roten Ampel.

»Maud, ehrlich, es tut mir leid. Ich hätte mich melden sollen, aber es ist was dazwischengekommen.«

»Klar«, sage ich.

»Ich weiß, wie das ausgesehen hat.«

»Sagtest du bereits.« Ich bringe all meine Willenskraft auf, um die Ampel zum Umspringen auf Grün zu bewegen, und sie tut es. »Renata hätte deine Hilfe gebrauchen können«, sage ich mit tonloser Stimme. »Nach dem Überfall, meine ich.«

»Du hast recht. Ich hätte für sie da sein müssen.«

»Sie schläft mit einem Brotmesser unterm Kopfkissen und schleppt ständig Bernies Urne mit sich rum.«

»Das tut mir leid.«

Auf der Rückbank ertönt ein ungläubiges Johlen. Als ich mich umdrehe, sehe ich, wie St. Valentine hinter Sams Kopf eine abfällige Geste macht. St. George hat das Visier hochgeklappt und schaut ausgesprochen finster drein.

Ich öffne das Fenster und lehne mich ein bisschen nach draußen, um Sams Wolf-im-Schafspelz-Geruch zu entgehen: Zitrusduftseife und Zigarettenrauch.

»Können wir noch mal von vorn anfangen, Maud?«

Ich funkele ihn an. »Was anfangen?«

»Ich werde dich nicht enttäuschen.« Er lächelt und blickt mich mit seinen hinreißenden grauen Augen an.

Als ich spüre, dass meine Entschlossenheit nachlässt, frage ich mich Folgendes: Welcher Mann trägt Espadrilles? Renata hat nichts gesagt, aber bestimmt sind sie ein eindeutiges Zeichen für irgendeine entsetzliche Art von Perversion.

»Ich fand die Nacht mit dir übrigens toll«, murmelt er.

Ich warte auf irgendwelche kessen Sprüche von der Rückbank, aber es kommen keine.

»Schön für dich«, sage ich. Dann schalte ich das Radio ein und drehe es laut.

Die Tasche zu meinen Füßen enthält etwas Handfesteres als die Launen von Männern: ein Geschenk von Mary Flood aus dem Jenseits.

Hab keine Angst, unsere Geschichte zu erzählen.

Hab ich nicht, aber was ist unsere Geschichte, Mary?

Vielleicht wird Doreen Gouge, Wahrsagerin der Stars, sie mir heute Abend erzählen.

Besonders zuversichtlich bin ich nicht. Doreen Gouge, Wahrsagerin der Stars, steht hinter einem Geländer auf einer Holzkiste an einem Rednerpult. Doreen ist so breit, wie sie lang ist, die Queen Victoria der spiritistischen Welt. Ihr voluminöser Körper trennt ihren kleinen Kopf, die zierlichen Füße und winzigen Hände voneinander, sodass sie aussieht wie ein menschlicher Winddrachen. Sie trägt fröhliche Pastelltöne in Chiffonschichten und eine lange Schnur mit popcornartigen Perlen um den Hals. Ihr Haar und Make-up sind überbordend wie ihre Kleidung. Ein duftiger blonder Glorienschein umringt ihr rosa Gesicht, in dem die strahlenden Augen mit schimmerndem Blau betupft sind und ihre Lippen matt pfirsichfarben glänzen. Ich frage mich, ob das alles ein Versuch ist, die Morbidität ihres Metiers wettzumachen.

Der Andrang ist groß: mindestens fünfzig Leute, und außer Sam und mir scheinen alle Stammkunden zu sein. Sie nicken einander zur Begrüßung zu und lächeln uns an. Einige machen einen ganz normalen Eindruck, mit einer gewissen abgenutzten Durchschnittlichkeit. Andere sehen wahrhaft merkwürdig aus, als wären ihnen sowohl Geselligkeit als auch Haarbürsten fremd. Ich staune, wie weit Menschen in ihrer Not gehen, um angesichts von Tod und Sterblichkeit Trost zu finden.

Zum Auftakt singen wir einen Song der irischen Boygroup Westlife, um die Energie im Raum zu steigern und die Toten zu mobilisieren. Doreen singt mit uns zusammen, süß und begeistert. Ich gönne mir einen Augenblick der Dankbarkeit dafür, dass die Heiligen noch draußen auf dem Parkplatz sind, höchstwahrscheinlich da, wo ich sie zurückgelassen habe, als St. Valentine gerade St. George mit seinen Schielaugen wütend anstarrte und St. George ihn über die Motorhaube eines Minivans hinweg mit lautlosen Kraftausdrücken beschimpfte. Dann frage ich mich, was ich eigentlich hier mache, während Cathals Welt gerade auseinanderbricht, Renata neuerdings ein Schälmesser im Ärmel ihres Kimonos trägt und die Haustür verriegelt und Maggie Dunne noch immer verschwunden ist. Der Gesang steigert sich zu einem Crescendo. Ich singe vom Notenblatt mit. Wo sollte ich sonst sein?

Die Frau rechts von mir stupst mich an. Ich blicke auf in das zerknitterte Gesicht einer professionellen Raucherin mit einem Mund wie ein Zugbandbeutel. Sie trägt einen Sweater mit dem Bild von einem Corgi, der den Mond anheult.

Sie lächelt traurig, zeigt mir ihr marodes dunkelgelbes Gebiss. »Sind Sie das erste Mal dabei?«

»Ja.«

Sie beugt sich näher und flüstert laut: »Sie ist sehr gut, wirklich. Wir können von Glück sagen, dass wir sie haben. Sie sollte heute Abend eigentlich in Woking sein, aber sie hat einen Unfall auf der M3 erahnt.«

»Was für ein Glück.«

»Als sie das letzte Mal hier war, ist mein Onkel durchgekommen. Kräftiger Mann, Waliser, ungewöhnlicher Tod in Llanelli.«

»Ach ja?«

Die Frau nickt. »Er ist an Herzversagen gestorben, nachdem ihn ein Schwarm Möwen angegriffen hatte. Doreen hat ihn genau beschrieben, sogar seine Angewohnheit, sich beim Hinsetzen immer die Hose hochzuziehen.« Die Frau zupft an den Knien ihrer Hose. »Doreen hat gesagt, dass er nicht gelitten hat.«

»Ja, das ist die Hauptsache.«

Sie nickt. »Er hatte Kekse gegessen, wissen Sie. Einer war in die Kapuze von seiner Jacke gefallen, und darauf hatten die Möwen es abgesehen. Sie hatten ihn nicht töten wollen. Das hat mich sehr erleichtert.«

»Kann ich mir denken.«

Die Musik verstummt abrupt. Doreen räuspert sich am Rednerpult. »Es ist ein großes Glück, dass ich heute Abend hier sein kann, unter alten und neuen Freunden.«

Sie lächelt Sam an, der prompt zurücklächelt. Doreen zwinkert ihm freundlich zu. Anscheinend hat sie nichts gegen Männer in Espadrilles.

»Genau jetzt«, säuselt sie, »würde mein zerschmetterter und blutender Körper eigentlich am Autobahnkreuz von der M3 und der M5 liegen. Aber dazu ist es nicht gekommen. Heute Abend ist es nicht mein Schicksal, bei einem Autounfall zu sterben, und dafür danke ich den Geistern, die mich begleiten, die mich schon immer begleitet haben.«

Mehrere Leute im Publikum nicken und lächeln, froh, dass Doreen nicht zerschmettert und blutend auf der Autobahn liegt.

Doreen redet mit ernster Stimme weiter. »Schon als ich ein kleines Mädchen war, hat sich mir die Geisterwelt in all ihrer vielfältigen Herrlichkeit offenbart. Das unterschied mich von anderen Kindern, und ich galt als seltsam.« Sie blickt nach unten auf ihre gefalteten Hände. »Aber ich war nie einsam. Nicht, wenn meine frühsten Spielkameraden die lieben Verstorbenen waren.«

Ich denke an Cathals Schwester, die durch zahllose Wespenstiche, eine Tracht Prügel mit einem Stock und ein unfreiwilliges Bad in einer magischen Pferdetränke hellseherische Kräfte bekommen hatte oder einfach nur verrückt geworden war. Ich frage mich, ob Doreen eine ähnliche Initiation durchgemacht hat. Dann denke ich an die beiden Märtyrer, die sich im Augenblick auf dem Parkplatz zanken. Dann beschließe ich, nicht weiter nachzudenken.

Doreen blickt sich im Saal um. »Es ist mir eine Ehre, euch heute Abend meine Gabe der Hellsicht und Hellhörigkeit zu demonstrieren und euch den Beweis für die fortdauernde Existenz der Seele im Jenseits zu liefern.«

Sie redet so, als würde sie ein Geschäft besiegeln. »Bevor wir anfangen, möchte ich euch daran erinnern, dass ich nur eine einzige Regel habe. Ihr alle kennt sie, nicht wahr?«

Alle im Publikum nicken und lächeln, natürlich kennen sie sie.

»Ich wiederhole sie noch mal für unsere Neulinge: *Füttert mich nicht.*« Sie schmunzelt und deutet mit einer Handbewegung auf ihre üppigen Flanken. »Himmel, sehe ich nicht aus, als hätte ich schon genug gegessen?«

Alle lachen höflich, und ein paar Idioten schütteln den Kopf.

Sie beugt sich auf dem Pult vor. »Wenn ich etwas sage, womit ihr euch identifizieren könnt, oder wenn ihr die Präsenz eines Freundes oder geliebten Menschen erkennt, dann hebt die Hand, und ich rede mit euch. Wenn ich mit euch rede, antwortet bitte kurz und knapp, beschränkt euch auf ›ja‹ und ›nein‹, Leute. Und sprecht laut und deutlich.«

Das Publikum nickt folgsam, Taschentücher in den Händen, bereit, eine Runde zu heulen.

Doreen setzt ein ernstes Gesicht auf. »Ein Gespräch mit Verstorbenen ist nicht wie ein Schwätzchen, das Sie und ich vielleicht bei einer Tasse Tee halten würden. Das Geisterreich besteht nämlich parallel zu unserer eigenen Welt und liegt gleichzeitig unendlich weit jenseits von ihr. Ein gutes Medium kann den Vorhang aufreißen, der diese beiden Reiche voneinander trennt, und Zugang zu den tiefsten Tiefen des Mysteriums finden. Wie ihr euch vorstellen könnt, handelt es sich dabei um ein schwieriges und manchmal unberechenbares Unterfangen.«

Ich frage mich, was es mit diesem jenseitigen Vorhang auf sich hat. Bei Doreen besteht er wahrscheinlich aus Chintz oder flauschigem Velours. Ich stelle mir vor, dass die Geister der Jahrhunderte dahinter hustend von einem Bein aufs andere treten, wie Amateurschauspieler, die auf ihren Auftritt warten.

Doreen richtet sich zu ihrer vollen kleinen Größe auf. »Heute Abend werden einige von euch Nachrichten erhalten und einige von euch nicht. Ich bin nur eine Verbindungsleitung, wie ihr wisst: Die Verstorbenen erzählen mir Dinge, von denen sie glauben, dass ihr sie wissen solltet. Bitte denkt daran, dass es sich dabei nicht unbedingt um etwas handelt, was ihr wissen *wollt*. Und natürlich kann es sein, dass sie heute gar nicht zu euch kommen.« Sie zuckt mit den Achseln. »Das liegt daran, dass sie noch nicht in der Lage sind zu kommunizieren oder ihr nicht bereit seid für das, was sie euch sagen wollen. Und jetzt bitte ich euch um Ruhe.«

Eine dünne ältliche Frau mit irren Augen und Haaren, in dem sich alles mögliche Getier tummeln könnte, dimmt die Beleuchtung.

Doreen atmet mehrmals tief ein und richtet die Augen auf einen entfernten Punkt knapp über unseren Köpfen. Sie fängt an, zu nicken und zu winken. Die Leute im Publikum drehen sich auf ihren Stühlen um und blicken neugierig auf ein Bücherregal und einen Stapel Stühle hinten im Saal, vielleicht weil sie sehen wollen, wie die Scharen von Toten, erweckt von Westlife, durch die Wand geschlurft kommen.

Doreen faltet die Hände hoch auf der Brust und schließt die Augen. Sie nickt dann und wann, lauscht aufmerksam. Manchmal schwankt sie. Dann öffnet sie die Augen und tritt näher ans Pult heran. Sie lässt den Blick durch den Raum schweifen.

Ihr Tonfall ist forsch, energisch, wie der eines Auktionators. »Ich habe da einen großen Mann, braune Haut, Zypriote, glaube ich, mit Darmverschluss. Kann den jemand nehmen?« Sie hat die Hand mit einem imaginären Hammer erhoben.

Das Publikum blickt mit glasigen Augen: Keiner will auf den Zyprioten bieten.

Doreen schließt die Augen und nickt wieder, ein wenig ungeduldig. »Er hatte sehr schlimme Verdauungsbeschwerden.« Sie öffnet die Augen und umfasst ihren dicken Bauch, wiegt ihn in den Armen. Sie zeigt auf die hinteren Sitzreihen. »Er will mit jemandem da drüben reden. Kann ihn jemand nehmen? Ich höre den Namen Tony oder Anthony.«

Eine Frau hebt unsicher die Hand. »Mein Briefträger, der hieß Tony«, sagt sie. »Aber er war aus Blackburn.«

»Aber er fuhr gern in Urlaub? War ein Sonnenanbeter?«

Die Frau überlegt kurz. »Kann sein. Ich hab ihn nicht besonders gut gekannt.«

Doreen überhört das und schließt wieder die Augen. »Tony ist sehr schnell verschieden. Aber er sagt, er hat ein ausgefülltes Leben gehabt.«

»Das hat er, Doreen.«

»Tony sagt, es gibt da einen Peter, Paul oder eine Pam, Paddy. Jetzt zeigt er mir eine Uhr. Er deutet auf das Ziffernblatt.«

Die Frau schüttelt den Kopf. »Ich weiß nicht, Doreen. Ich hab eine Nachbarin namens Pat. Die hat eine schöne antike Reiseuhr.«

Doreen schließt wieder die Augen. »Sie hatte vor nicht allzu langer Zeit eine Operation.«

Die Frau blickt verblüfft. »Das stimmt, letztes Jahr.«

»Ja –« Doreen kichert anzüglich. »Das kann ich nicht sagen, Tony.« Sie öffnet die Augen und sieht die Frau an. »Tony zeigt mir seine Beine. Pat hatte eine Operation an den Beinen.«

»Ja, sie hat sich die Krampfadern ziehen lassen!«

Doreen lächelt. »Tony kannte sie gut. Er sagt, Sie sollen ihr sagen, dass sie die Kompressionsstrümpfe tragen und öfter die Füße hochlegen soll. Und er sagt, Sie sollen sich seinetwegen keine Sorgen machen; er ist jetzt an einem besseren Ort.«

Die Frau im Publikum nickt, froh darüber, dass der Briefträger, den sie kaum kannte, an einem besseren Ort ist. Später wird sie Pat aus dem Schlaf trommeln, um ihr die Nachricht vom toten Tony zu überbringen.

Doreen fällt zufrieden wieder in ihre Trance.

Ich schaue mich im Saal um, betrachte dieses abgedrehte Publikum, das sich im Glanz der Scharlatanin Doreen badet. Über dem Pult hängt ein Bild von einem knienden Engel, auf Plexiglas gemalt und von hinten mit Neonlicht beleuchtet. Er lässt seinen Segen auf Doreen Gouge herableuchten, während sie das senile Gefasel der imaginären Toten interpretiert. Ich beobachte Sam. Er ist ganz gebannt. Sein Haar fällt ihm ins Gesicht, die schönen grauen Augen sind aufs Podium gerichtet. Er wirft mir einen Blick zu und grinst mich kurz an. Mein Herz macht einen Salto. Ich studiere seine Espadrilles.

Doreen hat heute Abend ihr Geld verdient. Auf ihrer Kiste vor dem Pult hat sie zahllose tragische Tode pantomimisch dargestellt. Heute Abend, sagt sie, sind wir in der Selbstmord-Zentrale, mit zwei »unbeabsichtigten« Todesfällen durch Schlaftabletten und einer gequälten Seele namens Janet, die versucht hat, durch einen Sprung von hoch oben aus einem Parkhaus in Shepherd's Bush ewige Freiheit zu erlangen.

Es ist schaurig, wie Doreen mit ausgebreiteten Armen Janets freien Fall an einem dunklen Februarmorgen vor zehn Jahren nachahmt, bei dem sie knapp einen Brotlieferwagen und einen Renault Clio verfehlte.

Der Teufel steckt im Detail.

Keiner von uns kann Anspruch auf Janet erheben. Aber uns wird versichert, dass sie im Jenseits keine Schmerzen hat. Wir lassen ihre Geschichte mit ihr sterben. Wir lassen sie gehen. Sie wird in alle Ewigkeit von der fünfzehnten Parkebene fallen, durch die Luft kreiseln wie Ahornsamen, von Böen erfasst werden, mit flatterndem Mantel. Aufschlagen wie ein Beutel Blut.

Wir singen wieder ein Lied, diesmal eins von ABBA, um die Energie aufzuladen. Nach dieser Pause konzentriert Doreen sich auf unheilbare Infektionen und nicht diagnostizierte Erkrankungen und den ein oder anderen Heimwerkerunfall.

Doreen vergleicht das Jenseits mit der U-Bahn, damit wir uns ein besseres Bild machen können. Krebs wäre zum Beispiel am Oxford Circus und Herzerkrankungen am King's Cross – diese Stationen sind immer überlaufen. Dagegen müsste man für so etwas wie eine Enthauptung mit einer Kreissäge schon weiter aus London raus Richtung Chesham fahren. Sam lächelt und nickt. Ich sehe ihm an, dass er diese haarsträubende Verarschung genießt. Hier kann er noch was lernen.

Es dauert ein Weilchen, bis ich registriere, dass Doreen mich direkt anguckt.

»Ich habe da einen kleinen Mann mit hohen Schuhen. Listiger Gesichtsausdruck. Steht hinter Ihnen. Können Sie ihn nehmen?«

Ich starre sie an.

Doreen lächelt ungerührt und spricht ganz langsam. »Hohe Schuhe, meine Liebe. Er zeigt mir eine Bühne, Rampenlicht. Ich glaube, er ist im Showbusiness. Können Sie ihn nehmen?«

Etliche Leute im Publikum drehen sich auf ihren Stühlen um und sehen mich an.

»Ich weiß nicht«, sage ich.

»Ein eleganter kleiner Mann in Frack und Zylinder, der etwas aus dem Ärmel zieht.« Doreen stellt es hinter dem Pult pantomimisch dar. »Eine Kette aus Tüchern, einen Blumenstrauß, hat was Gerissenes an sich.«

Und dann fällt bei mir der Groschen. »Bernie Sparks«, sage ich mit jäher Begeisterung.

Doreen verengt die Augen. »Bitte nicht füttern, aber stimmt, das ist er.« Sie konzentriert sich stark auf einen Punkt über meinem Kopf. »Er zeigt mir ein weißes Kaninchen.«

»Er war Zauberer.«

Sie blickt verärgert. »Das sehe ich selbst.« Sie schließt die Augen. »Er sagt, für das arme kleine Mädchen ganz allein im Dunkeln läuft die Zeit ab. Es war ein langer, langer Fall in die Tiefe. Sie ist jetzt ganz unten im Kaninchenloch, und sie muss wieder hinausklettern, ticktack.«

Einige Zuschauer blicken mich interessiert an. Das ist nicht die übliche Art von Nachricht. Sie spitzen die Lippen und warten, dass Bernie über Nierenkrankheiten spricht oder erzählt, wo er die Prämienanleihen versteckt hat.

»Die Mieze ist im Brunnen«, lispelt Doreen mit Klein-Mädchen-Stimme und einem boshaften Lächeln im Gesicht. »Bimbam, Glöckchen fein, die Mieze fiel kopfüber rein, Bernie will dir sagen –«

Sie erstarrt, und das Lächeln in ihrem Gesicht verfliegt. »Die Rote Königin kommt«, sagt sie mit mehr als nur einem Anflug von irischem Akzent.

Das Herz bleibt mir stehen.

Doreen starrt mit angstvollem Entsetzen in den Augen geradeaus. Ich sehe, wie ihre Hände nach der Popcorn-Halskette greifen und anfangen, sie zu drehen, sie enger und enger um den Hals winden. Ihr Gesicht verzieht sich zu einer Grimasse.

Ein Raunen läuft durchs Publikum. So was passiert sonst nie. Manche blicken mich vorwurfsvoll an. Mein toter Freund und ich sind dafür verantwortlich, dass bei Doreen die Sicherungen rausfliegen.

Doreen fängt an zu wimmern.

Ihre Assistentin mit den irren Augen klettert hektisch auf die Bühne und zieht Doreen beschwörend am Ärmel. Doreen kriegt sich wieder ein, blinzelt und schaut sich um.

»Ich hab die Verbindung verloren«, sagt sie schwach. »Ich hab die Verbindung verloren.«

Sam sieht blass aus, als er seine Hand in meine schiebt, und ich lasse ihn, weil mir seltsam kalt geworden ist. Doreen erholt sich schnell. In rascher Folge lässt sie eine Reihe von lebensbejahenden Botschaften vom Stapel und endet mit dem launigen Ratschlag einer toten städtischen Angestellten namens Jean, die betont, wie wichtig es ist, den Tag zu nutzen und seinen Träumen zu folgen. Eine Frau in der letzten Reihe sagt, sie wird das beherzigen, und dann verspricht sie hoch und heilig, eine Minikreuzfahrt zu buchen.

Als Doreen uns zu einem letzten Lied auffordert, einem lebensbejahenden Hit von den Carpenters, und die Toten durch die Wand zurück in die grenzenlose Tundra der Ewigkeit latschen, scheint das Publikum ihre seltsame Verirrung schon wieder vergessen zu haben.

Anschließend bietet sich bei Erfrischungsgetränken und Snacks die Gelegenheit, miteinander zu plaudern. Die Assistentin mit den irren Augen nimmt Anmeldungen für spiritistische Porträtmalerei an. Sam unterhält sich angeregt mit ihr, als ich aus dem Saal schlüpfe.

Am Ende eines schmalen Flurs, in dem es nach Räucherstäbchen und abgestandenem Putzwasser riecht, ist eine Tür mit einem Stern aus Pappe. Ich klopfe einmal und öffne sie, ohne abzuwarten, ob ich willkommen bin oder nicht.

In dem Raum, der die Größe eines Besenschranks hat, lehnt Doreen Gouge aus dem Fenster und raucht. Sie hat die Schuhe ausgezogen, und neben ihr auf der Fensterbank steht eine kleine Flasche Wodka.

»Kann ich Sie kurz sprechen?«

Sie kneift die Augen zusammen und späht durch ihren Zigarettenqualm. »Private Sitzungen nur nach Vereinbarung, jeden zweiten Donnerstag. Draußen auf dem Flur finden Sie eine Broschüre.«

Ich öffne meine Handtasche. »Tut mir leid, so lange kann ich nicht warten. Ich möchte Sie bitten, einen Blick hierauf zu werfen.«

Sie mustert mich ärgerlich, der Mund schlaff und die Augen voll gelangweiltem Zorn. Aus der Nähe sieht sie unter dem Make-up deutlich jünger aus.

Ich bemerke ein Paar Motorradschuhe in der Ecke und einen Sturzhelm. Ich beginne, mich zu fragen, wer die echte Doreen Gouge ist.

»Vor etwa zwanzig Jahren war eine Frau dabei, in dem Fall eines vermissten Schulmädchens Nachforschungen anzustellen, als sie selbst viel zu früh ums Leben kam. Kurz vor ihrem Tod hat sie das hier bei einer Nachbarin abgegeben und gesagt, jemand würde kommen und nach ihr fragen – fast so, als hätte sie eine Art Vorahnung gehabt.« Ich hole das Notizbuch hervor. »Hier drin stehen meine Initialen und eine Nachricht.«

Doreen nimmt einen weiteren Zug von ihrer Zigarette und dreht sich wieder zum Fenster um.

»Diese Frau, Mary, hat Zeitungsausschnitte über den Fall aufbewahrt, mit dem sie beschäftigt war – Verzeihung, hören Sie mir überhaupt zu?«

Doreen funkelt mich über die Schulter an.

Ich versuche es erneut. »Ich bin hier, weil ich glaube, dass Sie mir dabei helfen könnten, herauszufinden, worauf diese Tote gestoßen ist, und möglicherweise sogar das verschwundene Mädchen zu finden. Was Sie da vorhin gesagt haben –«

»Ich kann Ihnen nicht helfen.«

»Hören Sie, Doreen, bitte, wenn Sie wirklich was gesehen haben.«

Sie dreht sich um, legt die Zigarette auf der Tischkante ab und streckt die Hand aus, um das Notizbuch zu nehmen. Sie liest die Widmung, streicht über die Schrift.

Sie gibt es mir zurück. »Nichts. Tut mir leid.«

»Aber vorhin haben Sie doch was gesehen?«

Doreen nimmt die Zigarette vom Tisch und inhaliert tief. »Ich kann mich nicht erinnern. Die meiste Zeit weiß ich gar nicht, was ich sage. Moment.«

Doreen schnippt die Zigarette aus dem Fenster und streift ihr Kleid über den Kopf. Ein Kissen ist mit mehreren Wollschals vor ihren Bauch gebunden. Ich sehe zu, wie sie sie abwickelt und einen nach dem anderen über die Stuhllehne legt.

Dann steht eine dünne junge Frau in einem Iggy-Pop-T-Shirt vor mir. »Die Leute mögen ihre Medien lieber gut gepolstert. Macht uns gewichtiger. Also, woher wissen Sie, dass das Buch für Sie ist?«

»Das sind meine Initialen.«

»Es gibt jede Menge Leute mit diesen Initialen.«

»Wollen Sie mir nun helfen oder nicht?«

Doreen Gouge lächelt.

Ihr richtiger Name ist Eleanor Kemp, und sie hat mit ihrer Imagination zu kämpfen. Sie sagt, sie ist randvoll mit Stimmen, Songs in Endlosschleife. Sie sieht tagtäglich Gesichter, manchmal rund um die Uhr, verzerrt, wie gegen eine Glasscheibe gepresst, Gesichter, die lachen, schluchzen oder nur hereinschauen. Sie kommen und gehen, steigen und sinken, genau wie die Stimmen. An schlimmen Tagen sind die Toten gnadenlos real, stehen vor ihr und kratzen sich am Hintern, sind fordernd und streitsüchtig. An besseren Tagen beschränken sie sich auf ein geflüstertes Wort, einen schwachen Fliederduft, dann kann sie Schuhe kaufen gehen und ihre Gasrechnung bezahlen. Eleanor fragt sich manchmal, wer lebendiger ist, sie oder die Toten, denn mitunter verliert sie ganze Tage, wenn es den lieben Verstorbenen so gefällt.

Es kommt vor, dass sie plötzlich ganz klare Bilder vor Augen hat, Erinnerungen, die nicht die ihren sind: Halbschatten auf einer Veranda, das Gesicht eines schlafenden Babys, das Knattern und Wogen von Segeln vor einem ägäisch blauen Meer. Oder eine Hand, die nicht ihre eigene ist: an einer Flasche, an einem Brückengeländer, an einer Schaukel, an einem Messer.

Manchmal steht sie unter Medikamenteneinfluss, manchmal nicht. Wenn sie Medikamente genommen hat, schläft sie mehr; die Toten kommen so oder so.

War es nicht schon immer so? Sie lächelt gequält. Dass die Verrückte und die Seherin Hand in Hand tanzen, dasselbe Tamburin schlagen?

Was die praktische Seite angeht, weiß sie, wie man ein Publikum in Bann schlägt, weil ihr Vater Marktschreier war, der Geschirr zu Schleuderpreisen verkaufte. Sie macht im Grunde das Gleiche, nur dass sie Tote verkauft und das Geld nicht mehr selbst kassiert. Das erledigt jemand anders für sie.

»Sehen Sie auch schon mal Heilige?«, frage ich.

Sie runzelt die Stirn.

»Sie wissen schon, Märtyrer mit langen Gewändern, Heiligenscheinen?«

Sie sieht mich verständnislos an. »Ich weiß, was ein Heiliger ist.«

»Egal. Was haben Sie heute Abend gesehen?«

Eleanor setzt sich hin und zieht ihre Stiefel an. »Rothaarige Frau, blasses Gesicht.«

Ich würde mich gern hinsetzen, aber ich kann mich nicht bewegen. »Die Rote Königin?«

»Und sie hatte ein Mädchen an der Hand«, sagt sie, steht auf und packt ihre Bühnenmontur in eine Sporttasche.

Ich kann kaum sprechen. »Wie hat sie ausgesehen?«

»Das Mädchen?« Eleanor zieht den Reißverschluss zu. »Breites Lächeln, blonde Haare.« Sie schraubt den Verschluss auf die Wodka-Flasche und schiebt sie in ihre Jackentasche.

»Und der Brunnen? Sie haben etwas von einer Katze in einem Brunnen gesagt?« Ich muss kurz an Beckett denken.

Eleanor zuckt mit den Achseln. »Sehr wahrscheinlich eine Metapher, die Toten mögen Metaphern.«

»Eine Metapher für was?«

»Keine Ahnung.« Sie nimmt ihren Motorradhelm. »Eins noch: der Typ, mit dem Sie hier sind.«

»Ja?«

»Er ist nicht der, für den er sich ausgibt.«

Kapitel 36

Mein Herz ist untergetaucht, es versteckt sich. Eine mit Seepocken bedeckte Blechdose, ein havariertes Unterseeboot, das durch trübe Tiefen treibt. Ich folge ihm, fege den verschlammten Boden mit meinen Haaren und sehe, dass die Fliesen noch da sind. Wir schwimmen in einem Achteck, mein Herz und ich, vorbei an verrosteten Rundbögen. Über uns schimmern kleine cremeweiße Monde mit Lichtkränzen.

Wenn ich mein Herz einhole, werde ich es an die Oberfläche zerren und aufbrechen. Ich werde mit einer Taschenlampe in seine nasskalten, undichten Kammern leuchten. Nichts als kaputtes Eisen und ausgeleierte Nieten. Ich werde die Skelette und zerrissenen Lochstreifen finden. Nicht abgeschickte Notsignale, unterbrochene Warnungen – es konnte keine Botschaften verschicken: Sie kamen verzerrt oder gar nicht an, Salzwasser im Mechanismus, Störsender.

Etwas Helles blitzt im Wasser auf. Eine Frau schwimmt auf mich zu, mit geschmeidigen Gliedern, das Gesicht ein weißer Mond. Sie zögert im Wasser, mit toten Augen; Haare wabern ihr ums Gesicht. Dann schnellt sie vorbei, füllt mir Augen und Nase mit Luftblasen. Dahinter eine rote Explosion, eine Wolke breitet sich im Wasser aus, entfaltet sich in Wirbeln und Schnörkeln.

Meine Kniekehlen sind nass. Ich wische mir mit einem Zipfel der Bettdecke übers Gesicht, schmecke Salz auf den Lippen.

Ich sehe ihn an, im Bett. Nehme alles ganz genau wahr. Sein Haar, ein dunkleres Blond im Nacken, sein muskulöser Rücken, der sich nach unten zur Rundung der Gesäßbacken hin verjüngt. Seine linke Hand liegt auf der Decke. Ich beuge mich vor und studiere sie noch mal, obwohl das gar nicht nötig wäre. Ich kenne sie inzwischen gut genug. Die Narbe an der Daumenkuppe, die Sommersprossen auf dem Handrücken und die kaum wahrnehmbare Vertiefung am Ringfinger, wo normalerweise sein Ehering steckt.

In seiner Heimatstadt bricht jetzt ein kühler Morgen an.

Bald wird seine Frau das Frühstück machen und die Kinder wecken, die in die Schule müssen. Vielleicht werden sie fragen, wo ihr Daddy ist. Vielleicht wird sie weinen, während sie ihnen Pausenbrote schmiert, oder die Kühlschranktür zu fest zuknallen. Oder vielleicht wird sie bloß an der Spüle stehen und aus dem Fenster starren, eine Tasse in den Händen. Wie könnte sie nicht von den anderen Frauen wissen, dass er andere Frauen haben würde? Man muss ihn doch nur ansehen: Da sind sein Lächeln, sein Körper und der Wolf hinter seinen Augen.

Denn er ist ein Wolf, ein gut aussehender Wolf mit einem schiefen Reißzahn, geschmeidig und grauäugig.

Er ist nicht der, für den er sich ausgibt, und dabei redet er sowieso nicht viel über sich.

Ich schlüpfe aus dem Bett und hebe seine Jeans auf. Sobald ich die Schlafzimmertür hinter mir geschlossen habe, ziehe ich sein Portemonnaie heraus und öffne es.

Ziemlich viel Bargeld. Sonst nichts.

Keine Fotos von den Zwillingen oder von dem Sohn, mit dem er jeden Sonntag im Park eine Runde kicken geht. Kein Führerschein, keine Kreditkarten, ich sollte eigentlich überrascht sein, bin es aber nicht: Es ist das Portemonnaie eines Ehebrechers. Ich mache es zu und stecke es wieder in seine Tasche.

Als ich mich zurück ins Schlafzimmer schleiche, hat er sich umgedreht, atmet langsam und gleichmäßig. Vielleicht rennt er wild in irgendeinem Traumwald herum, denn seine Flanke zuckt im Schlaf. Oder vielleicht täuscht er auch das vor.

Aus dem Augenwinkel sehe ich eine Bewegung.

Eine verschwommene Hand taucht hinter der Schlafzimmertür auf, in den Fingern eine geisterhafte, langstielige Rose, die rot glüht.

Ich hebe einen Finger vor den Mund, und St. Valentine folgt mir ins Wohnzimmer.

»Na, ist Liebe nicht was Tolles?«, sagt er hämisch grinsend. »Johnny Flattermann liegt wieder in deinem Bett, als wäre er nie weg gewesen. Ein gut aussehender, ein stattlicher Mann mit seinen strahlenden grauen Augen und den vielen Qualitäten, die er in der Kiste hat. Ein feuriger und ausdauernder Liebhaber, und fantasievoll. Gott, was er alles –«

»Hörst du bitte auf?«

St. Valentine nimmt Platz und klopft neben sich auf das Sofa. Die *Richmond and Twickenham Times* liegt auf dem Couchtisch, und ich sehe, dass die Kontaktanzeigen aufgeschlagen sind. Die Seite ist voll mit schillernden goldenen Kringeln.

»Warst du das?«

»Du solltest dir alle Möglichkeiten offenhalten, für den Fall, dass dein Lover weiterzieht. Was hältst du von einem Witwer mit Doppelhaushälfte in Hounslow? Geht gern spazieren.«

Ich setze mich und verenge die Augen zu schmalen Schlitzen. »Komm zur Sache, kleiner Mann.«

»Und hast du inzwischen rausgefunden, wer da in deinem Bett liegt?«

»Sam Hebden.«

St. Valentine schnaubt. »Und das sagt eine, die liebend gern Beweise sammelt und im Leben anderer Leute herumschnüffelt.«

Ich hülle mich in distanziertes Schweigen.

»Weck ihn auf und frag ihn.« St. Valentine hat einen stahlharten, herausfordernden Ausdruck in dem Auge, mit dem er mich fixiert. Das andere wandert zur Wohnzimmertür. »Nimm ihn gründlich unter die Lupe.«

»Ich denk nicht dran.«

St. Valentine zieht die Stirn kraus und bohrt sich im Ohr. Dann hellt sich seine Miene auf, als ihm ein Gedanke kommt. »Du hast Angst, Augenstern.«

»Gar nicht.«

St. Valentine grinst, und sein Heiligenschein schimmert kurz in einem schwächlichen Licht. »Er glaubt sowieso schon, dass du leicht durchgeknallt bist, oder? Dass du Geheimnisse siehst, wo keine sind, oder? Dass sich dein wirrer kleiner Verstand mit ihm befasst, oder? Das könnte die romantischen Ambitionen eines Mannes dämpfen, oder?«

»Darum geht's gar nicht.«

St. Valentines Grinsen erstirbt, und er wird nachdenklich. »Dann hast du Angst vor dem, was du rausfinden wirst.«

Und prompt ist der Gedanke wieder da. Die Ehefrau in der Küche, wie sie aus dem Fenster ins Leere starrt, eine Tasse in den Händen, während die Zwillinge nach ihrem Frühstück schreien und der Junge einen Ball den Flur entlangkickt.

»Was ich nicht weiß, macht mich nicht heiß, Augenstern«, murmelt St. Valentine.

»Wenn du jetzt fertig bist –«

»Bin ich nicht. Summa summarum hatte diese Dingsbums, diese Hellseherin gestern Abend, ein paar spitzenmäßige Nachrichten.«

»Soll heißen?«

»Sie hat Mary und Maggie gesehen, oder? Sonst noch was, Augenstern?« St. Valentine tut herablassend. »Dann geb ihr dir einen Tipp: Es hat einen Eimer, und man kann sich von ihm eine ganze Menge wünschen, und es gibt einen in Bridlemere.«

»Großer Gott – sie hat von einem Brunnen gesprochen.«

St. Valentine grinst bis über beide Ohren. »Bimbam.«

Ich ziehe mich schnell an und nehme eine Taschenlampe mit. St. Valentine will mich unbedingt begleiten. Er fährt gern Bus und ist ganz aus dem Häuschen, als wir die Richmond Bridge überqueren. Er drückt die Nase durchs Fenster, um sich die Themse anzuschauen, die noch still und vollkommen und in Nebel gehüllt ist. Wir beobachten einen Gänseschwarm am Himmel. Sie fliegen mal höher, mal tiefer, tragen den Ballast ihrer Körper mit langen Flügelschlägen. Sie bilden eine V-Formation, als sie flussabwärts fliegen. St. Valentine fasst das als gutes Omen auf. Ich sage nichts.

Er sagt, er wird am Tor auf mich warten.

»Na los, Maud, finde den Brunnen und wirf einen Blick hinein.«

St. Valentine schaut über seine Schulter. Eine diffuse Gestalt scheppert die leere frühmorgendliche Straße herauf. Als sie näher kommt, erkenne ich St. George.

Ich runzele die Stirn. »Was wird das, Ringelpiez mit Anfassen?«

St. Valentine blickt beleidigt. »Wir sind hier, um dir beizustehen.« Er zeigt auf St. George. »Ich und der Bursche da.«

St. George zuckt mit den Schultern, seine Rüstung knarzt. »Ich würde mich beeilen, wenn ich du wäre. Der Alte wird bald wach. Beug dich nicht zu weit vor, sonst fällst du noch rein«, fügt er hinzu. »Wie es dir im Eishaus passiert ist.«

»Falls du nichts sehen kannst, dann brüll einfach laut rein. Das müsste alles und jeden da unten aufscheuchen.« St. Valentine blickt St. George an. »Sie hat eine Stimme am Leib, mit der sie Tote aufwecken könnte.«

Ich sehe sie streng an. »Dann kommt ihr also mit, zur moralischen Unterstützung?«

Die Heiligen scharren mit den Füßen und blicken in verschiedene Richtungen. Ich gehe los.

Der Garten ist still und nass von Tau. Ein paar Katzen kommen auf mich zugelaufen. Als sie merken, dass ich nicht vorhabe, sie zu füttern, schlendern sie wieder davon, schieben sich durch Gerümpel und springen auf die Dächer von Geräteschuppen und Nebengebäuden. Ich suche mir einen Weg zwischen umgekippten Schubkarren, Autoteilen und kaputten Möbelstücken, Müllsäcken und verrostetem Werkzeug hindurch. Ich werde erst wissen, wonach ich suche, wenn ich es gefunden habe oder hineinfalle.

Der alte Ziehbrunnen befindet sich am Rand des Gartens, auf einer Art Lichtung, umgeben von Schutt und abgedeckt mit einer Wellblechplatte, die mit Ziegelsteinen beschwert ist. Ich stelle meine Handtasche hin, nehme die Ziegelsteine runter und ziehe die Abdeckung ab.

Ich beuge mich vor, und der Geruch schlägt mir entgegen: die kalte, durchdringende Dumpfigkeit von tiefen, nassen Orten, von sonnenlosen, sternlosen Orten. Ich kann zwei, drei Meter tief sehen, ein paar kreisrunde Reihen abgeplatzter und alter Ziegelsteine, dann nur noch Dunkelheit. Die Taschenlampe nützt nichts, der Lichtstrahl ist nicht annähernd stark genug. Ich nehme eine Münze aus meiner Handtasche. Nicht, um mir etwas zu wünschen, sondern aus einem anderen Grund, vielleicht um einen Tribut zu leisten oder um irgendeinen wachsamen Wassergeist da unten günstig zu stimmen. Ich lasse die Münze fallen und lausche. Ich höre sie nicht landen.

Wind kommt auf, weht Sand von einem Haufen Schutt zu mir herüber. Hatte Cathal vor, den alten Brunnen zuzuschütten? Ich sehe mich um. Unter einer alten Plane entdecke ich Ziegelsteine und Zementsäcke, überwiegend leer bis auf einige wenige, die im Laufe der Zeit knochenhart geworden sind.

Was hatte er verbergen wollen?

Ich beuge mich waghalsig weit über den Rand und rufe.

Ist da wer?

Mein Echo kommt zu mir zurück, hell und spöttisch.

Ist da wer? Wer? Wer? Wer?

Ich warte: Keine andere Stimme ist zu hören. In dem Brunnen ist niemand.

Dann ändert der Wind auf einmal die Richtung. Er bläst über den Brunnenrand hinweg, wie Lippen über eine Milchflasche, ein schrecklicher hoher Ton. Ein schrilles, gespenstisches Heulen.

Kapitel 37

Lillian hatte heute allerhand zu tun. Sie hat Renatas Schmucksteinsammlung entstaubt und in die neue gebraucht gekaufte Vitrine gelegt. Sie hat die Curaçao-Flecken an der Wohnzimmerwand übertapeziert und einen Auflauf für Cathals Geburtstag zubereitet. Als ich komme, will sie gerade gehen, um die Wohnzimmervorhänge in die Reinigung zu bringen, nach einem kurzen, aber heftigen Wortgefecht wegen der angeblichen Wiederauferstehung von Renatas Pfeife.

Renata, mit einer geblümten Schürze und einem Kopftuch wie eine Hausfrau in einer Siebzigerjahre Sitcom, lächelt mich resigniert an. Sie wirkt immer irgendwie eingelaufen und gut durchgespült, wenn Lillian da war, wie ein empfindliches Kleidungsstück, das mit dem Hundehandtuch zusammen in die Kochwäsche geraten ist.

Renata macht sich daran, Kaffee zu kochen. »Kommt Sam, um mit uns den Reiseplan zu besprechen?«

Ich setze mich an den Küchentisch. »Ich habe ihn nicht eingeladen.«

Renata blickt mich an. »Er fährt doch mit dir nach Dorset?«

»Nein, tut er nicht.«

Renata hebt eine Augenbraue und stellt die Espressokanne auf den Herd.

Wie soll ich ihr klarmachen, dass ich dem Mann, mit dem ich wiederholt geschlafen habe, nicht traue? Und schlimmer noch, dass ich nicht rausfinden will, warum.

»Ich fahr lieber allein«, sage ich.

»Mach das, wie du meinst«, sagt sie fröhlich und trocknet sich die Hände an der Schürze.

Ich überfliege die Aufstellung, die sie auf einem Block notiert hat: Donnerwetter, der Plan kann sich schon durchaus sehen lassen.

Fahrt nach Dorset zu Ermittlungszwecken

Tag eins:
Vormittag: Langton Cheney
Ankunft im B&B (Castle View, Renscombe Road, Doppelzimmer mit Bad)
Besuch im Altenpflegeheim Holly Lodge – Begründung müssen wir uns noch einfallen lassen –, um nach Marguerite Flood und Maggie Dunne zu fragen.

Bewohner von Langton Cheney befragen

Nachmittag: Dorchester
Treffen mit Frank Gaunt, Polizeibeamter im Ruhestand, der nach Maggies Verschwinden die Ermittlungen leitete. Er glaubt, du kommst, um einen Whippet zu kaufen.

Tag zwei:
Vormittag: Wareham
Besuch einer Messe in der römisch-katholischen Kirche Our Lady of Lourdes
Befragung der Gemeinde bei Tee und Gebäck

Ich schaue hoch. »Was soll das mit dem Whippet?«

»Als ich auf dem Revier angerufen habe, hat man mir gesagt, dass Frank Gaunt im Ruhestand ist und sich nur noch damit beschäftigt,

Whippets zu züchten.« Renata zuckt mit den Achseln. »Da hab ich gesagt, genau deshalb würde ich mit ihm sprechen wollen, und sie haben mir seine Nummer gegeben.«

»So kann man's auch machen.«

»Er hat eine hellbraune Hündin zu verkaufen. Nimm sie ruhig, wenn sie nett ist.«

Ich starre sie an. »Du hast eine Hundephobie.«

»Es ist eher eine Aversion gegen Tollwut.« Renata reißt das Blatt vom Block und gibt es mir. »Hydrophobie macht das Leben ganz schön schwer – trinken, duschen und so weiter. Da sollte man jedes Risiko meiden.« Ihre Augen werden zu schmalen Schlitzen. »Apropos, pack für dein Abendessen heute bei Mr Flood dein Pfefferspray ein. Ich bin immer noch nicht überzeugt, dass das eine gute Idee ist.«

Ich schaue sie an. Vielleicht wird sie langsam milde. »Möglicherweise ist es meine letzte Chance, mit ihm zu reden. Könnte doch sein, dass wir den Fall heute Abend lösen.«

»Aber versuch wenigstens, ihn nicht zu provozieren.« Sie runzelt die Stirn. »Das ist nämlich auch seine letzte Chance, dich aus dem Weg zu räumen.«

Ich habe einen Auflauf dabei, einen Geburtstagskuchen mit Zuckerguss, eine Flasche von Ceslaus' Selbstgebranntem und eine knallbunte Krawatte, die dem verstorbenen Bernie Sparks gehörte. Ich ziehe alles in Lillians Einkaufsroller hinter mir her. In der vorderen Tasche, die für die Busmonatskarte gedacht ist, stecken ein voll aufgeladenes Handy, ein Panikalarm und ein Pfefferspray. Als ich aus dem Bus steige, frage ich mich, ob ich einfach weitergehen sollte. Unermüdlich weiter und weiter, über Landstraßen und Autobahnen, Hügel und Felder, bis dahin, wo das Land endet und ich übers Meer davonsegeln könnte. Auf dem Einkaufsroller von schaukelnden Wellen getragen.

Mit dem Auflauf könnte ich ein paar Tage durchhalten, bis wieder Land in Sicht käme. Irgendwo, wo es warm ist, mit Eidechsen und riesigen Früchten. Ich könnte mir einen Job in einer Bar besorgen und jeden Abend mit den Stammgästen zechen. Nach den Tagen auf dem Meer wäre ich braun gebrannt und schlank, und ich würde von Männern umschwärmt wie von lästigen Moskitos. Ich würde den Einkaufsroller aber behalten, abgewetzt und von der Sonne gebleicht, als ständige Erinnerung daran, dass ich immer, wenn mir alles zu viel wird, meine Sachen packen und weitersegeln könnte.

Cathal begrüßt mich an der Tür mit einem verruchten Grinsen und einer Verbeugung wie ein zwielichtiger Butler. Sein weißes Haar ist ordentlich gekämmt, und in der Brusttasche seines Beerdigungsanzugs steckt ein rot gepunktetes Taschentuch. Er trägt weder Krawatte noch Socken und hat seine Pantoffeln an den Füßen.

»Ich hab den Neuen von der Agentur heute richtig ans Arbeiten gekriegt. Hab ihn angebrüllt und rumgescheucht. Sie werden schon sehen, was ich meine.« Er zeigt auf den Einkaufsroller. »Was ist da drin?«

»Ein bisschen was fürs Abendessen.«

»Aber ich hab schon Pastete und Cracker auf dem Tisch.«

»Dann essen wir eben von allem ein bisschen, ja?«

Er zuckt mit den Achseln, und schon ist er die Treppe runter in den Garten und zieht den Trolley holpernd die Stufen hinunter hinter sich her. Ich folge ihm durch die Büsche in eine Art ausgeflipptes Wunderland.

Auf der Lichtung vor dem Wohnwagen ist ein Tisch für eine Party gedeckt. Cathal muss sämtliche noch verbliebenen Blumen im Garten geplündert haben, denn sie stecken dicht an dicht in Dutzenden Vasen und Teekannen und Marmeladengläsern. Ich sehe rostige Sturmlaternen, in denen Kerzenflammen gemächlich hinter Glas tanzen, und eine alte Petroleumlampe mit hochgedrehtem Docht leuchtet hell.

Der Wohnwagen ist mit bunten Lichterketten geschmückt, die sich wellenförmig am Dach entlangziehen. Die Tür ist noch immer mit einem Vorhängeschloss gesichert, aber jetzt wird sie von zwei großen verdorrten Topfpflanzen flankiert, die mit Lametta umwickelt sind.

»Das ist hübsch«, sage ich.

Cathal nickt, und seine Augen strahlen.

Auf einem großen Teller in der Mitte des Tisches sind mit Gurkenspiralen verzierte Cracker arrangiert. Die Pastete auf dem Tablett gleich daneben hat schon die Katzen angelockt.

Cathal schreit sie an, und sie flüchten. »Mistviecher.« Er inspiziert die Pastete. »Ich kratz sie ein bisschen ab, dann ist sie wieder wie neu.«

Am Ende des Tisches ist ein Plattenspieler aufgebaut.

Cathal bietet mir einen Stuhl an. »Möchten Sie Platz nehmen, Maud?«

Der Himmel wird dunkler. Es ist ein milder Abend für die Jahreszeit, aber über der Rückenlehne meines Stuhls hängt eine Decke, falls mir kalt wird. Wir sitzen nebeneinander. Ein paar Katzen nehmen die leeren Plätze rings um den Tisch ein.

»Wieso sind hier so viele Stühle?«

Cathal lächelt böse. »Das war der Blödmann von der Agentur. Ich hab ihm gesagt, ich würde ein Geburtstagsdinner geben, und da hat er die alle aufgestellt.«

»Für Ihre imaginären Freunde.«

Er lacht. »Die sind mir die liebsten.«

»Wen würden Sie einladen?«

Cathal grinst. »Als Erste: Picasso und Mata Hari.«

Ich mache mit. »Jimmy Stewart und Dschingis Khan.«

»Brendan Behan wäre dabei. Der würde es richtig krachen lassen.«

Ich stupse ihn an. »Und Greta Garbo am Klavier.«

Er ist begeistert. »Wollen Sie ein bisschen Musik hören?«

Er springt auf und hantiert am Plattenspieler herum, schimpft über das dämmerige Licht, und dann rutscht und kratzt kurz die Nadel, und es ertönen ein paar Takte von –

»Tanzen Sie, Maud?«

»Ist das eine Aufforderung?«

Wir drehen zu Frank Sinatra eine Runde um den Tisch, beobachtet nur von den Katzen, die im Licht der Laterne herumschleichen oder Krümel von der Tischdecke lecken.

Mit meiner Hand in seiner Riesenpranke schaue ich zu ihm hoch. »Hätten Sie sonst noch jemanden gern hier?«

Seine schlurfenden Pantoffel-Schritte verharren jäh, und er schaut zu mir runter. »Fangen Sie nicht davon an, Maud. Bitte nicht heute Abend.«

Wir essen Auflauf von Papptellern und wenden uns dann dem Kuchen zu, den Lillian gebacken hat: ein Biskuitkuchen mit Zitronenfüllung, der obendrauf eine braune ellipsenförmige Glasur mit kleinen Tupfern Lebensmittelfarbe hat.

»Das ist eine Malerpalette«, sage ich nach einer Weile.

Cathal nickt respektvoll, vielleicht aus Rührung darüber, dass jemand sich für einen Fremden so viel Mühe gemacht hat.

»Sie haben Ihren Freunden von mir erzählt.« Er lächelt. »Dass ich Künstler und noch was Schlimmeres bin, ein Vollidiot, was?«

Was viel, viel Schlimmeres, Cathal Flood.

Ich halte den Kopf gesenkt, krame in dem Einkaufsroller nach seinem Geburtstagsgeschenk.

Herzlichen Glückwunsch, Blaubart!

Vielleicht unterscheidet sich unsere Vorstellung von Cathal ja doch stark von der Wirklichkeit. Der Cathal unserer Fiktion, meiner und Renatas, entspricht ganz und gar nicht dem verlotterten alten Riesen mit den noch dunklen Brauen und der weißen Haarmähne, der mich jetzt mit amüsiert leuchtenden Augen ansieht.

Er packt sein Geschenk aus, über das er sich hörbar freut, dann faltet er das Geschenkpapier sorgfältig zusammen und steckt es ein.

Ich binde ihm die Krawatte.

»Na, Maud, wie seh ich aus?«

»Sie sind eine elegante Erscheinung.«

Er lächelt mich an, hochzufrieden mit der Krawatte des Toten. Spontan greife ich nach einer der Vasen und breche eine pralle gelbe Teerose ab. Zu seiner Belustigung stecke ich sie ihm ins Knopfloch.

»Jetzt sind Sie perfekt, Cathal.«

Er grinst und streckt mir die Hand hin.

Wir schwingen das Tanzbein zu Louis Armstrong.

Sogar die Katzen spüren es: dass etwas endet, dass das Schiff langsam sinkt. Unterdessen spielt die Musik weiter, und die Lichter schimmern. Eine kalte, tintenschwarze Dunkelheit wartet hinter den Kulissen, schwappt gegen die Ränder unserer Bühne, dringt langsam ein. Wir werden weggespült werden. Aber nicht in diesem Augenblick, nicht jetzt.

Alle Katzen haben sich für den Anlass blicken lassen. Ich sehe Beckett, ein heller verschwommener Fleck, der sich unter den Tisch schleicht. Die anderen streunen an der Peripherie herum oder liegen auf dem Tisch. Als ich das Trippeln von Krallen auf Metall höre, schaue ich auf und sehe die Schnauze eines jungen Fuchses über das Wohnwagendach lugen.

»Was werden Sie mit ihnen machen?«

Cathal sieht sich um. »Die kommen schon allein klar. Der Rest ist jetzt Gabriels Sache.«

»Aber Ihr Haus?«

»Wir wollten doch nicht darüber reden.«

»Ich weiß.«

Er lächelt. »Es ist bloß ein Haus. Alles geht einmal zu Ende, Maud. Der Trick ist, mit dem Strom zu schwimmen.«

Ich schüttele den Kopf. »Können wir denn gar nichts tun?«

»Tun? Nein. Außer ein Stückchen von dem Kuchen essen.«

Ich stecke die Kerzen auf den Kuchen, ohne mitzuzählen, weil ich mir denke, dass man sowieso den Überblick verliert, wenn man genug Jahre auf dem Buckel hat. Ich gieße ihm einen Drink in ein Plastikglas, und wir stoßen an.

»Auf Sie an Ihrem Geburtstag, Cathal Flood.« Ich lächele.

»Auf Sie an meinem Geburtstag, Maud Drennan.« Er lächelt.

»Jetzt müssen Sie sich was wünschen«, sage ich.

Ernst wie ein Kind schließt er die Augen, dann nickt er. Er ist bereit. Ich halte ihm den Kuchen hin, und er pustet die Kerzen aus.

»Haben Sie Lust, sich jetzt das Werk anzusehen, zu dem Sie mich inspiriert haben?«

»Das Bild, ist es fertig?«

»Ja. Sie sind eine ausgezeichnete Muse, Maud.«

»Ist mein Kinn nicht ein bisschen zu kantig für eine Muse?«

»Ich hab's hingekriegt.« Cathal steht auf. »Es ist im Haus. Kommen Sie mit rein?«

Ich bin schon halb den Gartenweg hinunter, als mir das Pfefferspray einfällt, aber ich komme nicht einmal auf den Gedanken, es zu holen.

Abends hat das Haus eine andere Atmosphäre. Das Kunstlicht der Lampen ist längst nicht so mysteriös, wie ich gedacht hätte. Es gibt dunkle Ecken, aber sie sind bloß schmuddelig dunkel. Der Geruch ist stärker, als würde das Gerümpel im Schlaf freigebig seine schädlichen Dämpfe absondern.

Ich folge Cathals unwahrscheinlich großer Statur den Flur hinunter. Sein Gang ist heute Abend unsicher, sein Körper leicht gekrümmt in dem steinalten Anzug. Das Jackett schwingt knapp über seinem Hintern, und die Hose hat Hochwasser.

Die Lücke in der Großen Mauer aus *National Geographics* ist breiter denn je. Beim Hindurchgehen kann ich die staubigen Schichten auf beiden Seiten nur noch mit ausgestreckten Armen berühren. Cathal muss den Kopf einziehen und sich seitlich drehen.

Er tastet nach einem Lichtschalter, und wir sind wieder im Märchenland. Schnüre mit winzigen Lampions winden sich zwischen den Schaukästen, den Instrumenten und Tierpräparaten. Scheppernd und surrend erwachen Kuriositäten zum Leben, begrüßen ihren Herrn. Hermeline werfen miese Pokerblätter hin, der Rabe, wieder auf seinem Podest, plustert sich auf. Die Glasaugen drehen sich hocherfreut, und sogar der Schrumpfkopf sieht fröhlicher aus: Der genähte Schmollmund ist ein Lächeln geworden.

Wir gehen vorbei und passieren den vierköpfigen Engel, der am Fuß der Treppe seine Schnauzen zur Begrüßung rümpft.

Wir folgen dem Flur weiter, weiter, als ich je gekommen bin.

»Gucken Sie sich den kleinen Burschen an«, sagt Cathal.

Gemeinsam spähen wir in ein schwach beleuchtetes Aquarium – das Gesicht eines erstaunlichen Wesens grinst uns an. Das Wesen liegt auf einen Ellbogen gestützt in einem Meer aus gemalten Wellen und hat den Schwanz ausgestreckt. Es scheint eine Pfeife zu rauchen.

»Der Fidschi-Wassermann«, sagt Cathal mit einem Schmunzeln. »Halb Kapuzineraffe, halb Lachs. Ein Geniestreich, die Nähte sind kaum zu sehen.«

»Er ist sehr besonders«, nicke ich.

»Und das hier«, sagt Cathal. »Haben Sie einen starken Magen?«

»Kommt drauf an.«

Er zieht an einer Schnur, und ein geteilter Vorhang öffnet sich.

»Der Gehäutete«, verkündet er.

Ein lebensgroßer Mann sitzt im Schneidersitz in einer Vitrine; er hat einen Ellbogen auf sein Knie und den Kopf in die Hand gestützt. Die Haut an der rechten Körperseite ist abgeschält. Blutige Fleischstreifen hängen noch an Handgelenk und Fußknöchel. An einigen Stellen sind die Schnitte tiefer gegangen, sodass Muskeln, Nerven, Knochen und Unterhautgewebe frei liegen. Eine Seite des Gesichts ist unauffällig, auf der anderen grinst ein nackter Kieferknochen, und ein Augapfel hängt in einer offenen Höhle.

»Allmächtiger.«

Cathal blickt mich stolz an. »Haben Sie so was schon mal gesehen?«

»Nur in meinen schlimmsten Albträumen.«

Er grinst. »Das Hunterian Museum ist schon seit Jahren scharf drauf. Es stammt von einem italienischen Meister im Modellieren von anatomisch korrekten Wachsfiguren.« Er öffnet eine längliche Holzkiste. »Aber damit hat alles angefangen.«

Darin liegen in passgenauen Vertiefungen aus verblasstem Samt eine Säge, Messer, ein Meißel und eine Aderpresse.

»Dieses Amputationsbesteck hat meinem Urgroßvater gehört, Thomas Flood, genannt der Schlächter, Wundarzt im Krimkrieg.«

»Was für ein Erbstück. Haben Sie nicht mal daran gedacht, in seine Fußstapfen zu treten?«

»Mir wird flau, sobald ich echtes Blut sehe.« Cathal zieht die Stirn kraus. »Sollen wir uns jetzt Ihr Porträt ansehen?«

Er zieht einen Schlüsselbund aus der Tasche, sucht einen heraus und öffnet die letzte Tür im Korridor.

Es ist ein wunderschöner Raum. Lang und schmal, mit waldgrünen Wänden, an denen über die gesamte Länge Gemälde hängen. Die Galerie, wie Cathal sagt. Der Boden ist aus glänzendem Parkett, und die größeren Bilder werden von Messinglampen beleuchtet, die an der Wand montiert sind. Es sind Landschafts- und Meeresmotive und sogar das ein oder andere Stillleben.

Ich drehe mich überrascht zu Cathal um. »Die haben Sie doch nicht gemalt.«

Er sieht mich mit einem bitteren Lächeln an. »Das sind Marys Gemälde. Sie hat jedes einzelne gekauft.«

Mir fällt noch etwas anderes auf. »Und es sind keine Porträts dabei.«

»Sie mochte es nicht, wenn die Augen sie ansahen.« Er deutet auf die Staffelei. »Sind Sie bereit?«

In der Mitte der Galerie steht ein viereckiges Gespenst: die mit einem Tuch verhängte Leinwand auf einer Staffelei.

Plötzlich werde ich nervös. Ich bin ein ahnungsloser Dorian, der jeden Moment mit seinem in Ölfarbe festgehaltenen wahren Ich konfrontiert wird. Ich frage mich, wie es sein wird, mein wahres Ich. Vielleicht wird es ein schrumpeliger Hungerhaken sein, hager wie ein Bergläufer. Oder vielleicht wird es wie eines dieser nachtaktiven Tiere sein, rundäugig und nichtsahnend, erschreckt und ein wenig außerirdisch. Ich sehe den alten Mann an und nicke.

Maud starrt von der Leinwand. Sie hat ein Bein unter den Körper gezogen und den Kopf auf eine Hand gestützt. Auf den ersten Blick wirkt sie ruhig, in sich gekehrt. Aber wenn du genauer hinschaust, siehst du, dass sie die Zähne zusammenbeißt. Und sie hat die Schultern leicht hochgezogen, als wäre sie gereizt. Ihr Haar ist halb hochgesteckt, halb fällt es herab, was sie leicht aufgelöst wirken lässt. Ihren Mund umspielt ein verkrampftes Lächeln. Sie ist argwöhnisch, aber sie ist auch müde, hundemüde, todmüde. Das sehe ich ihren Augen an. Wie ein Soldat in ständiger Kampfbereitschaft versucht sie schon ewig lange, alles unter Kontrolle zu halten.

Ich breche in Tränen aus.

Ein bestürzter Cathal ist wie ein kaputtes Spielzeug, ein alter Zinnsoldat, überdreht und wackelköpfig. Seine Augenbrauen zucken, während er verschiedene Gesichtsausdrücke ausprobiert. Er entscheidet sich für ein trauriges Stirnrunzeln. Er zieht mich unbeholfen an seine Brust, während ich weine, tätschelt mir den Rücken, als wollte er ein Baby mit einer Kolik dazu bringen, ein Bäuerchen zu machen.

Ich weine um die Menschen, die bei Autounfällen umkommen, die an Darmverschlüssen und Herzinfarkten und langen Leiden und Traurigkeit sterben, die durch absurde Heimwerkerunfälle ihr Leben verlieren. Ich weine um alte Knacker, die sich in ihrem Gerümpel verschanzt haben, und um tapfere Seelen, die sich aus Angst nicht trauen, vor die Tür zu gehen. Ich weine um tote Ehefrauen und schlechte Schwestern und verschwundene Schulmädchen. Ich weine um diejenigen, die sich nicht erinnern können, und diejenigen, die nicht vergessen können, und um diejenigen, die irgendwo dazwischen festhängen.

Während die ganze Traurigkeit der Welt um mich herum anschwillt, hält Cathal Flood mich fest. Aber er ist lediglich Schall und Rauch, Theaterdonner. Denn jetzt spüre ich, wie zerbrechlich er ist, wie dürr und dünnhäutig, bloß Papier und Staub. Genau wie diese dicken, pudrigen Motten, die im Bridlemere meiner Fantasie im Keramikspülbecken der Wirtschaftsküche wild mit den Flügeln schlagen.

»Aber, aber, Maud«, sagt er. »Warum in aller Welt weinen Sie denn? Wegen des Gemäldes? Gefallen Sie sich nicht darauf? Wegen Ihrer Kinnpartie?«

Ich schüttele den Kopf.

»Hätte mich auch gewundert«, sagt er.

Aber die Tränen versiegen allmählich, und als Cathal das merkt, lässt er mich los und nimmt das alte miefige Taschentuch und wischt mir damit Nase und Augen ab, unsanft, grob, wie man es bei einem Kind machen würde, das schleunigst zur Schule muss.

»So.« Er lächelt zu mir herab. »Alles wieder gut.«

Cathal Flood bringt mich zur Hintertür. Blaubart entlässt mich bereitwillig aus seinem Schloss. Er hat nicht mehr vor, mich zu töten, falls er es je vorhatte, denn wir sind jetzt Freunde. Er öffnet die Tür, und wir schauen zu, wie die Motten halsbrecherisch auf die Neonröhre zuflattern, als wollte jede die erste sein.

»Ich komme Sie besuchen, im Heim«, sage ich.

Er schüttelt den Kopf. »Ach nein, Maud. Ich möchte, dass Sie mich so in Erinnerung behalten, wie ich jetzt bin: stolz, stur und standhaft.«

Plötzlich wird mir klar, dass ich ihn jetzt zum letzten Mal sehe.

»Ich muss rausfinden, was passiert ist«, sage ich rasch.

Eine hochgezogene Braue, der Anflug eines Lächelns: Er versteht nicht ganz, was ich meine.

Ich rede weiter. »Mit Mary und Maggie.«

Ich beobachte seine Reaktion: der Ansatz eines Stirnrunzelns vielleicht, ein Herunterziehen der Mundwinkel. Nichts Dramatisches.

»Mary hat Zeitungsausschnitte über ein vermisstes Schulmädchen namens Maggie Dunne aufbewahrt. Ich habe sie versteckt in dem roten Zimmer oben gefunden.«

Der alte Mann starrt mich fassungslos an. »Sie haben im Haus rumgeschnüffelt? In ihren Sachen gekramt, den Sachen meiner Frau?«

Ich versuche, ruhig und gefasst zu klingen. »Ich habe nicht danach gesucht, nicht direkt. Die Sachen sind zu mir gekommen. Als würde sie mir jemand zeigen.«

»Sie sind durchgedreht.«

»Das vermisste Mädchen war zur selben Zeit im Cedar House wie Ihre Tochter. Mary muss Maggie gekannt haben; jedenfalls wollte sie herausfinden, was mit ihr passiert ist.«

»Sie sind irre.«

»Bitte sagen Sie mir doch, bevor man Sie abholt, bevor Sie gehen: Ist sie am Leben? Ist Maggie hier?«

Er steht mit gesenktem Kopf vor mir, seltsam ausdruckslos. Verschlossen und leer, wie ein Strandladen im Winter. »Sie haben gesagt, was Sie zu sagen hatten, und jetzt möchte ich, dass Sie gehen.«

»Sie haben sie gekannt, Cathal. Leugnen Sie es nicht.«

»Gute Nacht und alles Gute.«

Ich höre, dass meine Stimme lauter wird, und spüre Wut in mir hochsteigen. »Hören Sie, ich habe Sie respektiert, auf Ihre Gefühle Rücksicht genommen, versucht, Ihnen zu helfen.«

Er tritt in seinen Pantoffeln von einem Bein aufs andere. Seine alte Hand hebt sich an seine Brust, klopft auf die Stelle, wo sein Herz sein müsste. »Wollen Sie vielleicht einen Orden? Dafür, dass Sie mich nicht nach Dingen gefragt haben, die Sie nichts angehen?«

»Es geht mich was an, falls ein Verbrechen begangen wurde, falls ein junges Mädchen entführt wurde, gegen ihren Willen festgehalten oder sogar ermordet wurde.«

»Verdammt noch mal, wann kapieren Sie das endlich? Es hat kein Verbrechen gegeben, es ist niemand entführt oder ermordet worden.« Er tippt sich mit dem Finger an den Kopf. »Das ist alles nur hier oben.«

»Sie können es mir sagen, Cathal.« Ich spreche sanft, ruhig, als wollte ich ihn von einem Abgrund weglocken. »Sie vertrauen mir doch, oder?«

Sein Gesicht verzieht sich, fällt in sich zusammen. »Sie kleines Miststück. Sie haben sich eingeschmeichelt, stimmt's? Um den senilen alten Sack zum Reden zu bringen, damit er irgendeinen Scheiß gesteht, den Sie sich zusammenfantasiert haben?«

»So war das nicht.« Ich schüttele den Kopf. »Bitte, Cathal. Ich muss es wissen.«

»Deshalb sind Sie also heute hergekommen. Ihre allerletzte Chance. Bevor der alte Knacker abgeholt und ruhiggestellt wird, bloß noch sabbernd im Sessel hockt.«

»Bitte.«

Er blickt mir direkt in die Augen. »Glauben Sie, ich könnte Maggie Dunne was angetan haben? Glauben Sie, ich könnte sie umgebracht oder hier eingesperrt haben? Glauben Sie, ich bin ein Unmensch?«

Vielleicht verraten ihm meine Augen, dass ich das tue, denn in seinem Gesicht macht sich allmähliches Begreifen und damit einhergehend ein tiefer Ekel breit.

»Sie haben mit mir getrunken, Sie haben mit mir zu Abend gegessen und die ganze Zeit geglaubt, dass ich zu so etwas fähig bin?«

»Wenn Sie Angst haben, kann ich Ihnen helfen. Wir können zusammen zur Polizei gehen.«

Er hebt die Hände, Handflächen nach außen, als wollte er ein Pferd aufhalten, als wollte er eine Belagerung abwehren. Er ist völlig erstarrt. Aber hinter dem wilden blauen Funkeln seiner Augen bricht er zusammen. Ich erkenne es an seinem Mund, der sich zu einem beginnenden Schluchzer verzieht.

»Bitte lassen Sie mich Ihnen helfen, Cathal.«

Die Tore werden gestürmt, und die Burg fällt. Cathal Flood sinkt in sich zusammen. Jähe Tränen schwimmen in seinen Augen. Da ist keine Wut. Hier ist nur Schmerz, sagt sein altes Gesicht, und Verrat und erloschene Liebe.

Er schließt die Tür. Ich höre, wie er die Kette vorlegt, dann den Riegel: Geräusche, wie sie nicht endgültiger klingen können. Ich schlage eine Weile gegen die Tür und rufe. Dann klopfe ich an die Tür und flehe. Dann gebe ich auf und stehe schweigend im Garten und schaue zu, wie die Lichter nacheinander ausgehen und das Haus in Dunkelheit versinkt.

Ich stelle mir vor, wie er zurück durchs Haus wankt – abgemagerte Gliedmaßen und Vogelscheuchenanzug. Sein alter Kopf wackelt, die Augen darin blicken verwirrt, und seine breiten, knorrigen Handrücken streifen über die unterschiedlichen Oberflächen seiner Schätze.

Reue durchströmt mich in heißen Wellen. Mein Magen ist eine Grube der Scham. Was habe ich getan?

Ich unterdrücke den Drang, auf die Knie zu sinken.

Kapitel 38

Wenn du wirklich Buße tun willst, gewöhn dich an Selbstkasteiung in Verbindung mit Frömmigkeit und Entbehrung. Schließe Bekanntschaft mit allen drei, indem du dich lang und ausgiebig auf was richtig schön Hartes kniest. Das ist die Zugabe zu den Gebeten, die du ohnehin schon für den Erlass deiner Sünden sprichst, von dem du weißt, dass er nie kommen wird.

Ich kniete schon zwanzig Minuten auf dem Kies, als Granny mich dabei erwischte. Ich erklärte ihr, ich würde Buße tun, doch sie sagte, ich sollte aufstehen, und brachte mich ins Haus und wusch mir die Knie mit Desinfektionsmittel. Wenn sie den Schwamm in die Schüssel tauchte, sah sie mich gelegentlich mit einem komischen Ausdruck im Gesicht an, als wäre sie dabei, im Kopf eine schwierige Summe auszurechnen.

Sie trocknete meine Knie mit einem sauberen Geschirrtuch ab, während das Lutschbonbon in ihrem Mund schnell und klackernd gegen ihre Zähne schlug. Ich kannte Granny immer nur mit einem Bonbon im Mund, und meistens konnte ich ihre Laune daran abschätzen, wie sie daran lutschte, denn das tat sie schneller, wenn sie verärgert war, und wenn sie wütend war, biss sie knirschend darauf herum.

Granny richtete sich auf und zog meinen Rock runter und tätschelte mein Bein. Sie sagte, es sei nicht meine Schuld, dass Deirdre verschwunden war, dass ich mir das klarmachen und es nie vergessen sollte. Granny hörte sich genauso an wie damals, als sie Mrs Walsh wegen des wöchentlich wechselnden Blumenschmucks für die Kirche angelogen hatte.

Deirdre war weg, aber das war nicht meine Schuld. Sie hatte mich zurückgelassen, aber das war nicht meine Schuld. Nichts davon war meine Schuld.

Die Polizei würde sie finden. Oder Deirdre würde, typisch Deirdre, jeden Moment missmutig durch die Tür geschlurft kommen und sagen: »Überraschung! War alles bloß ein Witz.«

Ich setzte mich an den Tisch, und Granny gab mir eine Schüssel, einen Gemüseschäler und ein Bund Möhren. Dann trat sie an die Spüle und schaute aus dem Fenster, auf das leere Vogelhäuschen, das Wetter und die Straße, die hinauf zum Bungalow führte. Das Bonbon in ihrem Mund klackerte schneller und schneller, bis es Warpgeschwindigkeit erreichte – bald würde es auch verschwinden.

Kapitel 39

Es ist spät, aber Renata hat auf mich gewartet.

»Lass mich nicht nachdenken«, sage ich. »Red einfach.«

»Worüber denn, Darling?«

»Egal.«

Und sie tut es. Fast eine Stunde lang lässt sie sich über so unterschiedliche Themen aus wie Versandhaus-Kimonos, den wunderbaren Steve McQueen und Fondues. Ich starre meine Hände auf dem Küchentisch an.

Ich spüre, wie Renatas Augen mich nach Anzeichen eines Angriffs absuchen: ausgerissene Haarbüschel, Spuren von Schlägen ins Gesicht, offene Knöpfe, Blutergüsse und Bisswunden und Knochenbrüche, Rotz und Tränen.

St. Dymphna spaziert in der Diele auf und ab. Dann und wann wirft sie mir einen Blick zu. Ich bin nicht sicher, ob aus Mitleid oder Spott.

Renata redet weiter. Mitten in einer detaillierten Analyse der Vorteile von Tangas gegenüber Unterhosen heule ich los.

Renata nimmt meine Hand und wartet.

Dann sagt sie mit einer unbefangenen weichen Stimme: »Erzähl's mir, Maud. Erzähl mir alles.«

Alles.

Leichthin, leise sagt sie: »Es geht nicht nur um Flood, oder?«

»Nein.«

St. Dymphna sieht mich von der Diele aus an, ein erschreckter Ausdruck huscht ihr übers Gesicht, und weg ist sie.

Ohne mich umzuschauen, weiß ich, wo sie ist: Sie ist direkt hinter mir. Flink wie ein Geist. So real, dass ich sie neben meinem Stuhl spüren kann. Ihr Umhang streift meinen Arm, ihr Atem bewegt mein Haar.

Sie hält ihre Hand dicht vor meinen Mund. Ich sehe sie vor mir.

Ich rieche die medizinische Seife, die Granny immer kaufte, und in der Apotheke geklautes Parfüm und die widerliche Erdbeersüße von Kaugummi.

Wenn ich versuche, darüber zu reden, wird sie mich mit der bleichen, toten, flachen Hand daran hindern.

»Es gibt nichts zu erzählen«, sage ich. »Es ist nichts passiert.«

Kapitel 40

Ich folge ihr, der rothaarigen Frau. Sie führt mich über ein frisch gepflügtes Feld, durch ein dichtes Wäldchen und weiter, immer tiefer zwischen die Bäume. Ihre weißen Füße sinken in den lehmigen Boden ein. Über mir lichtdurchflutetes Geäst, Blätter in satten Farben – ein kräftiges, lebendiges Grün – und darüber ein wolkenloser blauer Himmel. Ich stapfe durch Farnkraut und stolpere über Baumwurzeln.

Ich habe keine Angst, solange ich Vögel singen höre. Denn ich weiß, dass Vögel wegfliegen, wenn etwas Schlimmes passieren wird: Sie spüren die Gefahr. Und die Vögel singen rings um uns herum, fröhlich, unablässig.

Da ist eine Lichtung, und dort ist ein Bach. Am anderen Ufer spielen Kinder im Wasser, lassen Eichelhütchen schwimmen. Als sie mich hören, schauen sie auf und lächeln. Ein dunkelblonder Junge und ein hellblondes Mädchen mit dem gleichen trägen, breiten Grinsen.

Als ich zurücklächele, merke ich, dass die Vögel verstummt sind.

Kapitel 41

St. Valentine sitzt neben meiner kleinen Reisetasche auf der Rückbank von Sam Hebdens grünem Golf mit der eingebeulten Beifahrertür. Wir kommen auf der M3 gut voran; mit St. Valentines Fürsprache sind wir garantiert schon am Mittag in Langton Cheney. Der Heilige streckt während der Fahrt den Kopf aus dem Fenster wie ein aufgeregter Hund, segnet Fahrzeuge, die langsamer als erlaubt fahren, und droht Lkw-Fahrern, die am Steuer eine SMS schreiben.

Sam ist still, in Gedanken. Vielleicht verwundert über meine Einladung in letzter Minute, meinen Sinneswandel. Oder vielleicht, weil wir mit jeder Meile dem Ort näher kommen, wo alles angefangen hat. Ich frage mich, wann er endlich gesteht, dass er nicht der ist, für den er sich ausgibt.

Irgendjemand wird ihn erkennen. Irgendjemand im Dorf wird ihn doch sicher als Kind gekannt haben, seine Schwester gekannt haben, oder?

Man muss bloß sein Gesicht beobachten – abwarten –, bis sich ein genauso breites Lächeln zeigt wie Maggies.

Nur lächelt er jetzt nicht.

Ich schiele zu ihm rüber, sehe, wie er dasitzt, in T-Shirt und Joggingschuhen, die schönen grauen Augen auf die Straße gerichtet. Ich weiß nicht, was er denkt, aber ich weiß, was er getan hat.

Er hat den Job angenommen, um in Cathals Nähe zu kommen. Um auf eigene Faust das Verschwinden seiner Schwester zu untersuchen, weil er wusste, dass die Floods irgendwie damit zu tun hatten. Er hat sich dem alten Mann offenbart, oder vielleicht hat Cathal ihn auch erkannt; wie auch immer, die Folge war jedenfalls der Angriff mit dem Hurley-Schläger.

Aber wieso belügt er uns? Renata und mich?

Er blickt oft in den Rückspiegel, als würde ihm jemand an der Stoßstange kleben. Ich schaue nach hinten und St. Valentine ebenfalls.

»Wir werden verfolgt«, sagt der Heilige.

Ein neuer schwarzer BMW hält höflich Abstand, gondelt gemächlich und ohne zu überholen dahin, wie es ein neuer schwarzer BMW niemals tun würde.

Und ich will gerade laut darauf hinweisen, als sich St. Valentine vorbeugt und mit kalter Stimme sagt: »Halt bloß die Klappe, Augenstern.«

Wir fahren schweigend weiter, und Sam schaut weiter immer wieder in den Rückspiegel.

Ich werfe erneut einen heimlichen Blick nach hinten. St. Valentine hängt halb durch die Heckscheibe, um den Fahrer vielleicht besser zu Gesicht zu bekommen.

»Ist alles in Ordnung?«, fragt Sam.

»Ich suche bloß meine Handtasche.«

»Da steht sie doch, neben deinen Füßen.«

»Tatsächlich.«

Sam runzelt die Stirn.

»Sag ihm, er soll bei nächster Gelegenheit anhalten«, raunt St. Valentine. »Wir müssen die Situation in den Griff kriegen.«

»Können wir kurz an der Raststätte da halten, Sam? Ich muss mal.«

Sam schaut in den Rückspiegel, setzt früh den Blinker und lenkt auf die Abbiegespur, nimmt Gas weg und schaut noch einmal in den Spiegel.

»Dein Typ weiß nicht nur, dass wir verfolgt werden, er unterstützt es auch noch«, sagt St. Valentine. »Und du errätst nie und nimmer, wer in dem BMW sitzt.«

Oh doch.

Ich setze mich auf die Toilette und nehme mein Handy. Ich habe vier entgangene Anrufe von Renata.

Sie meldet sich prompt. »Wo bist du?«

»Auf dem Damenklo einer Raststätte, und ich werde von Gabriel Flood verfolgt.«

Pause. »Er verfolgt euch? Bist du sicher?«

In der Nachbarkabine geht die Spülung. Ich warte. »Ja, ich bin sicher. Weshalb hast du angerufen?«

Erneute Pause, dann sagt sie mit tonloser und ernster Stimme: »Sam ist nicht Sam.«

»Ja, ich weiß. Er ist Maggie Dunnes Bruder.«

Sie klingt überrascht. »Wie kommst du darauf?«

»Guck dir das Foto von Maggie an. Sie hat das gleiche Lächeln. Er hat sich als vermeintlicher Agenturmitarbeiter bei Cathal eingeschlichen, um der Familie auf den Zahn zu fühlen. Aber Cathal ist dahintergekommen, und deshalb hat er ihn bedroht.«

»Könnte hinhauen.«

In die Kabinentür sind in großen Buchstaben die Wörter *Möse bezugsfrei* in großen Lettern geritzt; ich versuche, es nicht persönlich zu nehmen.

»Es gibt aber einen richtigen Sam Hebden«, sagt Renata. »Ich habe gerade mit ihm gesprochen.«

»Wie das?

»Ich habe seine Nummer von einem der Mädels in der Agentur. Biba liegt mit einem leichten Gichtanfall im Bett.«

So einfach ist das.

»Sam hat bestätigt, dass er bei Mr Flood gearbeitet hat, bis der ihn davongejagt hat. Danach wurde er an einen neuen Arbeitsplatz in Hull versetzt.« Renata stockt kurz. »Er ist mittelgroß, kahl, hat einen Spitzbart und ein Feuermal an der linken Gesäßbacke.«

Ich runzle die Stirn. »Und was heißt das jetzt?«

»Keine Ahnung, aber da ist noch was: Mary Flood war im Cedar House eine bekannte Persönlichkeit.«

»Erzähl mir mehr.«

»Ich habe eine Informationsbroschüre angefordert, und die ist heute angekommen, ein richtiges Hochglanzexemplar. Holly Lodge bietet heute individuelle Pflege für Senioren in einem religiös geprägten Umfeld. Eine ganze Seite fasst die Geschichte des Hauses zusammen, und da steht, dass Mary Flood einen Gebäudetrakt finanziert hat.«

»Ich versteh nicht –«

»Ich überlege noch, wie wir dich da reinkriegen. Wie steht's mit deinem schauspielerischen Talent?«

»Du machst Witze.«

In Renatas Stimme liegt ein Lächeln. »Geh demnächst an dein verdammtes Handy, Maud.«

Sam wartet draußen mit zwei Bechern Kaffee. »Können wir?«

St. Valentine steht neben ihm, aber jetzt ist er in Begleitung: St. Dymphna und St. George, St. Rita und St. Monica stehen bei ihm. St. Dymphna kaut auf ihrem Zopf, und St. George hält in seiner kettenbehandschuhten Hand einen Sack. St. Rita und St. Monica halten sich ein wenig abseits und ignorieren einander wie linkische Gäste auf einer Party. Ich bin fast froh, sie zu sehen.

Sam reicht mir meinen Kaffee.

Die Heiligen werden munter und mustern ihn genau.

»Er ist nervös«, sagt St. Dymphna zu ihrem Zopf.

»Eher aufgewühlt«, sagt St. Valentine. »Guckt euch seine Augen an, das linke zuckt leicht.«

Ich deute auf einen Pflanzenkübel aus Beton. »Setzen wir uns doch einen Moment und trinken unseren Kaffee.«

»Ich würde lieber weiter.«

Ich lächele. »Was soll die Eile? Unser Treffen mit Frank Gaunt ist erst um drei. Das ist der Polizist, der –«

Sam blickt mich an, ohne zu lächeln. »Ich weiß, wer das ist.«

Er setzt sich neben mich und stellt seinen Kaffee auf die Erde. Er kramt seine Zigaretten aus einer Tasche, zündet sich eine an und schaut über den Parkplatz.

»Was wir hier machen, ist doch verrückt, Maud. Lass uns zurück nach London fahren. Die Sache ist weit genug gegangen.«

»Welche Sache?«

Er nimmt einen tiefen Zug und bläst den Rauch aus. »Dieser eingebildete Kriminalfall.«

Die Heiligen sehen erst einander an, dann mich. St. George stellt seinen Sack hin und packt den Griff seines Schwerts.

Ich trinke vorsichtig einen Schluck Kaffee, ganz langsam, und zähle dabei bis zehn. »Mary Flood hatte einen dubiosen Unfall, das ist keine Einbildung. Maggie Dunne ist spurlos verschwunden, das ist auch keine Einbildung. Mary hat die Zeitungsausschnitte aufbewahrt, und dafür muss sie einen Grund gehabt haben.«

Sam blinzelt mich durch den Zigarettenrauch an. »Viele Leute verwahren Zeitungsausschnitte. Das bedeutet gar nichts.«

»In diesem Fall bedeutet es etwas.«

»Das ist Wahnsinn.«

»Du hast eine Schwester.«

Er starrt mich an. »Was?«

»Du hast eine Schwester. Ich habe dich das schon mal gefragt. Ich habe gesagt: ›Wenn sie spurlos verschwinden würde, wie Maggie Dunne, würdest du das einfach hinnehmen?‹«

»Gut gemacht«, sagt St. George und nickt unter seinem Visier.

In Sams leiser Antwort schwingt sehr viel beherrschte Wut mit. »Das geht dich alles überhaupt nichts an.«

»Du hast Glück, dass du weißt, wo deine Schwester ist.«

Er drückt seine Zigarette an dem Pflanzenkübel aus. »Ich hätte dich für vernünftiger gehalten. Bei Renata kann ich mir erklären, warum sie das macht. Sie hat einfach zu viel freie Zeit.«

Die Heiligen murren. St. Dymphna flucht leise.

Ich sehe Sam nach, wie er über den Parkplatz davongeht. Wenn ich einen Stein in der Hand hätte, würde ich gut damit zielen.

Er öffnet die Wagentür von innen. Ich steige ein, behalte meine Handtasche geziert auf dem Schoß. Alle Heiligen quetschen sich auf die Rückbank. Als wir losfahren, sehe ich einen nagelneuen schwarzen BMW an der Tankstelle stehen. Der Mann hinterm Lenkrad duckt sich. Sam blickt stur geradeaus und fährt im Schneckentempo Richtung Auffahrt.

Ich muss eine Entscheidung treffen. Ich sitze in einem Auto neben einem Mann, der nicht der ist, für den er sich ausgibt, und wir werden verfolgt. Und er weiß nicht nur, dass wir verfolgt werden, er unterstützt es auch noch.

Ich schaue nach unten. Mein Handy zittert in der Handtasche, vibriert durch den Leinenstoff: Renata.

Die Heiligen stupsen sich gegenseitig an, und St. Valentine beugt sich vor. »Gleich kommt wieder eine Raststätte. Sag ihm, er soll da hinfahren.«

»Können wir bitte noch einmal anhalten, Sam? Der Kaffee ist glatt durchgelaufen.« Ich werfe ihm einen verstohlenen Blick zu. Er ist sichtlich genervt.

Ich sitze ewig lange auf dem Klo und starre mein Handy an. Der Akku ist völlig leer.

Ich drücke die Spülung, um irgendetwas zu tun, bis St. Dymphna den Kopf durch die Kabinentür schiebt und sagt, ich sollte verdammt noch mal endlich rauskommen.

Als ich mit einem toten Handy, meinem Reiseplan und einer Gruppe Frauen auf einer Spritztour nach Weymouth vor den Handtrocknern anstehe, nimmt eine Idee in meinem Kopf Gestalt an.

St. Dymphna lehnt am Monatsbinden-Spender. Sie hält ihre Öllampe in der Hand und hat ihr Gewand hübsch geordnet. Sie lächelt mir aufmunternd zu. Sie sieht ganz reizend aus, wenn sie nicht sarkastisch lächelt; sie hat sogar Grübchen. Sie könnte das Werbegesicht der Heiligen sein.

»Weißt du noch, wie überzeugend du warst, als du Mrs Cabello die Schachtel mit Katzenstreu gebracht hast? Sie hat dir geglaubt, und sie ist eine ausgebuffte alte Edelnutte. Du schaffst das, Maud.«

Ich sehe St. Dymphna skeptisch an, und sie nickt. Ausnahmsweise hat sie recht, das weiß ich.

Ich hole tief Luft und spüre, dass sich in meinen unehrlichen Augen Tränen sammeln.

Die Frau, die das Sagen hat, heißt Wendy, wie ihr Namensschild mir verrät. Ich weiß, dass sie das Sagen hat, weil sie mit einem Klemmbrett in der Hand herumläuft. In einem Meer aus Kork-Wedges und Nylonjacken mit modischen Applikationen wirken ihr Anorak und die Wandersandalen ein wenig deplatziert. Wendy erzählt mir, dass sie pensionierte Lehrerin ist und die Herausforderung vermisst, unerzogene Übeltäter auf Klassenfahrten zu historischen Stätten zu begleiten. Die Lateinamerikanische-Tanz-Formation »Die Flotten Fünfziger« aus Dorking füllt diese Lücke in ihrem Leben. Sie selbst tanzt zwar nicht, aber schon allein ein Ausflug mit den Damen ist strapaziös genug.

Dieses Wochenende gilt es, ein Halbfinale in Weymouth, eine Fahrt mit einer Dampflok und eine Tea Time in Corfe Castle zu meistern. Hinzu kommt die Verantwortung für zwei Hobby-Kleptomaninnen, drei notorische Krakeelerinnen und eine hemmungslose Sexsüchtige, die den Busfahrer in den Wahnsinn getrieben hat. Wendy schüttelt den Kopf, als vor den Spiegeln Streit ausbricht, weil dreißig Frauen gleichzeitig versuchen, puderrosa Lippenstift aufzutragen.

Ich nutze die Gelegenheit, meine tragische Geschichte zu erzählen, und liefere mich Wendy auf Gedeih und Verderb aus. Als ich losheule, beäugt sie mich erschrocken über das Klemmbrett hinweg, und ihre langen angegrauten Haare lassen sie aussehen wie ein besorgter Cockerspaniel.

St. Dymphna hebt anerkennend einen Daumen.

»Das verstößt jetzt bestimmt gegen sämtliche Gesundheits- und Sicherheitsvorschriften«, sagt Wendy, »aber wir haben tatsächlich noch Platz im Bus, weil einige an Gürtelrose erkrankt sind.«

Ich grinse wie irre.

»Sie müssten dem Team vorübergehend als Mitglied beitreten. Ich habe da ein Formular.« Sie kramt in ihrem Rucksack. »Aber was ist mit Ihrem Auto, meine Liebe, können Sie das einfach hier stehen lassen?«

»Für mich ist am allerwichtigsten, dass ich rechtzeitig zu dem Heim komme, um mich von meiner Tante zu verabschieden.« Wendy drückt mir ein Taschentuch in die Hand, und ich betupfe mir die Augen. »Dass der Zündverteiler aber auch ausgerechnet heute schlappmachen muss –«

»Ich weiß, was sie meinen. Ich hatte selbst mal einen sehr launischen Kleinwagen.«

Sie blickt zu den Spiegeln hinüber. Der Streit scheint sich zuzuspitzen. Eine von den Flotten Fünfzigern hat einen Schuh ausgezogen, und eine andere stellt ihre Handtasche ab und krempelt die Ärmel ihres Fledermauspullovers hoch.

Wendy zieht müde die Stirn in Falten. »Wenn Sie mich kurz entschuldigen würden.«

Wir strömen als die enge Clique nach draußen, die wir sind. Ich bin bereits bei einer Frau eingehakt, die abgebrühte blaue Augen, kurzes rotes Haar und Zähne wie ein Gaul hat. Sie stellt sich als Funny Julie vor, zeigt mir eine halbe Flasche Wodka in ihrer Handtasche und droht, sie mit mir im Bus zu teilen. Ich bugsiere Funny Julie gezielt Richtung Gruppenmitte, während wir grölend und singend über den Parkplatz toben. Ich sehe den virtuellen Sam am Wagen stehen. Er spricht in sein Handy und tritt gegen einen Poller. Er wirft einen Blick über die Schulter in Richtung des Lärms, schaut dann wieder mürrisch weg.

Ein Ballett von verschwommenen Heiligen schwebt über den Parkplatz, an ihrer Spitze St. Dymphna, die mich mit blitzenden dunklen Augen und funkelnder Krone an Bord des wartenden Busses winkt.

Wendy zählt uns durch. Ich steige mit der Erleichterung eines Soldaten ein, der aus einer Kriegszone ausgeflogen wird. Ich dränge Funny Julie auf den Platz am Fenster und ziehe den Kopf ein, bis wir losgefahren sind.

Als wir den Parkplatz verlassen, sehe ich den schwarzen BMW kurz vor der Ausfahrt stehen. Gabriel Flood, mit dunkler Brille, lehnt an der Wagentür und schreit in sein Handy.

Ich nehme die Flasche, die Funny Julie mir anbietet.

Unter anderen Umständen wäre die Busfahrt eines der Highlights meines Lebens gewesen. Sobald wir auf der Autobahn sind, weiß der ganze Bus, einschließlich des Fahrers, von meinem liegen gebliebenen Auto und meiner sterbenden Tante, und jetzt haben wir eine Mission.

Die Flotten Fünfziger werden mich bis zum Altenheim fahren. Sie werden mich dorthin bringen, bevor meine Tante stirbt, und scheiß auf die kostenlose Tea Time in Corfe Castle. Um meine Nerven zu beruhigen, genehmige ich mir noch ein paar Schlucke aus Funny Julies Flasche.

Jemand verteilt Pappbecher mit warmem Lambrusco, und drei Reihen hinter mir steckt sich eine ganz Unverfrorene einen Zigarillo an, was Wendys Zorn erregt, die den Tränen nahe den Gang hinunterläuft, dass ihre langen Haare wippen.

Als wir bei Ringwood in einen Stau geraten, haben wir fast den ganzen Soundtrack von *Dirty Dancing* gesungen, und die Mädels haben beschlossen, vor dem Heim eine Totenwache abzuhalten. Anschließend wollen sie mich mit nach Weymouth in ihr Hotel am Meer mit Happy Hour rund um die Uhr nehmen. Sie wollen mir Merengue beibringen und ein Paar goldene Tanzschuhe verpassen.

Als wir das Dorf Langton Cheney erreichen, sind die Mädels mittlerweile nostalgisch geworden. Es ist unvermeidlich, dass sie anfangen, ihren Verlusten nachzutrauern: verlorene Jungfräulichkeit, verlorene Chancen, verlorene Zeit, verlorene Eltern, verlorene Terrier, verlorene Freunde und verlorene Lover.

Doreen Gouge würde sie auf Vordermann bringen.

Die hintere Reihe stimmt spontan eine Hommage auf Edith Piaf an, der Rest des Busses hält sich an die besinnlichsten Songs von Elvis. Doch als der Bus die Zufahrt zum Altenpflegeheim Holly Lodge hochkriecht, schmettert die Gruppe unisono den Refrain von »An American Trilogy«.

Irgendwie passt das.

Funny Julie reicht mir die Wodka-Flasche und zwinkert mir mit einem Metallic-Augenlid zu. »Ich habe den Verdacht, du wirst den mehr brauchen als ich, Kleines«, sagt sie.

Für einen Moment sehne ich mich nach Renata.

Ich verabschiede mich mit Handschlag bei Wendy und dem Fahrer, bevor ich aussteige und dem abfahrenden Bus nachschaue. Die Heiligen rücken über die Zierbeete heran. Sie versammeln sich vor dem Eingang, nicken einander zu, die Hände verschränkt wie Hochzeitsgäste, die sich für ein Foto aufstellen.

Die Lateinamerikanische-Tanz-Formation »Die Flotten Fünfziger« aus Dorking salutiert mir geschlossen. Es ist ein würdevoller Abschied, der nur minimal dadurch getrübt wird, dass eine aus der

Truppe ihre Bluse lüftet. Ein älterer Gärtner stützt sich auf seine Harke und schaut amüsiert zu.

Ich sehe dem Bus nach, bis er außer Sicht ist, und gehe dann auf das lang gestreckte rote Backsteingebäude zu, das mir jede Menge Antworten liefern wird.

Als ich in der Eingangshalle stehe, wird mir bewusst, dass ich ziemlich angeheitert bin. Ich versuche, mich normal zu verhalten, und ignoriere die missbilligenden Blicke der Empfangssekretärin und den amüsierten Ausdruck im Gesicht der heiligen Jungfrau Maria, deren Statue eine Nische über mir ziert. In der Nische gegenüber hängt *Er* an einem Kreuz, dünne Gliedmaßen, vorstehende Rippen, geschlossene Augen, hängender Kopf.

Das wird dann wohl ein katholisches Altenheim sein. Als ich mich umschaue, sehe ich, dass meine Heiligen sich ins Halbdunkel zurückgezogen haben. Vermutlich weggelockt von sachkundigen Bittstellern, die es hier bestimmt scharenweise gibt.

»Gibt's hier auch Nonnen?«, flüstere ich und unterdrücke den Drang, laut zu furzen.

Ich spüre, dass ich kurz davor bin, in hysterisches Gelächter auszubrechen. Denn ich liebe Nonnen. Ich frage mich, ob sie mich aufnehmen und bei ihnen leben lassen würden. Wenn ich mich anständig benehme und aufhöre, zu trinken und zu fluchen und mit aufregenden Männern zu schlafen, die ihre wahre Identität hinter einer Lüge verstecken.

Die Empfangssekretärin, eine lustlose Frau mit dünnen Augenbrauen, runzelt die Stirn. »Wir haben keine Nonnen, aber einen Priester, der regelmäßig herkommt. Wollen Sie den auch sprechen?«

»Nein. Ich möchte die Leiterin sprechen.«

Die Empfangssekretärin fixiert mich. »Ich habe Mrs Chapman gesagt, dass Sie warten und dass Sie es vorziehen, Ihr Anliegen nicht zu verraten.«

»Prima, dann warte ich hier, mit Ihnen und Jesus und der Jungfrau.«

Ich setze mich auf einen der Besucherstühle und versuche, mir einen guten Grund einfallen zu lassen, warum die Leiterin mit mir über Maggie Dunne sprechen sollte. Ich puste in meine Hände und atme ein, und meine Alkoholfahne haut mich fast um. Eine rasche Durchsuchung meiner Handtasche fördert ein leicht sandiges Hustenbonbon mit zerfleddertem Papier zutage. Bestimmt derselbe Jahrgang wie die, von denen ich Cathal eins gegeben habe. Ich sitze da und schaue das Bonbon tieftraurig an, bis es mir vor den Augen verschwimmt.

So findet Mrs Chapman, die Heimleiterin von Holly Lodge, mich vor.

»Maud Drennan, ja? Sind Sie wegen Ihrer Tante gekommen?«

Ich starre sie an: Alle meine Erfindungen werden wahr.

Ich folge Mrs Chapman in ihr Büro. Sie winkt mich zu einem Stuhl vor einem Schreibtisch. Das Büro hat eine hohe Decke und ist giftgrün gestrichen. An der Wand hängt ein Kalender mit einem Foto, das den Papst vor einem Hintergrund aus Bischöfen zeigt.

Alles ist sauber und ordentlich, einschließlich Mrs Chapman selbst in ihrem dunkelblauen Kostüm und den flachen Pumps.

Sie lächelt mich an. »Ich muss mich entschuldigen. Ich war Ihrer Mutter gegenüber zunächst ein wenig brüsk. Sie verstehen sicherlich, dass wir mit Auskünften persönlicher Art sehr zurückhaltend sind.«

»Natürlich.«

»Aber als Sie dann die verwandtschaftlichen Beziehungen erklärt hat, habe ich ihr natürlich gesagt, dass ich sehr gern behilflich bin.«

»Danke.«

»Ihre Mutter sagte, dass Sie eine Denkschrift über Mary Floods wohltätige Arbeit verfassen möchten.«

Ich weiß nicht, was ich sagen soll, deshalb lächele ich bloß.

»Ihre Mutter, sie klingt –«

»Sie stammt aus Rotherhithe.«

»Rotherhithe?«

Ich lenke sie mit ein paar raschen Fragen ab. »Sind sie oft zu Besuch gekommen, meine Tante und mein Onkel?«, frage ich. »Mit ihrem Wohnwagen?«

»Tut mir leid, das war vor meiner Zeit. Aber Máire Doherty müsste das wissen. Sie ist schon ewig hier.« Sie stockt und lächelt entschuldigend. »Werden Sie auch über Ihre Cousine schreiben?«

»Meine Cousine?«

»Marguerite«, sagt Mrs Chapman. »Obwohl sie hier ja unter dem Namen Maggie Dunne gewohnt hat, dem Mädchennamen ihrer Mutter.«

Ein und dieselbe: Marguerite Flood, Maggie Dunne.

»Natürlich«, sage ich. »Und Marguerite hatte blondes Haar.«

Mrs Chapman nickt. »Soviel ich weiß, hat Maggie mehr als nur ihren Namen geändert, während sie hier war.«

»Bevor sie spurlos verschwand.«

Mrs Chapman runzelt die Stirn. »Es tut mir sehr leid«, sagt sie, und sie sieht aus, als meinte sie das ehrlich.

Sie tätschelt mir den Arm. »Ich gehe Máire holen.«

An der Wand gegenüber schauen der Papst und seine Schar Bischöfe spöttisch auf mich herab. *Schaut zurück*, forme ich mit dem Mund.

Máire Doherty hat eindeutig die Ausstrahlung einer Nonne, und zwar der Sorte Nonne, die einem keine Angst macht, die Socken in Sandalen trägt, die im Internet surft und Cappuccino trinkt. Sie ist eine dünne Frau mit einem unvorteilhaften Haarschnitt, irgendwas zwischen Julie Andrews in *The Sound of Music* und einem ehrwürdigen Amischen. Auf der Nase hat sie einen kleinen Höcker, und ihre Augen, wie die Rosinenaugen eines Lebkuchenmanns, liegen in einem von tiefen Falten zerfurchten Gesicht.

Mit diesen scharfen Äuglein wird sie mich glatt durchschauen.

Ich werde mich nüchtern geben und versuchen, möglichst überzeugend zu lügen.

»Sie möchten über Ihre Tante reden?«

Ich nicke.

»Sollen wir uns draußen hinsetzen, Maud? Es ist so ein schöner Tag.«

Die Gärten um Holly Lodge stehen noch in Blüte: pralle Rosen, üppige Dahlien und bronzerote Chrysanthemen. Eine spät blühende Klematis rankt sich um Terrassentüren, die in einen Speisesaal führen. Ich schaue hinein. Etliche Bewohner sind noch beim Essen, eine kleine Frau mit Plastikschürze räumt die Tische ab und kratzt mit großem Getue die Essensreste in einen Mülleimer.

Ich gehe mit Máire einen Weg entlang, dann einen gepflegten abgestuften Rasen hinunter. Wir setzen uns auf eine Bank mit Blick auf den Springbrunnen. Eine Nymphe im Nachthemd blickt gelassen hinunter ins Wasser. Um ihre Füße herum tummeln sich Fische mit starren Augen. Ich erkenne in ihr eine bescheidenere Verwandte der Nymphe in Bridlemere. Statt einer Muschel hält sie einen Krug in Hüfthöhe leicht geneigt, um ihn auszugießen.

»Das ist ein hübscher Brunnen.«

Máire nickt. »Ihre Tante hat den in Auftrag gegeben. Sie hat auch den Trakt da bauen lassen.«

Sie deutet mit einer Hand auf einen hässlichen Anbau rechts am Gebäude. Ansonsten ist das Heim dreigeschossig mit zahllosen Fenstern: ein altes, zweckmäßiges Sanatorium.

Máire sieht mich an. »Sie verfassen eine Denkschrift über die Wohltätigkeitsarbeit Ihrer Tante?«

Ich nicke überzeugend. »Kannten Sie die Floods gut?«

»Ja.«

»Kannten Sie Marguerite?«

»Ich habe sie betreut.«

Der alte Gärtner kommt mit einem Kniepolster und einem Eimer ums Haus herum. Vor einem Blumenbeet lässt er sich nieder und beginnt, Unkraut zu jäten.

»Wie war sie?«

Máire blickt auf den Brunnen. »Maggie war sehr aufgeweckt, und sie konnte äußerst charmant sein.«

»Aber sie war aufsässig?«

»Sie war eine Herausforderung.«

»Sie mochte ihren Bruder nicht besonders?«

Máire sieht zu dem Gärtner hinüber und senkt die Stimme. »So einfach war das nicht, Maud.«

»Nein, kann ich mir vorstellen. Wann haben Sie Maggie zuletzt gesehen?«

»Am Morgen des 20. August 1985.«

»Der Tag, an dem sie verschwand?«

Máire stockt. »Ja.«

»Waren die Floods zu der Zeit hier?«

»Sie waren in der Woche davor nach Hause zurückgefahren.«

»Und Maggie wurde nie gefunden?«

»Nein.«

»Was ist passiert?«

Máires Falten sortieren sich zu einem Stirnrunzeln, das ihre Rosinenaugen nahezu verschwinden lässt. »Ich glaube, Maggie ist weggelaufen. Wie schon so oft in den Jahren davor, obwohl wir alle möglichen Maßnahmen ergriffen hatten, um so etwas zu verhindern. Meistens kam sie irgendwann von allein wieder zurück. Aber diesmal nicht, und die Polizei hat vergeblich nach ihr gesucht.«

»Ist sie allein weg oder mit jemandem zusammen?«

»Einige sagten aus, sie hätten auf unserem Gelände unbekannte Autos, fremde Personen und dergleichen gesehen. Die Polizei ist jedenfalls allen Hinweisen nachgegangen.«

»Aber sie hat nichts gefunden?«

Máire sieht mich an. »Das ist es ja, Maud. Keine Spur von ihr.«

Wir sitzen schweigend da und schauen dem Gärtner beim Jäten zu.

»Wie ist Mary damit fertiggeworden?«

Der Gärtner steht auf und schleppt Kniepolster und Eimer ein Stück am Blumenbeet entlang.

»Es hat sie zerstört.«

St. Dymphna kommt durch die Wand vom Speisesaal geschlendert, gleich neben der offenen Terrassentür. Sie geht lieber durch Wände als durch Türen. Sie trippelt mit demonstrativer Frömmigkeit durch die Blumen.

»Manchmal ist Ungewissheit schlimmer als Gewissheit.«

Máire blickt mich an. »Da haben Sie recht, Maud.«

Wir verfallen wieder in Schweigen und betrachten die Nymphe. Aus dem gekippten Krug strömt klares Wasser.

»Aber Mary hat ihren Sohn geliebt, und sie hat für ihr Leben gern gezeichnet.«

»Gezeichnet?«

»Oh ja, sie war sogar sehr gut.« Máires Lachen verwandelt ihr Gesicht, öffnet es. »Wir wollten zusammen ein Buch machen, nur für uns. Mit Texten von mir und Illustrationen von ihr.«

»Wovon sollte es handeln?«

»Wir wollten Geschichten aus unserer jeweiligen Kindheit und Jugend erzählen, wie das Leben damals war, in einer anderen Zeit.« Sie lächelt traurig. »Ein paar von Marys Zeichnungen hängen in unserer Bibliothek. Möchten Sie sie sehen?«

Und ob.

Máire führt mich über leere Korridore. Die Bewohner sind jetzt wohl im Aufenthaltsraum, sagt sie. An den meisten Nachmittagen gibt es ein Unterhaltungsprogramm. Die Flure sind rosa gestrichen, wie schlechte Medizin. Von den Bewohnern gemalte Bilder hängen dicht an dicht mit gerahmten Heiligenporträts. Ich erkenne die Heiligen alle, sogar die Unbekannten. Einige Porträts sind treffender als andere.

Máire öffnet die Tür zu einem großen, sonnigen Raum mit alten Sofas und Bücherregalen und einem schönen Blick in den Garten.

Sie deutet auf ein Bild über einem Aktenschrank.

»Das ist von Mary.«

Ich trete näher und betrachte die gerahmte Zeichnung. Sie stellt ein etwa siebenjähriges schlafendes Mädchen dar, eine Hand locker vor dem Gesicht. Es ist ein hübsches, detailgenaues Bild, von den abgesteppten Falten vorn am Kleid des Kindes über die Stupsnase bis zu den Löckchen an den Schläfen.

»Das da ist auch von Mary. Dafür hat sie Pastellfarben genommen.«

Dasselbe Mädchen, älter, blickt im Stehen auf eine Rose hinunter, die es in den Händen hält. Eine Haarschleife hat sich gelöst. Sie ist zartblau, wie das Kleid und die Schuhe der Kleinen, deren goldbraunes Haar sanft schimmert.

»Das ist Maggie, nicht?«

Máire nickt.

Ich betrachte das Kind auf dem Bild: Marys kleines Mädchen.

»Was ist schiefgelaufen?«

Máire schüttelt den Kopf. »Das kann ich nicht beantworten.«

»Gibt es irgendwelche Bilder von Mary, Fotos, meine ich?«

»Ja.«

Máire tritt an ein Bücherregal und geht eine Reihe von Alben durch. Sie nimmt eines heraus und reicht es mir.

»Die Bewohner haben das gemacht, zum Gedenken an die Eröffnung des neuen Gebäudetraktes.«

Ein Priester durchschneidet mit einer Schere ein Band. Father Creedo höchstpersönlich. Lächelnde Leute schauen zu. Auf der nächsten Seite ist ein Foto von Mary mit schulterlangem rotem Haar in einem Hemdkleid. Hinter ihr fällt Wasser in verschwommenen Bögen durch die Luft.

Das da ist nicht die Mary, die ich in meinen Träumen sehe, mit leeren Augen in die Tiefe stürzend. Und sie ist auch nicht die Mary in Cathals Gemälden, die blasse Muse mit dem lodernden Haar. Das ist eine reale Frau in einem realen Moment, die sich fotografieren lässt. Das Gesicht irgendwo zwischen Lächeln und Grimasse.

»Gibt es auch Fotos von Cathal?«

Máire schüttelt den Kopf. »Der war nicht so engagiert dabei. Er hat seine Zeit hier lieber zum Malen genutzt.«

Ich blättere weiter, bis ich zu einem Foto komme, das auf einem Rasen hinter dem Heim aufgenommen wurde. Für eine Party sind Klapptische aufgestellt worden. Es gibt Pappbecher und Fähnchen und Karaffen mit Fruchtsaft, Kinder sitzen in einer Reihe, und Erwachsene schauen zu.

»Da ist Maggie, schauen Sie.«

Maggie in T-Shirt und Shorts, das sonnengebleichte blonde Haar mit einer weißen Schleife zu einem Pferdeschwanz gebunden. Sie hat einen Fuß auf die Quersprosse eines Stuhls gestellt und lächelt.

Aber ich schaue nicht sie an.

Denn am anderen Ende des Tisches sitzt Sam Hebden. Sehr jung, sehr dünn, aber unverkennbar.

»Wer ist das da?«

Máire späht auf das Foto, blickt mich dann befremdet an. »Das ist Gabriel.«

Neben ihm sitzt ein dickes Kind mit schwarzem Haar. Eine jugendliche Version von dem Gabriel Flood, den ich kenne. »Und das?«

Máire schaut wieder hin. »Stephen, der Sohn von Marys Schwester.« Sie mustert mich. »Nicht Ihre Seite der Verwandtschaft?«

Ich schüttele den Kopf.

»Er war oft bei den Floods. Marys Schwester war gesundheitlich angegriffen. Die beiden Jungen waren unzertrennlich, eigentlich eher wie Brüder.«

Máire bietet an, mich zurück in die Eingangshalle zu bringen. Sie fragt nicht mehr nach meiner fiktiven Gedenkschrift, und sie erzählt auch nichts über Mary Floods Spendensammlungen. Aber sie lässt mich zwei Fotos aus dem Erinnerungsalbum ausleihen. Beim Abschied sieht Máire Doherty mich freundlich mit ihren klugen Rosinenaugen an und wünscht mir alles Gute.

Und dann habe ich eine Erleuchtung. Ich öffne meine Handtasche und nehme das Notizbuch heraus. »Ich glaube, Mary wollte, dass Sie das bekommen.«

M D
Hab keine Angst, unsere Geschichte zu erzählen.
M F

Als ich die Zufahrt von Holly Lodge hinuntergehe und auf die Straße biege, höre ich, wie neben mir ein Auto langsamer wird. Auch ohne aufzublicken, weiß ich, dass es ein grüner Golf mit eingebeulter Beifahrertür ist.

Dr. Gabriel Flood hält am Straßenrand und kurbelt das Fenster runter. »Wo warst du denn?«

Er ist wütend, weiß im Gesicht, und seine Augen haben einen brutalen Ausdruck. Derselbe Mann, bloß anders.

Ich schaue mich um. Die Straße ist menschenleer. Auf einer Seite eine hohe Mauer, auf der anderen ein Wald. St. Dymphna schwebt zwischen den Bäumen hervor und über die Straße, das Gesicht ernster, als ich es je gesehen habe.

»Steigst du nun ein, oder was, Maud?«

Ich könnte einsteigen. Oder ich könnte die Zufahrt zu Holly Lodge wieder hochlaufen, eine lange, einsame Zufahrt.

Würde er mich über den Haufen fahren? Wenn ich weglaufe, könnte das bei ihm Jagdinstinkte wecken. Ich erinnere mich, dass man gegenüber einem Geschöpf, das möglicherweise die Absicht hegt, einem etwas anzutun, auf gar keinen Fall Angst zeigen darf.

St. Dymphna gleitet an meine Seite. Ihre Krone funkelt, und das Grün ihres Gewandes nimmt einen satteren Ton an.

»Mit diesem hinterhältigen, verlogenen Mistkerl wirst du schon fertig«, flüstert sie.

Ich hole tief Luft.

»Tut mir leid, Sam.«

Der Name klingt für mich überhaupt nicht mehr echt. Ich schaue St. Dymphna an.

Sie nickt. »Weiter so.«

Ich mache weiter so. »Ich hab mich nur kurz mit einer Gruppe Frauen, die eine Busreise machen, unterhalten. Als ich nach draußen kam, warst du weg. Ich hab dein Auto nirgendwo gesehen, dabei hab ich alles abgesucht.«

»Sehr gut«, sagt St. Dymphna.

»Du warst sauer auf mich«, erkläre ich. »Du hast gesagt, es wäre Zeitverschwendung hierherzukommen. Ich habe gedacht, du wärst einfach abgehauen.«

Gabriel blickt mich finster an. Ich weiß nicht, ob er mir das abkauft.

»Ich hab die ganze Raststätte nach dir durchkämmt«, sagt er.

»Tut mir echt leid, Sam.« Ich schaue ihm tief in die Augen, und das scheint ihn milder zu stimmen.

Ich höre St. Dymphna ausatmen. »Er glaubt dir.« Sie klingt erleichtert.

Gabriel deutet in Richtung Altenheim. »Warst du schon drin? Hast du mit jemandem gesprochen?«

»Es war keiner da, der für mich Zeit hatte. Ich hab mich in den Garten gesetzt, bis sie mich weggeschickt haben. Ich soll nach dem Wochenende wiederkommen, wenn die Leiterin da ist.«

Er stellt den Motor aus und wischt sich mit den Händen übers Gesicht. »Und was willst du jetzt machen?«

»Keine Ahnung. Vielleicht in dem B&B einchecken?« Ich gehe auf die Beifahrerseite und steige ein. »Bleibst du auch?« Ich lächele ihn an.

»Na klar.« Er lächelt steif zurück.

Ich lege den Sicherheitsgurt an, wundere mich selbst über meine Abgebrühtheit. Er startet den Wagen.

»Die haben da eine schöne Gartenanlage mit einem hübschen Springbrunnen, wie der in Bridlemere.«

»Ach ja?« Seine Stimme ist leise, desinteressiert.

Ich sehe ihn an. Er blickt stur geradeaus, die Zähne zusammengebissen, als würde er mit einem inneren Dämon kämpfen. Ich könnte mir vorstellen, dass er davon so einige hat.

»Bring ihn dazu, irgendwo anzuhalten«, sagt St. Dymphna von der Rückbank. »Wo viele Leute sind. Und dann mach, dass du wegkommst, Maud. Er führt nichts Gutes im Schilde.«

Mein Herz überschlägt sich.

Als wir ins Dorf kommen, sehe ich einen großen Kiosk; Autos parken davor, Leute gehen ein und aus.

St. Dymphna flüstert mir ins Ohr: »Jetzt, Maud.«

»Ich brauch was Kaltes zu trinken. Können wir kurz da rein?«

Er verzieht das Gesicht und hält an. Ich schnalle mich ab, doch er ist bereits aus dem Auto gesprungen.

»Ich geh schon«, sagt er. »Was willst du?«

»Irgendwas, danke.«

Ich sehe ihm nach, bis er im Laden ist.

»Er hat den Schlüssel stecken lassen«, bemerkt St. Dymphna.

Ein paar Minuten lang fahre ich einfach drauflos, auf irgendwelchen Straßen durch den Ort, aus dem Ort raus, bloß, um möglichst weit wegzukommen. Dann beruhige ich mich ein bisschen, das Herz schlägt mir nicht mehr bis zum Hals, und das Blut rauscht mir nicht mehr in den Ohren.

»Wird er die Polizei rufen?«, frage ich St. Dymphna.

»Das glaubst du doch selber nicht«, knurrt sie. Sie sitzt neben mir, hält ihre Lampe in den Händen und blinzelt wie wild in die Flamme.

»Was ist?«

»Er ruft seinen schmierigen Freund an.« St. Dymphna hebt die Augen zum Himmel und verzieht das Gesicht. »Das weißt du nicht von mir, falls jemand fragt.«

Ich spähe in den Rückspiegel, ob hinter uns ein schwarzer BMW zu sehen ist.

»Sollte ich Angst vor ihm haben?« Ich schiele zu St. Dymphna hinüber.

Sie weicht meinem Blick aus. »Ja und nein.«

»Nun sag schon.«

»Ich darf nicht, das ist ein Kündigungsgrund.«

»Ich bin mir sicher, dass du schon Schlimmeres gemacht hast.«

St. Dymphna beißt sich auf die Unterlippe und sieht mich an. »Halt an und guck in den Kofferraum.«

Als ich den Kofferraumdeckel öffne, knicken mir fast die Knie ein.

Ich sehe gefaltete Plastikplanen, Küchenpapierrollen, Müllsäcke, Isolierband, Kabelbinder und eine Schachtel Wegwerfhandschuhe.

Ich setze mich wieder hinters Steuer. Meine Hände zittern so heftig, dass ich kaum den Zündschlüssel drehen kann.

St. Dymphnas Gesicht ist grimmig. »Verriegle die Türen, Maud.«

Am nächsten Kreisverkehr biege ich Richtung Dorchester ab.

Frank Gaunt öffnet die Tür bei schallendem Gebell. Er ist ein kleiner, bärtiger Mann umgeben von schlanken Hunden. Die Hunde kommen näher, um schwanzwedelnd meine Hand zu beschnüffeln.

Ich lächele zu ihnen hinunter, und dann lächele ich Frank an.

Frank zieht den größeren von ihnen am Halsband zurück. »Sind sie wegen der Welpen da?«

»Ich bin zu früh. Soll ich noch mal wiederkommen?«

»Nein, nein, kein Problem.«

Ich folge Frank durch die Diele in die Küche.

Alles kommt mir ein bisschen surreal vor. Als wäre ich aus dem realen Leben in eine andere Dimension gerutscht und würde der Normalität jetzt nur einen Besuch abstatten.

Ich schaue mich um; die Küche ist sauber und recht groß. Die Hunde, die mich begrüßt haben, trotten zu ihren Plätzen in einer Ecke, wo auch ein Laufstall voller Welpen ist, die einander auf den Ohren kauen, die Augen lecken, in den Wassernapf tapsen, sich auf die Hinterbeine stellen und rausgucken.

»Was suchen Sie denn genau?« Frank ist geschäftsmäßig, aber nicht unfreundlich.

Ich schaue in den Garten. Mrs Gaunt hängt gerade Wäsche an eine Wäschespinne. Der Rasen ist frisch gemäht, und Frank muss noch den Rasenmäher wegräumen.

Ich habe vor seinem Haus ein gestohlenes Auto geparkt, dessen Kofferraum eine komplette Mordausrüstung enthält. Wenn ich wieder abfahre, wird mich wahrscheinlich ein nagelneuer schwarzer BMW verfolgen. Ich bin eine wandelnde Zielscheibe. Das weiß ich von der unsichtbaren Heiligen, die soeben am Küchentisch Platz genommen hat.

»Ehrlich gesagt, Mr Gaunt«, sage ich, »ich bin aus einem ganz anderen Grund hier, als mir einen Welpen zu kaufen.«

Der pensionierte Chief Constable Frank Gaunt ist so nett, sich anzuhören, was ich zu sagen habe. Er macht uns Kaffee, und wir setzen uns an den Küchentisch. Die Welpen tollen durcheinander, bis sie einer nach dem anderen einschlafen. Ihre Eltern strecken sich neben ihnen aus. Die gestromte Hündin beobachtet mich mit ihren dunklen Augen, die zarte Schnauze auf die langen Pfoten gelegt.

Mrs Gaunt kommt herein, registriert irgendein subtiles Signal und verschwindet prompt mit einem Kopfnicken und einem Lächeln in die Diele. Frank unterbricht mich nicht, und sein Gesicht bleibt mehr oder weniger ausdruckslos. Allerdings runzelt er ganz leicht die Stirn, als ich Stephens Bestechungsversuch und Gabriels Lügen erwähne, und ich bin mir fast sicher, dass er ein Lächeln unterdrückt, als ich meine Spritztour mit den Flotten Fünfzigern aus Dorking schildere.

Meinen Besuch in der Spiritualistenkirche lasse ich unerwähnt ebenso wie die tote Hand von Mary Flood und mein Techtelmechtel mit dem Feind. Ich würde auch den Diebstahl von Gabriel Floods Auto unterschlagen, aber der Inhalt des Kofferraums ist viel zu belastend.

Frank steht auf und nimmt unsere leeren Tassen. »Noch einen?«

Ich nicke und schaue schweigend zu, wie er den Wasserkocher füllt, Instantkaffee in die Tassen löffelt und die Milch aus dem Kühlschrank holt. Ich störe ihn wohlweislich nicht, denn der Mann denkt offenbar nach. In der Ecke rekelt sich ein Welpe im Schlaf. Im Zimmer nebenan hat Mrs Gaunt den Fernseher eingeschaltet.

Er reicht mir meinen Kaffee und setzt sich. »Ich weiß nicht, wie ich Ihnen da helfen kann, Maud.«

Ihm sind die Hände gebunden. Er ist im Ruhestand. Er mäht den Rasen und züchtet Hunde. Vorbei die Zeiten, in denen er sich mit der Verbrecherwelt von Dorset anlegte.

Ich zucke mit den Achseln. »Ich hatte gehofft, Sie könnten mir mehr zu Maggies Verschwinden sagen, vielleicht irgendwas, das nicht in den Medien erwähnt wurde?«

»Nein, da war nichts. Wir hatten damals nur sehr wenige Spuren.« Frank kratzt sich den Bart. »Und Maggie war eine routinierte Ausreißerin.«

»Aus dem Heim?«

Frank nickt. »Manchmal ist sie von sich aus zurückgekommen, manchmal haben wir sie aufgespürt. Wir dachten, dass sie diesmal nicht gefunden werden wollte.«

St. Dymphna wirft mir ein wissendes Lächeln zu.

Ich blicke in den Garten und schaue zu, wie Franks Unterhosen und die Unterröcke seiner Frau an der Wäschespinne tanzen.

»Was ist mit den Floods? Haben Sie die damals befragt?«

Ich hole zwei Fotos aus meiner Handtasche: Mary in ihrem geblümten Hemdkleid und Gabriel an einem Klapptisch in der Sonne. Ich lege sie auf den Tisch.

Frank nimmt sie, tippt auf das Foto von Mary. »An sie kann ich mich gut erinnern.« Er tippt auf das andere. »Und an diesen Burschen.«

Ich nicke. »Gabriel.«

»Und an ihn.« Er zeigt auf Stephens dicken Kopf. »Wir sind nach London gefahren, haben in dem Haus mit ihnen geredet.«

Franks Stimme verändert sich, wird barscher. Er vergisst die Hunde und den Rasen und erinnert sich an sein altes Leben.

Die Hündin schnarcht im Schlaf, ein hohes Keuchen.

»Welchen Eindruck hatten Sie von ihnen?«

Frank überlegt. »Die Mutter war recht charmant. Die beiden Jungs waren eher verhalten.«

»Und Cathal Flood, der Vater, haben Sie mit dem auch geredet?«

Frank schüttelt den Kopf. »Er war nicht da.«

Ich taste mich weiter vor, versuche, meine Stimme unter Kontrolle zu halten. »Gabriel ist ein Lügner. Er hat sich mir gegenüber als jemand ganz anderer ausgegeben. Was, wenn er für Maggies Verschwinden verantwortlich ist, er und sein Cousin hier, der noch immer mit ihm unter einer Decke steckt?«

»Lügen ist eine Sache, Maud –«

»Gabriel hätte ja durchaus ein Motiv gehabt: Seine Schwester hatte versucht, ihn zu ertränken. Vielleicht hat er sich am Ende gerächt.«

Frank runzelt die Stirn. »Trotzdem.«

»Könnte die Polizei den Fall nicht wieder aufrollen, beide zur Vernehmung vorladen?«

Frank schlägt einen freundlichen Ton an, wählt seine Worte mit Bedacht. »Ich gebe zu, diese Familie scheint wirklich ein bisschen kompliziert zu sein, aber ohne triftigen Grund können wir die Sache nicht weiterverfolgen.«

»Was ist mit den Mordutensilien im Kofferraum?«

Frank schüttelt den Kopf. »Die Polizei kann niemanden festnehmen, nur weil er ein paar Werkzeuge und eine Plastikplane besitzt.« Er sieht mich an. »Aber falls Sie sich bedroht fühlen, rufen Sie die Polizei an, sofort.«

Einer der Welpen, ein hellbrauner mit einer weißen Pfote, wird wach und gähnt. Er rollt sich herum und guckt mich durch die Gitterstäbe des Laufstalls an.

»Die sind goldig.«

»Das ist unser letzter Wurf. Wir finden es nicht richtig, weiterzuzüchten, wo es so viele Hunde auf der Welt gibt, die ein Zuhause brauchen.«

Ich nicke.

»Und meine Frau möchte gern mal länger verreisen, vielleicht eine Kreuzfahrt machen. Das geht nicht, wenn man Hunde hat.«

»Das wäre bestimmt schön.«

Der Welpe steht auf und reckt sich ausgiebig.

Ich stelle meinen Kaffee hin und gehe zu ihm. Er schnuppert an meiner Hand, leckt sie. »Braucht so ein Hund viel Auslauf?«

»Mindestens zweimal am Tag.«

»Ein Hund wäre ideal, wenn man jemanden nach draußen locken will?«

Er lacht. »Ich wüsste nichts Besseres. Der da ist ein kleines Mädchen.«

Der Welpe leckt mir wieder die Hand, schwänzelt so energisch, dass er umfällt.

Ich richte mich auf. »Danke für Ihre Zeit.«

Er lächelt. »Kein Problem, Maud. Es tut mir bloß leid, dass Sie mit leeren Händen wieder abfahren.«

Sie ist in einer Kiste neben mir, festgeschnallt auf dem Beifahrersitz in Gabriels gestohlenem Wagen. Ich stecke einen Finger durch das Drahtgitter, und sie leckt ihn.

»Es gibt keinen besseren Zeitpunkt, sich einen kleinen Hund anzuschaffen«, sage ich zu ihr, »als wenn du mitten in der Untersuchung eines Vermisstenfalls steckst und der Mann, mit dem du geschlafen hast, vorhat, dich mit einer Brechstange zu erledigen und in eine Plastikplane zu wickeln.«

St. Dymphna, die auf die Rückbank verbannt ist, verdreht die Augen.

Das Hündchen zwickt mir aufmunternd in den Finger.

Kapitel 42

Der noch immer namenlose Welpe hat Renatas gefiederte Pantoletten angenagt und dreimal in die Diele gemacht. Aber Renata ist trotzdem ganz vernarrt in ihn. Das merke ich, weil sie sich von ihm das Make-up aus dem Gesicht lecken lässt und er sich mit seinen winzigen Zähnen an den Saum ihres Kimonos hängen darf.

Jetzt schläft das Hündchen friedlich auf Renatas Schoß. Renata sieht aus wie eine frischgebackene Mutter: erschöpft und glücklich, fassungslos und voller wunderbarer Vorsätze.

»Und was jetzt?«, flüstert sie.

»Keine Ahnung.« Ich schaue durchs vordere Fenster auf Gabriels Auto. »Ich muss den Wagen loswerden, schätze ich.«

»Fahr ihn irgendwohin und lass ihn einfach stehen. Aber sei um Gottes willen vorsichtig, Maud.«

Das Telefon klingelt. Der Welpe wird wach und knabbert Renata am Kinn. Sie klemmt ihn sich unter den Arm, als hätte sie schon ihr Leben lang Hunde mit sich herumgetragen.

Renata kommt zurück ins Zimmer. »Das war eins von den Mädels in der Agentur. Ich soll dir sagen, dass Cathal im Krankenhaus ist. Es ist ernst.«

Ich parke Gabriels Wagen vor dem Krankenhaus und gehe zum Eingang, vorbei an den Kette rauchenden Patienten mit ihren Tropfständern und den schimpfenden Taxifahrern.

Renata musste mir versprechen, dass sie Türen und Fenster verriegelt hält und die Polizei ruft, falls Gabriel oder Stephen sich blicken lässt. Ich habe St. Dymphna, die von dem Hund alles andere als begeistert ist, bei ihr gelassen, denn vielleicht kann eine Heilige ja auch etwas für jemanden tun, der sie gar nicht sieht. Aber als ich durch die Korridore gehe, überkommt mich das starke Gefühl, nicht genug vorbereitet zu sein, als hätte ich etwas Wichtiges vergessen, als hätte ich einen schweren Fehler gemacht.

Auf der Station sage ich den Pflegern, dass ich seine Tochter bin, und frage, ob er schon Besuch gehabt hat.

Nein, noch nicht.

»Wie geht es ihm?«

Eine Ärztin führt mich in einen Raum für Angehörige.

»Ihr Vater hatte einen schweren Schlaganfall als Folge eines Unfalls.«

»Eines Unfalls?«

»Wir vermuten, er ist zu Hause die Treppe runtergefallen. Der Sozialbetreuer hat ihn gefunden.«

Einen Moment lang kann ich nicht sprechen. Dann: »Hat er Schmerzen?«

Sie schüttelt den Kopf. »Nein, dafür haben wir gesorgt. Er ist heute noch nicht aufgewacht.«

Ich schaue in ihr Gesicht, jung, müde, am Ende einer Dreitageschicht, und danke ihr.

»Wie lange?«, frage ich.

»Das liegt im Grunde bei ihm.«

Er hat ein Einzelzimmer. Das Fenster ist offen, und eine Brise lässt den Lamellenvorhang schwanken.

Da liegt er, im Bett.

Mir bricht das Herz.

Ich habe ihn nie ohne seine Zähne gesehen. Er hat immer darauf bestanden, sie allein zu reinigen. Aber jetzt liegt er mit eingefallenen Wangen da, der Mund eine schlaffe Tasche. Plötzlich tausend Jahre älter. Und dann ist da seine Farbe, der wächserne Teint. Ich sehe das nicht zum ersten Mal, diesen Rückzug, diese Flucht. Ich trete neben ihn, greife an den Schläuchen vorbei, um ihm das Haar zu streicheln und die Hand zu halten. Seine großen, gebogenen Fingernägel sind blau, die Fingerspitzen fühlen sich kalt an.

Er ist in einer alles erfassenden Anonymität versunken. Wären da nicht seine noch immer dunklen Augenbrauen, die leicht hochgezogen sind, vielleicht vor Erstaunen, würde ich ihn nicht wiedererkennen.

Cathal Flood hat sich selbst zurückgelassen, durchwandert bereits eine andere Dimension. Wo Fakten und Erlebnisse, Vorlieben und Abneigungen, die Geschichten, die wir erzählen und erzählt bekommen, nichts bedeuten. Wo er keinen Pinsel oder Bleistift halten oder sich an seinen eigenen Namen erinnern muss.

Eine Schwester kommt herein, zieht einen Monitorwagen hinter sich her. Sie spricht laut mit mir, mit ihm. Er hat sein Essen nicht angerührt, und wieso denn bitte schön nicht? Hatte er keinen Hunger?

Ich sehe den Wackelpudding und den Becher mit Orangensaft auf dem Tablett.

Ich überlege, ob ich ihm zuliebe sage, sie soll sich vom Acker machen.

»Schauen Sie ihn doch an«, sage ich. »Der Mann ist bewusstlos. Wie soll er denn da selbstständig essen?«

Sie wirft mir einen stechenden Blick zu, während sie seinen Puls misst.

Ich bin sicher, dass sein Mund zuckt, der Hauch eines Lächelns.

»Sie sind seine Tochter?«, fragt sie.

»Und ich bin Sozialbetreuerin. Sie müssen mir ein paar Mundpflegestäbchen bringen.«

Sie macht eine Notiz in seine Krankenakte, dann poltert sie aus dem Zimmer und zieht ihren Rollwagen hinter sich her. Ich werfe ihr einen Blick zu und gehe zurück zum Bett, schiebe meine Hand wieder in seine Pranke und küsse ihn auf die Stirn.

»Na los, du alter Mistkerl«, flüstere ich. »Jetzt reiß dich mal zusammen.«

Die Brise lässt den Lamellenvorhang schwanken.

Ich muss eingeschlafen sein, halte noch immer seine Hand, mein Kopf auf seinem Arm. Das Zimmer ist dunkler. Draußen dämmert es jetzt. Neben mir erklingt eine Stimme. Eine andere Schwester; sie sagt mir, dass er heimgegangen ist.

Ich muss fast lachen. Wieso heimgegangen? Er liegt doch da im Bett.

Ich verstehe nicht.

Dann sehe ich ihn an. Sein Gesicht ist zur Seite gedreht. Er muss sich mir zugewandt haben, während ich schlief, vielleicht, um etwas zu sagen. Seine Augen sind ein klein wenig geöffnet, die noch immer dunklen Brauen ein bisschen zusammengezogen.

Die Schwester von vorhin bringt ein Tablett mit Mundpflegestäbchen herein und stellt es auf den Tisch.

Und dann weine ich, fluche, schimpfe. Über die Mundpflegestäbchen, die zu spät kommen, und den ungegessenen Wackelpudding, über die Zugluft vom Fenster und die ruppige Schwester. Über haltlose Anschuldigungen und das gebrochene Herz eines alten Mannes.

Es müssen einige Formalitäten erledigt werden. Die Ärztin sagt, es tue ihr sehr leid, und ich bin nicht sicher, ob sie die Formalitäten meint oder Cathals Tod.

Mein Bruder wird bald kommen, sage ich. Wenn Sie ihn verständigt haben, ist Gabriel bestimmt schon auf dem Weg.

Ob ich die persönlichen Sachen meines Vater mitnehmen möchte?

Ja.

Ich warte im Raum für die Angehörigen, und eine Schwester bringt mir eine weiße Plastiktragetasche mit der Aufschrift »Patienteneigentum«.

Ich soll ein Blatt Papier unterschreiben, auf dem Folgendes aufgelistet ist:

Hemden x 3
Pullover x 2
Unterhemden x 4
Hosen x 2
Wollschals x 3
Socken x 3
Tabak
Zigarettenpapier
Feuerzeug mit Gravur
Schlüsselbund
Haarnadeln x 2
Halbe Packung medizinische Hustenbonbons
Notizbuch

Ich schlage das Notizbuch auf. Es ist voller Skizzen, von den Katzen oder von Larkin oder von mir. In einer stehe ich über den Herd gebeugt, und die Haare fallen mir ins Gesicht. In einer anderen halte ich lachend eine Schüssel hoch, während die Katzen mir um die Beine streichen. Die obere Ecke von einer der Seiten ist akkurat umgeknickt. Ich schlage die Seite auf.

Die Zeichnung zeigt ein Mädchen, das auf der Fensterbank vor einem hohen Bogenfenster sitzt. Ich starre darauf. Bridlemere hat vier Stockwerke, und das oberste ist ein Belvedere mit hohen Bogenfenstern, von wo aus ich, sollte ich es je betreten, meilenweit sehen könnte.

Maggie blickt von der Seite zu mir hoch, mit dem Anflug eines Lächelns auf den Lippen.

Kapitel 43

An dem Tag, als Deirdre verschwand, waren vier Dinge anders: Es war heiß, der Kiosk vom alten Noel war geschlossen, es waren keine Vögel am Himmel, und Jimmy O'Donnell drehte durch.

Derselbe Mann, bloß anders.

Ich sah es Jimmy O'Donnell an den Augen an, dass er durchgedreht war. Wie Mr Bolands Collie-Mischling, wenn er einen Speckstreifen beäugte: ein versteinertes, stures, krampfhaftes Starren.

»Hast du es erzählt, Maud?«

Es war eine ganz einfache Frage, aber mein Mund hatte Mühe, Worte zu bilden, deshalb schüttelte ich den Kopf. Ich kam nicht einmal auf den Gedanken wegzuschauen.

»Lüg mich jetzt nicht an, sonst hat es keiner gewusst.«

Jimmy zog eine Packung Zigaretten aus der Tasche, ohne mich aus den Augen zu lassen. Er ertastete sein Feuerzeug, ohne mich aus den Augen zu lassen. Er zündete die Zigarette an, ohne mich aus den Augen zu lassen.

»Wieso hätte ich das tun sollen?«

Ich klemmte mir mein Buch unter den Arm und stand auf. Zu meiner Rechten: Treibsand; zu meiner Linken: Bremsen; hinter mir: das Meer; vor mir: Jimmy O'Donnell.

Jimmy sah mich mit seinem Collie-Blick an. Ich war ein verirrtes Lamm, kurz davor, auf wackligen Beinen Reißaus zu nehmen. Eine falsche Bewegung, und er würde mich auf die Erde werfen und mir die Kehle rausreißen.

»Weißt du, was du mir für Ärger eingehandelt hast, Maud?«

Ich stand ganz still da.

»Ich hab meinen Job verloren.«

Ich stand ganz still da.

»Deine Mammy hat mir die Polizei auf den Hals gehetzt.«

Ich stand ganz still da.

»Alle halten mich für ein Scheißmonster.« Die letzten Worte zischte er durch zusammengebissene Zähne.

Jimmy O'Donnell machte einen Schritt nach vorne, und mein Körper verwandelte sich in Stein, und mein Verstand drehte sich in mir wie ein Kreisel.

Wenn ich das richtige Wort fände, würde er mich gehen lassen. Das richtige Wort würde den echten Jimmy O'Donnell zurückbringen. Seine Fäuste würden sich öffnen. Sein Gesicht würde sich entspannen. Er würde mich wieder huckepack nehmen, und wir würden lachen, und er würde mir Geld für Süßigkeiten geben.

»'tschuldigung«, sagte ich.

Und dann sah ich in seinen Augen, dass von Jimmy O'Donnell nichts mehr übrig war.

Deirdre hatte ein lila Tagebuch mit einem kleinen Schloss dran, das aber nur Attrappe war. Es lag immer in ihrem Schminkkoffer oben auf dem Kleiderschrank in unserem gemeinsamen Zimmer bei Granny. Deirdre schrieb jeden Tag, jeden Abend, jede Woche oder nie mit ihrer großen Schnörkelschrift in das Tagebuch. Sie mochte blassblaue Tinte und ihre i-Punkte waren kleine Herzchen. Manchmal klebte sie auch irgendwelche Sachen rein, zum Beispiel Kaugummipapierchen und Busfahrkarten.

Mammy las die ganze Geschichte, als ich ihr das Tagebuch in die Hand legte.

Danach saß Mammy da und rauchte Zigaretten und hielt Ausschau nach Deirdre und Granny auf der Straße, die zum Bungalow führte. Dann wusch Granny Salat fürs Abendessen, ich malte ein bisschen, und Mammy verpasste Deirdre eine Tracht Prügel.

Deirdre tauchte aus dem Nichts auf. Ganz plötzlich war sie neben mir.

Deirdre in ihrem schulterfreien Kleid, mit ihren Schulterblättern wie knospende Engelflügel, im Mund ein Kaugummi, das sie gemächlich kaute.

Deirdre. Das Haar an der Seite geflochten mit losen Strähnchen an den Schläfen und die Lippe geschwollen, wo Mammys Ring sie getroffen hatte.

Sie sah mich nicht an.

»Lass Maud in Ruhe«, sagte sie. »Sie hat kein Wort gesagt. Ich hab's Mammy erzählt.«

Jimmy starrte sie an. »Du dämliches, dreckiges Miststück. Ich hab doch gesagt, ich würde dir das Geld besorgen, oder? Du hast mich ruiniert.«

»Warte in den Dünen«, sagte sie zu mir, ohne Jimmy aus den Augen zu lassen.

Ich wartete in den Dünen.

Sie würde zurückkommen. Sie kannte sich mit den Gezeiten aus und konnte das Wetter vorhersagen. Sie wusste, wo man hingehen konnte und wo nicht.

Sie würde zurückkommen. In Sand gehüllt, mit Muscheln gekrönt, der mürrische Engel von Pearl Beach.

Sie würde zurückkommen, und ich würde ihr versprechen, sie nie wieder zu verpetzen.

Ich wartete in den Dünen, während die Hitze des Tages nachließ und das Licht des Himmels nachließ und das Meer sich auf dem Absatz umdrehte und auf den Weg nach Amerika machte.

Kapitel 44

Es ist dunkel, als ich in Bridlemere ankomme. Ich parke Gabriels Wagen ein paar Straßen entfernt, gehe zu Fuß zurück zum Haus und trete durch die Küchentür ein. Ich schließe hinter mir ab und lege die Kette vor. Ich taste nach der Taschenlampe unter der Spüle und knipse sie an. Das Licht reflektiert in den Augen von einigen Katzen, die in der Küche herumlungern. Sie folgen mir hoffnungsvoll auf meinem Weg durch den Flur. Als ich an der Tür von Cathals Werkstatt vorbeikomme, höre ich ein kurzes, dumpfes Geräusch. Mir bleibt das Herz stehen.

Ich lausche erneut.

Nichts: bloß das Trippeln von Katzenpfoten auf den Korridoren und irgendwo ein fernes Knarzen.

Die Tür zu Cathals Werkstatt steht offen. Als ich eintrete, schlägt mir ein starker Geruch nach Holzspänen und Lackfarbe entgegen. Ich leuchte mit der Taschenlampe durch den Raum. Die Vorhänge von Madame Sabines Holzbude sind zugezogen. Die Werkzeuge und die Zahnräder sind weggeräumt, und die Werkbank ist jetzt frei.

Bis auf den Kopf einer einzigartig hässlichen Kreatur, die auf eine Steintafel montiert ist.

Ich halte den Strahl der Taschenlampe ruhig.

»Cathal, du alter Gauner«, flüstere ich. »Du hast ihn gar nicht beerdigt.«

Manolete starrt mich mit glasigen Glasmurmelaugen an, die nie seine eigenen waren, das Maul in einem ewigen Grinsen erstarrt.

Ehe ich mich abwende, um den Raum wieder zu verlassen, nehme ich einen kleinen scharfen Meißel mit robustem Griff vom Regal über der Werkbank und stecke ihn in die Handtasche.

Ich schließe die Werkstatttür hinter mir und trete durch die Lücke in der Großen Mauer aus *National Geographics* in den Gang dahinter. Er ist breiter als je zuvor. Ich bin überrascht, dass Bridlemere in Cathals Abwesenheit nicht die Zugbrücke hochgezogen und das Fallgitter gesenkt hat.

Aber andererseits kennt das Haus mich ja inzwischen.

Die Kuriositäten strahlen heute Abend eine dienstfreie, entspannte Atmosphäre aus. Sie machen kurze Gastauftritte im schweifenden Licht meiner Taschenlampe. Die Glasaugen sind ziellos, spähen in wahllose Richtungen. Der Rabe schläft mit dem Schnabel im Gefieder. Die Hermeline sind über ihren Karten zusammengesunken, und der Schrumpfkopf döst. Sogar der Engel mit den vier Gesichtern scheint im Dunkeln zu träumen, seine Flügel schlaff und seine Schnauzen gesenkt.

Ich steige die Treppe hinauf.

Mary Flood, bleichfüßig, kaltfingrig, bangäugig, verstreut noch immer Rosenblütenblätter auf dem Flur im ersten Stock. Ich gehe an ihr vorbei und immer weiter.

Dann sehe ich die offene Tür, aus der Licht fällt.

Ich kann es spüren. Der Raum hält den Atem an, als wäre er voll mit Überraschungsgästen, die nur darauf warten, mich lautstark zu begrüßen. Ich schiebe eine Hand in meine Tasche, umfasse den Griff des Meißels und gehe hinein.

Im Licht einiger Kronleuchter an der Decke sehe ich sie. Auf einer Staffelei vor dem Fenster.

Lebensgroß und schön, Maggie Dunne, Marguerite Flood.

Es ist das Porträt, das Cathal in seinem Notizbuch skizziert hat – bis hin zu dem angedeuteten Lächeln. Aber es zeigt auch ihr Haar so glühend rot, wie es einmal war. Genau wie die Sonne, wenn sie im Herbst untergeht, genau wie das Haar ihrer Mutter. Ich sehe zum ersten Mal, dass sie Cathals Augen hat.

Ich schaue an der Leinwand vorbei zu der Fensterbank von heute, die jetzt leer ist. Aber die Vorhänge sind noch da, und die Kissen sind unverändert: mit Borten besetzter schwarzer Damast.

Ich stelle mir vor, wie das Bild gemalt wurde.

Maggie ist halb zum Fenster gewandt, schaut aber in den Raum, die Augen ein wenig glasig, weil sie vor sich hin träumt oder sich beim Stillsitzen langweilt. Und Cathal tänzelt vor der Leinwand hin und her, dirigiert Licht und Linien mit seinen flinken Pinseln.

An der Wand gegenüber sind Stühle aufgereiht, als würden Zuschauer erwartet. Auf einem von ihnen sitzt Gabriel und beobachtet mich.

Er ist vorgebeugt, Ellbogen auf die Knie gestützt. Das dunkelblonde Haar mit den Fingern zerzaust. Er gibt sich ruhig, locker. Aber ich sehe die geschwollenen Adern an seinen Schläfen und Unterarmen und den Schweiß auf seiner Oberlippe.

Und ich kann ihn riechen. Die erbitterte Panik in den Stunden, die er mich gesucht, auf mich gewartet hat.

»Cathal ist tot«, sage ich.

»Ich weiß. Das Krankenhaus hat mich angerufen.« Er lehnt sich auf dem Stuhl zurück und deutet mit dem Kopf auf das Porträt von Maggie. »Die Ähnlichkeit ist unheimlich.«

»Wo ist das Original?«

Er zuckt mit den Achseln. »Er hat sie umgebracht, das hast du doch die ganze Zeit gedacht, oder?«

»Cathal war kein Mörder, und außerdem hat er sie geliebt.«

»Scheiße, Maud«, murmelt er. »Wieso schlägst du dich immer auf seine Seite?«

Ich höre ein Krachen von unten. Gabriel geht zur Tür und schließt sie.

»Ist er auch hier? Dein Kumpel?«

Irgendetwas aus Glas zersplittert spektakulär.

Ich denke an all die schrecklichen, unbezahlbaren Objekte. »Er verwüstet das Haus.«

Gabriel zündet sich eine Zigarette an. »Er sucht nach Marys Testament.«

»Ihrem Testament?«

»Vor einigen Jahren haben Mammy und ich uns überworfen. Sie hat verfügt, dass Bridlemere nach Cathals Tod verkauft werden soll und dass der Erlös ans Cedar House gehen soll. Das alles hier hat nämlich ihr gehört. Cathal hatte nichts.«

Ein dumpfer Schlag von unten.

»Kurz vor ihrem Tod hat sie ein anderes Testament aufgesetzt, in dem sie mir das Haus vermacht hat.« Gabriel zieht an seiner Zigarette.

»Wieso hat sie es sich anders überlegt?«

Gabriel atmet Rauch aus. »Wer weiß.«

»Und Maggie, wurde sie auch in dem Testament berücksichtigt?«

»Nein.« Gabriel steht auf und geht ans Fenster. Er schaut hinaus in den dunklen verwilderten Garten.

»Sag mir, wo sie ist, Gabriel.«

Er gestikuliert mit seiner Zigarette. »Im alten Brunnen.«

»Ist sie tot?«

»Natürlich ist sie tot.«

Er setzt sich auf einen der Stühle. »Sie war wieder abgehauen. Aber diesmal hatte sie es bis nach London geschafft. Sie ist ins Haus gekommen. Es war furchtbar.«

»Was ist passiert?«

Er wischt sich mit der Hand über die Stirn. »Cathal war nicht da. Sie hat gewartet, bis Mary aus dem Haus ging und Stephen und ich allein waren.« Er stockt. »Sie hatte ein Messer. Sie hat sich damit geschnitten und dann versucht, mich zu verletzen. Wir haben es geschafft, in den Garten zu flüchten, aber sie ist hinter uns her. Wir hatten panische Angst.«

Von unten ertönt ein scharrendes Geräusch, als würde ein schweres Möbelstück verschoben.

»Wir haben uns im Eishaus versteckt, aber sie hat uns gefunden. Sie ist ausgerutscht und gestürzt.« Er wirft mir einen Blick zu. »Genau wie du. Wir sind nach draußen gerannt und wollten sie einschließen. Aber sie war schneller.«

Er nimmt wieder einen Zug von seiner Zigarette und atmet rasch den Rauch aus. »Dann hab ich gesehen, dass sie sich verletzt hatte. Da bin ich zu ihr gerannt und hab sie geschlagen. Ich dachte, ich könnte sie k. o. schlagen, wie im Film. Aber im wahren Leben geht das nicht so einfach.« Er zögert. »Also haben wir sie zum Brunnen geschleift.«

»Mein Gott.«

»Wir wollten bloß, dass sie aufhört.«

Rund um Bridlemere geht das Leben normal weiter. Die Menschen machen sich Tee, gucken Fernsehen, gehen in den Pub und bringen ihre Geschwister nicht um.

»Hat Mary es gewusst?«

»Ich bin zu ihr gerannt.« Gabriel wirft den Zigarettenstummel auf den Boden und tritt drauf. »Ich war jung. Ich hab geheult, war panisch. Sie hat gesagt, sie würde mir helfen, die Sache regeln. Dass es ein Unfall war.«

Wir schweigen eine Weile.

»Wenn Mary gedacht hat, dass es ein Unfall war, wieso hat sie dann niemanden verständigt?«

Gabriel schüttelt den Kopf. »Keine Ahnung.«

»Und Cathal?«, frage ich. »Hat er davon gewusst?«

Er steckt sich eine neue Zigarette an. Zieht ein paarmal daran. »Wenn er es gewusst hätte, wäre ich sofort verhaftet worden.«

»Aber er hatte irgendwas gegen dich in der Hand, nicht? Er hat von einer Versicherungspolice gesprochen.«

»Mary hatte ihm die Neufassung ihres Testaments zur Aufbewahrung gegeben. In einem versiegelten Briefumschlag.« Er sieht mich an. »Aber was mir am meisten Sorgen gemacht hat, war ihre Beichte.«

Ein Hämmern hallt tief im Haus. Dumpfe, rhythmische Schläge, wie ein Herzschlag.

»Ihre Beichte?«

»Sie hat mir erzählt, dass sie schriftlich alles gebeichtet hatte, weil sie ihre Sünden nicht aussprechen konnte. Die Beichte sollte ihr Geheimnis bleiben, und sie hatte sie irgendwo versteckt, wo niemand, nicht mal Cathal, sie finden könnte.« Er zieht an der Zigarette. »Sie hat mir nie verraten, wo.«

Unten ertönt ein reißendes Geräusch, ein Krachen, dann Stille.

Gabriel fährt sich mit den Händen durchs Haar. »Meine Mutter war ein Risiko.«

Ich denke an Stephen, wie er an dem Tag über den Gartenweg getrabt kam, seine Umhängetasche fest umklammert. »Aber ihr habt die Beichte gefunden?«

»Noch nicht, aber Cathal eben auch nicht.«

»Aber er hatte noch immer Marys Testament?«

»Stephen und ich haben ihn jahrelang bearbeitet, aber er wollte es nicht rausrücken. Der alte Mistkerl wusste, wie scharf ich darauf war, es in die Hände zu bekommen. Er dachte, ich wäre hinter dem Geld her.«

»Aber das stimmte nicht.«

Gabriel runzelt die Stirn. »Ich konnte doch nicht zulassen, dass dieses Haus den Besitzer wechselt, solange meine verdammte Schwester unten in dem Brunnen liegt.«

Ich schaue aus dem Fenster. Dunkelheit hat sich über das Armageddon aus Katzen und Gerümpel und grüner Wildnis gesenkt. Ich sehe nur das Spiegelbild meines Gesichts in der Scheibe.

Das Hämmern setzt wieder ein.

»Und dann bist du aufgetaucht, Maud«, sagt er leise.

»Und du hast mich angelogen.«

»Du hast mich für jemand anders gehalten, ich habe bloß mitgemacht. Am Anfang wollte ich so verhindern, dass du uns dazwischenkommst, wollte dich vom Haus fernhalten. Du solltest nicht in die ganze Sache reingezogen werden.«

Ich glaube ihm fast.

»Aber du hast nicht lockergelassen. Dann sah es auf einmal so aus, als ob der Alte sich dir öffnen würde. Also hab ich darauf gesetzt, dass sich alles so entwickeln könnte, wie ich es wollte.«

»Und zwar wie?«

»Ohne dass jemand verletzt wird.«

Ich starre ihn fassungslos an. »Du hast Renata diese Schläger auf den Hals gehetzt, oder?«

»Sie hat mich angerufen und mir von dem Briefumschlag erzählt. Ich wusste verdammt noch mal nicht, was drin war.« Er zuckt mit den Achseln. »Ich hab denen gesagt, sie sollten ihr kein Haar krümmen. Bloß den Umschlag finden und ihr einen kleinen Schreck einjagen.«

Ich beiße mir auf die Zunge, bis der Drang abebbt.

»Ich hatte Panik, Maud. Du hast diese ganzen Botschaften gefunden und kamst der Sache immer näher. Dann hab ich gedacht, dass der alte Mistkerl irgendwas rausgefunden hatte, dass er diese Hinweise platziert hat, um mich zu quälen.«

Das Schlagen hört auf, und Bohrgeräusche fangen an.

»Was macht er eigentlich da unten?«

»Er sichert das Haus.«

Dann hört das Bohrmaschinengeheul wieder auf.

»Weißt du, wie es ist, jemanden richtig zu hassen, Maud?«

»Ja.«

»Sie hat mich an der Hand geführt, sie hat mich unter Wasser gedrückt.«

Ich nicke. Ich betrachte Maggies Porträt. Sie lächelt mich an, unbeirrt, schamlos, ohne Reue.

»Wirst du uns verraten, Maud?«

Ich blicke ihm in die Augen. »Nein.«

Er lächelt und nickt. »Ich hab Stephen gesagt, dass du das nicht machen würdest. Ich komm mit dir runter, bring dich zur Tür.«

Ich gehe voraus. Als meine Finger an der Türklinke sind, spricht er es aus.

»Es tut mir so leid, Maud. Alles.«

Kapitel 45

Mammy trottete über das Gras wie ein Hund, ging in die Hocke und wiegte sich vor und zurück, weinte in ihre Zigarette. Granny machte Tee. Ich legte Kekse hübsch ordentlich auf einen Teller. Die Polizistin sprach in ihr Funkgerät, und der Polizist schaute hinaus auf die Straße, die zum Bungalow führte.

Drei Dinge geschahen an dem Tag, als Deirdre verschwand. Der alte Noel kam aus seinem Cottage gekrochen, wo er Gott weiß wie lange gelegen hatte. Irgendwer hatte ihm die Nase, drei Rippen und das Schlüsselbein gebrochen und seine Ersparnisse geklaut. Der Kerl hatte eine Maske getragen und war so schnell mit dem Auto gekommen und wieder verschwunden, als wäre der Teufel hinter ihm her. Der alte Noel, am Boden zerstört, machte seinen Kiosk nie wieder auf.

Die Seevögel kehrten zum Pearl Beach zurück. Ich bin mir zumindest sicher, dass ich gehört habe, wie sie kreischend und schimpfend in die Richtung flogen.

Unten in den Höhlen fand die Polizei einen Schatz, ganz hinten in der Speisekammer der Meerjungfrau. Eine Handtasche: herzförmig und aus rotem Leder, Innenfutter aus rosa Seide, goldener Druckknopf als Verschluss, der Trageriemen ein zartes dünnes Band.

Kapitel 46

Ich liege auf dem Rücken und atme Blasen. Irgendetwas sammelt sich tief in meiner Kehle, staut sich dort.

Und die ganze Zeit der beißende Geruch von Lagerfeuer.

Und ein tosendes Geräusch, irgendwo in den Grundfesten des Hauses, als würden Meereswellen heranrollen, Bridlemere vom Keller her überfluten.

Und dann begreife ich: Bridlemere brennt.

Aufstehen, Drennan,

sagt eine Stimme vom Rand des Rings her, die Stimme eines Trainers, der keinen Widerspruch duldet. Ich öffne meine Augen. Dann bin ich auf den Knien, wie ein Preisboxer, spucke Eisen. Das Publikum ist enttäuscht. Wieso gibt sie nicht auf? Wieso bleibt sie nicht einfach liegen und lässt sich auszählen?

Es ist kein schöner Anblick, eine Frau, die über den Boden robbt, zusammengeschlagen, die Hälfte der Haare mit den Wurzeln ausgerissen, triefend vor Blut und Rotze. Er hat ihr fast die Schädeldecke zertrümmert – da, schon wieder ein Riss. Stockdunkel da drin, kein Licht wie im Kopf einer Heiligen, bloß eine verdorbene Walnuss, die mit einem dumpfen, nassen Geräusch aufplatzt und dann Dunkel-

Gott verdammt, Drennan, stehen Sie auf.

Sehen Sie sich das verschmierte Blut und die Haare entlang der Fußleisten an, verehrte Geschworene. Diese Spuren erzählen eine sehr brutale Geschichte. Schildern Sie in aller Ruhe und mit Ihren eigenen Worten, was geschehen ist, Maud.

Es war so:

Zuerst packte er mich fest an den Haaren und zog mich zu sich, als wollte er mich küssen, so nah war er. Doch stattdessen schlug er meinen Kopf gegen die Wand, dann noch mal und noch mal.

Und sein Gesicht – was ist mit seinem Gesichtsausdruck? Kommen wir zur Kernfrage, Maud. Hat das nicht am meisten wehgetan? Den Ausdruck in seinen Augen zu sehen, die Gleichgültigkeit und die Wut? Vielleicht sogar Hass? Er muss Sie doch ein kleines bisschen gehasst haben, sonst hätte er Ihnen doch wohl kaum den Kopf einschlagen und Sie in einen Brunnen werfen wollen, oder? In Wirklichkeit war es der Verrat, nicht wahr? Hat der nicht am meisten wehgetan? Nachdem Sie mit ihm zusammen waren. Und dieser Mann, den Sie –

Nein: der Angriff hat mehr wehgetan.

Mein Gott, Drennan, stehen Sie jetzt endlich auf, oder was?

Meine Tasche ist unter Maggies Porträt gekickt worden, der Inhalt herausgefallen. Ich nehme den Meißel und die Schlüssel und krieche zur Tür, atme flach gegen den Schmerz. Ich sitze eine Weile da, während mein Kopf sich langsam hebt, hämmert. Als ich wieder denken kann, lege ich prüfend die flache Hand an die Tür: Sie ist kühl. Ich drücke die Klinke: Die Tür ist unverschlossen. Wenn ich Kraft gesammelt habe, werde ich mir das Shirt ausziehen und so fest vors Gesicht binden, dass ich es gerade noch aushalte.

Das Licht geht aus.

Ich werde in pechschwarze Dunkelheit geboren, halb rutsche, halb falle ich die Treppe hinunter auf den nächsten Absatz. Ich huste trotz der Schmerzen, würge trotz der Schmerzen, mit tränenden Augen. Ich habe Cathals Schlüssel in einer Faust und den Meißel in der anderen.

Das Haus ächzt.

Heiße Asche hebt und senkt sich in tödlichen Verwehungen. Funken stieben in der Mitte der Treppe hoch. Brennende Fetzen steigen auf, landen, Pfadfinder, die neue Feuer entfachen. Schrotflintenschüsse und das Geknatter von Knallfröschen und das Krachen von in sich zusammenfallendem Gerümpel und dann das Aufflammen von neuen Feuerstürmen aus glühenden Partikeln.

Sie markieren einen Pfad, Blütenblätter aus Glutrot und Ascheweiß, eine Spur aus Blut und Schneeflocken. Ich schließe die Augen und suche in Gedanken nach ihr und finde sie. Sie ist ein Stück vor mir, geht den Flur entlang, mit loderndem Haar und rußgeschwärzten Fersen. Sie schaut sich nach mir um, das Gesicht bleich und die Augen wunderschön und schrecklich – denn in ihrem glänzenden Kern liegt Unheil.

Und plötzlich weiß ich, wohin Mary Flood mich führt und warum.

Ich drücke die Stirn gegen eine abgeschlossene Tür. Hinter der Tür ist ein weißer Raum mit einem Fenster. Hinter diesem Fenster ist ein Balkon. Ich probiere nacheinander die Schlüssel aus, mit steifen, ungelenken Fingern. Ich zähle, *Schlüssel eins, Schlüssel zwei*. Wenn das nicht klappt, habe ich noch den Meißel. *Schlüssel drei, Schlüssel vier.* Die Hitze von der Treppe her ist jetzt sengend, färbt den Rauch orange. *Schlüssel fünf.* Ich spüre sie im Gesicht und an den Händen. Meine Haut wirft Blasen. Mein Haar knistert und schmilzt weg. Der Schlüssel dreht sich im Schloss.

Lücke zustopfen, Drennan.

Meine Hände finden den seidenen Stoff der Tagesdecke. Ich packe sie am Rand, zerre mit aller Kraft daran, bis sie nachgibt und auf mich draufrutscht. Ich strampele sie mit den Füßen unten gegen die Tür.

Ich steige aufs Bett, taste mich an der Wand entlang. Hinter der Tür sausen schrille Geräusche über den Korridor. Es ist bloß ein Funkenrad; heute Abend ist Feuerwerk in Bridlemere! Irgendwo unten im Bauch des Hauses ertönt ein ebenso schriller Schrei, gefolgt von einem tiefen, dröhnenden Schlag, der die Wände erbeben lässt. Eine riesige Bestie windet sich, verendet.

Das Haus gibt auf.

Meine Fingerspitzen suchen blind die Wand ab, bis sie an den Rand des Rahmens stoßen.

Vor mir ist eine Frisierkommode, Damastvorhänge, kaltes Glas und der süße, süße Schwall kalter Abendluft. Hinter mir ist eine überhitzte Tür, Flammen züngeln durchs Schlüsselloch, der Lack wirft Blasen.

Unten im Garten sind Lichter und laute Stimmen. Der Garten ist ein Spielplatz für Feuerwehrleute. Ich habe den besten Platz im Haus. Von hier aus sehe ich hundert Katzen in die Nacht flüchten. Von hier aus sehe ich Larkin auf dem Wohnwagendach die Katzen zählen, die sich in Sicherheit bringen, jeden schemenhaften Pelz. Als die letzte Katze davonrennt, springt er vom Dach und läuft hinterher.

Kapitel 47

Die Krankenstation schlummert in frühmorgendlicher Stille. Die Patienten schlafen. Ich sehe ihre liegenden Gestalten im Licht, das vom leeren Schwesternzimmer hereinfällt. Ich höre sie atmen und das Quietschen ihrer wasserdichten Matratzen. Wir sind wie kränkliche Schiffe, die durch die Nacht segeln, beladen mit Infusionsschläuchen und Pantoffeln, Kreuzworträtseln und Kathetern. Die Schwestern sind nirgends zu sehen, ebenso wenig die Polizeibeamten, die früher da waren, höflich und mit knisternden Funkgeräten.

Von meinem Bett aus kann ich in den Korridor sehen, und in den Korridor kommt ein Tier. Es biegt auf leisen Pfoten um die Ecke, Krallen klicken auf dem Boden. Es verschwindet eine Weile im Schwesternzimmer, ehe es wieder auftaucht und plötzlich in der offenen Tür steht.

Ich weiß, dass ich niemals im Leben einem Fuchs folgen darf.

Die Straßen von West London sind still bis auf das Klatschen meiner Pantoffeln auf dem Asphalt. Die Heiligen warten vor dem Haus: Die üblichen Verdächtigen haben sich versammelt. St. Dymphna putzt ihre Lampe mit dem Saum ihres Gewandes. St. Valentine hat die Augen geschlossen und die Finger in die Ohren gesteckt. St. Monica scheint ihm eine Standpauke zu halten. St. George und St. Rita stehen Seite an Seite und schauen nach oben. Sie beobachten die Vögel, die in den ersten rosa Strahlen der Morgensonne am Himmel kreisen.

Bridlemere hat vom Feuer nichts abbekommen, als hätte es nie einen Brand gegeben. Ich gehe flankiert von Heiligen durchs Haus. Die frühe Dämmerung dringt schräg durch die Fenster und beleuchtet das schmutzige Geschirr in der Spüle, die Packung Puddingpulver auf dem Tisch, den Krempel auf dem Flur vor Cathals Höhle.

Ich drücke die Tür seiner Werkstatt auf.

Manolete steht immer noch auf der Werkbank und zieht eine Grimasse. St. Rita bekreuzigt sich, als wir an ihm vorbeigehen. Mitten im Raum steht eine Holzbude mit Vorhängen. Ein Schild darüber ist mit mattgoldenen Lettern bemalt:

Madame Sabine
Das Schicksal von morgen schon heute

Ich krame in einem Glas auf dem Regal, finde eine Münze und stecke sie in den Schlitz vorn an der Apparatur. Die Münze fällt, und die Vorhänge öffnen sich ruckelnd.

Madame Sabine kommt knirschend in Bewegung. Sie hebt ruckartig den Kopf, richtet ihren glitzernden gemalten Blick in den Raum. Die Heiligen beginnen zu tuscheln und ziehen sich in die Ecken zurück. St. George klappt sein Visier runter, und St. Dymphna schließt ihren Umhang fester um sich. St. Valentine hört auf, sich in den Zähnen zu stochern, und St. Rita richtet ihren Schleier. St. Monica verschränkt mit einem schmallippigen Grinsen die Arme.

Die Kristallkugel ist verschwunden. Vor Madame Sabine liegt ein Buch. Ihre Hände schlagen klackend etliche Kreuzzeichen darüber, ein zackiges mechanisches Ritual. Das Buch öffnet sich.

Wind kommt auf. Holzspäne schlittern über den Boden, und Spinnweben wehen an den Deckenleisten auf und ab. Lose Schrauben und Farbtöpfe fangen an, durch den Raum zu kreisen. Umhänge und Gewänder, Schleier und Kettenhemd fliegen auf und werden herumgewirbelt. Heiligenscheine flackern und werden dunkel. Die Heiligen wanken und sehen sich schutzsuchend um. Und mit dem Wind setzt jetzt ein jähes, lautes, klackendes Brummen ein, so ähnlich wie ein defekter Dunstabzug.

St. Rita stößt ein Schluchzen aus. Sie murmelt etwas, das ich nicht verstehen kann, ehe sich ihre Gestalt verändert. Sie wird ein flacher Bogen, ein monochromer Lichtblitz, der den Raum in einem einzigen plötzlichen Strahl überbrückt, um auf den offenen Seiten des Buches zu zerfließen. Als Nächster streckt sich St. Georges Körper in die Länge, bis er ein silberner Pfeil ist, der das Buch mit einem weiß glühenden Blitz trifft. St. Monica zerknittert wie eine Chipstüte und rollt auf die Holzbude zu. Dann verschwindet auch sie mit einem schwachen Zischen nach oben ins Buch.

St. Valentine unternimmt einen Fluchtversuch zur Tür, doch er wird zurückgezogen. Er beginnt zu rennen, aber er ist in der falschen Richtung auf einem Laufband unterwegs, das in Bewegung ist. Er verliert an Boden. Das Buch wartet, mit offenem Schlund. St. Valentine wirft mir noch einen panischen Schielblick zu, ehe sein Gesicht zusammenfällt und er eingesaugt wird und mit einem purpurroten Blitz verschwindet.

In einem durchdringenden Lichtstrahl taucht St. Raphael aus dem Werkzeugschrank auf. Sein herzförmiges Gesicht ist ernst, und an den schönen, schattenhaften Bogen seiner Flügel zerren Scherwinde. Er hebt die Augen und zerplatzt in einem dunklen Schneesturm aus Federn, die gepeitscht und herumgewirbelt werden, bis ein ansehnlicher Tornado entsteht. Der Tornado durchquert den Raum und dreht sich über der Holzbude, ein wirbelnder Samttrichter. Dort pulsiert er, schwillt an und schrumpft. Dann taucht er in die Seiten des aufgeschlagenen Buches, löst sich mit einem dunklen Glitzern auf.

St. Dymphna schaut sich das alles aus der Ecke des Raumes an. Ihr Schleier ist hochgeflogen, und ihr Zopf löst sich auf. Sie blickt zu mir herüber und lächelt. Dann nimmt sie ihre Lampe, die mit einer ruhigen, starken Flamme brennt, und tritt vor. Und im Nu ist auch sie verschwunden.

Das Buch schließt sich. Die schwarze Katze neben Madame Sabines Ellbogen gibt ein metallisches Schnurren von sich, und die beiden fetten ausgestopften Buchfinken flattern irgendwie halbherzig mit den Flügeln.

Madame Sabines Kopf fällt nach vorne. Sie sieht mich plötzlich mit einem forschenden Blick aus ihren strahlenden schwarzen Augen an. Ihre Hände gleiten ein letztes Mal über das Buch und fallen dann leblos auf die Theke. Ihr Kopf schnellt hoch, und ihr paillettengesäumter Schleier klimpert. Eine Karte fällt in eine Aussparung weiter unten, und die Vorhänge schließen sich ruckelnd.

Ich nehme die Karte. Es ist eine Postkarte.

Sie ist in kleine Schnipsel zerrissen und wieder zusammengesetzt worden. Die Klebenähte leuchten golden.

Grüße vom Pearl Beach

Das Foto auf der Postkarte zeigt einen wilden, leeren Ort. Einen Ort, wo der Ozean den Himmel berührt und Seevögel schreien und im unendlich weiten Blau ihre Kreise ziehen. Wo Dünen drei Stockwerke hoch sind oder nicht größer als ein Maulwurfshügel. Wo der Sand einen Glanz hat, ein gewisses Schimmern im richtigen Licht (Mondlicht, Sternenlicht, Morgenlicht). Ein langer, halbmondförmiger, hinreißender Strand.

Ich drehe die Postkarte um. Blassblaue Tinte, große, schnörkelige Buchstaben mit einem kleinen Herzchen über dem i:

Ich wünschte, du wärst hier.

Kapitel 48

Frank Gaunt, Chief Constable im Ruhestand, wird uns hinfahren: Renata, mit Sonnenbrille und Wachsjacke, den Hund und mich.

Frank wartet in der Diele unter dem mürrischen Blick von Johnny Cash und dem gütigen Blick von Jesus Christus, während Renata ihre Handtasche und ihre Schlüssel sucht. Er staunt, wie groß Stella geworden ist.

»Sie ist verwöhnt«, sagt Renata mit einem Lächeln.

Ich betrachte die beiden, wie sie den Hund betrachten, und frage mich, wie ich diesen Tag überstehen soll.

Das Haus ist mit Brettern vernagelt. Oben sind leere Fensterhöhlen und verkohlte Balken zu sehen. Bei nassem Wetter steigt wieder Rauchgeruch auf.

Das Grundstück ist von dem Gerümpel befreit worden, das den Feuerwehrleuten die Arbeit erschwert hat. Es sei der reinste Irrgarten gewesen, sagten sie, unmöglich, mit der Ausrüstung da durchzukommen. Darum war der Schaden auch dermaßen groß. Der Wohnwagen hat überlebt, ebenso das Eishaus und das Torhaus mit den Bogenfenstern. Ich kann sie jetzt sehen, jenseits der zurückgeschnittenen Büsche und Holzplankenwege. Der alte Brunnen ist noch mit einem Zelt abgedeckt.

Wir sprechen mit dem leitenden Polizeibeamten. Ich kriege seinen Namen nicht richtig mit, aber er hat gegeltes Haar und Rasurbrand und die Angewohnheit, die Zungenspitze nach jedem Satz zwischen die Lippen zu schieben. Wir schütteln uns die Hände, und er führt uns herum. Renata quetscht ihn aus. Sie interessiert sich nur für die kriminaltechnischen Spuren, und sie will alles ganz genau wissen. Der Polizeibeamte blickt sie leicht verzweifelt an, während er sie über das unwegsame Terrain führt. Frank folgt mit einer quirligen Stella an der Leine hinterher.

Renata nimmt meinen Arm und drückt ihn. Noch immer hat sie im Freien gelegentlich Panikattacken. Wenn das passiert, machen wir Atemübungen und singen Musicalsongs. Ich schaue sie an, um zu sehen, ob es wieder so weit ist. Sie gibt mir einen Kuss und hält mir ein Taschentuch aus ihrer Handtasche hin. Da erst merke ich, dass ich diejenige bin, der Tränen übers Gesicht laufen.

»Ist der Fuchs je zurückgekommen?«, frage ich den Polizeibeamten.

Er nickt. »Man sieht ihn öfter hier rumstreichen.«

»Und die Katzen?«

»Ein paar. Mehrere Bauarbeiter haben welche zu sich genommen.«

Ich frage mich, was aus Beckett geworden ist, aber mit seinen Augen müsste er problemlos ein neues Zuhause gefunden haben. Stella zerrt an ihrer Leine, als hätte sie irgendetwas gewittert. Oder vielleicht genügt ihr ja schon das Wort »Katzen«.

Was die Heiligen betrifft, die sind heute nicht da. Kein schwaches Wippen eines Schleiers draußen vor dem Zaun, keine klatschenden Sandalen auf dem Bürgersteig.

Stattdessen stehen Bridlemeres Tote um mich herum.

Ich kann sie nicht sehen, aber ich bin sicher, dass sie da sind. Mary Flood, entspannt in einem Hemdkleid, legt eine beruhigende Hand auf meine Schulter. Maggie, die etwas abseits steht, grinst mich kurz an. Cathal zieht die noch immer schwarzen Raupen seiner Augenbrauen hoch.

Und die anderen?

Es gibt keine anderen. Manche Feuer können nicht einmal die Toten überleben.

Neben verwelkten Blumensträußen und Teddybären am Tor lege auch ich Blumen ab. Margeriten für Maggie. Rosen, rote und weiße, für Mary und für Cathal eine vollkommene einzelne gelbe Blüte.

Lillian hatte ihn gereinigt und verpackt, bis ich mich in der Lage fühlte, ihn anzuschauen: den Rahmen, den ich im weißen Zimmer von der Wand genommen hatte, als die Feuerwehr versuchte, Bridlemere zu retten, als die Treppe einstürzte, als die Funken hoch in die Nacht stiegen.

Die Motten waren unversehrt, bleich und makellos unter Glas. Ich nahm die Rückwand ab und fand, was ich suchte: das Gegenstück zu dem Umschlag, der im roten Zimmer versteckt gewesen war. Darin auf drei Seiten in kleiner akkurater Handschrift: Mary Floods Beichte.

Sie hatte im Gesicht ihres Sohnes gelesen, was geschehen war, noch ehe er überhaupt den Mund aufmachte. Sie hatte *ein* Kind verloren. Deshalb versprach sie, es niemandem zu sagen.

Aber dann wuchs ihre Furcht, dass sie es doch nicht für sich behalten könnte. Dass es in einem schwachen Augenblick aus ihr herausplatzen würde. Vielleicht in der Kirche oder im Gespräch mit Mrs Cabello, irgendwann würde sie es ausplaudern.

Sie hatte früher schon Geheimnisse bewahrt, aber das hier war anders. Es gärte und schwelte. Es presste von innen gegen ihren Schädel. Es war eine dunkle Masse hinten auf ihrer Zunge. Es würgte ihr das Herz und säuerte ihr den Magen. Sie spürte, dass es sich dort eingenistet hatte, schwer und verderblich, wie Gift. Mary wurde von dem Verlangen verzehrt, die ganze Geschichte zu erzählen, sie hochzuwürgen.

Sie konnte sie nicht ihrem Mann erzählen, und sie konnte sie nicht ihrem Priester erzählen. Sie konnte sie nicht ihrem Arzt erzählen, und sie konnte sich nicht dazu durchringen, sie ihrem Gott zu erzählen.

Deshalb schrieb Mary sie auf.

Sie saß da und starrte sich im Spiegel an. Manchmal im roten Zimmer, manchmal im weißen; es war egal, wo. Beide gehörten eigentlich Maggie, nicht Mary. Eingerichtet für eine Prinzessin, nicht für eine Königin. Keines der Zimmer war je von dem Mädchen benutzt worden. Cathal hatte sie für Besuche renoviert und eingerichtet, Besuche, zu denen es nie kam. Denn der Vater liebte das Kind abgöttisch, trotz allem. Sie war seine Märchentochter, sie konnte alles haben, zweimal.

Rosenrot, Schneeweißchen wurde Alice und fiel tief, tief, tief ins Kaninchenloch.

Mary saß stundenlang da. Manchmal im weißen Zimmer, manchmal im roten; es war egal, wo. Denn beide Spiegel zeigten dieselbe Frau: versiegelter Mund, Haare aus Staub und Augen aus Stein.

Schon bald tauchte neben dem Gesicht der Frau ein anderes Gesicht im Spiegel auf.

Wohin Mary auch ging, Maggie folgte ihr, schwebte hinterdrein, von Zimmer zu Zimmer, zwirbelte das Ende ihres Pferdeschwanzes und blickte vorwurfsvoll.

Jede Nacht stürzte Mary in den alten Brunnen. Ihre Fingernägel kratzten an den verfluchten Ziegelsteinen. Ihre Hände packten nach den seltsamen unterirdischen Pflanzen, die aus den Rissen wuchsen. Ihre Lunge atmete den kalten, erdigen Geruch vom Grund der Welt, während sie trudelnd fiel. Jede Nacht wurde sie beim Aufprall zerschmettert.

Jeden Morgen beim Aufwachen fragte Mary sich, ob sie durchhalten konnte.

Stella schläft leise schnarchend auf dem Sofa. Ihre Beine zucken, während sie die Katzen jagt, die fauchend durch ihre Träume schleichen.

Wir bringen Frank Gaunt zur Tür und gehen in die Küche, wo wir eine Weile sitzen und Krupnik trinken, wie er getrunken werden sollte, mit einer ruhigen Hand und einem dankbaren Gehirn.

Marys Beichte, die Beichte, die wir Frank Gaunt nicht gezeigt haben, liegt auf dem Tisch zwischen uns.

»Was willst du damit machen, Maud?« Renatas Stimme ist leise, sanft.

Ich denke an Mary, eine stolze gebrochene Frau mit feuerrotem Haar, die ihren Namen daruntersetzt, den Umschlag versiegelt. Ich denke an Maggie, die jetzt geschützt in der Gerichtsmedizin liegt, aus ihrem unruhigen Schlaf unter Schutt aufgeweckt. Aus den Tiefen der Erde heraufgeholt. Bald wird sie im Familiengrab schlafen, nur diesmal wird ihre Ruhe ewig sein.

Ich denke an Gabriel und Stephen, gefangen am Fuß der Treppe, ihr Fluchtweg versperrt durch heruntergefallene Trümmer. Die Brandursache: eine defekte Lichterkette.

Vor allem denke ich an Cathal, wie er am Küchentisch in Bridlemere sitzt, durch seine Zahnprothese pfeift und leise flucht.

Er klopft sich die wilde weiße Mähne glatt und lächelt. Dann ist er weg, eilt den zugemüllten Flur meiner Erinnerung hinunter.

Ich stehe auf und suche in der Küchenschublade nach Streichhölzern.

Es fängt Feuer. Ich halte das Papier, während es brennt, lasse es in die Spüle fallen, als die Flamme meinen Fingern zu nahe kommt.

Ich warte darauf, dass eine verschwommene Gestalt durch die Wand tritt, mit einem leuchtenden Strahlenkranz und einem Gebet auf den Lippen. Mit einem Umhang oder einem Gewand oder zwinkernden Schielaugen. Aber heute sind hier nur zwei ungebrochene Frauen in einem kleinen Haus mit einer Flasche Krupnik.

»Hast du deinen Pass eingepackt?«

Ich lächele. »Ja, hab ich.«

»Natürlich hast du das.«

»Wirst du klarkommen?«, frage ich. »Ich bin in gut einer Woche wieder da.«

»Kommt gar nicht infrage.« Renata sieht mir in die Augen. »Du kommst erst wieder, wenn du sie gefunden hast.«

Ich nicke.

»Und du wirst sie finden, Maud.«

Ich proste Renata zu, und sie prostet mir zu.